Dos desconocidos

Rosie Thomas

Dos desconocidos

Traducción de
Paula Hornos

Círculo de Lectores

Para Ruth Eleri Morris

La autora debe su agradecimiento a Susan Watt, Angela Coles, Jennifer y John Creer, Peter Harvey y Nick Evans por su generosidad

CAPÍTULO PRIMERO

Comenzaba a nevar.

Annie miró a través del cristal de la puerta trasera, de pie ante una hilera de abrigos colgados de cualquier manera en las perchas. Del pálido cielo gris cayeron copos de un gris más oscuro, que el viento atrapó y zarandeó en espiral antes de dejarlos caer el suelo. El gris se hizo blanco para luego desaparecer. En un minuto, pensó Annie, los copos ya no se derretirían. La nieve cobraría consistencia. Ella tendría que ir de compras con botas. Abrió la puerta del armario que había debajo de la escalera y comenzó a buscarlas, suspirando como siempre hacía al ver la maraña de objetos de toda la familia. Cogió el abrigo de la percha, desenredándolo de un anorak rojo con las mangas del revés.

Un niño bajó la escalera saltando los peldaños de dos en dos. Dio la vuelta para ver el último tramo y saltó los cuatro escalones para llegar a la antesala.

–Cuidado –le advirtió Annie automáticamente–. Uno de estos días te partirás una pierna.

El niño la miró a los ojos; ella se dio cuenta de que estaba buscando una forma de contradecirla convincentemente. Entonces, el pequeño se encogió de hombros.

–No, no me partiré nada–. Fue hasta la puerta y apoyó el rostro contra el vidrio–. ¡Mira, mamá, está nevando! ¿Puedo salir contigo?

Ella se abotonó el abrigo, cogió el bolso, y revisó el contenido para comprobar que estuviera todo.

–¿Puedo?

La madre esbozó una sonrisa, y luego su mirada se dirigió hacia la mesa de la cocina, en busca del talonario. Sentía que su atención se dispersaba, sin fijarse en ningún sitio; hacía ya tiempo que le sucedía.

–No, no puedes. No te gusta ir a comprar, y en cuanto lleguemos empezarás a fastidiarme para que volvamos. Y hoy tengo mucho que hacer.

Encontró el talonario en el bolsillo de su abrigo, y lo puso en el bolso junto con la cartera. El niño se había sentado en el último peldaño, y aún miraba la nieve con esperanza. Levantó la vista y miró a su madre: se le había ocurrido una idea.

–¿Comprarás regalos para mi calcetín de Navidad?

Su mirada fervorosa, perfecta réplica de la de su padre, la hizo sonreír.

–Depende. Y, Tom, tal vez tú seas demasiado grande para Papá Noel, pero Benjy aún no. No le eches a perder la ilusión, ¿eh?

Vio caer la nieve detrás de la ventana. Ya era más copiosa y empolvaba el muro del jardín con un mínimo hilo blanco. Puede que tuviera una Navidad blanca. Inhaló el aroma de las agujas de pino, de los leños en el fuego...

–Está bien –dijo Tom con un dejo de envidia–. No es más que un bebé.

Annie cogió sus guantes y bufanda. Tenía muchas cosas por hacer antes de la Navidad, preparativos para el mito familiar de unas fiestas perfectas. Abrazó a Thomas y fue hasta el pie de las escaleras.

–¿Martin? ¿Dónde estás? Me voy...

Se escuchó un golpe amortiguado desde arriba, dos segundos de silencio, y luego el aullido de un niño, a todo pulmón.

Un momento más tarde apareció el marido de Annie en lo alto de la escalera con Benjy en brazos. El rostro del niño se veía amoratado y arrugado, pero abrió los ojos lo suficiente para ver si su madre lo miraba. Y luego siguió llorando a grito pelado.

–Se ha caído de la cama –dijo Martin.

Annie subió la escalera corriendo, ya acalorada por tanta ropa. Frotó la cabeza de Benjy, sintiendo la resistente redondez de su cráneo por debajo del cabello sedoso. Qué elásticos son los niños, pensó. A veces más duros que sus padres.

–Pobre Benjy –exclamó.

Martin lo mecía suavemente, esperando que el llanto cesara.

–¿Ya te vas? ¿A qué hora vas a volver?

Martin era alto, con los hombros caídos del que suele agacharse para llegar a la altura de los demás. Annie estaba en el peldaño inferior, y tuvo que estirarse para poder apretar su mejilla contra la de él. No miró su rostro, pero advirtió que la etiqueta del suéter asomaba por el cuello. Él la acarició con la mano libre y Annie se volvió para bajar corriendo la escalera.

–¿Qué les daré para comer? –alcanzó a escuchar.

–¡No sé! Mira en la nevera, ¿quieres?

El rumor de la irritación doméstica la siguió hasta la puerta.

–O llévalos a un restaurante, si te parece.

Thomas apareció en la puerta de la cocina.

–¡Sí, a un restaurante! ¿Papá, has oído? Mamá ha dicho a un restaurante.

Annie se volvió para mirarles.

No era propio de Annie volverse a mirar, pero ese día, por alguna razón, se sintió movida a hacerlo.

Vio a Martin en lo alto de la escalera. Su rostro le era tan familiar que los rasgos parecían haberse erosionado, como guijarros en el mar. Benjy se hundía en sus brazos, la cabeza reclinada contra el hombro de su padre. Había dejado de llorar, y tenía el pulgar en la boca. Unos metros más abajo, Thomas se balanceaba cogido de la barandilla de la escalera.

Y envolviéndolo todo, como en un cuadro recargado, aparecía la multitud de evidencias de la vida familiar: en la antesala había un coche de plástico roto; todo a lo largo de la pintura descolorida de las paredes se veía una franja gris de huellas digitales; la ropa asomaba de una canasta, esperando ser planchada; sobre la mesa, una serie de fotografías de los niños.

–¿A qué hora vas a volver? –repitió Martin mansamente.

No había reparado en la irritación de Annie. A veces esto aumentaba su enfado, pero esta vez se encontró a sí misma sonriendo.

–No estoy segura. Lo más probable es que haya muchísima gente. Pero quiero acabar hoy con las compras navideñas. Esperadme a cualquier hora.

Annie abrió la puerta de la calle, y la invadió una fría ráfaga.

–Hasta luego –se despidió alegremente.

La puerta se cerró nuevamente. Fuera todo estaba en calma. Todavía no era el silencio algodonoso que acompañaba a la nieve, pero sí la serena espera de su llegada. Annie arremetió contra la dentellada del frío, y avanzó por el camino. Mientras abría el portal doblaba por la esquina el camión del reparto de la leche. Pudo oír el ronroneo del motor. Annie pensó rápidamente cuántas botellas necesitaba, y levantó cuatro dedos en dirección al lechero. Los copos de nieve le salpicaron el rostro. El hombre asintió con el pulgar en alto mientras el camión se detenía. Annie se dirigió a la estación, caminando de prisa. Sabía que tardaría exactamente ocho minutos. Martin no se había ofrecido para llevarla en coche, pese a la nieve. Ambos sabían sin tener que mencionarlo, que era más fácil caminar que vestir a los niños, abrigarlos y convencerlos de que subieran al coche para hacer un viaje tan corto. Annie aún sonreía. Ésa era la clase de telepatía que se logra después de diez años de matrimonio, pensó Annie sin amargura.

Llegó a la calle principal; ninguno de los pocos transeúntes reparó en ella. Annie era lo que parecía ser: nada especial, un ama de casa y madre en un día de compras. Habría hecho falta mirarla con más atención para darse cuenta de que parecía un poco más joven que su verdadera edad, que su rostro era terso, aunque su expresión fuese de preocupación, y el aspecto de quien se siente capaz y conforme.

Aún era temprano cuando Annie llegó a los primeros almacenes en su itinerario del día. Los escaparates que se extendían ante ella mostraban sus arreglos navideños. Los observó un instante, disfrutando con la vista de las cintas satinadas y las ramas de abeto escarchadas de nieve seca y brillante. Afuera, en la calle, la nieve verdadera ya era de un gris parduzco, y se desparramaba en sucios penachos por entre las ruedas de los vehículos. Annie empujó con placer las inmensas puertas de vidrio y aspiró el aire cálido y perfumado. Se quitó el gorro de lana y sacudió la cabellera, antes de encaminarse hacia los ascensores. Empezaría por el piso de arriba e iría bajando. En el bolsillo del abrigo guardaba su lista de compras.

El ascensor estaba vacío. Miró el indicador luminoso, felicitándose por haber llegado antes que la muchedumbre. Las puertas se abrieron en el último piso y se apresuró a salir. La recibió un largo mostrador atestado de bolas de cristal coloreado: rojas, verdes, plateadas, doradas y una pirámide de otras transparentes que reflejaban la iridiscencia de pompas de jabón. Se sintió atraída hacia el mostrador, y cogió una, la giró para que cambiaran los colores bajo la luz. Muy caras, pensó con pesar.

Casi una libra cada una. Pero tomó cuatro, con sentimiento de culpa, colocándolas con cuidado en la cesta de alambre. Fue luego hasta las cintas de oropeles. Hundió sus manos entre las madejas.

Dos vendedoras esperaban en la caja cercana.

–¿A qué hora terminas? –oyó Annie que una le preguntaba a la otra.

–A las siete –respondió su compañera–. El día parece interminable, ¿eh?

El oropel ya estaba enrollado en la canasta de Annie. Había escogido una brillante serpentina plateada. Necesitaban adornos nuevos, se tranquilizó. Los que tenían estaban desteñidos de tanto usarlos; Pero ya no gastaría más en adornos. Iría al sector de cocina, abajo, y compraría algo para la madre de Martin. Su propia madre necesitaba un camisón. Pero para eso iría a Selfridge's más tarde. El rostro de Annie se arrugó, como si hubiese recordado algo penoso y volvió rápidamente a las cajas, cargando su cesta.

Bostezando, una de las vendedoras envolvió sus compras en papel verde. La otra oprimió las teclas de la registradora, y el total se encendió ante los ojos de Annie. Contó los billetes, recogió su bolso y se dirigió a las escaleras, en la parte trasera del almacén. Quedaban más cerca que el ascensor. Bajaría dos pisos. Para llegar a las escaleras había que cruzar una pesada puerta doble, encima, un letrero señalaba «Salida de emergencia».

Annie llegó a la puerta. Tuvo la vaga conciencia de que alguien más venía por el mismo camino. Era un hombre; antes había estado a su lado en las cajas, y ahora lo tenía detrás. Volvió la cabeza a medias, y el brazo de él se apresuró a empujar la pesada puerta para que ambos pasaran.

–Después de usted –dijo el hombre.

Ella no vio su rostro. Ni siquiera dijo «Gracias», aun cuando la palabra se formó en su mente.

La bomba explotó en ese mismo momento.

Destruyó las oficinas de personal donde la habían dejado toda la noche. Agujereó el techo del almacén, y la onda expansiva se abrió paso hacia el corazón de la estructura; abrió un inmenso agujero por el cual se derrumbaron los pisos en el temblor. El estrépito ensordecedor de la explosión sacudió las calles vecinas y estremeció las casas hasta un kilómetro de distancia.

Annie no oyó nada. Hubo un instante, un instante largo como el infinito, en que la gravedad desapareció de la tierra. En medio de un silencio sepulcral, vio una mancha borrosa de rojo y oro, en el momento en que el mostrador arrojaba su carga de bolas de vidrio al aire arremolinado, antes de que se hicieran añicos. Sintió que un viento mudo le desgarraba las ropas, le desollaba la piel, y la levantaba sólo para arrojarla adelante, y hundirla en ese abismo mortífero donde bullían a su alrededor fragmentos de pared y vigas rotas.

La luz blanca e hiriente se extinguió súbitamente y se hizo la oscuridad.

Entonces oyó el ruido, como el eco de un trueno, y al penetrar, trajo consigo el rugido de la mampostería que caía, mientras el edificio se replegaba sobre sí mismo, desmoronado. Una vorágine de cascotes y acero.

Annie cayó y cayó en la oscuridad.

El ruido en que todo se había convertido ahora la abandonaba, amortiguándose. El estallido rugiente acabó, y en su lugar oyó cómo se estrellaban contra su cuerpo cascotes de cemento y piedra. También esto enmudeció, y por fin no hubo más que el susurro del polvo, filtrándose entre las rendijas y calmándose mientras la gravedad volvía a gobernar el mundo.

Las dos mujeres de la caja habían muerto; como el empleado que había estado trabajando en las oficinas y que había cogido la bolsa de lona de su escondite. Annie aún no lo sabía, pero estaba viva. Había caído en el agujero, y sobre ella, a modo de escudo, yacía a medias la pesada puerta de emergencia.

Otra vez el silencio, largos segundos sin que nada se moviese. Entonces, arriba, en la luz, por encima de los escombros polvorientos donde el oropel y los fragmentos de vidrio se entremezclaban con travesaños rotos y con otras cosas terribles, y donde los copos de nieve se amontonaban y depositaban imparcialmente, comenzó a sonar la primera sirena.

Annie no la escuchaba. Su cabeza latía con el atronador eco de la explosión, y sus ojos estaban cegados por el resplandor blanco de una luz. Cerró los ojos, volvió a abrirlos, pero nada apagaba el destello. ¿Adónde había ido la oscuridad? Su propia oscuridad, su oscuridad privada, ¿adónde la había llevado? ¿Tenía los ojos abiertos o cerrados?

Permaneció inmóvil largo tiempo, no supo cuánto. El rugido

de sus oídos fue deshaciéndose, perdiendo intensidad. El resplandor blanco se tornó amarillo, con un punto oscuro en el centro. La primera sensación corporal que recuperó fue una oleada de náuseas. Annie trató instintivamente de mover la cabeza para vomitar, pero el movimiento fue interrumpido por un agudo dolor que parecía provenir del interior de su cabeza. Volvió la calma, mirando de lleno el resplandor amarillo. Lentamente, como un puño que se abre, la náusea aflojó su opresión y la luz se redujo a un punto diminuto. Sus ojos se abrían y cerraban. De eso estaba segura ya. De pronto se dio cuenta de que la luz estaba dentro de su cabeza, y que no podía ver nada porque estaba sumida en la oscuridad absoluta.

La lengua de Annie se movió y halló sus labios. Estaban cubiertos de polvo, salvo una comisura, bañada por una humedad pegajosa. Sintió el sabor nauseabundo de su propia sangre. Súbitamente la invadió un pánico más poderoso que la náusea. Trató de moverse de lado, de encoger las piernas en posición fetal, y descubrió que le era imposible. Estaba herida, malherida, y atrapada en una negrura interminable.

Annie oyó gritar, más y más, un grito que subía y bajaba a medida que la víctima se detenía en busca de aliento. Y cuando cesó, se preguntó si acaso no habrían sido sus propios gritos.

¿Dónde estaba? ¿Qué le había pasado?

Ay, Dios, ayúdame.

Los gritos eran suyos. Podía sentir cómo crecía dentro de sí otro aullido: la pura voz del terror. Apretó los dientes, y sintió crujir el polvo entre ellos. Intentó tragar, despejarse la boca, concentrarse en las cosas más pequeñas para mantener el miedo a raya. A su alrededor, como si se tratara de una cosa viviente, podía sentir todo lo que ocurría.

Piensa. Trata de deducir qué ha pasado.

Muy despacio esta vez, intentó moverse. Su brazo, su hombro y su costado derechos, justo del otro lado del esternón, no le respondían, ni tampoco el muslo y la cadera. Estaba clavada por algo suave, que se doblaba hacia arriba en ángulo. Lo descubrió palpando cautamente con la mano izquierda. Más arriba, había algo dentado que parecía duro y a la vez a punto de deshacerse. Abandonó su búsqueda inútil y dejó caer su brazo otra vez. Las piernas. ¿Dónde estaban sus piernas? En la parte inferior de su cuerpo no sentía nada; era como si fuese arcilla hecha terrones torpemente reconstituida y cortada en las rodillas.

Y la cabeza, ese dolor en la cabeza. Rodó, apenas, a un lado y a otro. Quizá pudiese moverse uno o dos centímetros antes de que el dolor la atenazara. De pronto, Annie advirtió que tenía el cabello atrapado debajo de algo. Se había quitado el gorro de lana –¿cuánto haría de ello?– una vez dentro de la tienda. Ahora había algo muy pesado apoyado sobre su cabello extendido, y el dolor que sentía eran las raíces del pelo estirándole el cuero cabelludo. Así que aunque no hubiera nada más en contacto con su cuerpo habría seguido atrapada allí por el cabello, forzada a yacer boca arriba, mirando a... ¿a qué?

No había más que una negrura asfáltica, ningún sonido, fuera del amenazador repiqueteo de los fragmentos que caían cada vez que movía el brazo. Los dedos de su mano izquierda revoloteaban, sintiendo la madera astillada, las aristas de los ladrillos.

Ahora temblaba, con total conciencia; el frío le trepanaba los huesos.

¿Qué le iba a pasar?

Annie volvió a gritar, mientras el terror se agazapaba y amenazaba con sofocarla. Cuando el sonido se apagó, una voz dijo, muy cerca de ella:

–Basta. Deje de gritar.

No era su voz, lo sabía. Era la de un hombre. La de un desconocido.

Al escucharla, recordó. Antes de que viniera el ruido, incluso antes de ese viento silencioso y de la conmoción que la sacudió en una lluvia de bolas de cristal rotas, allí había un hombre. Eso era: cuando ella todavía era Annie, y caminaba serenamente hacia la salida con una bolsa de adornos navideños, un hombre se acercó por detrás de ella y abrió la puerta. Por el rabillo del ojo, en el último instante, había alcanzado a ver su mano y su brazo.

Ya sentía crecer el miedo dentro de sí. ¿Dónde estaba ese hombre? ¿Cerca de ella? Annie hizo un esfuerzo para que sus pensamientos encajaran.

Él debe haberlo hecho, sea lo que fuere. Y si pudo provocar semejante cataclismo, ¿qué haría cuando llegara hasta ella? Annie se mordió los labios para dejar de temblar, y otra vez sintió el sabor salobre de la sangre. Debía quedarse inmóvil, o él la escucharía.

Estuvo con la cabeza girada hasta donde le fue posible en dirección al sitio de donde había venido la voz, escrutando con ferocidad la oscuridad impenetrable.

–¿Dónde está? –preguntó–. No creo poder llegar hasta usted, pero...

Si se acerca... Annie había querido gritarle, pero sus palabras fueron un suspiro.

–Si se me acerca, lo mataré.

Hubo un largo silencio. Luego, el hombre dijo suavemente:

–De acuerdo. Escuche, ¿oye las sirenas? Ya nos localizarán. Nos sacarán de aquí.

En el pavimento de la acera opuesta deambulaba una solitaria agente de policía, verificando el número de matrícula de una camioneta gris detenida en zona prohibida. La camioneta la había protegido de la onda expansiva, y por un instante se acurrucó contra ella, la mejilla apoyada en el frío metal. Oyó gritos, oyó el salvaje movimiento de los vehículos sobre la calzada, y el estallido de vidrios rotos. Lentamente, apoyando la mano sobre el costado de la camioneta, se levantó. Debajo de una nube de humo negro vislumbró la fachada de los almacenes: el tejado se había abierto hacia el cielo, y se podía ver el interior, donde los pisos colgaban, patéticamente expuestos, vueltos hacia abajo. Todavía seguían cayendo fragmentos de mampostería. En la calle, la gente corría: unos lejos de la lluvia de cascotes, otros en su dirección. Había cuerpos sobre el pavimento.

La mujer policía abandonó el refugio que le ofrecía la camioneta, y se obligó a cruzar la calle. Los vidrios rotos crujían bajo sus zapatos negros lustrados. Levantó una mano enguantada para parar el tráfico, como le habían enseñado a hacer. La otra mano buscó el transmisor dentro del abrigo, para pedir auxilio.

Remontando las calles por entre coches y autobuses en contra dirección, con un relámpago de luces, llegó el primer coche patrulla. La mujer policía estaba arrodillada al lado de un hombre. Por entre el puño oprimido contra su mejilla seguía manando la sangre. De pronto se hizo un ominoso silencio, y pensó en lo estridente que sonaba la sirena.

Dos policías saltaron del vehículo todavía en marcha. Uno

de ellos llevaba en la mano un altavoz, que se acercó a la boca.

–Atrás. Todos atrás. Circulen.

Uno por uno comenzaron a moverse lentamente hacia atrás, paso a paso, los hombres y mujeres que se apiñaban en la calle. Miraban la fachada derruida de la tienda donde el humo aún seguía ascendiendo en negra espiral.

–Puede haber otra explosión. Por favor despejen el área.

Se movieron algo más, alejándose de los grupos dispersos sobre el pavimento, compuestos por las víctimas y quienes trataban de asistirlas.

Abajo, en la oscuridad, la voz del hombre repitió, insistente:

–¿No los oye?

Por fin, Annie dijo:

–Sí.

–No la oigo bien –señaló el hombre–. Más alto.

Ella repitió:

–Sí. –Y luego, de pronto–: ¿Qué ha hecho?

Nuevamente se hizo otro silencio, y oyó que algo se movía cerca de ella. Su piel se erizó en fría oleada.

–Yo no lo hice. –La voz sonaba más próxima–. Debe de haber sido una bomba o una explosión de gas.

Una bomba.

En el ojo de su mente, fijo en la oscuridad terrorífica, la palabra trajo imágenes intermitentes: el noticiario de televisión con fotografías de muerte violenta entre los escombros, una impresión casi olvidada de la cúpula enrojecida de St. Paul alzándose por entre la devastación del Blitz, y luego el hongo de Hiroshima.

Una bomba.

Las imágenes se desvanecieron y la dejaron nuevamente sumida en la oscuridad. Sus ojos sintieron el aguijón del dolor, de tanto esfuerzo por mirar. Comprendió que había explotado una bomba, que la había enterrado junto con las bolas rotas del árbol de Navidad, con las serpentinas brillantes, y con la pesada puerta que se disponía a abrir. Era la misma puerta que yacía sobre ella, aplastándola.

Annie temblaba violentamente.

–Tengo miedo –dijo.

El hombre pensó que parecía muy conmocionada. Pero estaba consciente, y había dejado de gritar. Se preguntaba si le sería posible acercarse lo suficiente para ayudarla. Se movió hacia un lado, apenas, extendiendo la mano derecha.

–¿Qué está haciendo?

Su voz aguda anunciaba el pánico.

–Intento llegar hasta usted. Escúcheme con cuidado. ¿Dónde le duele?

Casi podía escuchar sus pensamientos, penosamente explorando los contornos internos de su cuerpo, tal como él mismo había hecho.

Por fin dijo:

–No siento las piernas. Me duele un costado. Tengo algo pesado encima. Creo que es una puerta.

–Eso es bueno. Probablemente actúe como un escudo para usted.

–Y tengo el cabello atrapado. No puedo mover la cabeza.

Recordaba haber visto su cabello mientras ella se dirigía a la salida, delante de él. Rubio, largo y abundante.

–¿Hay algún miembro que pueda mover? –insistió.

–El brazo. El brazo izquierdo.

Suavemente, le dijo:

–Entonces extiéndalo.

Oyó un ruidito metálico, acaso la hebilla de su reloj contra los escombros, y el leve movimiento de sus dedos acercándose a él. Extendió su propio brazo, más, hasta que le dolieron los músculos, y las astillas le arañaron la muñeca. Y entonces, milagrosamente, sus dedos se encontraron. Las manos se unieron, palma contra palma, súbitamente firmes.

Annie pensó *Gracias a Dios*. La mano en la oscuridad parecía muy sólida, sentir cómo aferraba la suya le resultaba casi familiar, como si conociera su forma.

El hombre oyó el sollozo de alivio en la garganta de la mujer. Su mano estaba muy fría.

–¿Cómo se llama? –le preguntó en la oscuridad.

–Annie.

–Annie. Siempre me ha gustado este nombre. El mío es Steve.

–Steve.

Repetir los nombres era tranquilizador, era una afirmación de que aún estaban allí, y que seguían siendo ellos mismos después del cataclismo.

Annie sintió que el pulgar de él se movía en el dorso de su mano, oprimiéndola ligeramente. El miedo comenzó a ceder, y la respiración se tornó más fluida. Volvió la cabeza hacia él, hasta donde le fue posible. El pelo le tironeaba el cuero cabelludo.

–Pensé que lo habías hecho tú –dijo–. Lo siento. Tenía miedo de ti.

–No lo hice. Estaba haciendo mis compras de Navidad, igual que tú.

Compras de Navidad... esas bolas translúcidas tan caras, las cintas brillantes y las ramas de abeto en los escaparates, la nieve cayendo sobre las calles invernales. ¿Y ahora? Estaban enterrados, en esta acre oscuridad. ¿Sería a mucha profundidad? Annie tenía la impresión de que había caído más y más, dentro de un inmenso abismo. ¿Qué tendrían por encima, en precario equilibrio? ¿Cuántas toneladas de escombros estarían interponiéndose entre ellos y el cielo y el aire?

Mientras se movía, involuntariamente, el cabello se le iba desgarrando en las raíces.

–Quédate quieta.

Los dedos de Steve se tensaron sobre los suyos.

Annie oyó crujir la puerta por encima de su rostro. Sí, debía quedarse quieta.

–¿Y tú? –preguntó–. ¿Estás herido?

–Tengo una herida aquí y allá. Nada grave. Lo peor es la pierna. Creo que está fracturada.

Esta vez se movieron los dedos de Annie, tratando de enlazar los de él.

–No te vayas –se apresuró a decir a Steve.

–No lo haré. Estoy tratando de pensar. ¿Cómo podremos salir?

Ahora trataba de concentrarse, de mantener el control de su voz.

–No... no creo que podamos. –Se oyó otra vez el ruido de las sirenas, multiplicándose, pero a gran distancia–. Vendrán por nosotros, Annie. No pasará mucho tiempo. Sólo tenemos que esperar.

Annie pensó: no nos encontrarán. ¿Cómo lo harían? Nadie sabe que estoy aquí. No le dije a Martin adónde iba.

–¿Quién es Martin?

Sólo al escuchar la pregunta, Annie se dio cuenta de que había estado pensando en voz alta. Tenía todos los sentidos trastocados: miraba tanto que le dolían los ojos, pero no lograba ver; a su alrededor se agolpaban ruidos, no los de las sirenas sino otros: crujidos, temblores, y el estrépito de fragmentos que caían. Pero no podía afirmar si eran reales, o si eran ecos producidos dentro de su cabeza, como su propia voz. Y de pronto sintió que no estaba atrapada, que otra vez caía, inerte en la oscuridad. Annie apretó los puños e inclinó el rostro hacia adelante, deliberadamente, ignorando el dolor, hasta que la mejilla tocó la suavidad sólida, fría, pesada de la puerta.

–Mi marido –dijo, deseando que las palabras salieran normalmente. Ya no caía–. Martin es mi esposo.

–Continúa –pidió Steve–. Sigue hablándome. De cualquier cosa. Quédate quieta y háblame.

Esa mañana se había ido de casa. Allí estaban los tres, mirando cómo se marchaba; Benjy en los brazos de Martin y Tom balanceándose cogido en la barandilla de la escalera. Antes de eso había corrido hasta lo alto de las escaleras, poniéndose de puntillas para acercar su mejilla a la de Martin. Un adiós como tantos otros, de prisa, sin que hubiese podido ver el rostro de su esposo. Era tan familiar, que el tiempo había erosionado la imagen que de él tenía en su mente.

De pronto, Annie sintió su soledad. Iba a morir, allí, sola. Pero la mano que sostenía la suya era cálida como un bálsamo. ¿Dónde estaba Martin, en ese instante?

Te amo. Repetían la fórmula a menudo, no por pasión sino para tranquilizar al otro, para renovar su juramento. Es cierto, pensó Annie, lo amo.

Y aun así, tratando de evocarlo entre el dolor y el miedo no lograba recordar el rostro de su esposo.

En cambio, veía el jardín de su casa, tan vívidamente como si estuviera de pie en la puerta trasera. Sólo una semana atrás, Martin estaba de espaldas a ella, inclinado, con la cabeza agachada, buscando el martillo que había dejado caer en el camino empedrado. Veía su mano, el puño gastado de la vieja chaqueta que usaba para trabajar en el jardín, y escuchaba la música proveniente de la radio de la cocina.

Estaban juntos en el jardín, trabajando. Martin por fin había encontrado tiempo para arreglar la cerca que los separaba del feroz alsaciano de sus vecinos. Los niños se habían ido a una fiesta de cumpleaños y estaban solos. Dos horas de paz infrecuentes.

Annie estaba de pie al borde de los macizos de flores. Los tallos de las anémonas estivales mostraban sus puntas, ácidas por el olor de los gatos. La tierra misma se veía negra y escarchada. Le dolían los brazos porque estaba sosteniendo parte de la cerca, esperando que Martin la clavara en su sitio. Ninguno de los dos hablaba. Annie tenía frío, y Martin se sentía irritado porque no era diestro con las manos y los intentos fallidos casi le habían hecho perder la compostura. Levantó el martillo y golpeó el clavo, pero éste se torció. Martin lanzó una palabrota y arrojó nuevamente el martillo al suelo.

Annie pensaba en los días en que compraron la desvencijada casa victoriana, mucho antes de que naciera Tom. Habían trabajado durante interminables fines de semana, pintando y martilleando, ya que no podían permitirse el lujo de contratar obreros ni decoradores. En esa época peleaban sin ninguna inhibición, y se perdían en furibundas discusiones acerca del arco que no quedó bien terminado, del error evidente en el tono de pintura, del nivel de las baldosas, que parecía las olas de un lago. Y entonces se detenían, se echaban a reír, subían las escaleras y hacían el amor en la habitación donde el papel púrpura y naranja de los últimos ocupantes colgaba en jirones por encima de sus cabezas. Nueve, diez años atrás.

Un recuerdo similar debía haber venido a la mente de Martin. Tiró el martillo a un lado y se levantó para mirarla.

Esta vez Annie logró ver su rostro. Cada línea: incluso podía haberlo tocado en la oscuridad. Era casi el mismo que había conocido, salvo por esas arrugas más acentuadas en el ceño y la boca.

La había abrazado, por dentro del abrigo, para besarla.

–Pidámosle a Audrey que se quede hoy por la noche, así salimos y cenamos en Costa's.

Siempre iban a Costa's. Annie no recordaba la última vez que habían ido a otra parte. La última vez, después de haber trabajado en el jardín una semana atrás, regresaron tarde, y Martin llevó a la niñera hasta su casa. Annie había ido a la cama y allí se quedó dormida de inmediato, antes de que su esposo se acostara a su lado. Por la mañana Benjy se había despertado a las seis, y con tal de tener una hora más de descanso, Annie lo trajo a su dormitorio y lo puso entre los dos. El niño sonreía triunfal, con el pulgar en la boca.

Martin había extendido su mano por encima de Benjy para apoyarla en el hueco de la cintura de Annie. Se miraron sabiendo que el otro sabía. Las cosas eran así. Estaban cansados, y además estaban los chicos.

Ahora Annie sentía algo, más frío que el frío que le perforaba los huesos. Otra vez temblaba.

–Siempre vamos a Costa's –repitió–. No sé por qué. A Martin le gusta.

–Ya lo sé –le respondió Steve–. Ya sé cómo son las cosas.

–¿Por qué? –Annie se escuchó preguntar–: ¿Estás casado?

Habían despejado la calle. La policía había implantado una especie de orden después del primer esfuerzo desesperado por llegar hasta las víctimas. Habían puesto cintas anaranjadas para acordonar la tienda, y para que el equipo de rescate trabajara dentro del círculo. Las chaquetas anaranjadas fluorescentes que llevaba la policía parecían verter su color al aire gris, y los cascos amarillos de los bomberos se asomaban y se hundían a medida que descargaban sus complejos equipos, poleas y extrañas e incómodas cámaras. Se movían con rapidez, con práctica eficiencia.

Fuera de la línea anaranjada se alineaban los vehículos de rescate. Los perfiles altos, grises y escarlata de los coches de bomberos formaban un sólido muro, más allá del cual aguardaba la ambulancia, al lado del primer camión blanco de emergencia que había acudido al lugar. Otra ambulancia partía con el último de los heridos accidentados en la calle, fuera de la tienda. A unos metros, dos oficiales de policía abrían las cintas del cordón exterior para dejar que se marchara.

La multitud, engrosada por los curiosos que llegaban, se había atrincherado detrás del cerco. Uno de los agentes uniformados se había situado en el cordón, con un altavoz, deteniendo a todo el que intentara acercarse.

En el centro de una maraña de patrulleros detenidos entre el cordón interior y el exterior, había una anónima camioneta celeste de techo abombado. Era el vehículo de «accidentes graves» de Scotland Yard, y dentro de él el inspector a cargo de la oficina local dirigía las operaciones e impartía instrucciones al comandante que había llegado con él. A su lado estaba el camión igualmente anónimo del escuadrón de explosivos.

Unos metros más allá, en un determinado punto del cordón, la prensa había formado un núcleo febril. Ya estaban los enviados del noticiero televisivo: el periodista surcaba la multitud tratando de encontrar un testigo ocular. Pero dio la vuelta apenas vio salir del camión de control a dos oficiales de la policía.

–Todavía no hemos hecho ninguna estimación –dijo el policía–. La tienda acababa de abrirse, como saben, de modo que hay probabilidades de que hubiera menos clientes dentro que si hubiese sido más tarde. Tenemos una lista con el personal de la tienda, y la estamos cotejando con los supervivientes que hemos podido localizar.

Le lanzaron una docena de preguntas.

–No. Todavía no tenemos idea del número de víctimas, ni la tendremos durante algún tiempo. Ya han comenzado las tareas de rescate, y continuarán hasta que tengamos la certeza de que no quedan supervivientes.

El crujido de las radios de la policía revivía el aire frío y húmedo.

–No –dijo el oficial–. Aún no tenemos ninguna indicación de la cantidad de gente que puede haber enterrada.

Hizo un brusco gesto de asentimiento y dio la vuelta para regresar al camión de control.

Steve ya lo sabía. Lo había estado imaginando, valiéndose de las imágenes de su mente para convencerse a sí mismo de que los rescatarían. Necesitaba convencer a la joven, también. Hacerle creer en la precisión de las operaciones de rescate. Su mano estaba tan fría, que podía sentir el miedo en la punta de sus dedos.

–Estuve casado un tiempo. Pero ya no.

–¿Por qué?

Ella también quería que él hablara. Se extendía hacia él, como tratando de aferrarse al sonido de su voz. Steve sentía el polvo en la garganta.

¿Por qué? Cass lo había estado esperando toda la noche. No había tenido trabajo ese día, así que se había quedado todo el tiempo en casa. Cuando él llegó era muy tarde, pero eso ocurría con frecuencia. La ironía era que esa noche, de verdad, había estado trabajando.

–¿Lo pasaste bien? –preguntó ella, sin levantar la vista. Había una botella en la mesita de vidrio, casi vacía. De modo que había estado bebiendo. Y, como sucedía siempre que Cass pasaba por un lugar, también había otras cosas desperdigadas por el suelo: dos o tres revistas, un frasquito escarlata de esmalte para uñas con un tapón semejante a la hoja de un estilete, su *walkman* con los cables desparramados, una serie de estuches de casetes.

Steve, una vez colgada la chaqueta del respaldo de la silla, había ido a la cocina a prepararse un café.

–*¿Lo pasaste bien?* –gritó ella. Había molido el café muy fino, casi saboreando el ruido.

Luego se dirigió a la puerta de la cocina para mirarla.

Cass era modelo. No era de las más jóvenes pero aún tenía éxito. El verdadero nombre de Cass era Jennifer Cassady, pero cuando la contrataron en la agencia convinieron en que el nombre que tenía no era el más adecuado. De modo que optó sencillamente por Cass. Ése era el nombre que aparecían en los registros de la agencia, en su maletín, en sus tarjetas: «Cass». Cabello castaño, ojos verdes, un metro setenta y siete. 88-60-86. Y todo el resto de la información, su talla de guantes y calzado, su experiencia como modelo, su disposición a hacer anuncios de ropa interior.

Como la mayoría de sus amigas modelos, era muy raro que Cass usara maquillaje cuando no estaba trabajando. Su rostro pálido y triangular observaba a Steve inexpresivamente bajo el flequillo recto. Steve solía pensar que parecía un gato persa, con esos ojos oblicuos y el mentón en punta. También se movía como un felino.

–No mucho. –Steve respondió con deliberada lentitud–. He tenido que repetir unas tomas para Fawcetts. He tenido toda la noche a Phil Day encima.

–Por lo menos es un cambio –dijo Cass cuidadosamente. No quería perder el pique ahora que lo tenía ante sí–. Hoy no has tenido a Vicky encima.

Steve no había dicho nada. No tenía sentido decir nada, ambos lo sabían. Había vuelto a la cocina a buscar por entre los cajones en busca del filtro de café. Se sirvió una taza de café y se apoyó contra el armario gris, mirando el periódico con ojos vacíos, mientras lo bebía a sorbos.

Cuando regresó a la sala de estar, Cass ya no estaba allí. Apagó las luces, caminó hacia el dormitorio y allí la encontró.

Se había maquillado, y quitado la camiseta y los pantalones de estar por casa. Steve estaba acostumbrado a sus camaleónicas transformaciones, pero esta vez se quedó de pie, mirándola. Luego recordaría un sostén de encaje negro, medias negras y unas bragas francesas con profundos cortes a los costados. Cass se había pintado los labios de rojo, haciendo un gesto seductor, pero sus ojeras desmentían el gesto. Steve le lanzó una mirada llena de asombro y resentimiento. Y ella le hizo frente, con una mano en la cadera, posando.

–¡Cómo siento que hoy no lo hayas pasado bien! Si quieres podría ayudarte a que lo pasaras bien ahora...

–Cass, por el amor de Dios...

Se le acercó contoneándose, soltando el broche del sostén pero sosteniéndolo por encima de su pecho, y deslizando los tirantes por los hombros suaves y bronceados.

Era muy hermosa, alta y acaso un poco delgada. Los huesos de la cadera se asomaban a ambos lados de la suave concavidad de su abdomen. Contra su voluntad, sabiendo que lo estaba manipulando, Steve extendió su mano y la tocó. Su piel estaba tibia, y él conocía su íntima fragancia.

–Cass –susurró–. ¿Qué estás haciendo?

–Soy tu esposa, ¿o no?

–Sí.

La atrajo hacia sí, y el cuerpo casi desnudo se apoyó sobre el suyo. La besó, borroneando su boca escarlata, mientras ella le desabrochaba la camisa. Steve la arrastró hasta la cama. Ella se quedó mirándolo un instante y luego se apoyó encima de él. Desabrochó el último botón y sus dedos se deslizaron hacia la hebilla del cinturón. Acercó la cabeza para besarlo y luego miró hacia abajo, aletargada, con las puntas de su cabello pendiendo sobre el pecho desnudo de Steve. Por un momento, él había logrado olvidar la complicada secuencia de su prolongada contienda. Sus dedos hallaron el borde de encaje de sus provocativas bragas. Deslizó su mano por debajo, buscándola.

Cass lo apartó. Se libró de su abrazo y se puso de pie. Sin volver la mirada hacia él fue hasta el armario, tomó un abrigo y se lo echó por encima, sobre la ropa interior de encaje negro. Entonces abrió una maleta y comenzó a sacar ropa de un cajón para arrojarla dentro de ella.

–¿Qué demonios estás haciendo? –Steve sintió el fuego de la ira encendido por el deseo.

Cass no lo miró. Puso varias perchas con ropa dentro de la maleta y la cerró de un golpe.

–Me marcho –dijo sin rodeos–. Te detesto. No me gustas.

–No seas tan imbécil...

Se apoyó en los codos para observarla, y sintió su torpe acaloramiento, el rubor frustrado sobre su rostro. Su furia se intensificó. Cass se puso un par de finísimas botas. Metió en su bolso, de un manotazo, un puñado de cosas de su mesita de noche, un manojo de llaves y el talonario de cheques.

Fue hasta la puerta y entonces sí, finalmente, se volvió hacia él.

–Adiós, Steve –dijo.

Fue incapaz de resistir la tentación de la última pose.

–¿Qué diablos estás haciendo?

–Nada que te importe.

Su esposa salió, cerrando la puerta detrás de sí.

Steve quedó un momento inmóvil, y luego saltó de la cama para acercarse a la ventana. Se arregló la camisa dentro de los pantalones y abrió las cortinas. Vio a Cass salir a la calle y meter la maleta dentro del coche. Era un pequeño Renault 5, de color oro, y Steve recordó que esa semana él lo había llevado a arreglar. Cass encendió el motor, dio marcha atrás y salió a toda velocidad. Él permaneció de pie, junto a la ventana, mirando la calle largo tiempo después de que el Renault desapareciera.

–Volverá –se dijo–. Se le pasará en un par de días.

Pero jamás regresó.

–Nunca le había dicho a nadie lo que había sucedido exactamente –dijo Steve–. Sólo dije que habíamos terminado. Por vergüenza, supongo. Pero es como te lo estoy diciendo.

–No creo que la vergüenza tenga mucho que ver –opinó Annie lentamente– cuando uno va a morir.

Annie escuchó su rápido movimiento, y luego su respiración entrecortada, seguramente de dolor.

–No moriremos –le dijo–. ¿Me escuchas? –Y luego, al no obtener respuesta–: Annie, di algo. *No moriremos*. Nos sacarán de aquí. Lo sé.

–Nos sacarán de aquí –ella repitió, por fin.

Permanecieron inmóviles, con las manos unidas.

Annie aborrecía la calma que se filtraba alrededor de ellos. Parecía ser sólo una calma superficial, que enmascaraba toda clase de sonidos, tal vez el primer retumbar de la avalancha que derrumbaría la inmensa masa de escombros para aplastar su precario refugio.

–¿Quieres que ella vuelva? –le preguntó de pronto.

–No sé. No, creo que no.

Ya no. Seguía viendo a Vicky, y a una o dos más. Trabajaba muchísimo, ya que era el propietario de una compañía productora, y tenía que hacerlo. Cuando no aparecía Vicky ni ninguna otra regresaba a su apartamento vacío.

–Parece como si sintieras pena por ti mismo.

Sus palabras le hicieron mirar la hueca negrura, deseando poder verla. Apenas tenía una mínima impresión de ella apartándose de las cajas y caminando delante de él hacia la puerta. Tenía un rostro agradable, preocupado. Común.

–Y tú pareces una maestra.

Así era. Tenía una leve superioridad, cierta certeza moral. No, no era el tono de una maestra: era el de una madre, acostumbrada a dar severas reprimendas. Steve escuchó algo que casi podía haber sido una risa grave y dolorosa.

–¿No crees que es extraño que estemos enterrados aquí, cogidos de la mano e intercambiando insultos? –preguntó la joven.

La respuesta de su sonrisa se encendió automáticamente antes de que el dolor de su pierna lo atormentara nuevamente.

–Me gusta ese ánimo, Annie –dijo–. Aquí nada puede ser *extraño*, ¿eh? Háblame más. Cuéntame. ¿El tuyo es un matrimonio feliz?

¿Qué era esa mano helada que había sentido al recordar ese día en el jardín? Otra vez estaba allí, horadándola... y ya tenía tanto frío... Comenzó a temblar y se puso tensa, tratando de controlarse. El dolor penetraba más aún dentro de su cuerpo, como si la atravesara un cuchillo.

–Sí. Sí, somos felices. Yo lo siento así. Creo que Martin también.

Se escuchaba balbucear a sí misma. Decidió hablar más despacio, moldeando las palabras dentro de la boca antes de pronunciarlas.

Años. Uno tras otro. Los colores apenas cambiaban su textura, los brillantes tendían a hacerse opacos, pero todos se entretejían del mismo modo tenue.

–Soy sólo un ama de casa. Tengo dos hijos varones, de ocho y tres años.

Oh, Thomas, Benjy, os quiero tanto. No me dejéis morir aquí, sin verlos.

–Mi marido es diseñador de interiores. Su empresa se dedica a locales comerciales. Antes de que Tom naciera yo hacía el mismo trabajo. Ahora cuido de Martin, de los chicos, de la casa. Me gusta hacerlo. No puedes imaginar cómo es mi vida, ¿verdad?

Ahora ya te conozco, pensó Steve. Te he visto, en el parque con tus hijos, o tratando de bajar del metro con uno en brazos y el otro colgado del abrigo.

–Cass quería ser así, creo. A pesar de sus arranques salvajes y de su conducta excéntrica. Creo que lo que ella quería en realidad era tener la comida lista cada noche a las ocho, planificar desde enero las vacaciones de julio, salir una noche todas las semanas...

–¿Y tú no?

–No. Lo que yo no podía soportar era la rutina de estar casado.

–Como por ejemplo ir siempre a Costa's –dijo Annie.

–Me gusta variar de menú. Comer en restaurantes distintos.

Escuchó atentamente el sonido de sus palabras, y sintió su mano tomando la de ella. Era una mano grande, pero muy cálida. Annie experimentó una furia súbita e irracional.

–Creo que me pareces un cerdo.

Steve rió esta vez; se atragantó con la risa.

–Pero soy un cerdo que sobrevive. Y tú sobrevivirás también, tesoro. Ya verás.

La ira de Annie desapareció tan pronto como vino. Escuchaba su convicción, la de un hombre que jamás había visto, y le creía. Era importante creer, también lo sabía.

–¿Cuánto hará que estamos aquí? –Ahora su voz sonaba aniñada–. ¿Cuánto tardarán en venir?

–Tal vez haya pasado una hora. O quizá no tanto. ¿Tu reloj tiene agujas?

–¿Agujas?

Annie sólo pensaba en las agujas de su dolor.

–El mío es digital. Pero si el tuyo tiene agujas y aún funciona, podemos palpar la hora. De ese modo sabremos cuánto tiempo pasa. Nos será útil.

Era un hombre práctico. Al parecer ni se asustaba ni se desorientaba. Annie cerró los ojos. El dolor que sentía en el costado y en la cabeza le impedían pensar. A su mente acudían en tropel toda clase de impresiones, recuerdos más vívidos que la realidad, pero no conseguía formular el menor pensamiento coherente.

Dijo con un esfuerzo:

–Mi reloj está en este brazo.

Levantó un poco la mano y la retiró de la de él. De inmediato echó de menos su calor. Sintió cómo él rozaba su muñeca, buscando la correa del reloj. Era una hebilla diminuta, y podía oír el esfuerzo que le costaban los movimientos pequeños y torpes. Por fin, la correa se aflojó y el reloj se deslizó de su muñeca. Cayó por entre los dedos de Steve y se oyó un leve tintineo, como si hubiese ido a parar a algún sitio más allá de sus manos. Era como si les hubieran arrojado una cuerda pero fuera de su alcance.

Steve juntó fuerzas y comprimió los hombros, tratando de ponerse de lado, de bajar otro milímetro más. Exploró los escombros con la punta de los dedos, aquí y allá, rastreando entre la madera astillada y los cascotes.

Annie estaba muda, a la espera. Entonces, milagrosamente, los dedos de Steve hallaron la correa de cuero, aún tibia por el contacto con la muñeca. Lo levantó y palpó la superficie convexa del reloj. El vidrio aún estaba intacto.

Lo golpeó suavemente contra la arista de un ladrillo, luego más fuerte, y más fuerte aún. El circulito de vidrio se resistía a romperse, y él sintió cómo se le agolpaba el sudor en la frente, hasta que una gota empezó a rodar. Nunca antes había sido tan importante saber la hora. Si lograba saber qué hora era podían esperar, contando juntos los minutos.

Tratando de controlar su fuerza, nuevamente golpeó el reloj contra el ladrillo. Entonces tocó la superficie con el dedo. El vidrio se había astillado. Apoyó el reloj sobre el pecho y retiró los fragmentos de vidrio. Tocó la perilla de la cuerda y luego palpó las agujas. Bajo sus dedos parecían diminutas, como cabellos. El reloj funcionaba. Levantó los dedos rápidamente.

–Son las diez y media –dijo.

Había llegado a la tienda apenas abrió sus puertas, apenas una hora antes. Estaban allí tendidos desde hacía tres cuartos de hora, tal vez ni siquiera tanto. Se movió un poco, como tratando de adivinar si estarían muy abajo. Lo único que sabía era que les llevaría mucho tiempo salir de allí.

–¿Annie?

–Tómame de la mano –le suplicó.

Introdujo el reloj en el bolsillo interior de su chaqueta y extendió la mano. Sus dedos se encontraron de inmediato, y sus manos se unieron.

–Así está mejor –dijo ella. Steve quería tomar su mano y estrecharla en la de él, insuflándole calor, y su impotencia se le impuso. Ella estaba malherida, y si empeoraba antes de que viniesen no podría hacer nada por ayudarla. A su vez comprendió qué importante era que ella estuviese allí. De estar solo ¿lucharía con tal tenacidad?

–Cuéntame qué piensas –le ordenó.

–No estaba pensando. Sólo veo y escucho cosas. Tan vívidas... –Ahora su voz sonaba aletargada y distante–. Cosas de hace mucho. Dicen que eso es lo que pasa, ¿no?

–No. ¿Qué cosas, Annie?

Había estado recordando la Navidad anterior, y el arbolito decorado en la ventana del frente.

Benjy apenas tenía dos años. Estaba sentado en el suelo con los ojos y la boca bien abiertos ante el resplandor.

–Los niños. Me acordaba de los niños. Crecen, y cambian constantemente, pero siguen siendo iguales, ellos mismos. Si no tienes hijos no puedes saber cómo es. Ni siquiera creo que los padres tengan la misma sensación.

Así estaba mejor, pensó Steve, sin reparar en lo que ella decía. Su voz sonaba más firme.

–Antes de tenerlos jamás había pensado en esto. Ni cuando decidimos tener un hijo, ni cuando quedé embarazada, jamás imaginé lo que sería.

Cuando empezó el proceso del parto habían ido juntos al hospital. Annie y Martin. Ésa fue la última vez, lo sabría después; ese último viaje hasta la clínica fue la última vez que fueron sólo ellos.

Y nació Thomas, una masa de cabello negro con rostro amoratado y enojado. Abrió los ojos y la miró.

Durante los días siguientes, el peso de la responsabilidad había sido como una inmensa piedra de molino, pero al mismo tiempo el amor era como una boya, que la hacía flotar. Cada vez que el pequeño lloraba ella sentía como una puñalada dentro de sí, y cuando estaba satisfecho, conocía una alegría hasta entonces desconocida.

Steve la escuchaba, conmovido por la ternura de su voz. Pero esa mitad de sí mismo pensaba: «Sí, te conozco bien». Era esa clase de mujeres que en medio de una fiesta se desabrochan la pechera del vestido y amamantan a un niño rollizo que huele a leche. Estaba casi seguro de que asistía a clases para aprender cómo criar a los hijos de la forma correcta, y luego demostraba su éxito a un círculo de madres admiradas. Hablaba de los hijos todo el tiempo. Ahora mismo estaba hablando de ellos, y el tono de su voz lo conmovía. Pero lo sorprendió cuando se interrumpió y dijo:

–Suena patético, ¿no?

Casi sonrió. Era muy rápida, y eso era bueno.

–Patético, no. No lo comprendo, eso es todo.

–Cass quería tener un hijo, ¿verdad?

Rápida otra vez.

–Sí. Cass quería tener un hijo. A veces hablábamos del tema; mucho en los últimos meses, ahora que recuerdo. Probablemente tenía miedo de que sintiera lo mismo que tú. No... Lo siento, no me expresé bien. No quería compartirla, quizá. Quería que siguiese siendo Cass, y no la madre de alguien.

–La madre de alguien –repitió Annie suavemente.

Cass se había sentado en el sofá de cuero, mirándolo, con las piernas cruzadas. Lucía un brazalete de marfil y pulseras de bronce, que hacía girar en constante tintineo.

–¿Y qué pasará con tu trabajo? –le había preguntado Steve exasperado.

–Las demás mujeres se las arreglan, ¿o no? Algunas de mis amigas lo hacen. Y siempre podemos recurrir a una niñera para que lo cuide mientras trabajo.

–¿Pero para qué tomarnos la molestia de tener un niño?

Lo miró con los ojos verdes bien abiertos, haciendo sonar las pulseras con los dedos.

–Porque yo quiero tener uno –respondió por fin.

–Y yo no.

Una vez hay un niño, la responsabilidad es otra. Steve lo tenía claro; al menos entendía eso de todo lo que había dicho Annie. ¿Y era cierto eso de no querer compartir a Cass? Se quedó inmóvil, sintiendo que el dolor de la pierna ascendía hasta la ingle y reconociendo en la boca el sabor del engaño. Era Cass la que había tenido que compartirlo, al principio sin saberlo, y luego cada vez con mayor amargura.

El día que le dijo a su socio que se casaría con ella, Bob se balanceó en el sillón de su escritorio y se quedó mirándolo con incredulidad.

–¿Casarte? ¿Tú?

–¿Por qué no? Tú te has casado, Phil se ha casado y lo mismo sucede con la mayoría de mis amigos y nuestros clientes.

–Ajá. Pero no tú.

–A lo mejor estoy sintiendo el gélido viento de la soledad abatiéndose contra mí.

Bob rió con sorna.

–Pues entonces abrígate bien. Deberías haber aprendido a estas alturas. Ya hace tiempo que te dedicas al celibato.

–Vete a la mierda.

Pero Bob rió aún más.

–¿Qué, yo también?

Dos semanas más tarde, Steve se casó con Jennifer Cassady. Tenía treinta y seis años, y se movía cómodamente en esa franja empresarial que va desde los acomodados hasta los ricos. Le divertía la perspectiva de tener una mujer, y le cautivaban la belleza y el talento de Cass. Venían del mismo entorno, y ambos luchaban por salir de él. Creía que se entenderían.

Cass tenía veintitrés años, y su carrera comenzaba a florecer. El día en que se casaron, su rostro aparecía por todo Londres, en inmensos carteles publicitarios. Era una crema bronceadora, recordaba Steve. La había invitado a cenar la noche que la enviaron a la agencia publicitaria para una prueba de esa misma campaña.

El día de la boda la fiesta comenzó a las once de la mañana en las oficinas de la compañía en Ingestre Place. Bob había enmascarado su cinismo con el entusiasmo propio de un publicista, y hecho decorar cada rincón con flores blancas y rosadas. La bañera del cuarto de baño de la dirección estaba llena de hielo y de tres cajas de Bollinger.

–Para los debutantes –había dicho Bob.

La pareja había planeado caminar las dos o tres calles que los separaban del restaurante donde celebrarían el banquete de boda. Pero apenas salieron del edificio se encontraron con un autobús de los años veinte, descapotable, lleno de cintas blancas y rosadas que obstruía el tránsito. Estaba atestado de amigos y clientes bulliciosos, salvo dos asientos vacíos al frente. El conductor era uno de los editores de vídeo, y el director creativo de una agencia de mediana categoría hacía las veces de cobrador, armado con una expendedora de billetes de bronce metalizado.

Steve se cayó al suelo, pero Cass lo levantó.

–Es perfecto –le susurró, entre la risa y el llanto–. ¿Alguna vez habías visto algo más perfecto?

El banquete se prolongó todo el día hasta la noche. Steve lo recordaba en fragmentos inciertos. Recordó a Cass mirándolo, orgullosa y posesiva, a su lado en la mesa.

El matrimonio duró dos años y ocho meses.

Muy poco después de casarse llegó el día en que fue a comer con una bella joven, y la convidó con coñac. Se apoyaron en las paredes del salón privado del restaurante, tapizadas de terciopelo verde, y se miraron. Y de pronto Steve se dio cuenta de que se estaban escrutando el uno al otro, como en otras épocas. Luego caminaron por una calle soleada y la joven lo miró de refilón mientras le decía:

–¿Vamos un rato a mi casa?

Había ido, casi sin pensarlo, y esa fugaz sesión de amor le resultó más placentera que todas las que había compartido con Cass a lo largo de su matrimonio.

Pero no se trataba de Vicky. Vicky había venido después, cuando Cass prácticamente sabía en qué andaba él. Durante un tiempo salió con las dos, con toda la trama de engaños y encuentros apañados y viajes de negocios innecesarios que eso implicó. Y entonces, dos años y ocho meses después de las cintas blancas y rosadas, Cass lo dejó.

–No parece culpable –opinó Annie.

El sonido de su voz lo sacudió. En cierto momento creyó no estar enterrado. Estaba otra vez en su casa, en el piso que Cass había vuelto a decorar después de la boda. Y entonces la oscuridad lo envolvió, y recordó de quién era la mano que estaba aferrando.

–Solidaridad femenina, ¿no? –le preguntó.

–En parte.

Su voz sonó agria.

Se le ocurrió a Steve que esta joven no era tan vulnerable. Luego, ella agregó:

–Simpatía personal, más que nada. Pensaba cómo me sentiría si Martin hiciese algo así.

–¿Y no lo hace?

Casi sorprendida, Annie comprendió que no se trataba de una ironía. Era un simple pregunta.

–No. No creo.

Martin llegaba a casa todas las tardes entre las seis y las siete. Siempre se alegraba al escuchar el ruido sordo de su maleta contra el umbral mientras buscaba las llaves en el bolsillo de su chaqueta. Tom levantaba la cabeza de su dibujo, del juego, o del televisor y decía: «Es papá.» Y si Benjy aún estaba despierto, corría a la puerta en pijama para recibirlo.

Se vio a sí misma esperando con los niños, una copa de vino y la cena humeante. Annie a veces pensaba fríamente que eran una familia típica de anuncio. Así de previsibles. Así de tiernos. Pero Martin seguía volviendo todas las noches, para abrazarlos uno por uno, y para escuchar que los niños le recitaran los sucesos del día. Y cuando los niños se iban a dormir, los dos se sentaban juntos a cenar, añadiendo en su conversación los pequeños cambios de otro día más. Annie conocía los horarios y las exigencias del trabajo de Martin porque él se lo contaba. Sabía que en su vida no había lugar para nadie más, entre su trabajo y ellos tres, esperándole. Era algo que la complacía.

Y cuando la monotonía de la vida doméstica la hartaba, o cuando los niños se ponían pesados, o cuando sencillamente temía que su vida estuviera escurriéndose en una sucesión de días descoloridos, se recordaba cuidadosamente a sí misma que era la vida que había elegido. Ella había decidido seguir el suave camino que conducía una y otra vez a su hogar y a su familia.

De pronto, como si tuviera un anillo al rojo vivo alrededor del cuerpo, Annie sintió unas ansias de vivir más dolorosas que las heridas. El íntimo esquema de su vida cotidiana se le impuso en cada detalle. Sintió el fresco aroma a sábanas limpias mientras las extendía sobre el colchón matrimonial, escuchó el *ping* del despertador de la mesita de noche de Martin, y vio brillar la casa en toda su riqueza gastada, poblada, patinada, erosionada por la familia.

–No quiero morir –dijo.

Sólo unos días atrás había estado conversando con Martin durante la cena sobre todo lo que esperaba hacer cuando Benjy estuviera todo el día en el jardín de infancia. Tal vez comenzara a trabajar algunas pocas horas por semana. Había sentido que se le abrían nuevas puertas, que se le presentaban nuevas perspectivas que a su vez le permitirían seguir en los sitios que amaba. Había sentido su propia buena fortuna como una joya colgándole del cuello.

–No podría afrontar la muerte.

La mano del hombre era tierna.

–No morirás.

Afuera había dejado de nevar y cada vez hacía más frío. Los policías que custodiaban el cordón se movían de aquí para allá para mantener el calor de los pies. El aliento pendía delante de los rostros formando cúmulos grises. Los enviados de la televisión aguardaban, hundidos en sus abrigos y con los curiosos a distancia, mientras pasaban los minutos.

Hacía una hora que había comenzado el lento y penoso proceso de remover los escombros y los restos del hoyo. Los bomberos trabajaban frenéticamente, debajo de los pisos abiertos y desmoronados de la tienda. Una viga partida fue levantada y retirada a un lado, mientras una de las ambulancias que aguardaba se puso en marcha y se acercó. Aproximaron una camilla al sitio donde médicos y bomberos se agolpaban en círculo, mirando hacia abajo. Uno de los médicos se puso de pie y echó a andar hacia atrás, por los restos de la catástrofe. Los bomberos siguieron trabajando hasta que los curiosos pudieron ver que asomaba una masa pálida a medida que retiraban fragmentos de mampostería. Un instante más tarde sacaron a una mujer del agujero. La apoyaron sobre la camilla y la cubrieron con una manta.

El único sonido fue el suspiro de la muchedumbre, como si proviniese de una sola garganta.

Los cámaras de televisión arrojaron sus largas lentes negras sobre la camilla, mientras la transportaban, a empellones, hasta la ambulancia. La introdujeron en el interior y cerraron las pesadas puertas. Y luego el vehículo se retiró, avanzando lentamente por las calles.

–Si tanto te importa, lucha por ello.

Annie lo oyó a medias. La sensación de todo lo que podía perder se había apoderado de ella. Su vida parecía ser su propia creación, ni apasionada ni original, pero cálida, dulce e infinitamente valiosa. La oscuridad amenazadora, trémula y balanceándose sobre su cabeza le resultaba intolerable. Quería moverse, dar patadas con las piernas convulsivamente para abrirse paso, pero no podía. Le dolía todo el cuerpo y el resto parecía no existir. La claustrofobia se apoderó de ella y nuevamente creció en su garganta un aullido de terror.

Annie abrió la boca y el grito se asomó. Pudo escuchar cómo la masa invisible que tenía a su alrededor la devoraba como a un suspiro.

–Basta –dijo Steve secamente–. Guarda eso para cuando puedan oírnos.

¿Podrían oírles? ¿Dónde estaban? Esta vez sintió la oscuridad como un peso gigantesco que los envolvía. Se esforzó por escuchar algún sonido del rescate que su razón le indicaba estaría iniciándose, pero no oyó nada, salvo el interminable eco del grito de Annie.

–Espera –murmuró.

Se separó de su mano nuevamente y buscó el reloj en su pecho. Parecía tener los dedos dormidos, pero así y todo trató de leer las manecillas. Pensó que serían las once y media, y que había transcurrido una hora completa, pero entonces comprendió que las agujas parecían estar en la misma posición que antes. Acaso la vez anterior las había leído mal, y el reloj estaba roto después de todo. El contratiempo lo atemorizó. Había confiado en poder controlar el paso del tiempo, creyendo poder evaluar cómo iban resistiendo. De pronto sintió el cosquilleo del segundero contra la piel. Devolvió el reloj a su sitio, más tranquilo, y tomó la mano de Annie.

–Son las once y media. Ha pasado una hora. Vamos bien.

El alivio de su voz y el contacto con su mano hicieron retroceder el temor de Annie.

Lucha, si tanto te importa, le había dicho. Vivir. Movió la cabeza y sintió la puerta contra la mejilla.

–Quieres luchar –dijo ella–. Para ti también es algo valioso, ¿no?

¿Valioso?

Steve sopesó la palabra, tratando de confrontarla con los recuerdos de los últimos meses. Comenzó a comprender lo que significaba para Annie, escuchando su conversación acerca de los hijos, su necesidad de verlos crecer, su férrea determinación de protegerlos que había visto en otras mujeres: eso era parte de ella. Él no tenía nada parecido. Sin gran sorpresa o arrepentimiento, Steve solía pensar que vivía a destiempo con la vida.

¿Cuánto hacía que no sentía el abrupto abismo del placer? No sólo del placer, sino de la anticipación, de la necesidad, del temor.

Sus pensamientos se internaron en un largo túnel de días y noches.

Antes de lo de Vicky. Había querido a Vicky, pero también había estado seguro de conseguirla.

La había conocido en una fiesta, una fiesta para celebrar el lanzamiento de un libro para el cual había posado Cass. Vicky trabajaba para la editorial. Parecía anticuada, con su falda de pana y un grueso suéter de lana. Los habían presentado y Steve le hizo algunas preguntas de cortesía, tras lo cual sus ojos se desviaron para ver adónde se encontraba Cass. Pero Vicky se había movido para colocarse directamente frente a él otra vez. Entonces advirtió que tenía ojos inusualmente oscuros, y un rostro desafiante e inteligente, y que algo parecía divertirla. De pronto se dio cuenta de que quería descubrir qué era, y en ese mismo momento Vicky descansó el peso del cuerpo en una pierna, doblando la otra. Había ladeado la cabeza, sin quitarle los ojos de encima, y él imaginó su silueta por debajo de las gruesas ropas. Conversaron durante un rato, y entonces ella arrugó la comisura de la boca, rápidamente, como un gato, y se llevó la mano a la boca, queriendo ocultarlo, como una colegiala sorprendida ensayando un beso ante el espejo. Ambos se echaron a reír.

Dos días más tarde Steve se acostó con ella. Su inventiva, su energía y sus gustos exóticos lo habían sorprendido.

–¿Has aprendido todo esto en la escuela? –le preguntó.

–Un poco –replicó con una mueca.

Lo había hecho con una sensación de inevitabilidad; todo el asunto se desarrolló ante sus ojos como si lo viera en una pantalla. ¿Entonces estaría tan habituado a la distancia que ya no recordaba cuándo se había producido? Steve permaneció inmóvil, sintiendo el brazo acalambrado y escuchando la respiración irregular y penosa de la joven que tenía a su lado. La chica era real, la sentía tan cerca como si estuviera entre sus brazos. Aguardaba cada una de sus inspiraciones, deseaba que se sucedieran una tras otra. La oscuridad era real, como lo era el polvo que le recubría la boca y que se adhería a sus ojos. Y el dolor también era real.

Steve sintió un deseo repentino y temerario de reírse del hecho de que tuviera que ocurrirle esto para que se sintiera conmovido. Comprendía la fragilidad de su vida y la posibilidad de subsistir, la necesidad de subsistir, desplegada ante él como un muro. Tenía miedo, como Annie, pero se obligaba a desembarazarse de él con una determinación que casi le provocaba placer.

Valiosa, había dicho. No, su vida no era valiosa. Era hueca, mecánica y ligeramente avergonzante. La necesidad de reír se desvaneció, y Steve vio, tan claramente como si hubiera encendido una luz sobre sus ojos, que lo valioso era la necesidad de luchar, y que eso era algo que había perdido tiempo atrás.

–Siempre quise ser rico –dijo.

–¿Y lo eres?

Lo pensó un instante.

–Ya hace mucho que puedo comprar todo lo que quiero sin tener que pensar en el precio. –Hizo una pausa y añadió–: El resultado es que uno se encuentra a sí mismo sin querer nada. Tengo un piso confortable, casi deshabitado, y varios buenos cuadros contemporáneos. Tengo una casita en las colinas detrás de Draguignan, a la cual raramente voy. Tengo un BMW, más trajes de los que puedo ponerme, toda clase de cosas. ¿Qué más?

Annie lo escuchaba, tratando de imaginar qué aspecto tendría por el tono de su voz y la calidez de su mano. Algo de lo que dijo la conmovió. Sabía que eran cosas que jamás había dicho a nadie.

–¿Y eso es lo que querías?

Steve no respondió. Replicar habría significado tener que hundirse en un abismo más oscuro que la negrura en que se encontraban. Estaba tan lejos de lo que quería, que se encontraba totalmente perdido. ¿No había nada por delante, entonces, si alguna vez les quitaban de encima todo ese peso?

Levantó la cabeza unos centímetros, tensando los músculos del cuello, como si el impotente movimiento pudiese empujar los escombros y hacer que los inundara la luz del día.

¿Todavía estaría nevando? ¿Qué estarían haciendo ahí afuera, tanto tiempo?

–Quiero vivir, como tú –susurró.

Así era, pero no se permitió preguntar para qué.

–Nos rescatarán –le respondió en un murmullo–. Sé que vendrán.

Steve quiso acercarse y estrecharla entre sus brazos. Era su primer asomo de determinación, tomado por él mismo y sin que ella lo indujera. Sintió la tibieza de la gratitud, y fue una especie de debilidad, porque los ojos se le llenaron de lágrimas.

No. No debía hacerlo. Lo importante era no ser débil. Debía seguir teniéndola cogida de la mano, escuchando su respiración.

–¿Y tú, Annie? ¿Has conseguido lo que querías?

Tenía vívida conciencia de la verdad que él le había ofrecido. Podía sentir la intimidad acrecentándose entre ambos, incongruente, pero tan importante como la necesidad de contener el dolor, tan importante como retener sus sentidos vacilantes.

Ella le daría la verdad a cambio.

Lo dijo, tan despacio que tuvo que esforzarse para oírla:

–Yo elegí el camino fácil.

CAPÍTULO 2

Martin tomó el bote de café del armario y puso un poco de café en un jarro floreado. Echó el agua de tal forma que el líquido bullió en negras burbujas. Abrió la puerta del refrigerador y echó un vistazo, frunciendo el ceño al no ver ni rastro de leche. Entonces se le ocurrió que tal vez ya hubiese pasado el lechero. Subió las escaleras de la cocina hasta el vestíbulo y abrió la puerta sin importarle el montón de folletos y tarjetas de propaganda que habían depositado en el buzón. El ceño se le distendió cuando vio cuatro litros de leche en el umbral de la puerta. Se puso a silbar mientras los levantaba del suelo y los llevaba a la cocina. Luego llevó el café hasta la sala de estar donde los niños estaban sentados sobre la alfombra. Miraban los programas del sábado por la mañana.

Cuando entró, Thomas se puso de pie y oprimió los botones.

–No hay nada para ver –rezongó.

Martin vio las imágenes de la tienda y del inmenso agujero abierto en su interior, y alcanzó a escuchar las palabras del periodista.

> *... esta mañana, a las nueve y media. Ya ha sido rescatado un cuerpo, y la búsqueda prosigue. La policía aún no ha encontrado...*

La imagen desapareció. Thomas, impaciente, volvía a la carga. Cambió de canal para ver la señal de ajuste y luego el aviso de una marca de cereales.

–Quiero ver esto –gritó Benjy.

Martin se quedó inmóvil un instante, mirando las cabezas de sus hijos que subían y bajaban, ocultando el rectángulo de la pantalla de color. Entonces se lanzó hacia adelante y el café caliente se derramó sobre sus dedos. Apartó a los niños y se arrodilló ante el aparato, tratando torpemente de dar con el canal.

Escuchó que Thomas protestaba. Por fin logró estabilizar la imagen. Vio a un periodista de pie en mitad de una calle barrida por el viento, con el micrófono en la mano. Detrás de él se veía una esquina de la tienda, con la cúpula extrañamente cercenada. Sabía exactamente dónde estaba, sin tener que escuchar el informe. Annie había vivido en un diminuto apartamento en una de las calles que daban a la tienda antes de que se casaran. Cientos de veces habían pasado por la inmensa fachada camino de un bar que les gustaba frecuentar, más allá de la estación del metro, justo enfrente de la tienda, a la derecha del periodista de televisión.

–Aún no han encontrado supervivientes, pero hace unos momentos retiraron un cuerpo...

¿Qué decía?

Martin se arrodilló, acercándose más todavía a la pantalla, como si pudiera advertir alguna contradicción en la imagen implacable que tenía ante sus ojos. Vio el rostro del periodista, aterido de frío, disolverse en minúsculos puntos de color, pero la forma monstruosa de la tienda no se desvanecía.

–Silencio, Tom –ordenó.

¿Qué le había dicho Annie? Se esforzó por recordar sus palabras, viéndola subir la escalera hacia él, de pie con Benjy en brazos. No había dicho exactamente adónde iría; pero ir hasta aquellos almacenes en metro era un viaje directo. Annie solía hacer compras allí. Se podía decir que era «su» tienda, desde la época en que vivía tan cerca de allí. La cámara se alejó del periodista para enfocar el panorama integrado por ambulancias y coches de bomberos. Había bomberos con cascos amarillos trabajando, y policías escoltándolos.

Martin sintió frío, un frío estremecedor, y la atroz certeza de que Annie estaba allí. ¿Qué había dicho el hombre?

Momentos antes habían retirado un cuerpo...

Martin se puso de pie, casi tambaleando, y el café volvió a derramársele. Lo apoyó sobre el aparato y en ese instante terminó el programa informativo. La imagen mostró a un solemne locutor en los estudios.

–Tan pronto como tengamos más información sobre la explosión del West End nos pondremos en contacto...

Martin se volvió con tal rigidez que Thomas lo miró.

–¿Qué pasa, papi?

Vio los rasgos de Annie impresos en el rostro del niño y un miedo irracional le contrajo las vísceras.

–*¿Papá?*

–Mmm... Iré a buscar a mami. Llamaré a Audrey y le pediré que se quede un rato con vosotros.

Aun mientras lo decía sabía que debía quedarse allí a esperar, pero no podía suprimir la primitiva necesidad de correr a la tienda y apartar los ladrillos caídos con sus propias manos. Levantó el auricular y marcó el número. Le parecía que tardaría una eternidad en explicárselo a Audrey. Trató de hallar frases neutrales que no asustaran a los niños pero que la hicieran venir de inmediato. Allí estaban, delante de él, devolviéndole la imagen de su ansiedad, aumentada por su asombro.

–¿Por qué? –dijo Thomas–. Sólo ha ido a comprar, ¿no es así? ¿Por qué tienes que ir a buscarla?

–Quiero traerla a casa, eso es todo. Iré a buscarla, ya verás.

En su mente se dibujaba la imagen de las tiendas atestadas de miles de personas que entraban y salían, y luego la visión de la tienda derruida, muda, tal como la había visto por televisión. ¿Hallaría a Annie entre todo ese caos? Sonrió a los niños.

–Quedaos aquí con Audrey. Pronto volveremos.

La boca de Benjy se abrió, y junto a sus redondos ojos formó un tercer círculo.

–Quiero a mami. –Estaba asustado, percibía el miedo en el ambiente. Martin no sabía cómo consolarlo y controlar a la vez la ansiedad que crecía dentro de él–. ¡Quiero a mami!

Comenzó a llorar; las lágrimas brotaron de sus ojos y corrieron por las mejillas.

Martín se arrodilló y lo abrazó.

–Ya te lo he dicho, Benjy. Voy a buscarla.

Por la ventana del frente vio venir a Audrey. Se puso de pie, tomó la mano de Benjy y lo llevó hasta la puerta. Audrey llevaba un abrigo sobre el delantal, y Martin observó que ni siquiera se había cambiado las zapatillas.

Dejaron grandes manchas borrosas en la tenue capa de nieve polvorienta que cubría el sendero. La prisa de la mujer avivaba su temor, y su mano se tensó tanto sobre la del niño, que éste se echó a gritar tratando de soltarse.

Audrey entró, limpiándose las zapatillas sobre el felpudo.

–¿Estás seguro de que iba allí? –preguntó de inmediato.

–No. Pero es posible.

–Deberías quedarte aquí, ¿sabes? Esperar más noticias. Allí no podrás hacer nada.

–Lo sé, Audrey, pero no puedo quedarme aquí sentado. Quiero estar cerca, al menos.

La mujer lo miraba. Su rostro reflejaba comprensión. Martin se puso el abrigo de piel de cordero y buscó las llaves en el bolsillo.

–Si... ella llama –dijo Audrey cautamente– le diré que te has ido y le contaré lo que ha pasado.

–Telefonearé en cuanto pueda.

Estaba listo. Abrazó a los niños, rápidamente. Benjy había dejado de llorar y se aferraba al delantal de Audrey. Tom siguió a Martin hasta la puerta y se acercó a él mientras la abría y el aire frío los envolvía.

–Mami... ¿mami está en esa tienda, la de la tele?

Martin sintió como si la garganta se le cerrara sobre las palabras, mientras mentía:

–No. Pero si hoy están ocurriendo cosas como ésas, creo que es mejor que mami vuelva a casa. No te preocupes.

Cerró la puerta y dejó a los tres de pie. Fue por las huellas de las zapatillas de Audrey hacia el coche aparcado en la acera. Dentro había una serie de desperdicios familiares: papeles rotos y cochecitos desarmados. Annie lo usaba casi siempre para andar con los niños de aquí para allá. No pudo dejar de pensar «¿Y si ha muerto?» mientras se inclinaba sobre el volante. Escuchó su propia súplica: «¡Por favor, que esté a salvo!».

El motor se encendió y giró el volante con brusquedad; condujo el vehículo hacia la imagen de la tienda, que podía ver tan claramente como al camino que ondulaba delante de él.

El comandante de policía siguió a su homólogo de la brigada de incendios por los peldaños del camión de control y caminó junto a él unos pocos metros por el pavimento hasta los escaparates destrozados. En la esquina, se veía un alto árbol de Navidad de material verde brillante tumbado entre biombos empapelados de estrellas plateadas y una pila de cajas rojas adornadas con cintas de satén escarlata. Por todas partes había vidrios hechos añicos, y los zapatos del comandante crujían mientras caminaba.

Llegaron a lo que alguna vez había sido la puerta principal y miraron hacia arriba. El cielo gris se dejaba ver por entre los pisos desgarrados y las vigas astilladas. El viento aún se arremolinaba, y soplaba en ráfagas sofocadas por detrás de los bomberos que extraían fragmentos de ladrillo y metal.

Un joven policía se acercó al comandante y le tendió un casco protector. Había dos hombres más, aguardando. Uno, corpulento y con chaqueta impermeable, era el ingeniero del distrito. Lo habían sacado de la cama, y debajo del impermeable y el suéter todavía llevaba puesto el pijama. El otro tenía rostro grisáceo y cabello cano despeinado a ambos lados de la cabeza. Sostenía un casco, y cuando se acercaron los oficiales superiores se lo puso con gesto inexperto. Era uno de los directores de la tienda, y hacía diez minutos que había llegado de su casa en Hampstead.

–Nuestro principal problema –decía el oficial de la brigada, mientras gesticulaba con las manos– es que esa parte del frente casi no tiene apoyo alguno. Existe el grave peligro de que nuestra labor por debajo la haga derrumbar.

Fue ilustrando con el brazo y la palma plana, como si dirigiera el tránsito, y luego la movió hacia abajo, gráficamente. Incluso mientras hablaban allí, de pie, el edificio parecía estar a punto de agrietarse y desmoronarse.

–Desarmarlo comenzando por arriba nos llevará horas –dijo el ingeniero–. También llevará tiempo levantar los andamios. Mi gente realizará el trabajo lo más rápido dentro de lo humanamente posible, pero...

La verdad implícita era que si había sobrevivientes abajo no podrían esperar tanto tiempo.

–¿No pueden ir hacia abajo tal como está –sugirió el director– mientras prosiguen los trabajos para asegurar la fachada?

El policía y el bombero se miraron antes de que éste dijera:

–Sí. Con cierto riesgo.

Hubo otra pausa. El policía aguardaba, tocándose el extremo de su diminuto bigote con la punta de los dedos. Por fin señaló:

–¿Es ese el consenso, caballeros? ¿Seguir las operaciones de rescate y trabajar para asegurar la fachada al mismo tiempo hasta donde sea posible?

Los tres hombres asintieron.

–Bien –dijo lentamente el policía–. Gracias.

Esperaron, resguardados del viento por la fachada endeble. Unos metros más allá había un equipo de médicos, mudos, apretados entre sí. Todos observaban las espaldas vestidas de negro de dos bomberos arrodillados que levantaban escombros de mampostería desde el borde de un hoyo oscuro.

–Las cámaras termosensoras detectaron otro cuerpo. Parece que ya pueden verlo. Es otra chica.

El comandante dirigió una mirada al equipo médico.

–¿Viva?

–Me temo que no.

Los minutos pasaban. En lo alto, alguien maniobraba una grúa para iniciar la dificultosa tarea de desarmar la frágil fachada de la tienda, trozo a trozo. Los trabajadores, encasquetados, iban y venían, sin mirar jamás hacia arriba. El comandante aguardó hasta que se recuperó el segundo cuerpo. Lo sacaron y apoyaron sobre una camilla: sus piernas se veían lastimosamente blancas y delgadas. Siguió al otro cadáver hasta otra ambulancia para alejarse a través de los cordones, rumbo al hospital.

El comandante agachó la cabeza y cruzó la franja de vidrios hacia el camión. Le estaba esperando un informe preliminar del escuadrón de explosivos. Había sido una sola bomba, situada en el tercer piso, en la parte posterior de la tienda, probablemente en las oficinas de administración. Parecía que podía descartarse la posibilidad de que hubiese otra bomba oculta en algún otro lugar de la tienda.

–Bueno, al menos gracias a Dios por eso –murmuró el comandante.

Los expertos en explosivos habían trabajado más de una hora. Uno de ellos le pasó un segundo informe al que echó un rápido vistazo. Los diagramas mostraban la probable dirección de las ondas expansivas y del deslizamiento de las masas de escombros.

–Casi exactamente igual que lo de Brighton, señor –murmuró uno de los oficiales.

–Excepto que por un raro golpe de buena suerte el Primer Ministro no se encontraba haciendo sus compras de Navidad aquí.

–Sí, señor.

Según los cálculos, el lugar donde había más esperanzas de hallar sobrevivientes era el sótano del centro de la tienda, protegido de los restos que caían por el espesor reforzado de la planta baja. El comandante miró a través de la ventana del camión a la enmarañada masa que descansaba sobre la planta. Llevó la punta del dedo al bigote una vez más...

–¿El acceso lateral al sótano?

–Casi totalmente obstruido, señor. Están trabajando para despejarlo a ambos lados en este momento.

El comandante miró el reloj. Eran las once y cincuenta y cinco. Si había supervivientes en el sótano, ya llevaban enterrados dos horas y trece minutos.

Once años atrás.

Annie ya no tenía frío. Casi se sentía cómoda, como si fuera a la deriva en una barca sobre un lago ancho y oscuro. La mano de Steve era su ancla.

Trataba de recordar qué había sucedido once años atrás. Era importante para ella, pero mucho más aún porque quería contárselo a Steve. Lo sentía muy cerca de ella, escuchando. La sensación de ir a la deriva se intensificó. Ambos flotaban, a gran distancia de la costa.

–Yo elegí el camino fácil –repitió.

–¿Y qué camino es ése?

Su voz era cálida como si su boca estuviera cerca del oído y sus dedos le acariciaran el cabello.

–Elegí lo seguro, lo simple. Lo que resultara... integral. –Annie se echó a reír, con voz cascada–. ¡Qué idea tan ridícula!, ¿no? Como si uno pudiese convertir su vida en pan integral.

Los recuerdos eran claros, las imágenes vívidas como los sueños de la mañana.

El día en que conoció a Matthew faltaban ocho semanas para el día de su boda. Subió hasta el quinto piso del edificio donde vivía su amiga Louise. La escalera, pintada de verde, olía a lejía y limpiametales, como siempre. El ascensor no funcionaba, como siempre, y Annie jadeaba, con el gran bolso golpeando contra sus piernas, cuando llegó a la puerta de Louise. Tocó el timbre y cuando Louise abrió la puerta Annie levantó el bolso, triunfal.

–Lo conseguí. Nueve metros. Espantosamente caro. Más vale que te guste.

–Mmmm. –Louise había tomado el bolso y espiaba el interior–. Oh, sí. Te haré un vestido de bodas como nunca se ha visto. Annie, éste es Matthew.

Estaba sentado en el suelo con la espalda apoyada en el sofá de Louise y las piernas estiradas. Sus pantalones estaban gastados. Tenía el cabello rubio, casi incoloro, demasiado corto para su rostro delgado. Ojos grises, y bajo la camisa semiabierta se le veía el pecho desnudo. Tendría apenas veinte años, dos o tres menos que Annie.

La miró, y lo primero que le dijo fue:

–No te cases con él, sea quien sea. Cásate conmigo.

Annie se echó a reír, catalogándolo bajo el rótulo de «conquistador instantáneo», pero Matthew ni siquiera sonrió. Se quedó mirándola, y Louise, incómoda, no sabía qué hacer allí de pie detrás de él con el bolso bamboleándose en su mano. Ese día no hablaron del vestido. En cambio tomaron el té, sentados sobre la alfombra de Louise en un círculo iluminado por el sol.

Matthew había estado viviendo en México un año, trabajando de campesino en una granja a cambio de comida y cama en una choza precaria. Les contó lo monótonos que resultaban los días, trabajando la tierra delgada, y los esfuerzos que debían hacer en verano para regarla con agua que traían a lomo de burro desde el riachuelo cercano.

–¿Para qué fuiste allí? –quiso saber Annie.

El hippismo le habría resultado irritante en cualquier otra persona, pero en Matthew encajaba perfectamente.

–Estaba pensando. Me cuesta mucho pensar. No sé hacerlo cuando hay distracciones a mi alrededor.

–¿Y por qué volviste?

Le sonrió.

–Terminé de pensar.

Siguieron conversando mientras el sol se movía sobre la alfombra. Annie advertía que la conversación era entre ella y Matthew. Louise estaba sentada en silencio, escuchándolos. A las seis, Annie se puso de pie para marcharse. Matthew también se levantó; vio que era muy alto y delgado.

–Caminaré un rato contigo –dijo.

–Yo...

–Me gustaría hacerlo.

Annie dejó el bolso con la tela para su vestido de novia en el suelo del apartamento de Louise. Cuando llegó a la calle con Matthew recordó que ni siquiera había quedado en volver para mirar los bocetos de Louise. Vaciló, sin saber si debía regresar, pero en ese momento bajaba un taxi por la calle y Matthew lo detuvo. Abrió la puerta y se sentó a su lado, mirando el tránsito atascado que dormitaba bajo el sol.

–¿Adónde vamos?

–Al parque St. Jame's –dijo Matthew.

Más tarde Annie se enteraría de que había pagado al taxista con las últimas dos libras que le quedaban.

Era el mes de mayo, y el primer día de sol que anunciaba el verano inminente. El césped estaba salpicado de asientos abandonados, en íntimos pares, o en sociables grupos de tres o cuatro. El sol del crepúsculo se refractaba oblicuamente en los setos de hojas rizadas, y brillaba en el agua. Caminaron bajo los árboles, conversando. Annie sentía que este chico de mejillas hundidas había olvidado sencillamente los rituales de la sociabilidad y la amistad, y que la había hecho su amante sin siquiera haberla tocado.

Se detuvieron en el puente para contemplar los patos, que trazaban abanicos en su estela acuática. Sus sombras se superponían sobre el agua.

Mirando la imagen que formaban, Matthew observó:

–¿Ves? Somos el uno para el otro.

–No. Voy a casarme con Martin. Nos conocemos hace siete años.

–No es razón para que te cases con él. Como tampoco lo es que me rechaces sólo porque hace menos de siete horas que nos conocemos.

Entonces, se volvió para mirarlo, súbitamente sombría. Él obstruía el ancho y llano sendero por el cual venía transitando; con su índice le señalaba estrechas callejuelas que se torcían abruptamente, tentándola. Se sentía furiosa con él, y a la vez deseaba acercarse para que sus rostros se unieran.

–Lo que he dicho es lo que siento.

Matthew encontró su mirada. Extendió su mano y acarició su cabello. El primer contacto.

–¿Propones en matrimonio a todas las que conoces? ¿Se lo propusiste a Louise cuando te ofreció que durmieras en su sofá hasta que hallaras otro sitio?

Se echó a reír.

–No lo he dicho en toda mi vida. Pero cuando entraste en esa habitación, ya te conocía, Annie. Conocía tu rostro, tu paso, tu voz, y sabía lo que dirías.

No pudo contradecirlo, pues sabía que decía la verdad. Matthew no inventaba ni exageraba.

–Yo no te conozco –se defendió Annie–. No sé nada acerca de ti.

La tomó del brazo, acercándola, y apoyando el suyo de tal forma que la cabeza de Annie se reclinó contra su hombro. Comenzaron a caminar, de espaldas al crepúsculo y con las sombras uniéndose por delante.

–Te lo diré –se ofreció–. Te diré todo lo que quieras saber. No es mucho, de modo que no llevará mucho tiempo.

Matthew era el único hijo de un industrial, de un magnate que comenzó de abajo hasta ser archifamoso. La familia siempre supuso que Matthew seguiría los pasos de su dinámico padre. Pero desde el día en que tuvo suficiente edad para pensar por sí mismo, Matthew se negó a satisfacer las demandas paternas. Su único interés en la escuela había sido la carpintería, donde llegó a adquirir auténtica maestría, punto en el cual abandonó esta afición. Cuando sus compañeros de estudio se preparaban para ir a Oxford, Matthew dio la vuelta y marchó a Afganistán siguiendo el camino de los hippies. Desde entonces, había pagado todos sus viajes realizando labores manuales, trabajando a cambio de comida, de un sitio donde dormir, de dinero suficiente para poder dirigirse al punto siguiente.

–¿Qué pensabas en México? –le preguntó Annie.

–Pensaba qué debía hacer. Y entonces sentí deseos de regresar, así que volví. Y aquí estás tú.

–¿No piensas –aventuró Annie– que te has acercado a mí simplemente porque creías que debías hacerlo? ¿No crees que estás tratando de que yo sea alguien que no soy, de que colme cierta necesidad en ti mismo?

No vaciló un solo instante.

–No. Tú eres la mujer que yo quiero. Tal como eres. Siempre supe que te reconocería, y así fue. Es la verdad, Annie. Tú también lo sabes. Admítelo.

–Supongo que ahora me dirás que hemos sido amantes en alguna vida anterior.

Matthew dejó caer su brazo y se quedó mirándola.

–Ni hablar. ¿Quién te crees que soy? No creo en toda esa cháchara mística.

Rieron hasta que Annie se secó las lágrimas de los ojos y descansó la frente sobre su hombro. Matthew la rodeó con sus brazos, aún sonriendo. Casi había oscurecido. Annie aguardaba que él la besara. La boca de Matthew se acercó a su cabello.

–Tengo hambre –le dijo.

Conque no pensaba besarla. Tal vez eso facilitara las cosas.

–Vayamos a comer algo. –Annie se alejó un poco, añorando el calor de su brazo–. Hay un pequeño restaurante italiano en Victoria.

–Se me acabó el dinero –se excusó Matthew.

–Yo invito –respondió ella suavemente.

Comenzaron a andar, y Matthew la cogió de la mano. Su anillo le rasguñó los dedos y levantó las manos unidas para observarlo. Las piedras destellaban con un brillo frío.

–Oh, mi amor, diamantes –murmuró–. No podré comprarte ninguno. ¿Te importará? ¿Querrá Martin que le devuelvas éste?

Entonces ella sintió crecer la furia dentro de sí, alimentada por un sentimiento de culpa. Retiró su mano de la de él y hundió los puños apretados en los bolsillos de su chaqueta.

–Me casaré con Martin –repitió–. Dentro de ocho semanas. Con un anillo que haga juego con éste.

–Ay, ¡qué bonito! –dijo Matthew fríamente.

Caminaron sobre el césped en silencio, ambos enfadados. Pero cuando Matthew volvió a hablar su voz se había serenado.

–¿Qué harás, Annie?

Ella se encogió de hombros, azorada de pronto.

–No lo sé. Pensar, como has hecho tú. No lo sé.

–Puedo esperar –anunció Matthew, y ella supo que lo haría.

No era exactamente una doble vida. La mitad era una existencia de ensueños, y la otra era agitadamente real. Fue varias veces a casa de Louise, y estaba horas de pie, probándose el vestido. Las invitaciones llegaron de la imprenta, repasó las listas con su madre, escribió y puso sellos en docenas de sobres. Pasaba los fines de semana con Martin en el apartamento que habían comprado, pintando los marcos de las ventanas y ayudándolo a colocar estantes en la cocina. Y cada vez que podía se escapaba a ver a Matthew.

Él la introdujo en su mundo, y descubrió con una especie de miedo fascinante que Matthew existía sin ningún tipo de restricción. Vivía en cualquier parte. De una cama prestada pasaba al sofá de algún otro, y de allí a una habitación vacía encima de un local, donde dormía sobre una manta tendida en el suelo.

En esos días hacía muchos trabajos ocasionales: lavaba copas en un café, y luego pasaba una semana trabajando para una constructora, montaba unas estanterías para el dueño del local, sobre el que vivía. Jamás hacía planes, y jamás se preocupaba por lo que pudiera sucederle al día siguiente. Y así, pensaba Annie, podía dedicar todas sus energías a disfrutar lo que viniese. Lo que ella amaba era la capacidad de gozar que tenía Matthew. Más tarde pensaría que las horas que pasó con él fueron las más felices de su vida.

Cuando tenía dinero, lo gastaba sin pensarlo dos veces. Amaba la buena comida, y a veces solía desempolvar algún atuendo presentable y llevarla a grandes restaurantes donde insistía en gastar sus ingresos de toda una semana en una sola comida. Obtenía tal placer de los entornos aterciopelados y la procesión de platos exóticos que Annie no podía negarse, ni convencerlo de que la dejara pagar su parte.

–Debes saber que es tan agradable –explicaba Matthew– sólo porque uno no puede permitirse hacerlo. Mi padre come en sitios así prácticamente todos los días de su vida, y lo único que pide es carne asada y agua mineral.

Cuando no tenía dinero, Matthew era infinitamente ingenioso a la hora de inventar placeres gratuitos.

En su compañía, Annie descubrió minúsculos parques que jamás había sospechado que existieran, y vio más cuadros y esculturas, e iglesias renacentistas que nunca en todos sus años de estudiante de arte. En realidad, ni siquiera importaba qué hicieran. Mientras ella tuviera una o dos horas para pasar junto a él, Matthew era feliz. Parecía no querer otra cosa que su compañía, y lo que hiciesen, ya fuese gratis o con dinero, era simplemente un deleite adicional. Luego, ya casada, al recordar los bancos a la vera del río y el olor algo enrarecido de la National Gallery, las elaboradas cenas y los taxis inesperados, llegaría a pensar si los momentos que pasó junto a Matthew no habrían sido los últimos de su vida en que se sintió joven.

Él también le hacía sentir otras cosas. Hicieron el amor por primera vez en el cuarto de arriba de la tienda donde él vivía. Annie había llegado directamente del trabajo. Era un cálido atardecer a comienzos de junio, y ella llevaba un vestido de algodón azul sin mangas. Cuando Matthew abrió la puerta, extendió la mano y la apoyó sobre su cuello, por debajo del cabello.

Después de esa primera noche en el parque St. Jame's, él la había besado una o dos veces apenas, casi bromeando. Ella se había convencido a sí misma de que la aliviaba este contacto esporádico, y de que entonces no estaba engañando a Martin en modo alguno. Pero también sabía que Matthew sencillamente esperaba, según cierto sistema de su invención, el momento adecuado.

La tomó de la mano y la condujo por las tablas desnudas del suelo hacia la manta gris donde había extendido su saco de dormir. Annie vio la pulcra caja de metal donde Matthew guardaba su mínima provisión de alimentos, sus ropas prolijamente dobladas en una maleta abierta. Se detuvo a su lado, levantándole el cabello e inclinándose para besarle la base del cuello. Le desabrochó los botones de la espalda del vestido y la atrajo hacia sí, acariciándole los pechos.

–¿Aquí? –preguntó Annie.

Miró las ventanas sin cortinas. El sol iluminaba el hollín de los vidrios y proyectaba largas formas doradas sobre el suelo. Podía sentir la sonrisa de Matthew esbozarse contra su cuello.

–Mis cortinas de polvo son tan eficaces como las tuyas de encaje.

–No tengo cortinas de encaje.

–Supongo que tu madre las tendrá.

Su vestido cayó al suelo y caminaron a un lado, lejos de él, asidos de la mano. Con la punta de la lengua, Matthew trazó una línea desde la base de su cuello hasta el hoyuelo en el extremo de su espalda. Entonces, con las manos puestas en la curva de su cadera, la hizo volverse y quedaron de frente. Annie pensó que podía ver la luz del sol brillando a través de la piel tensa de sus pómulos. Las manos de ella temblaban, pero las extendió y comenzó a desabotonar su camisa. Sus movimientos imitaban los de él. Entonces miró su cuerpo, la pálida piel enrojecida por el trabajo a la intemperie, los huesos arqueándose en la base de su garganta y los huecos que dejaban atrás. Cerró los ojos, y recibió sus besos.

–¿Ves? No importa dónde –dijo Matthew.

La tomó de la mano y la llevó hasta la manta.

Fue la experiencia más perfectamente erótica que había tenido en su vida. Matthew se movía sin prisa, casi en un letargo. Le besaba la delgada piel en que se abrían sus dedos, y cada uno de ellos, y los arcos de sus pies. Era tan lento que ella casi se sentía torturada, pero cuando finalmente penetró en su cuerpo todo fue tan rápido y tan poderoso que se oyó gritar, como nunca antes había hecho. Cuando por fin se tendieron a descansar, ella apoyada en el hombro de Matthew y rodeada por sus brazos, le dijo con ternura:

–Yo creía que esto sólo pasaba en los libros y en las películas...

Él sonrió.

–Sabía que era posible que ocurriera en la vida real. Pero yo tampoco había experimentado nada igual en toda mi vida. Somos el uno para el otro, Annie, amor mío. Escucha. Te amo.

Entonces ella sintió un auténtico dolor, y se acurrucó en sus brazos tratando de contenerlo.

–Matthew, yo...

Pero él apoyó la mano sobre su boca.

–No digas nada –le ordenó.

Martin lo sabía, por supuesto. Un día se volvió hacia ella, apoyando pulcramente el pincel sobre la tapa de la lata para que no chorreara pintura al suelo de la cocina.

–¿Quién es él, Annie?

Trataba de hablar como de pasada. Annie lo conocía tan bien que sabía por qué lo hacía. Hasta donde le fuera posible trataría de restar importancia a la amenaza. Pero eso no significaba que no lo hiriera.

–No lo conoces. Me lo presentaron hace un mes, en casa de Louise.

Estaban de pie, uno al lado del otro, mirando al edificio de enfrente, manchado por las palomas. No veía su rostro, pero sabía que tenía el ceño fruncido, con profundas arrugas verticales entre las cejas.

Cautamente, le preguntó:

–¿Es como para que me preocupe?

Hubo un largo silencio. *Decide.* Annie se ordenó a sí misma: *Debes decidirte.*

Por fin, reconociendo su propia cobardía y con la sensación de que algo se desvanecía ligeramente en algún sitio, como si fuese algo temido, murmuró:

–No.

La mano de Martin se posó sobre la suya. En sus dedos había salpicaduras de pintura. Podía sentir cómo los hombros de él se aflojaban con alivio.

–No me preocuparé, entonces.

Le oprimió la mano y luego tomó nuevamente el pincel para seguir trabajando.

–¿De qué se trata? –preguntó después de un instante–. ¿Desazón pre-matrimonial?

–Supongo –respondió con pesadez.

Se despreciaba por haber reducido a eso a Matthew, aun por el bien de Martin.

El tiempo se escurría. Hacía años que no hacía un verano tan caluroso, y cada día que pasaba parecía grabarse a fuego en su memoria con el calor de las calles y la dura luz azul del cielo. Matthew terminó su labor de carpintería en el local y se fue de su habitáculo polvoriento. Ahora vivía con otro amigo, y desplegaba su saco de dormir sobre otro sofá. Annie no quería que fuera al apartamento porque Martin también tenía llaves. Se encontraban cuando y como podían, y ella no cabía en su asombro ante la capacidad que él tenía de hacerle olvidar todo lo que estaba ocurriendo. La hacía sentir irresponsablemente feliz. Cuando estaba junto a él sabía que eso era la realidad, y que la otra mitad de su vida, la mitad que dedicaba a hacer compras para su luna de miel y elegir flores para los arreglos de boda era el mundo de sueños.

Una semana antes de la boda, Matthew volvió a preguntárselo.

Estaban en casa de otro amigo, pero esta vez la casa estaba vacía por el fin de semana. Estaban en la cama, y Annie yacía con el cabello esparcido sobre la almohada. Pensaba extenuantemente «Ésta debe ser la última vez».

–Annie, ¿te casarás conmigo?

Desde afuera llegaba el ruido del tráfico, y se escuchaba el gorjeo de los pájaros sobre los árboles a la hora del crepúsculo. Tendida allí, imaginaba el sabor de su futuro con Martin. Tendrían tardes como esa, en una casa verdaderamente suya. Paz, comodidad, aromas humeantes y sencillos ritmos domésticos. Y a Martin, a quien conocía, comprendía y amaba. Cerró los ojos para no ver el rostro de Matthew porque lo que sentía por él iba mucho más allá del amor.

–No puedo abandonarlo –susurró–. No puedo casarme contigo.

–Se trata de dos imposibilidades separadas y distintas –le dijo con suavidad–. ¿Cuál es la verdadera?

¿Qué significaría estar casada con Matthew?

Habría una sucesión de habitaciones alquiladas, y Matthew se las arreglaría para hacerla sentir como en un palacio. Habría cambios salvajes: de la penuria a la extravagancia, y así sucesivamente, y jamás habría dos días iguales. Estaba segura de que serían felices. Desde que lo conocía, él había hecho que la felicidad brillara dentro de ella como una fogata. Pero no sabía cuánto podría durar.

Temía que llegara el día en que las incomodidades empezaran a pesarle, y en que el placer se tornara resentimiento. Las carencias eran de ella. Era cauta, predecible y cuidadosa, y Matthew no era nada de eso. Quería ser como él, soltarse y navegar a su lado, pero no podía hacerlo. Pasaría su vida junto a Martin, y estaría tranquila, segura y cómoda. La cima del gozo quedaría fuera de su alcance, pero tampoco creía que la aguardasen pozos de desesperación.

Se obligó a enfrentar la firme mirada gris de Matthew.

–Soy una cobarde –confesó–. No puedo casarme contigo.

Él inclinó la cabeza. Tenían los dedos entrelazados y los nudillos de ambas manos se habían puesto blancos. Levantó los ojos.

–Sé por qué no puedes. Tú crees que los hombres casados tienen que hacer frente a hipotecas y sueldos, a perspectivas de futuro y a cierta clase de seguridad que tú necesitas. Tú temes que dentro de un tiempo comiences a detestarme porque no pueda ofrecerte nada de eso. Es así, ¿verdad?

Asintió miserablemente. Eso no era todo, pero sí la estúpida y prosaica esencia de sus razones.

–Bien. Hoy he ido a ver a mi padre. Le pedí un empleo en la compañía. Escuché un largo sermón acerca de tener que empezar desde abajo como cualquier otro. Aprender el negocio. No esperar ningún favoritismo por ser el hijo del dueño. Trabajar con esmero y demostrar lo que valgo. –El rostro de Matthew era la imagen del tedio y la resignación. La hizo reír a pesar de todo y él le devolvió una sonrisa luminosa–. Casi le arrojo encima uno de sus juguetitos para ejecutivos de ónice, pero me contuve pensando en ti. Después del sermón me dijo que estaba muy contento de que hubiera decidido andar por el buen camino... *por el buen camino*, te lo juro... y que seguramente me daría algunas tareas sencillas dentro de la estructura de la empresa. Conque ahí tienes. –Su sonrisa era espléndida–. Seré tan igual a todos los demás que sólo los expertos como tú podrán darse cuenta de la diferencia. Podré comprarte un anillo de diamantes, un apartamento de tres habitaciones y una Kenwood Chef, si eso es lo que quieres realmente.

Trataba de hacerla reír para que ella no advirtiera la magnitud de lo que realmente le ofrecía. Se estaba deshaciendo de lo más valioso que tenía: su independencia y su libertad, para que ella dispusiera. Annie sentía las lágrimas en el fondo de los ojos, como agujas.

–No quiero que hagas nada por mí. No quiero verte salir cada mañana bien trajeado. Gracias por estar dispuesto a hacerlo, pero yo no lo merezco.

No había querido que él la viera llorar, pero no pudo contener las lágrimas. Matthew dejó escapar un gemido amargo.

–No puedo ganar, ¿eh? No te casarás conmigo porque no tengo futuro. Pero si lo tengo no lo harás, porque Matthew «con futuro» ya no es Matthew.

Entre ellos se había abierto un abismo, como burlándose de su proximidad física, y Annie sabía que nunca podrían franquearlo.

–Lo siento –dijo sin fuerzas.

Se sentía más pequeña, más egoísta y más avergonzada que nunca antes en su vida.

–Dime una cosa –pidió–. Dime que no es sólo porque no tienes agallas para cancelar tu boda y devolver los espantosos regalos y dejar con la boca abierta a las amistades de tu madre.

Annie levantó el mentón y lo miró de frente.

–Si tuviera el valor que necesito para casarme contigo, tendría el valor de hacer todas esas cosas.

Matthew alejó su mano. Se apartó de ella y se quedó mirando los árboles de la plaza por la ventana.

–Todo el tiempo –dijo suavemente, como para sus adentros–, todo el tiempo hasta esta noche estuve seguro de poder ganar.

No había más que decir. Con el peso de saber que le había decepcionado, Annie se levantó de la cama y se vistió. Cuando estuvo lista fue hasta la puerta de la habitación y se quedó un rato mirándolo, pero Matthew no separó la vista de los árboles que veía por la ventana. Cerró la puerta de la habitación, bajó y salió a la calle, donde el calor del día aún pendía inerte sobre los adoquines.

Fue la última vez que vio a Matthew.

Marchó rumbo a su apartamento y halló a Martin sentado en la cocina, esperándola.

–He llegado –se limitó a decir.

Su rostro aún estaba tenso de lágrimas secas.

Martin se puso de pie y cruzó la habitación hasta ella, la rodeó con sus brazos y la estrechó.

–Me alegro, Annie.

Se casaron una semana más tarde, en un brillante día de julio. Allí estaban sus familias, dando su aprobación, y las docenas de amigos que habían acumulado a lo largo de tantos años de conocerse. Caminaron bajo una lluvia de confeti, sonrieron al fotógrafo, que esperaba para poder capturar el recuerdo. La foto, en su marco de plata, descansaba sobre el armario de caoba de su dormitorio. Once años más tarde, al levantar la foto para quitarle el polvo y mirar su propio rostro, Annie ya había olvidado lo dolorosa que había sido esa sonrisa.

–Lo había olvidado –dijo–. Pero ahora es algo tan vívido... Puedo ver su rostro con total claridad.

La barca se mecía suavemente sobre las aguas oscuras, y en ese momento la mano de Steve era la de Matthew, que sostenía la de ella, reteniéndola. Su voz era distinta, pero conocía su rostro, y su forma de moverse, y podía recordar cada hora que pasaron juntos como si estuviera reviviéndolas.

Por un instante la inundó la felicidad. Aún no es demasiado tarde, pensó. ¿Por qué estaba tan segura de que sí lo era?

Sonrió, y entonces sintió el aguijón del dolor en la comisura de la boca, allí donde la sangre se había secado.

No era la mano de Matthew. Este hombre era Steve, un desconocido, y más importante que nadie para ella en este momento. Sintió otro dolor, no físico, pero fugaz e intenso como el corte de una navaja. Era el dolor de la añoranza y el arrepentimiento.

–Quisiera poder llegar hasta ti –le dijo–. Quisiera que pudiéramos aferrarnos el uno al otro.

Las lágrimas comenzaron a rodarle y sintió que le humedecían el cabello enredado.

–Estamos apoyándonos –la calmó Steve–. Aquí.

La presión de su mano volvió a sentirse, pero Annie sentía demasiado dolor para volverse y hallar su tibieza, para acercar su rostro al humano refugio que él le ofrecía. Tenía miedo de que el llanto se apoderara de ella. Comprimía su rostro con los dedos de las lágrimas, deformando su boca en un hoyo anguloso. La sangre comenzó a manar nuevamente de la comisura.

–Es demasiado tarde –exclamó–. Demasiado tarde para cualquier cosa.

Era el fin, allí en su sepultura de escombros. La pulcra trenza de su vida se extendía por detrás de ella; los hilos estridentes y luminosos del pasado habían sido desvaídos por el tiempo en mudas armonías de color. Martin y ella la habían tejido juntos. Pensó en su esposo, en Thomas y Benjamin, que quedaban para contemplar la trenza brutalmente tronchada, con los cabos sueltos inserviblemente raídos. Sus hombros se sacudían con los sollozos, y el pelo le desgarraba el cuero cabelludo.

–No llores –pidió Steve–. Por favor, Annie, cariño, no llores. No es demasiado tarde.

Si sólo pudieran abrazarse, pensó, compartirían el calor de su cuerpo. Trató de moverse otra vez, pero comprendió que no podría arrastrar la pierna fracturada.

–Mi madre está enferma –dijo Annie abruptamente–. Tiene cáncer. Acaban de decírselo. Debe ser lo mismo.

Steve podía seguir sus pensamientos, liberados, asomándose aquí y allá. La dimensión de un mayor entendimiento era siniestra, pero la aceptó con gratitud.

–No –la contradijo–. No es la misma sensación de pérdida. No es el mismo desperdicio. Tu madre te ha visto crecer, casarte. Ha visto a sus nietos. La enfermedad no es lo mismo que... la violencia.

No quiso decir «muerte violenta», pero advirtió que Annie lo leía telepáticamente.

–Tal vez... tal vez toda muerte sea violenta cuando llega.

Entonces permanecieron mudos, pero unidos por el miedo. Podían escuchar los pensamientos del otro, murmurados en voces infantiles, distintas de las que solían tener.

–Si llegan a tiempo –dijo Annie– y si nos queda más por vivir, más que estar aquí tirados, no dejaré escapar un solo día. Los contaré. Haré que cada día esté vivo. He dejado que tantos días se fueran, encogida de hombros y sin un solo recuerdo... Días de hastío. De resignación. Uno solo de ellos sería tan valioso ahora... ¿Comprendes, Steve?

–Sí –respondió–. Comprendo, Annie. Cuando estemos libres haremos lo que nos plazca.

Steve trató de pensar cómo sería, y no sintió nada, salvo unas confusas imágenes de Vicky, de restaurantes intrascendentes donde había almorzado, de salas de proyección privada donde había aguardado a que los clientes vieran una y otra vez los anuncios de quince o treinta segundos.

–Pásala un par de veces más, David, ¿quieres? –Era su propia voz–. ¿Has aprendido todo eso en la escuela?

Ése había sido él. Trabajar y gozar, alternadamente, indiferenciadamente, mirando hacia atrás. Y ahora la cinta se cortaba, y la película que había estado viendo hasta la mitad jamás volvería a proyectarse.

Steve abrió los ojos en la oscuridad. Parecía haber estado tanteando el pasado durante horas, sin poder hallar una imagen a que aferrarse entre tantas que se encendían y desaparecían.

–¿Annie? –gritó, atacado por un pánico imprevisto–. ¿Estás aquí?

–Sí.

Sonaba adormecida, muy lejos de él.

–¿Annie?

Podía escuchar su esfuerzo, hasta que finalmente respondió:

–Sí. Aún estoy aquí.

–Háblame otra vez. Sobre tu madre. Sobre cualquier cosa. Sigue hablando.

–No... –suspiró. Fue un ligero aliento, y advirtió que sólo imaginaba el roce de su voz contra la mejilla–. No puedo hablar más. Habla tú, Steve. Me gusta oír tu voz.

¿Cuándo fue la última vez? Quería recordarlo antes de que fuese demasiado tarde. La última vez que sintió la crudeza de querer algo con toda su alma. La última vez que había deseado algo con la misma intensidad con que ahora deseaba vivir, para no dejarse derrotar por la bomba de un lunático. ¿Dónde estaba la clave? *Para no dejarse derrotar...*

Steve sentía que la cabeza se le endurecía, que sus pensamientos y recuerdos se bloqueaban. Se obligó a abrir los ojos, deseando aferrarse a la conciencia, y comenzó a hablar.

–Fue hace mucho tiempo. Tanto, que ya había olvidado lo importante que fue. Quería escapar, eso era todo. Era el apartamento de Nani, en la calle Bow High, tercer piso. Desde el momento en que fui a vivir allí quise escapar.

Le había costado mucho tiempo, pero finalmente lo hizo. Cuando llegó el día, entró en la pequeña habitación que daba a la cocina de Nani y metió suéteres y camisas en su maleta azul. Nani estaba sentada en la cocina, mirando la televisión. Podía ver su voluminoso cuerpo por la puerta entreabierta, y el mantel doblado por la mitad sobre la mesa, la botella de leche, su taza y su plato esperando que volviese a llenarlos con té.

–¿Sales otra vez? –gritó para hacerse oír sobre el televisor.

Ya había habido otros intentos de fuga. Muchos sábados por la noche se había quedado en apartamentos atestados, donde los que seguían una vez que la fiesta concluía caían rendidos en cualquier sitio de la casa. No hacía mucho había pasado una semana en casa de una chica cerca de Victoria Park. Había sido demasiado bueno para durar, por supuesto. La chica no tardó en descubrir la verdad detrás de su presunta desenvoltura de adulto.

–¿Dieciséis? ¿Ésa es la edad que tienes? *¿Dieciséis?* Vamos, vuelve con tu madre antes de que vengan y me detengan por corrupción de menores.

Nani le dio la bienvenida, y la agudeza de su lengua no ocultó su alivio.

–¿Dónde diablos crees que has estado? Ni una palabra de ti en una semana. ¿No se te ocurrió pensar que estaría preocupada? Acabarás como tu padre, Steve, después de todo lo que he hecho por ti.

La rodeó con sus brazos. Era gruesa, pero a la vez frágil. Sólo podía moverse torpemente por la minúscula cocina.

–No acabaré como mi padre. Lo sabes bien.

Nani se acomodó la dentadura postiza con la punta de la lengua y le dijo:

–Tal vez no. Pero hay otras muchas formas de acabar mal. Supongo que ya encontrarás la que mejor te siente.

Después de eso hubo cierta calma durante unos meses.

Mientras cerraba los cajones vacíos de su cuarto, uno por uno, trataba de hacerse oír.

–¿Nani? ¿Nani? Me marcho a vivir al West...

Desde luego, no lo escuchaba. La televisión lo impedía. De modo que terminó de empaquetar, de quitar sus láminas infantiles de West Ham United y de Buddy Holly, y de plegarlas. Entonces fue hasta la cocina y apoyó sus maletas en el rajado suelo. Se acercó al aparato, bajó el volumen y se hizo el silencio.

–Estaba mirando la tele, Steve. No bromees, sé buen chico.

–Nani, quiero decirte algo. Me voy a vivir al West. Ya conseguí una habitación y todo lo demás. Me las arreglaré.

Por ese entonces él era muy insensible. Nani permaneció sentada, mirándolo, retorciéndose los gruesos dedos blancos en el regazo.

–¿Eh? ¿A vivir allí? ¿Para qué? Tú vives aquí, amor. Desde que eras así.

Extendió la mano, a un metro del suelo, y Steve pensó: Sí, me acuerdo. Y desde entonces quiero irme.

–No puedo vivir aquí para siempre, Nani. Quiero marcharme. Vendré a verte los fines de semana. Te lo prometo.

Entonces, su rostro se ensombreció.

–Después de todo lo que he hecho –murmuró.

Lo había hecho todo, desde luego. Lo había cuidado y protegido. Durante diez años le compró la ropa y la comida. No podría pagarle su devoción; lo sabía con el frío desamor de sus dieciséis años.

–Vendré a verte a menudo –repitió–. Y tan pronto como haya reunido unas libras te compraré un lugar mejor, cerca de donde estoy o por aquí, donde más te guste.

–¿Reunir unas libras? –le espetó–. ¿Cómo piensas lograrlo? ¿Y tus estudios? Podrías seguir estudiando. Me lo dijo el mismo señor Grover.

Trató de explicárselo con paciencia.

–No necesito ir al colegio. Es una pérdida de tiempo, ya sabes. Conseguí un trabajo, Nani. No pienso volver a la escuela.

Estaba demasiado furiosa para escuchar. Conque cogió sus maletas, abrazó su inmenso corpachón y se marchó.

Todo lo que sintió al alejarse de los Edificios Peabody fue un inmenso alivio. Bajaba la escalera de caracol, pisando los escalones de piedra, y golpeando la pronunciada curva de la cerca enrejada, pintada de marrón. Caminó enérgicamente por la calle hasta la parada de autobús y allí se quedó, mirando al tráfico en dirección al este, esperando ver pasar el primer autobús que lo llevara al oeste.

El trabajo era como mensajero de una agencia publicitaria, y su hogar era una habitación en un segundo piso, con vista parcial a la calle Earl's Court. Apenas llegó, Steve supo que jamás miraría hacia atrás. Después de trabajar dieciocho meses le ofrecieron el más humilde de los puestos dentro del departamento de medios. Este cargo condujo a otro, y a otro, hasta que finalmente dio el gran salto al circo: el departamento creativo. De esa agencia se marchó contratado por otra, y fue así cuando empezó a disponer de dinero por primera vez en su vida.

En aquel entonces, recordaba Steve, quería tenerlo todo. Estaba tan ocupado asegurándose de conseguirlo que nunca pensaba en otra cosa.

Había muchos como él, y era el tiempo propicio para todos. Su carrera se inició cuando las camisas rosadas comenzaban a verse tímidamente en las reuniones de clientes, y floreció en los sesenta y los setenta, entre almuerzos en la Terrazza y tarde en el Colony Club, matizadas con fiestas en las que se acompañaba de chicas en minifalda, y con filmaciones en sitios exóticos, y crisis creativas, cuando alguien, por lo general el mismo Steve, se las arreglaba para aparecer con un encabezamiento justo a tiempo. Tal vez no haya sido realmente así. Pero parecía demasiado lejano para poder recordarlo. Le había resultado tan fácil, que durante mucho tiempo, engullía todo lo que aparecía en su camino.

En algún momento durante esos años Nani murió. El día del funeral, Steve se encontraba en Cannes, en viaje de negocios, y no pudo regresar a tiempo para asistir. Pero pagó para que todo se hiciera como correspondía. Y envió una corona de flores, que era más que lo que se había molestado en hacer la única hija de Nani: la madre de Steve. Si es que ella sabía que su madre había fallecido. Steve la había visto muy rara vez, desde que a los seis años lo llevó a vivir con su abuela.

–Pobre Nani –dijo tiernamente.

Pero ¿es que el recuerdo siempre consiste en sentirse avergonzado?

No, no era así para Annie. Annie había cumplido toda clase de promesas, cosa que él mismo fue incapaz de hacer. Steve sintió remordimientos, y ella telepáticamente susurró:

–No es demasiado tarde.

Su reacción al dolor ya no fue de temor sino de ira. Se oyó gritar:

–¿Dónde están? ¿Por qué no vienen por nosotros, antes de que sea demasiado tarde?

La masa que pendía sobre ellos ahogó el sonido y no dejó oír respuesta. No se oía nada en absoluto.

–¡Oh, Dios mío! –exclamó Steve.

–Tranquilo. –Annie lo consoló como si se tratara de Benjy–. Tú crees que llegarán a tiempo. Me has hecho creerlo. Ya vendrán. Debemos esperar... ¿Qué estás haciendo?

Steve estaba desenlazando sus dedos.

–Quiero saber cuánto tiempo ha pasado.

Buscó dolorosamente el reloj: tenía los dedos entumecidos y acalambrados.

–Debemos esperar –repitió Annie, como si obedientemente recitara una lección de memoria– hasta que vengan por nosotros.

Steve comprendió cómo su fortaleza dependía de que él la tranquilizara. Se preguntó cuánto tiempo podría durar. Se sentía mucho más débil, y el dolor de la pierna se le enterraba en la cadera y el vientre. Tomó el reloj y lo apoyó sobre su pecho. Otra vez palpó las agujas con la punta del dedo. De pronto lo envolvió un sopor que le impedía discernir lo que le indicaban sus sentidos. Las manecillas casi estaban verticales. Una opuesta a la otra. Tocó la perilla de la cuerda para cerciorarse.

Las seis... debían de ser las seis. Si eran las seis, afuera ya estaría oscuro. ¿Cómo podrían buscarlos en la oscuridad? Con luces. Desde luego, traerían generadores de emergencia. No dejarían de buscar hasta que les encontraran. Steve se esforzó por captar el sentido del diminuto circulito, y de pronto cayó en la cuenta, con un suspiro de alivio: no eran las seis, sino las doce y media. Sábado al mediodía. La gente estaría preparando la comida, telefoneando, conduciendo a través de calles con tiendas deslumbrantes, rumbo a las cálidas puertas que se cerraban ante el viento, rumbo al sonido de las voces. El mareo lo desorientaba: estaba temblando.

–Annie...

Se movió involuntariamente, demasiado deprisa, y el reloj se le resbaló. Lo oyó despeñarse y rodar hasta caer en algún sitio lejano, fuera de su alcance. Adiós reloj.

–Aquí estoy –le respondió–. Continúa hablando.

–Tengo mucha sed –dijo Steve.

También tenía sueño, pero no se podía permitir quedarse dormido. Comenzó a hablar otra vez. Su voz sonaba difusa, y respiró hondo para poder controlarla.

¿Qué había sucedido? En algún momento, durante esos años de carrera en la agencia, sin que Steve tuviera tiempo para advertirlo, había dejado de desear cosas. Había dejado de ser ambicioso. Casi le hacía reír la obviedad. Pero también se había desvanecido el placer de estar inmerso en semejante negocio, donde se manejaban anárquicamente sumas tan grandes de dinero, y así y todo con éxito, había desaparecido su apetito.

A mediados de los años setenta la mayoría de las fiestas habían concluido. Se producían recortes en los presupuestos y las empresas que no arrojaban beneficios quebraban por doquier. El trabajo de Steve nunca se vio amenazado; era demasiado bueno en lo suyo para eso, pero la mayoría de lo que le gustaba ya no estaba allí. Las decisiones empresariales, la imagen corporativa, los proyectos comerciales a largo plazo le aburrían. Le gustaba hacer anuncios, y su libertad para crearlos era cada vez menor.

Ya hacía dos años que conocía a Bob Jefferies cuando éste le propuso que instalaran una agencia por su cuenta. Bob era sensato, y tenía una inteligencia poco común. Mientras Steve recorría el West End entregando envíos de trabajos artísticos, Bob trabajaba en la LSE. Su propuesta cayó justo a fines de una semana muy ajetreada.

–Sí, acepto. ¿Por qué no?

Bob exclamó irritado:

–¡Demonios, Steve! ¿Nunca piensas en nada?

Steve le devolvió una mueca.

–Te lo dejo a ti. Yo haré los anuncios.

Así lo acordaron, y así resultó.

Al comienzo fueron sólo ellos dos, una secretaria, y una telefonista. Y hasta parecía algo importante. No tan excitante como las viejas épocas, porque Steve sabía exactamente qué traería el éxito consigo, en caso de llegar. Pero sí tan interesante como para absorber su atención y sus energías durante cierto tiempo. Luego el programa de filmaciones se fue llenando cada vez más, tuvieron que contratar más personal y se trasladaron a las oficinas de Ingestre Place.

Después de eso, las imágenes se confundían. El rostro de Cass mirándolo desde los carteles publicitarios, Vicky con sus suéteres gruesos y sus gafas que en nada la favorecían, su oficina con media docena de personas sentadas alrededor de la mesa, y nada que pudiera destacar, nada a lo que aferrarse mientras el sopor se cernía en torno de él.

La voz de Annie emergió de la oscuridad.

–Pareces importante.

Esta vez ella parecía más fuerte que él, y reparó en ello con gusto.

–No. Hay muchas compañías como la nuestra. Hice algo de dinero, si crees que eso es importante.

–Steve...

–Te escucho.

–Cuando todo esto termine, ¿me darás un empleo?

¿Un empleo? Volvió la cabeza hacia el sonido de su voz, sorprendido en su evocación inconexa por la valentía circunstancial de Annie. Por un instante el sopor se deshizo, y su mente volvió a adquirir la claridad de una campana.

–Me parece que no tengo tarjetas en este momento. Pero te daré mi número de teléfono...

–Puedo dejarle mi nombre a tu secretaria...

–Si veo algo para ti ya te llamaré...

Se rieron a la vez. Era una risa de locos, pero también era auténtica, e hizo que el polvo formara nubes invisibles alrededor de ambos.

El tráfico estaba detenido, inmóvil, en todas las direcciones. Martin miró la interminable línea de automóviles que tenía por delante, y luego los rostros impávidos de los que venían en los coches de atrás. En su despavorida salida no se había parado a pensar que las calles cercanas a la tienda estarían totalmente colapsadas. Se sentó con las manos rígidas sobre el volante, tratando de decidir qué hacer. El boletín informativo de la radio apenas decía algo más de lo que ya sabía, pero su convicción de que Annie estaba allí crecía a cada minuto.

La masa de coches avanzó unos metros y se detuvo nuevamente. Martin podía ver el desvío a unos noventa metros, donde una solitaria mujer policía desviaba el tráfico al norte, justo al lado opuesto. Aún faltaba un kilómetro hasta la tienda de Annie. Miró a un lado y a otro, buscando cómo salir de la masa densa e inmóvil.

Vio una angosta curva a unos veinte metros, del otro lado de la calle, cruzando tres carriles, pero tan pronto como los vehículos comenzaron a moverse Martin encendió las luces, clavó el dedo en la bocina y giró el coche hacia aquel lado. Sin detenerse en la maraña de bocinazos que se generó a su alrededor, se abrió camino por entre ellos y aceleró. Abandonó su automóvil en el primer sitio que pudo y echó a correr.

Las callejuelas que se abrían por detrás de la tienda tenían una calma siniestra sin el flujo habitual de coches. En cierto momento Martin divisó una patrulla en un cruce. Instintivamente tomó por otra calle y corrió hasta que sintió una dolorosa punzada en el costado de su cuerpo.

Sus pies parecían repicar *Annie, Annie* mientras avanzaba, pero era un alivio saberse más cerca de ella.

Las calles cercanas a la tienda habían sido despejadas por la policía, pero la gente aún seguía transitando, en silencio. Muchos se giraban para mirar a Martin, pero él no se daba cuenta. Por fin, con la sangre a punto de estallarle en los oídos, dio vueltas a la última esquina y vio lo que quedaba de la tienda de Annie. Empujó a la gente, aún reunida detrás de los cordones policiales, y miró hacia arriba. Un miedo pavoroso por ella lo dejó helado, sin que pudiera moverse.

Colgando de cualquier modo aún quedaban algunas de las gigantescas letras que formaban el nombre de la tienda. Una de ellas se tambaleaba hacia afuera, sacudida por el viento. Sobre las cornisas a cada lado del nombre habían puesto árboles de Navidad con luces doradas. Ahora sólo quedaban unos pocos colgajos verdes, y las luces habían caído junto con todo lo demás. Por encima de los restos de los árboles el edificio se abría al cielo: no quedaba ni el techo. Un puño gigante parecía haberse descargado sobre la fachada, desgarrando los pisos como si fuesen de papel, y mientras lo observaba, una columna de mampostería parecía mecerse a punto de caer hacia adentro.

A cada lado, lejos del centro derruido, la fachada era un vasto confín de vidrios rotos. Los adornos habían caído de las vidrieras y yacían, destruidos, sobre los vidrios astillados. Por todas partes, más allá de los muros vencidos y dentro y fuera de las ventanas hechas añicos, los hombres a cargo de las tareas de rescate iban y venían, patéticamente insignificantes, como ajetreadas hormigas recorriendo un inmenso cascarón.

Martin observó el centro derruido de la tienda. Era imposible imaginar que hubiese alguien vivo allí adentro.

Escuchó las palabras del locutor de radio resonar interminablemente en su cabeza. *Han recuperado un segundo cuerpo de la tienda del West End londinense, gravemente dañada por una bomba que explotó esta mañana...*

No Annie, por favor, que no sea Annie. Si está allí...

Las piernas de Martin comenzaron a temblar otra vez. Avanzó hacia delante abriéndose paso brutalmente con los codos hasta llegar al cordón. Pasó a través de él, pensando ciegamente en llegar hasta las letras retorcidas y gritar su nombre.

Un oficial de policía se acercó rápidamente para interceptarlo, poniendo la mano enguantada sobre su hombro.

–Retírese detrás de la barricada, señor. Por aquí...

–Estoy buscando a mi esposa. Está allí, adentro.

El policía vaciló un instante antes de hacer retroceder a Martin. Martin vio un gesto de comprensión en el rostro del joven, por debajo del casco.

–¿Usted está seguro de que su esposa está allí, señor?

Martin pensó. En realidad no sabía nada. Annie podía estar en cualquier otro sitio de Londres. Pero tenía la intuición certera y atroz de que se encontraba allí.

–No del todo. Pero podría estar ahí.

El policía recobró sus modales enérgicos. Había que seguir ciertos procedimientos. Guió a Martin a través de las bandas, y quedaron uno a cada lado, mirándose. El oficial señaló la calle desierta.

–Si tiene la amabilidad de dirigirse a la comisaría, señor, por allí a la izquierda...

Sabía dónde estaba. Una vez, cuando él y Annie habían salido de compras, encontraron un pendiente de oro en la calle. Ella había insistido en llevarlo a la comisaría, y él esperó impacientemente a su lado hasta que el sargento anotó todos los datos en el registro de objetos perdidos.

–... allí tomarán nota de los datos personales de su mujer. Y hay un número de teléfono al que puede llamar. Allí le darán información.

Quiero ayudarla. Martin miró la devastación por encima del hombro del oficial y palpó su propia impotencia. Sus puños se apretaron involuntariamente, deseando poder extenderse y arrojar los escombros, desenterrarla y liberarla.

Se encogió de hombros con incertidumbre y se alejó de la barrera. Los transeúntes se apartaban para dejarle paso; se encaminó a la comisaría.

Le indicaron un pasillo con una hilera de sillas incómodas. En el fondo había una oficina con un panel de vidrio esmerilado en la puerta cerrada. Había dos o tres personas sentadas en fila, esperando, sin mirarse. El aire viciado revelaba su ansiedad.

Martin se sentó en el extremo vacío de la fila.

Los minutos pasaban; él pensaba en Annie y en los niños. Cada vez que surgía la pregunta *¿Qué haremos sin ella?*, trataba de afrontarla, pero más allá no veía nada. Era imposible imaginárselo. No podía pensar nada más que en las figuras empequeñecidas de los bomberos trabajando en la calle, pensaba en ellos, deseándoles que la desenterraran, como si la intensidad de su deseo pudiera darles bríos.

La puerta que había al final del pasillo se abrió, y salió una mujer. En su lugar entró otra persona que aguardaba en la silenciosa fila, y el resto siguió esperando resignadamente.

Por fin llegó su turno, después de horas interminables. La oficina estaba atestada de archivos metálicos. Detrás del escritorio había un sargento sentado, y a su lado una mujer policía, muy joven. Hicieron un gesto tranquilizador a Martin, y el sargento le pidió que se sentara.

Mientras Martin respondía las preguntas, la joven completaba un formulario. Les dio el nombre y la edad de Annie, su descripción general. Le preguntaron por qué pensaba que se encontraba en la tienda, e incapaz de transmitir su patética convicción, le dijo que le parecía probable.

–Aquí tengo una fotografía de ella –anunció.

Martin sacó su cartera del bolsillo de la chaqueta. En el compartimiento de atrás había una fotografía de Annie jugando en el jardín con los niños. Estaba riendo, y Benjy se asomaba por entre sus rodillas, retorciéndole la falda. Acercó la foto al sargento por encima del escritorio y les preguntó:

–¿Saben algo? ¿Pueden decirme algo?

La mujer daba vueltas a la estilográfica con los dedos mientras su compañero hablaba.

–Como sabrá usted, estamos haciendo todo lo que está en nuestras manos para rastrear la tienda en busca de posibles supervivientes, y las operaciones proseguirán hasta que tengamos la certeza de que no queda nadie dentro. En la última hora han localizado a un superviviente empleando equipos de imágenes térmicas, y muy pronto llegarán hasta él.

El ínfimo rayo de esperanza se desvaneció tan pronto asomó.

–¿Él?

–Sí. Es un hombre, y aparentemente no está mal herido.

Entonces era posible que alguien subsistiera bajo semejante alud de escombros. Esta posibilidad le dio fuerzas para formular la siguiente pregunta.

–¿Y los dos... cuerpos que ya han sido recuperados?

–Ambos han sido identificados. Eran empleadas de la tienda.

Quiso llevar las manos al rostro y suspirar de alivio, pero permaneció inmóvil, avergonzado de experimentar alegría ante la muerte de otra persona.

–Es mejor que vuelva a casa, señor, y espere allí. Nos pondremos en contacto con usted apenas tengamos noticias de su esposa.

La entrevista había acabado. Martin se puso de pie a regañadientes y allí quedó, apoyado en el respaldo de la silla.

–O puede esperar aquí –dijo la joven.

Era la primera vez que hablaba, y miró nerviosamente a su compañero. Éste asintió, y su mirada se dirigió a la puerta.

–Gracias –respondió Martin.

Jamás se le había ocurrido volver a casa mientras Annie pudiera necesitarlo allí.

–Si su esposa regresa a su casa, señor –dijo el sargento–, ¿tendría la amabilidad de avisárnoslo?

Martin asintió y salió al aire frío y cargado del pasillo. En vez de sentarse siguió el rastro del olor a comidas del bar hasta la planta baja. Al lado de las puertas, en una cabina azul había un teléfono público. Marcó el número de casa y contó las llamadas. Una... dos... Audrey respondió antes de que acabara de sonar por segunda vez. Parecía estar sin aliento, como si hubiese corrido para contestar.

–Soy yo, Martin. ¿Tienes noticias de ella?

Se escuchaba la voz de Tom por detrás, gritando «¿Es mami?». Martin cerró los ojos y encogió los hombros, como si esperara que alguien lo golpeara.

–No –respondió Audrey.

Martin miró el reloj. La una menos diez. ¿No tendría que haber llamado Annie ya a esta hora para asegurarse de que todo estaba en orden? Sabía que no había ninguna razón para que debiese hacerlo, pero escuchar que no había llamado confirmó su convicción. Cada minuto que pasaba aumentaba su certeza.

–Estoy en comisaría –dijo–. No me han dicho gran cosa. Ninguna de las que... encontraron es Annie. No saben nada más. Esperaré aquí.

–Sí –respondió Audrey–. Mejor quédate allí. Nos arreglaremos muy bien... –La línea se cortó: Martin ya había colgado. Subió otra vez las escaleras y salió a la calle. Frente a la tienda, el esqueleto amarillo de la grúa se alzaba inmóvil. Caminó hacia ella, cara al viento, temblando. Pasó la zona de cámaras televisivas y periodistas a la espera, y pensó con crudeza que eran buitres acechando la matanza. Bordeó el extremo exterior del cordón hasta llegar al punto donde el oficial de policía lo había detenido. Levantó la vista, por encima de las cabezas de la multitud. Parecía imposible que la fachada bamboleante de la tienda pudiera seguir en pie. Mientras la miraba sentía como si estuviera a punto de arquearse, de caer hacia adentro en una lluvia de fragmentos y de polvo blancuzco.

Martin tembló al percibir que el viento cobraba intensidad. Barría las calles, arrastrando una bolsa rota de papel por el aire antes de aplastarla otra vez contra el camino húmedo. Aun por encima del rugido del viento, Martin pensó que podía escuchar el crujido de vigas rotas mientras la masa de cemento se movía y luego reposaba por unos instantes, hasta que soplara la próxima ráfaga.

Un camión de la policía se acercó al cordón. Por detrás, los policías hacían retroceder a los curiosos hasta el final de la calle. Del camión sacaban vallas de acero y las colocaban en su lugar. Mirando atrás, mientras lo obligaban a moverse junto a los demás, Martin vio un grupo de hombres con cascos protectores que se movían por debajo de la fachada amenazadora. La grúa comenzó lentamente a mecerse. Se dio cuenta de que iban a derribar el muro hacia afuera para que cayera a la calle.

Tendrían que hacerlo pronto, antes de que cayera por su cuenta, hacia el otro lado.

CAPÍTULO 3

Annie pensaba en la foto de bodas. Esta vez no en la de Martin y ella. La de ellos era brillante como la paleta de un pintor, con las salpicaduras de los vestidos de las invitadas, y el vívido cielo azul por detrás de la iglesia. Pensaba en la de sus padres, en un viejo y anticuado marco de cuero, apoyada sobre la mesa, a la izquierda de la chimenea, en la sala de estar. La de sus padres era blanca y negra, con una ligera sombra sepia que se acentuaba con el paso de los años. Eran tiempos de guerra, y su madre llevaba un traje de dos piezas con hombros cuadrados y un sombrerito inclinado a un lado de la cabeza. Su padre resplandecía en su uniforme del ejército. Su rostro apenas había cambiado, salvo por el cabello más ralo y las arrugas que le enmarcaban los ojos y la boca. Su madre casi no era reconocible. Entonces tenía las mejillas rebosantes, y su sonrisa se hallaba generosamente pintada de un tono intenso y brillante.

Annie tenía mucho frío.

Aún tenía esa sensación de ir a la deriva, pero ya no era como navegar en una barca sobre un lago apacible. Se sentía flotar hacia la inmensa boca hueca de un túnel. No quería que el túnel la devorara, y se aferraba a la mano de Steve como si él estuviera en la orilla y pudiese rescatarla de la corriente.

–Tengo tanto frío... –decía.

Steve se esforzaba por escucharla. En cierto momento había creído oír un tintineo metálico por encima de su cabeza, un brusco chasquido y el sonido de otras voces.

Si realmente se estaban acercando... si lo hacían de prisa, todo estaría bien. Ahora el tiempo había perdido su significado, y Steve maldecía el reloj, irremediablemente perdido en algún lugar. Él podría esperar, pero no podía decir lo mismo de Annie. Ya no escuchaba los ruidos.

–Ya falta poco –le prometió–. Háblame, si puedes.

Deseaba escuchar su voz, pero también quería oír otros sonidos. Temblaba del esfuerzo; tenía los ojos bien abiertos en la oscuridad como si con ellos pudiese escuchar.

–Pensaba en mi madre y en mi padre –susurró Annie–. De niña nunca sufrí, Steve. No como tú. Todo era fácil. Ellos hacían que todo fuera fácil para mí. Siempre creyeron en la rutina, y sus vidas transcurrieron con la exactitud de un reloj. Me pregunto... –tomó aire dolorosamente– si habrán sido felices.

El agua dejó de correr y pareció girar en un amplio círculo, arrastrándola consigo. Todas sus perspectivas cambiaron. Había estado pensando en su madre y en su padre como un modo de hacer que el tiempo pasara, de construirlos dentro del muro de palabras que la unía a Steve. Pero ahora se encontraba atrapada en una imagen de matrimonios, viendo cuánto se parecía el suyo al de ellos, y el de sus padres al de sus abuelos, en una sucesión perpetua de conspiraciones de a dos.

«¿Qué había perdido su madre, pensó Annie, que ya no pudiese recuperar?» Ya no, ahora que no le quedaba más que esperar a que la enfermedad se llevara lo mejor de sí. «Como yo aquí», pensó, y las imágenes se multiplicaron unas en otras, a lo largo de un interminable y frío corredor.

Vio la casa de su madre. Suelos brillantes, y toallas de huéspedes pulcramente colgadas a un lado del lavabo del vestíbulo de abajo, cuando venían visitas. Su despensa siempre estaba bien surtida, y en el cajón, por debajo de los manteles de todos los días, descansaban los de mejor calidad, prolijamente planchados. Annie evocó un fugaz recuerdo: incluso había unas servilletas para el té reservadas para ocasiones especiales. Pero la sangre seca en la comisura de la boca congeló la sonrisa antes de que pudiera salir.

La casa de los años treinta, en la esquina de una calle soleada y tranquila, ahora resultaba demasiado grande para sus padres, pero seguía brillando de tanto limpiarla, y seguía oliendo a flores, formalmente dispuestas, aunque la mayoría de los cuartos estaban desocupados.

Al evocarla, Annie experimentó una tristeza súbita e infinita. Toda la vida adulta de su madre había estado consagrada al cuidado de una casa, y cuando muriera su esposo la vendería, otros la habitarían y derribarían paredes, y se echarían a reír de la decoración anticuada, y no quedaría nada de ella. Qué irónico resultaba, pensó Annie, que la casa de su madre fuese a la vez su cementerio. La había contenido como un cascarón, y dentro de ella había esperado tantas veces las llegadas y las partidas del esposo... Desde el interior de su refugio había observado a sus hijos hasta que crecieron y se marcharon.

Annie se dio cuenta de que no tenía la menor idea acerca del matrimonio que la mantenía limpia. La casa había sido el emblema de su matrimonio, pulcra y ordenada, y ella había supuesto que eran el uno para el otro. Como la casa, el matrimonio de sus padres parecía decente y respetable. ¿Qué más?

La sensación de lo poco que sabía la sacudió.

Martin y yo... ¿Iguales, o diferentes?

Amaba las cosas que habían hecho juntos en su casa, y el calor envolviendo a los cuatro. Pero acaso estuviera tomando las formas de la casa por algo más, por algo otrora más fresco pero desgastado con los años de la madurez. ¿Era la sensación de algo perdido lo que la había hecho recordar a Matthew?

Annie se estremeció y volvió el rostro bajo el hueco de la puerta. La suavidad de la superficie parecía fría como una lámina de hielo. Los reflejos se habían ido, y ya no lograba recuperar su aterida lucidez. Todo se confundía: su hogar de la infancia con la casa que compartía con Martin, las habitaciones se superponían con los rostros y se hacían borrosos. Sólo sabía que había sido feliz con Martin. Sintió que la bañaba la oleada de una débil añoranza de él.

¿Dónde estaba él? ¿Sabría lo que estaba ocurriendo? ¿No la conocía lo suficiente para leer sus pensamientos? ¿No vendría a por ella?

Cerró los ojos y se quedó pensando en él. Lo sentía muy cerca, como si su cuerpo fuese parte de él y compartieran el mismo dolor. Era su mano la que estaba aferrando; no la de Matthew, no la del desconocido.

Marido y mujer, pensó Annie, entrelazados por el tiempo y la costumbre. Los años vividos con él se presentaron ante ella en toda su extensión, para que los recordara, mensurables. Annie sintió una nueva ola de terror cuando pensó: ¿Será porque todo ha terminado? El peso que tenía sobre sí la empujaba malévolamente hacia abajo. Terminado. No, terminado no. Cercenado. Volvió a evocar la imagen de la trenza cortada, con los cabos roídos. Y sin embargo, pensó con tristeza, ayer no había sentido que ella y Martin estuviesen construyendo nada juntos, nada nuevo. Habían erigido su matrimonio y estaban seguros de él. Ahora estaban ocupados en las pequeñas tareas de mantenimiento, pero ya no les preocupaba el gran diseño. Era el tiempo lo que no había terminado.

Annie comprendía lo amargo que era recibir la burla de los años de calma vividos en la estructura que habían creado. Habían dado por sentada la promesa de los años. Los niños crecerían, Martin y ella se moverían con más lentitud, juntos, en armonía. O no habría nada. Sólo la muerte, y que sus seres amados siguieran viviendo sin ella.

¿Sentiría la misma amargura si simplemente hubiese caído enferma como su madre, y le hubiesen dicho suavemente que sólo le quedaba un tiempo más? En ese caso habría tenido tiempo de despedirse. Al menos de atar los últimos cabos; pero habría sido igual, pensó. Habría sentido el mismo temor e igual desgarro. Annie sintió repentinas ansias de vida, de las promesas que nunca hizo, y mucho menos cumplió, de todas las conversaciones que no compartió, de todos los puentes de contacto humano que jamás traspuso ni traspondría. La vastedad de lo que se esforzaba por enfrentar estaba a punto de aplastarla. Voy a morir, pensó Annie.

La negrura era absolutamente inmóvil, pero la sentía al acecho, ávidamente dispuesta a devorarla y a echar de su mente los diminutos cuadraditos coloreados.

Lo siento. Las palabras se hincharon, danzaron sobre su cuerpo, aturdiéndole los oídos. ¿Las habría dicho en voz suficientemente alta? Lo siento. Quería que Martin las escuchara, de algún modo. Había defraudado, a él y a los chicos, y sabía cuánto la necesitaban.

–Tengo miedo –repitió Annie–. Tengo miedo de morir.

Steve yacía rígido, pensando «no sé qué decir». Había estado absorto tratando de pensar en ello como en una cosa más que debía vencer. Sentía que el miedo lo acechaba, tenso como un animal dispuesto a saltar, pero era él quien estaba acorralado. No sé qué decirle. Siempre he sabido qué decir. He sido tan, pero tan agudo, que me he cortado. Escuchó a Nani advirtiéndoselo, en la cocina del tercer piso de la calle Bow High. Y ahora, ahora esto.

–Yo también tengo miedo –murmuró Steve.

La confesión de su temor los acercó, y el espectro del terror se echó atrás, dándoles un respiro. Steve y Annie no podían acurrucarse juntos y alejarse de él, pero se sentían juntos en las puntas de los dedos. Sus manos habían pasado a ser ellos mismos.

–Gracias a Dios que estás aquí –dijo Annie. Y después de un minuto, agregó–: Steve... Si llega, ¿estarás aquí conmigo?

Si llega la muerte, a eso se refería. ¿Estaría con ella en ese momento?

–Sí –le prometió–. Estaré aquí. Esperaremos juntos.

Annie asió esta promesa y la confesión del miedo de Steve, y con ellas construyó sus barricadas. El terror retrocedió un poco. Aprovechó el respiro para observar las imágenes que bullían en su cabeza como papel cortado, para examinarlas y acomodarlas en su sitio. Era importante componer una secuencia lógica con ellas. Annie frunció el ceño, uniendo los extremos raídos de su concentración. Eran muchos y muy diminutos fragmentos de papel cortado.

Allí estaba Martin, el día que se conocieron. Muy bien. Ése primero. Observó el fragmento atentamente. Estaba sentado en la mesa contigua, en el café de la calle Old Compton que frecuentaban los estudiantes de St. Martin's. Annie hacía primero, y Martin, tercero. Ya lo había visto anteriormente, en los corredores y una vez al otro lado del salón en una fiesta, sin reparar en él. Llevaba el cabello largo y una chaqueta de cuero, con algunos adornos, como todo el mundo. Ese día estaba trabajando en un bosquejo, con la cabeza inclinada. Concentrado. Recordaba estar sentada en la atmósfera cálida y vaporosa, escuchando el siseo de las máquinas de café detrás del alto mostrador. El chico de la mesa de al lado había terminado su dibujo y la miraba, sonriéndole.

–¿Otro café? –le preguntó.

Se acercó a su mesa con dos tazas de café, y ella ladeó la cabeza para ver el dibujo que traía bajo el brazo. Él se lo enseñó, solícito, y pudo ver un apunte a lápiz, intrincadamente sombreado, del café, con la barra cromada del mostrador, los mangos brillantes de la máquina Gaggia y la cabeza engominada del dueño inclinada detrás de ella. En su mesa, cerca del mostrador, había dibujado a sus amigas, pero la silla de Annie estaba vacía.

–¿Por qué no me has dibujado? –reclamó ella. Y él respondió–: Bueno, eso habría sido bastante *obvio* de mi parte, ¿no?

Es agradable, pensó Annie.

Sintió la intrigante mezcla de excitación y anticipación que años más tarde reconocería como el sabor predominante de esos días. Todo lo que sucedía era una aventura, a cada vuelta de la esquina encontraban una nueva vista que los cautivaba.

–¿Cómo te llamas? –preguntó el joven–. Te he visto en la escuela, ¿verdad?

–Anne. Annie –se corrigió.

Desde que había terminado el bachillerato había abandonado el mediocre y oscuro Anne para ser Annie, la liberada estudiante de arte con su melena Sassoon y sus botas de Courrèges.

–Me llamo Martin.

Así se conocieron, y las líneas se enlazaron a la primera tentativa. Martin había sacado un papel arrugado del bolsillo de su chaqueta. Era el programa mensual del cine de la escuela.

–Mira. *Zéro de Conduite.* ¿La has visto? –Y al ver que Annie meneaba la cabeza–: Tendrías que verla. ¿Vienes conmigo?

A pesar de todas sus pretensiones de libertad, en aquella época habían sido muy convencionales. Él la invitó a ver una película, ella aceptó, y él la llevó a cenar luego al Sorrento.

Pero no había ningún fragmento que ilustrara lo que había sucedido luego. Sencillamente no podía recordarlo. Todo lo que veía era la imagen de sí misma, corriendo bajo la lluvia por las calles cercanas al Battersea Park, con la dirección de Martin ardiéndole en el bolsillo de su abrigo. Debía haberla invitado a pasear un par de veces, para luego prestar atención a alguna otra. ¿Habría sido así?

Tal vez. Y quizás ella hubiese sido vencida por la ansiedad, tan propia de la época como el encanto. Había resuelto no dejarlo escapar, y acaso hubiese ido lisa y llanamente al registro de alumnos a averiguar su dirección. Pero podía ver sus diecinueve años tan claramente, en su impermeable salpicado de lunares blancos, chapoteando entre los charcos, luciendo su trágica tristeza como una capa negra. Igual que Jeanne Moreau, que Catherine Deneuve o que cualquier actriz francesa que le sirviera de modelo esa semana.

Iría a buscarlo, le suplicaría que la escuchase porque ella sin él estaba perdida. Llevaba una botella de vino en el bolso, y cuando llegara el momento la beberían juntos franqueadas todas las barreras.

Allí, ese pedacito encajaba allí.

Había llegado hasta su puerta, y tocó el timbre, con el rostro formando un gesto hermoso, triste y valiente. Martin abrió la puerta, blandiendo un cucharón de cocina. Le sonrió, y el corazón de ella se elevó como una cometa.

–Oh, Annie, eres tú. Magnífico. Justo la persona que necesitábamos. Pasa por aquí.

Lo siguió hasta la cocina y miró a su alrededor. No era lo que había supuesto, en absoluto.

La habitación desbordaba de gente, en su mayoría chicos de rostro voraz. En mitad de la mesa, entre un lecho de pieles de patatas y botellas de sidra y cerveza había una fuente con cerdo asado, a medio trinchar.

–Íbamos a darnos un festín –explicó Martin–. Pero parece que la comida ha salido mal. ¿Qué crees?

–Creo que necesita cuatro horas más de horno, por lo menos –replicó Annie.

Era difícil mantener su expresión de Jeanne Moreau ante un trozo de cerdo crudo y una docena de rostros hambrientos.

Martin se encogió alegremente de hombros.

–Ah, bueno. Metámoslo adentro otra vez y vayamos al bar.

Fueron al bar, y regresaron mucho después. En cierto momento comieron el cerdo, o lo que quedaba de él. Alguien se bebió el vino de Annie, y más tarde lo vomitó. A Annie no le importaba nada con tal de estar junto a Martin. Él la llevó hasta arriba, a su habitación, y la rodeó con sus brazos. Se miraron a los ojos como si estuvieran ante un milagro.

–¿Por qué viniste hasta aquí, esta noche? –le preguntó, y ella respondió con osada sencillez.

–Porque no puedo vivir sin ti.

–No lo intentes –dijo Martin.

Así fue.

Después de eso, durante mucho tiempo, todos los fragmentos de papel roto que colocó en la secuencia correcta pertenecieron a los dos. Lentamente, a lo largo de las mismas etapas por las que pasaban muchos de sus amigos, Martin y Annie formaron una pareja.

Se exploraron, al principio torpemente, sobre el colchón del cuarto de Martin, luego con osadía, y finalmente con destreza que muy pronto se convirtió en ternura. Del mismo modo, pero aún más despacio, su vida en el mundo adoptó un esquema, en consonancia con la vida privada. El descubrimiento de sus gustos y placeres se veía consolidado por el hallazgo de que los compartían. Se sumergían en charlas fascinadas e interminables que los convencían de que eran almas gemelas. Iban juntos a todas partes y todo lo hacían juntos, trocando la romántica soledad de la adolescencia por el lujo de la dependencia mutua. Para todos sus amigos pasaron a ser «Martin y Annie».

Durante cierto tiempo, el último año de estudios de Martin, vivieron juntos, compartiendo una casa caóticamente organizada con otros tres estudiantes. Había montones de imágenes diminutas y fragmentadas de esa época, de rostros alrededor de la mesa de la cocina y de piernas huesudas desparramadas en sillones con los respaldos rotos. ¿Adónde había ido a parar toda esa gente? Tal vez, pensó Annie con tristeza, habían pasado a ser parte de Martin. Parte de él porque todos los recuerdos de esos días estaban cristalizados en él, eran parte del cemento que los unía. En aquella época, a los veinte años, Annie había representado orgullosamente el papel de ama de casa. Aquí venía una imagen de sí misma rumbo a la lavandería cargando dos inmensas bolsas de plástico azul. Cocinaba y planchaba las camisas para Martin.

¿Alguna vez, se preguntaba, había visto a su madre en sí misma? ¿Nunca tuve miedo de que la vida fuera lo mismo para mí?

No, eso no. Nos creíamos diferentes, atareados creando nuevas reglas. Pensábamos que habíamos cambiado al mundo porque Martin andaba por toda la casa haciendo bulla mientras limpiaba. Porque cada tanto solía meterse en la cocina a preparar platos que nunca estaban listos antes de la medianoche, y a dejar sucio hasta el último plato de la casa.

Habían sido felices... Sobre esos fragmentos había impresa mucha risa. Tendida, adormecida en ese escondrijo con la mano de Steve como única fuente de calor, Annie deseaba poder difundir vida otra vez en esos fragmentos del pasado.

Al término de esa época, Martin había ido a trabajar a Milán. Aquí Annie se veía junto a él en el aeropuerto, con el rostro aplastado contra el hombro de cuero del abrigo de Martin, mientras él la estrechaba. Estuvieron dos años separados. Ya habían superado la etapa de jugar a la vida de casados.

Annie recordaba el apartamento al que se había trasladado. Era cerca de aquí, encima del peso crujiente que la tenía clavada allí como se clava a una mariposa sobre una vitrina. Siguió curvas y calles hasta la casa, y subió las escaleras hasta sus habitaciones. Vio el color de las paredes –¿realmente las había pintado de ese tono?– y las lámparas Biba con flecos. Ese asomo por debajo de su piel acaso fuese una sonrisa.

Después de dos años de ausencia, Martin había regresado de Italia. Se reencontraron el uno en compañía del otro, tan cómodamente como uno se pone el abrigo de invierno que en el verano dejara colgado de una percha, con idéntica gratitud ante la llegada del tiempo frío. Al año se comprometieron. Sus padres se conocieron y dieron su aprobación, intercambiando brindis en casas similares, satisfechos de que sus hijos finalmente hubiesen encontrado lo que querían. Y un año después, con el rostro de Matthew como testigo dentro de su mente, Annie se casó.

–Pensé que seríamos buenos el uno con el otro –dijo Annie–. Y lo hemos sido.

–Tienes mucha suerte –opinó Steve suavemente.

Eso hizo que ella se volviera hacia él, tanto como le fue posible.

–¿Entonces por qué estoy avergonzada?

Steve pensó, apenas pude verte, caminando por delante de mí rumbo a la puerta. ¿Cuánto hemos estado aquí hablando? Ahora te conozco. Más que a mi propia esposa. Más de lo que nunca volveré a conocer a nadie en el resto de mi vida, si es que hay algo aún por vivir.

–No tienes de qué avergonzarte, Annie.

–Elegí un camino, el camino fácil. Y ahora es demasiado tarde para escoger otro. Siento que... todo se ha desvanecido. También para Martin, ¿no crees? Y ahora es demasiado tarde. –Annie estaba demasiado cansada para gritar, pero delgados músculos tiraban de sus ojos, los pequeños mecanismos de su cuerpo increíblemente seguían funcionando–. Es demasiado tarde para dar la vuelta, correr y hacer que aquello regrese, para que los colores vuelvan a brillar.

–Si tú y yo no estuviéramos aquí, si esto no hubiera sucedido, ¿habrías cambiado algo?

Annie respondió, muy despacio:

–No. Habría vuelto a casa con mis adornos para el arbolito y los juguetes para mis hijos, y los habría escondido; habría acostado a los niños y Martin y yo habríamos cenado juntos, tal como hacíamos todas las noches...

Hacíamos. Más pedacitos de confeti, frescos y sin desteñir, formando el mosaico de una vida, de una vida familiar. La añoraba, entre el dolor de su cuerpo herido y adormecido.

–No tienes de qué avergonzarte, Annie –repitió–. Has amado a tu familia, has criado a tus hijos. Son cosas cotidianas, admirables. Deberías aferrarte a ellas.

–Aferrarme a ellas –repitió Annie. Y luego, abruptamente–: Todo el mundo tiene de qué avergonzarse.

Steve sintió su proximidad. Ese contacto de sus dedos fríos era la cercanía más íntima que había conocido.

–Yo también siento vergüenza –dijo–. De miles de cosas. Subterfugios comerciales. Evasiones sociales. Montones de mentiras, tantas que no podría contarlas. He mentido a Nani, a Cass, a Vicky, a todos los que he conocido y me han importado.

Annie podía oír su respiración, sus bocanadas secas mientras tragaba el aire estancado.

–Estoy avergonzado porque jamás he amado a nadie. Nunca en toda mi vida. Si queda algo después de hoy... habré vivido casi cuarenta años sin haber hecho feliz a nadie. Y tú dices sentir vergüenza.

La amargura de su voz la lastimó tanto como sus dolores físicos.

–No –dijo, tan alto que él se preguntó cómo habría hecho para acercar el rostro al suyo–. Sé que la verdad no es esa.

Fuera, en la calle, el viento otra vez traía nieve consigo; copos diminutos que soplaban horizontalmente contra el rostro de los pequeños grupos de transeúntes. El viento desgarraba las cintas anaranjadas, las tensaba y las hacía aletear. Los agentes de policía daban la espalda al viento y se movían con inquietud de aquí para allá. Martin estaba inmóvil, contemplando la fachada de la tienda. Junto con el resto, lo habían hecho alejarse tanto que los ojos le dolían por el esfuerzo de mirar a la distancia, y se humedecían por las ráfagas heladas.

La grúa se había movido una vez en redondo, muy lentamente, y ahora estaba otra vez detenida. Los bomberos habían puesto las escaleras en su sitio. Los escalones metálicos se veían frágiles contra la fachada derruida. Martin podía ver los cascos amarillos balanceándose en los extremos de las escalas. Todo parecía moverse con suma lentitud. ¿Qué estaban haciendo? ¡De prisa, por favor! Las palabras golpeaban en su cabeza junto al latir de la sangre. ¿Por qué?

A través de las lágrimas que el viento arrasaba de sus ojos vio caer un bloque de ladrillos desde un borde de la fachada. Se desplomó en una lluvia de fragmentos más pequeños, y oyó cómo la gente apretujada alrededor de él contenía súbitamente la respiración. Por entre el derrumbe, los bomberos se dispersaron, e involuntariamente volvieron los rostros hacia arriba para mirar la pared arqueada y el pedazo de cielo que parecía comprimirla. Entonces, una vez que el polvo se aquietó, volvieron a su trabajo. Retiraron afanosamente los cascotes, las vigas astilladas y los fragmentos rotos de la tienda. Ahora se veía parte de lo que había sido el suelo de la planta baja, con sus alfombras cubiertas de grueso polvo blanco. Los pequeños copos de nieve caían, se derretían y otros más caían sin ser advertidos.

El jefe de la policía controlaba la labor desde el gran camión de control unido a las filas de vehículos policiales. Apenas eran las tres de la tarde, y la luz comenzaba a menguar. Con la explosión, la tienda había quedado sin energía eléctrica, pero habían traído generadores, y las lámparas de emergencia ya estaban en su lugar, listas para ser encendidas. Aún quedaban muchas horas de trabajo por delante.

Las tres y diez. El jefe se dirigió hacia la puerta del vehículo y observó el efecto de la bomba. Ahora tenía una idea aproximada de dónde habían colocado el explosivo, de qué clase era, cuál era su poder detonante y quién había sido responsable de la catástrofe. No sabía si tenía posibilidades de llegar a tiempo hasta los supervivientes. Ya llevaban más de cinco horas enterrados.

–Tres –dijo en voz alta, sin alejarse de la puerta.

Las cámaras termosensoras habían localizado tres fuentes de calor, tres cuerpos humanos. Se encontraban en el sótano de la tienda, cuatro pisos directamente por debajo del sitio donde había explotado la bomba. Dos de ellos estaban muy cerca, y el tercero a unos metros. Podían haber estado en el sótano durante la explosión, o caído hasta allí mientras la tienda se desmoronaba sobre sí misma. El policía se llevó un dedo al bigote. Era la única señal de ansiedad que dejaba entrever. Llegar hasta ellos sólo sería cuestión de minutos, de una hora a lo sumo.

Pero la fachada derruida pendía sobre ellos, sin sostén. Les había llevado un tiempo precioso descubrir que no podía ser derrumbada hacia afuera para que cayera sobre la acera sin causar daños. No había tiempo para montar andamios y desarmarla poco a poco. La única esperanza era trabajar más deprisa para desenterrar los tres cuerpos que quedaban antes de que se cayera, o que el viento la derribara.

Por centésima vez aquel día el jefe de la policía agradeció que la bomba hubiese explotado apenas abrió la tienda. En vez de cientos de víctimas en un lugar repleto de compradores navideños, el total de muertos había sido de ocho. En la última hora habían rescatado vivas a dos personas, cerca de las puertas principales. Uno de ellos era un empleado de la tienda, y el otro un adolescente, ambos gravemente heridos. Había treinta heridos más, en su mayoría transeúntes que sólo recibieron el impacto de los vidrios rotos. Y había tres personas más, tal vez vivas, por recuperar antes de que los equipos de rescate pudieran retirarse y la fachada cayera sobre la masa retorcida que yacía por detrás de él.

A menos, pensó el jefe, que el viento lo hiciera antes.

Bajó los escalones del camión, poniéndose en la cabeza el casco protector, y sintió en el rostro la fuerza del viento. Caminó de prisa, con la cabeza inclinada, y otra vez pasó por delante de los escaparates destrozados. Los inquietos cascos amarillos y las chaquetas fluorescentes de la policía parecían ser los únicos puntos de color en un mundo desprovisto de tonalidad.

Habían improvisado una estructura de lona impermeable. Los oficiales se hicieron a un lado para dejar paso al jefe. Por detrás de la fachada de la tienda, sobre el lugar donde cavaban en dirección del sótano, habían construido una especie de refugio. Apresuradamente habían levantado un andamio cubierto de planchas, precario como una casa de juguete. Detrás de la endeble protección el personal de rescate se afanaba por llegar hasta abajo. Uno de ellos miró hacia arriba por un instante, con el rostro cubierto de polvo.

El jefe se puso en cuclillas sobre el polvo y vio pasar las masas de escombros. Cuando los cuerpos fueran rescatados y el sitio volviera a estar seguro, cada pedazo sería examinado.

El jefe hizo señas indicando que deseaba avanzar y los bomberos le abrieron paso para que atravesara la entrada. Mirando hacia abajo pudo ver el extremo coloreado de una alfombra con los colores de la tienda, y el espesor del suelo que recubría, cortados tan limpiamente como una rebanada de pan. Por debajo de él dos bomberos trabajaban como máquinas, quitando escombros. Y más allá de ellos el jefe sabía que estaban los dos o tres cuerpos.

Los socorristas se movían en un espacio muy reducido, apiñados bajo el precario paraguas protector. El jefe profirió unas breves palabras de aliento y alabanza y se volvió, dejándolos proseguir con su tarea. Bajo el toldo de lona aguardaba el jefe de la brigada de bomberos.

–Con suerte, llegaremos hasta ellos antes de una hora –dijo.

El policía asintió y permanecieron en silencio, observando el trabajo, viendo cómo retiraban febrilmente los restos para depositarlos a un lado.

–Viendo el estado en que está... –murmuró el jefe, y ambos sabían que eso significaba «nadie podría sobrevivir debajo de semejante catástrofe».

La fugaz mirada que lanzó el oficial de bomberos hacia arriba reveló la angustia que sentía por sus hombres, que trabajaban bajo la amenaza de quedar sepultados tratando de rescatar víctimas casi seguramente muertas. Pero ninguno de los oficiales volvió a hablar, y el lento proceso de rescate continuó mientras los bomberos se abrían camino hacia las profundidades.

Steve fue el primero que los oyó.

Duró sólo un par de segundos, pero fue el zumbido inequívoco del motor de un taladro. Estaba abriendo la oscuridad. Significaba que finalmente, después de todo, estaban llegando hasta ellos.

–Annie. Ya los oigo. Escucha.

Como para demostrarlo, hubo otro ruido de inmediato, el agudo repicar del metal sobre los escombros, y luego nuevamente el taladro, dejando oír su timbre. Steve sintió que el alivio y la gratitud adormecían el dolor de su cuerpo como un bálsamo poderoso. Annie no respondió. Steve experimentó una súbita furia.

–¿No oyes? –la conminó.

La oscuridad tragó sus palabras y Annie siguió escuchando, deseando oír. ¿Cómo sería el sonido de ese rescate que ansiaba desde hacía tanto tiempo?

Entonces se repitió. No fue más que un débil rasguño metálico antes del silencio. Y luego, otra vez, más fuerte. Suena como una música, pensó irracionalmente.

–Sí –murmuró–. Lo oigo.

–Ahora sí podemos gritar –dijo Steve exultante–. Contaré hasta tres. Entonces, grita lo más alto que puedas.

Contó *uno, dos, tres,* y gritaron al unísono. El único sonido que pudieron emitir fue tan minúsculo que fue devorado por la oscuridad abominable. La cabeza de Annie se echó hacia atrás. Cerró los ojos. No sirvió de nada. Desde luego, no sirvió de nada.

Steve pensaba. Era el motor de un taladro. Eso significaba que habían traído algún generador, cables, luces, todo lo que les había sido posible. Tuvo la imagen de los negros cables serpenteando sobre los escombros, los rostros concentrados de los socorristas y las duras sombras que arrojaban las luces desde arriba. Habían pasado tanto tiempo en silencio desde las primeras sirenas que había tenido miedo de imaginarse los otros ruidos. Había comenzado a temer que no hubiese rescate. Incluso se había preguntado –ahora que sabía que no era cierto si podía enfrentarse con este temor– si acaso no se trataría de otra clase de bomba, y afuera ya no quedaría nadie vivo para rescatarlos. El horror se apoderó de él hasta que volvió a oír los sonidos.

–Están justo encima de nosotros, Annie. ¿Sabes lo que eso significa? –Pero ella no respondía, y tuvo que gritarle–: ¿No lo sabes?

–Dímelo –le respondió.

Y supo que estaba a punto de rendirse, después de tanto tiempo.

–Annie –le suplicó–. Resiste un poquito más. Están justo por encima de nosotros. Eso significa que deben de haber descubierto dónde estamos. Deben de haber usado cámaras detectoras de calor, y vienen justo hacia aquí. Había olvidado que lo hacen de ese modo. –Steve sacudió la cabeza, débilmente sorprendido de su propia estupidez–. Debemos lograr que nos oigan –le dijo–. Contaré otra vez. Grita, Annie.

Nuevamente el frágil sonido se elevó y se evaporó en la negrura interminable.

–De nada sirve –suspiró, pero los dedos de Steve se hundieron en su mano como garras.

–Otra vez –le ordenó–. Otra vez.

Uno de los bomberos sostuvo la palma en alto. Levantó la cabeza para escuchar y los otros se quedaron petrificados. El silencio se filtraba por entre el hoyo desgarrador que los contenía y se propagaba al exterior. Al siguiente intento lo oyeron todos. Era un grito muy débil. Pero se trataba de un grito humano. Permanecieron estáticos un momento más, y lo oyeron nuevamente.

–Hay alguien vivo allí adentro.

La voz corrió como una antorcha de mano en mano. Llegó hasta los oficiales que esperaban bajo el toldo de lona, y hasta el equipo médico, apostado junto a las ambulancias.

El jefe avanzó rápidamente y observó los rostros ennegrecidos que bordeaban el hoyo.

–Trabajen lo más rápido que puedan –dijo lentamente, y los hombres se pusieron en marcha, una vez más.

Martin estaba aterido hasta los huesos y tenía el rostro duro de tanto hacer frente al viento, observando la escena desde la distancia. De pronto se volvió, pero la imagen seguía indeleble en su mente. Sabía que nunca podría olvidar la ruina de la tienda, recortada contra el cielo color ceniza. Comenzó a caminar hacia el norte, con los pies dolorosamente dormidos en el ligero calzado de estar por casa. La estación de metro más cercana estaba cerrada; lo había observado al volver de su entrevista con la policía. Tendría que ir hasta la siguiente. Allí habría algún teléfono.

A medida que caminaba fue sintiendo algo más de calor, pero la circulación reanimada le clavaba agujas en los pies. Comenzó a andar más y más de prisa, imaginando cómo iba a coger el auricular y marcaría el número. Tal vez respondiera Annie. Tal vez ya hacía tiempo que había regresado. Casi corría, preguntándose cómo podía haber sido tan estúpido de dejar pasar tanto tiempo sin telefonear. Acaso ella estuviera esperando su llamada, sentada con Audrey y los niños en la tibia habitación.

El letrero rojo y azul de la estación de metro lo atrajo. Fue corriendo los últimos tramos, resbalando y jadeando sobre el pavimento. En la taquilla había dos teléfonos públicos en malolientes cabinas de madera. Levantó el auricular en la primera cabina y escuchó a través de su respiración entrecortada el espeso silencio del teléfono sin tono. En ese mismo momento un gordo se hundió en la cabina de al lado y comenzó a marcar sin la menor prisa. Martin se plantó en medio del campo visual del hombre, con la moneda en la mano, pero éste se dio la vuelta y comenzó a conversar.

Martin contaba los segundos, pensando qué diría cuando hablara con ella. *¿Annie? ¿Estás bien? ¡Gracias a Dios!...*

El gordo colgó bruscamente y salió de la cabina con gran esfuerzo. Martin aferró el auricular aún tibio y marcó el número.

–¿Hola?

Era la voz de Audrey. Se escuchó el *pip* del teléfono y Martin introdujo la moneda, pero ya lo sabía. Annie no había vuelto a casa.

–No –dijo Audrey–. No sé nada. Pero todavía podría estar haciendo compras...

Martin observó la salida del metro. Oscurecía. En algún lugar se escuchaba música, una melodía de jazz. Pensó que debían de ser intérpretes callejeros apostados al pie de las escaleras. Annie no estaba haciendo compras. Él sabía dónde se encontraba. Dijo:

–Han encontrado a dos personas vivas hasta ahora; dos hombres. Pregunté a uno de los policías apostados en los cordones. No sé nada más. Pero todavía están trabajando, hay docenas de personas allí. Aún tienen esperanzas de seguir rescatando gente. –Martin observaba las inscripciones grabadas sobre las paredes de la cabina. Nombres y números de teléfonos. «Llama a Susie...» «Kim y Viv estuvieron aquí.» Millones de personas, dispersas por todo Londres, yendo de aquí para allá. ¿Por qué tuvo que venir Annie aquí, justo hoy?–. No sé nada más –dijo desesperanzado–. Estaré aquí hasta que suspendan la búsqueda.

Audrey hablaba en voz muy baja. Sabía que ella no quería que los niños oyeran lo que decía.

–No encendí el televisor, Martin, para que no vieran... nada. Pero estuve escuchando la radio de la cocina. Creen que hay tres más enterrados.

–¿Vivos?

–Dicen que es posible. Creo que no era más que la opinión del locutor, ya sabes. Hay ocho muertos.

También lo sabía. Se había abierto camino hasta el camión de control y les había preguntado. El oficial se mostró comprensivo, como en la comisaría, pero no le dio información. Ya habían sido rescatados e identificados ocho cuerpos. Ninguno de ellos era el de Annie. Pero no le decían si los equipos de rescate pensaban encontrar a alguien más, por mucho que Martin insistiera. El locutor de radio, quienquiera que fuese, había sido más eficiente, pensó con tristeza.

–Iré a esperar allí –le dijo–. ¿Puedes quedarte, Audrey?

–Desde luego que puedo.

Martin advirtió que no trataba de decirle que Annie pronto estaría de regreso.

Colgó el auricular y atravesó la masa de gente que entraba en la estación con los bolsos repletos. La mayoría de ellos se volvía para mirar sobre sus hombros a medida que bajaban las escaleras. Sentía cómo el escozor de la fascinación azorada desviaba la irritación de la gente por haber tenido que dirigirse a otra estación, y eso lo hizo enfurecer. Salió a la calle cubierta de hielo y comenzó a recorrer el camino de vuelta. La forma de la tienda, de lado contra el cielo, miraba burlona, casi como siempre había hecho.

Cuando oyó el ruido, Martin estaba abrochándose el abrigo y deseando haberse puesto botas de goma. Primero fue una perversa ráfaga de viento, que le hizo hundir la cabeza contra el cuello. Alcanzó a oír cómo la onda surcaba la calle y pasaba de largo. Pero el ruido tendría que haber cesado una vez que la ráfaga se alejó.

En cambio continuó en otro sonido, diferente, imposible de precisar al principio, pero que le hizo poner la piel de gallina. Fue un retumbar grave como el trueno, aunque mucho más cerca de la tierra que un trueno. Después del primer crujido se convirtió en un distante romper de olas y, hundiéndose en el sonido, Martin pudo escuchar gritos humanos. En una terrorífica fracción de segundos pensó: «Otra bomba». Esperó que la onda expansiva lo tirara, pero se quedó esperando, aterido, mirando la oscuridad espesada por la nieve. ¿Era allí o no donde las luces blancas y azules se reflejaban bajo la fachada de la tienda, antes del ruido? Ya no las veía. Una nube de polvo espeso y retorcido lo ocultaba todo.

Martin comenzó a correr.

No hubo aviso.

El jefe de policía había estado de pie con un grupo de miembros del escuadrón de bomberos cerca del camión. Sintió la ráfaga de viento y levantó la vista alarmado. Mientras miraba, el extremo derruido de la fachada tembló y se inclinó hacia atrás. Abrió la boca para gritar una orden, y oyó la estridente lluvia de escombros.

–Atrás –aulló–. Atrás.

Hubo un apresurado desbarajuste de hombres, dispersándose sobre el asfalto para refugiarse en los vehículos. Pudo ver a un bombero enterrado cerca del lugar, y por la inclinación del casco supo que estaba mirando hacia arriba.

Y entonces se oyó un ruido ensordecedor, mientras la parte superior de la fachada se derrumbaba hacia adentro, parecía quedar suspendida en el aire, y luego caía en medio de la tienda. El polvo salió expulsado hacia afuera, espeso con el ácido olor de los ladrillos pulverizados. Asfixiado, cubriéndose la nariz y la boca con las manos, el comandante penetró la nube con la mirada.

El toldo azul había quedado hecho jirones. El refugio que formaban las planchas y los andamios estaba sepultado, y en lo que alguna vez había sido un escaparate festivo, mitad dentro y mitad fuera, yacía el cuerpo de un bombero, de cara al suelo, con las piernas destrozadas lejos de él.

En la oscuridad, el ruido fue otra explosión, que revivió el terror del primer instante. Se apoderó de ellos, tragándoselos, mientras crecía tanto, que sacudió sus cuerpos con la vibración y llenó sus pulmones con el olor.

–Steve.

Oyó a Annie gritar su nombre, sólo una vez, y entonces el grito se extinguió y el ruido prosiguió. La sensación era de estar cayendo nuevamente, pero fue mucho más terrible, porque ahora ya no había adónde caer. Steve giró la cabeza hasta que sintió partírsele el cuello, al cubrirse con los hombros como si eso pudiese protegerlo. A su alrededor hubo una lluvia interminable de piedras al rojo vivo y supo que se ahogaría en ese océano sólido de ruido y rocas pulverizadas.

No hubo otro dolor que el de la agonía del terror. Eternamente.

El ruido seguía, pero amortiguado. Era un ruido furioso, en extinción.

La sólida lluvia no acababa, pero era más fina. Había arrasado con el aire.

El aire.

Steve se asfixiaba a medida que el polvo entraba en sus pulmones. Boqueó, en una convulsiva búsqueda de aire, y rodó, hasta que el dolor de la pierna se hizo sentir otra vez. Habría gritado, pero no tenía aliento. No tenía aliento para toser, no había aire ya.

La oscuridad se hizo más densa, oprimiéndolo con su dolor.

Steve cerró los ojos y entonces fue la nada, un olvido dulce y tranquilo como el sueño de un niño.

No quería que volvieran, ni el dolor, ni el olor ni el aire que se extendían como una máscara sobre su rostro. Pero volvieron de todas formas, devolviéndole la conciencia a la fuerza. Cada inhalación le desgarraba el pecho sin llenarle los pulmones.

Quedó tendido en el silencio, gimiendo. El silencio. Ahora el ruido había cesado. Sea lo que fuere, había venido y se había marchado dejándolo nuevamente solo. Entonces algo se asomó en su conciencia. Lo persiguió en la niebla de la agonía y se acordó: *solo no.* Hizo que su mente se volviese al exterior, más allá de los límites de su cuerpo. Su hombro y su brazo eran parte de él. Tenía el brazo extendido. Sus dedos aún estaban donde debían, y seguía sosteniendo la mano de la joven.

–Annie.

La palabra no fue más que un gemido, pero lo dejó sin aire. La mano estaba fría como el hielo, inerte. Permaneció un momento inmóvil, tratando de armarse de fuerzas, y entonces pronunció su nombre otra vez.

–Annie.

El silencio era escalofriante. Pero había algo distinto. Steve retiró su mano de la de ella y la deslizó alrededor de la muñeca, delgada y desnuda. Sus dedos se movieron a lo largo del brazo, para hallar el extremo de la manga de su abrigo, y por debajo de él un puño de lana.

Algo distinto. ¿Qué era?

Sus dedos se movieron nuevamente, rascando la tela arenosa.

La cabeza le dolía tanto que cada pensamiento representaba un esfuerzo y un castigo. Antes, sin duda, sólo había estado su mano. El hombro aún le dolía de tanto que se había estirado para sostenerla. Pero ahora podía sentir su brazo, hasta el codo, ligeramente flexionado. En el silencio Steve podía escuchar el aterrorizado latir de su corazón. Abrió la boca para extraer más oxígeno del aire enrarecido.

Sólo se le ocurrió una cosa que se apropió de él durante largos y trémulos segundos: estaba sosteniendo su brazo, pero ya no formaba parte de ella. Algo lo había cercenado. El terror y la náusea lo inundaron y se acurrucó en su caparazón de dolor, deseando volver a la inconsciencia. Pero su mente se resistió y el pensamiento se le hizo más claro, hasta que fue una certeza y supo que debía hacerle frente.

Encerró el labio inferior entre los dientes y lo mordió, para no gritar cuando llegase el descubrimiento. Entonces deslizó sus manos hasta la de ella y entrelazó sus dedos. Lentamente, tiró de las manos unidas hacia él.

El brazo se movió, no fácilmente porque la manga del abrigo se frenaba en la rugosidad de los escombros. Pero se movió, y lo atrajo más y más hasta que sus dedos pudieron ascender nuevamente hasta el codo y más allá, pulgada por pulgada. Los dientes mordían el labio para ayudarlo a tolerar el descubrimiento de la carne ensangrentada y el hueso.

Pero sólo sintió el roce tranquilizador de la tela, y luego, sí, el extremo redondeado del hombro.

De pronto, como si su conciencia sólo pudiera enviarle los pensamientos de uno en uno, se le ocurrió otra idea. El pulso. Podía tomarle el pulso. Sus dedos volvieron hacia atrás y tantearon bajo el puño de lana. Dio vuelta a la mano para que quedara con la palma hacia arriba y aplicó el dedo mayor a la piel vulnerable. Nada, y nada, y entonces encontró el sitio. Era un pulso débil, tembloroso, apenas un tic, tic...

Steve tomó aire, y fue un largo suspiro que agitó una vez más la capa de polvo de ladrillo. Aún vivía. Era el brazo de Annie, y sus manos seguían unidas. Se aferró a ella como a un salvavidas.

Piensa otra vez. ¿Qué había sucedido? Debía averiguarlo, establecer nuevamente un hilo de esperanza para Annie.

Trató de recordar el ruido y luego la avalancha que siguió a él. No había caído, pero todo lo que tenían a su alrededor cayó sobre ellos. Steve tuvo la repentina convicción de que los límites de su mundo negro se habían redefinido. Mientras el peso caía, algo ya no era igual.

Había oído a Annie gritar su nombre, ¿y luego qué? ¿Habría rodado alguno de los dos para escapar de la avalancha, involuntariamente? Si eso había ocurrido, algo tenía que haberse movido para liberar a uno de ellos del peso que lo tenía inmóvil. Steve trató de moverse, deseando que su pierna siguiera el espasmo convulso de sus otros músculos. El dolor se hizo más intenso, y le mordió el estómago, pero vio que podía levantar la cadera y moverse hacia la derecha unos centímetros. Su pierna izquierda se deslizaba inútil tras él. Ahora podía extender la mano y tocar el costado del cuerpo de Annie. Sus dedos exploraron los pliegues de su abrigo, y luego se movieron verticalmente, hacia arriba. Encontró un botón, y otro en línea, y supo que lo estaba haciendo bien. El descubrimiento lo reconfortó.

Cuando comenzó el derrumbe, Annie había rodado hacia él. Antes estaba boca arriba con el cabello atrapado. Ahora estaba de lado, mucho más cerca de él, aún con el brazo extendido hacia Steve. Había rodado con las últimas fuerzas que le quedaban, y debía haber arrancado el cabello del sitio que lo apresaba.

Antes había quedado debajo de la pesada puerta a prueba de incendios. Es lo que le había dicho. Recordaba –¿cuánto haría de ello?– haber tratado de abrirlas para que ella pasara. Había caído en ángulo sobre su cuerpo, sujetándole el lado derecho. Extendió su mano hasta donde pudo y la levantó, pero ni siquiera sintió el borde de la puerta. De modo que lo que cayó, sea lo que fuere, quitó la puerta y la liberó. Pero además de ser un grillete, la puerta había servido de protección. ¿Qué los protegería ahora? Steve miró la oscuridad inexorable. Si eso volviera a caer, pensó con desazón, los aniquilaría también a ellos.

Por primera vez Steve pensó que era capaz de recibir con agrado esa extinción.

Y entonces, como una débil llamita azul, se encendió su determinación: *No.*

Sus dedos se movieron nuevamente hacia la muñeca de Annie y sintió el lento y mínimo latido de su pulso.

Martin corrió más aprisa; sus piernas parecían una locomotora.

La nube de polvo se derramó hacia afuera.

Las sombras y el frío habían menguado las filas de los espectadores que bordeaban el cordón, pero Martin pudo ver que la gente volvía a medida que el estruendo moría.

Corrió sin pensar y llegó hasta la hilera de personas, todas de pie, rostros hacia arriba mirando los reflejos de las volutas azules y anaranjadas allí donde había estado la fachada... Echó un vistazo a cada lado y empujó para abrirse paso. Cruzó la barrera a manotazos y corrió otra vez, hasta el mismo frente de la tienda. El espacio estaba plagado de otras personas que corrían, y del sonido de las botas pisando vidrios y ladrillos. Dos hombres pasaron a su lado llevando una camilla, y Martin vio a un grupo inclinado sobre el cuerpo de un bombero que yacía en el suelo. Desplegaron la camilla, lo levantaron, y su casco pesado rodó inadvertido entre los restos. Martin contempló el centro de la tienda y vio una humeante montaña de piedras, tablones y andamios. Alrededor de la base, una lona azul había quedado desgarrada como una capa.

Martin avanzó tambaleando con las manos extendidas.

Annie estaba allí abajo. Se lanzaría encima y cavaría hasta que la encontrara. A su alrededor todo eran uniformes, policías encasquetados, valientes bomberos con sus botones plateados. Avanzó junto con la marea, a través del hueco donde alguna vez hubo puertas, en dirección del polvo espeso y de la lluvia de fragmentos que el viento extraía de las paredes en ruinas.

Ya estaban trabajando sobre el derrumbe, con picos y palas y manos desnudas, para abrir un claro. Avanzó un poco más, y la ancha espalda azul que tenía delante giró y le pasó un inmenso bloque de piedra. Martin no sintió el peso. Se volvió y depositó el bulto en el eslabón siguiente de la cadena para recibir el próximo. Sus labios se apretaron en concentrado esfuerzo, y sintió cómo se evaporaba la tensión de un día de inactividad.

Estaba ayudando, trabajando con sus fuerzas para llegar hasta ella.

Tender los brazos, equilibrar el peso, dar la vuelta con él, pasarlo y volver a tenderlos.

No la dejaré marchar. No dejaré que se la lleven. Las palabras latían en su cabeza, sincronizándose en un coro desesperado con cada movimiento de su cuerpo. En vez de reparar en los escombros que tenía a sus pies y en las piernas de los hombres que luchaban junto a él, veía a Annie.

La veía en casa, esperando su llegada al final del día, y veía la forma en que su rostro se distendía de alegría al verlo. La veía con el ceño fruncido, con la cabeza ladeada mientras se sentaba a leer con Thomas, y luego riendo, mientras el rollizo Benjy se colgaba de su cadera.

Pensó en la tibieza de su proximidad en la cama, la suavidad de la familiaridad de tenerla acurrucada contra sí. El calor se extendió por todo su cuerpo, aislándolo por un instante de los desesperados socorristas.

Podía sentir la generosidad y la fortaleza de Annie, y la realidad de su amor por los tres, como algo vivo que luchaba dentro de él. Si ella moría, y se escurría su tibieza y su vida, ¿qué sería de él? Y si no estaba muerta sino herida, enterrada, ¿cómo estaría sufriendo? El dolor de Annie se hundió en su cuerpo, se encarnó y tuvo que doblarse ante él. Como un autómata tomó el bloque de mampostería que le arrojaban.

Si pudiera estar yo allí, Annie, y no tú... Te amo. ¿Lo sabías? Ojalá te lo hubiese dicho. Ojalá supieras cuánto.

Sabía que podía haber trabajado eternamente; se encontró temblando de impaciencia. Mientras aguardaba el próximo bloque, el sudor le pegaba el cabello al rostro. Pero ahora pasaban más uniformes a su lado. A lo lejos oyó el aullido de las sirenas. Martin dejó caer los brazos y se ocultó en un cono de sombras. Las luces arrojaban un pálido resplandor sobre el esqueleto de la tienda, y los equipos de rescate pululaban por la superficie. Martin trató de internarse un poco más. Se arrodilló y trató de levantar un pedazo de tablón que se asomaba en ángulo. La ilusión de fuerza sobrehumana lo había abandonado y luchaba débilmente contra el tablón de madera. El sudor se le helaba en su rostro.

Entonces sintió una mano en el hombro.

–¿Quién es usted?

Era un agente de policía, por supuesto, con un pesado abrigo y un casco en punta.

–Mi esposa está allí abajo –dijo Martin.

Miró al policía y vio que la expresión protocolaria se desvanecía por un instante, dejando asomar la comprensión. Era muy joven, pensó Martin intrascendentemente, recurriendo a una frase hecha. Seguramente no más de veinte. Un año o dos más que Annie y él cuando comenzó todo, largo tiempo atrás.

–Sígame por aquí, señor.

Martin asintió, indefenso, aun cuando sus manos desgarradas seguían extendidas, como esperando más escombros. Siguió al policía hasta los escalones del camión. Adentro vio unos teléfonos sobre un banco y un grupito de hombres esperando. El aire resultaba cálido y cargado en contraste con el frío del exterior.

–Mi esposa –les explicó–. Quiero ayudarla a salir de ahí.

–¿Usted está seguro de que se encuentra allí?

Martin sacudió la cabeza, negativamente, pero luego balbuceó:

–Sí. Sí. Estoy seguro. Después de tanto tiempo no hay ningún otro sitio donde pueda estar...

Las palabras se extinguieron a medida que lo miraban.

–La fachada aún es insegura –señaló el superior amablemente–. No puedo permitir que nadie se acerque fuera del personal de rescate. Lo más útil que puede hacer por su esposa es dejar su rescate en manos de la gente capacitada para eso. En caso de que esté allí, desde luego.

–Quiero ayudar –repitió Martin.

–Lo sé. Pero ¿qué pasaría si lo dejo ir hasta allí y le cae un bloque de ladrillos encima?

El policía se frotó el puente de la nariz con los dedos. Martin advirtió que deseaban ser considerados con él, pero que a la vez estaban irritados por su insistencia.

–Si va a la comisaría, por aquel camino, podrá beber una taza de té y calentarse. –Sugirió uno–. Enviaré a un agente para que lo acompañe y nos pondremos en contacto con usted apenas tengamos noticias.

Golpeó uno de los teléfonos con la punta del dedo.

–Preferiría estar aquí, lo más cerca posible –insistió Martin.

–En ese caso, me temo que tendremos que pedirle que espere al otro lado del cordón. Del cordón interior. Lo más cerca posible de aquí. –El jefe hizo un gesto mirando por encima de su hombro–. ¿Quiere que enviemos un oficial con usted?

Martin pensó en los rostros jóvenes que había visto ese día, pálidos de frío por debajo de los cascos.

–No –dijo–. Gracias. Puedo arreglarme solo.

Asintieron, esperando que se marchara y los dejara proseguir con su trabajo.

–Han dicho... han dicho en la radio que aún quedan tres personas allí abajo. ¿Es cierto?

El oficial dudó un instante, y luego dijo:

–Sí. Antes del derrumbe al menos una de ellas vivía. Escuchamos un grito. Aún hay esperanzas.

Martin se puso de pie, penosamente, como un anciano.

Annie, ¿eras tú quien gritaba allí abajo?

Lo escoltaron hasta el cordón anaranjado. Martin volvió hasta el sitio más cercano al camión de control y una vez más se dispuso a mirar, como lo venía haciendo desde el mediodía.

A sus espaldas había un alboroto, pero no oyó nada. Tuvieron que tocarle el hombro para que se volviese a medias, sin quitar la vista de la tienda.

–Hola. Soy Mike Bartholomew de la BBC. –El hombre tenía un micrófono en la mano, y lo seguían las cámaras de televisión–. Vi que salió del camión de control. ¿Hay algo que pueda decirnos?

Martin se volvió en un movimiento brusco, que casi hizo saltar el micrófono de las manos del hombre.

Annie, ¿eras tú quien gritaba allí abajo?

–No –gritó–, maldito sea, no hay nada que pueda decirles.

Y les volvió la espalda, mirando inútilmente el círculo de luces alrededor de la fachada de la tienda, con lágrimas asomando a sus ojos.

Steve levantó los hombros, valiéndose de lo que le quedaba de fuerzas, y se arrastró unos centímetros más hacia la derecha. Luego necesitó descansar, echado, con el labio aún entre los dientes, hasta que el dolor aflojara sus manos, un poco siquiera. Entonces, tensó sus músculos una vez más, e hizo otro esfuerzo.

Si pudiese acercarse lo suficiente, pensaba, podría hacer algo para ayudarla. Annie yacía muda y muy quieta, y el latir de su pulso parecía pavorosamente débil.

Para arrastrarse los pocos centímetros que los separaban, Steve empleó su último aliento. Su cabeza caía y sus oídos retumbaban con el sonido de sus propias bocanadas en busca de aire.

Por fin lo había logrado. Aún la tenía cogida de la mano, y a su mano se aferró, mientras toda su voluntad se centraba en el aliento siguiente, y en el próximo... En su lucha por llegar hasta ella había reducido el peor de los miedos: el miedo a que el derrumbe hubiese obstruido el acceso de aire. Pero ahora que podía pensar en ello, notaba que el aire saturado se iba aclarando. Cada bocanada se hacía más fácil y si bien el polvo todavía lo asfixiaba, algo de oxígeno llegaba hasta sus pulmones. Incluso tenía la impresión de que hasta su rostro llegaba una corriente de aire frío y limpio.

Se recostó de lado, frente a Annie. Podía sentirla más cerca de sí, tuvo la súbita sensación de que eran como amantes en la oscuridad. Suavemente desenredó sus dedos de los de ella y le tomó el pulso. El leve latido seguía allí. Apoyó la mano de la mujer y extendió la suya propia para tocarle el rostro.

Con la punta de los dedos siguió los contornos, tratando de conocerla por medio de sus manos. Tenía el cabello enredado sobre la mejilla, se lo deslizó hacia atrás. Tenía la frente fría, pero sabía que estaba viva. Cuando sus dedos rozaron el labio superior y rastrearon la línea a través de una costra en un extremo, su boca se abrió y sintió la tenue exhalación del aliento sobre la palma de su mano.

Sus dedos se movieron otra vez, sobre la mandíbula y hasta la punta del mentón. Salvo por la sangre seca en la comisura de su boca, el rostro estaba intacto.

Descansó un instante. Steve pensaba; su mente confusa seguía admitiendo un solo pensamiento cada vez. ¿Qué había pasado? Trató de evocar la calidad exacta del sonido. Había sido un ruido largo y decreciente. No una explosión, sino un colapso. Acaso había caído encima otra parte de la tienda. O tal vez las tareas de rescate la habían socavado. ¿Y si por ventura los mismos que les debían rescatar estuviesen capturados, en algún lugar de la masa que tenían sobre sus cuerpos?

Steve desechó el pensamiento. Finalmente vendrían, ¿pero cuánto iban a tardar? Pensó otra vez en el reloj, y supo que lo había perdido para siempre. Ambos se habían movido, y él estaba desorientado.

Bajo su mano la mejilla de Annie parecía algo más tibia. Comenzó nuevamente su lenta exploración. El cabello estaba cubierto de polvo, pero eso era todo. Pasó sus dedos por entre las largas hebras desgarradas, mas no sintió asomos de sangre. Muy lentamente, lo más suavemente que pudo, levantó la cabeza en todo su peso y deslizó el brazo derecho por debajo de ella. El cráneo le resultó duro y redondo. No tocó sitios blandos ni pegajosos.

Steve sintió el primer destello de esperanza real. No había lesiones en la cabeza. La hizo descansar nuevamente sobre la almohada de su brazo. Entonces, con la mano libre, le acarició el cabello.

Como para recompensarlo, Annie se estremeció apenas, y murmuró algo. ¿Hocicos? Se esforzó por escucharla, y por comprender el sentido. *Los chicos*. ¿Era eso?

–¿Annie?

Primero susurró su nombre, y luego lo repitió, más alto y con insistencia. No hubo respuesta y ella no volvió a moverse.

Obstinadamente Steve deslizó su mano desde la cabeza hasta la garganta, y luego por encima de la tela arrugada de su abrigo. A la altura del esternón sus dedos dejaron de moverse. Había una dureza, un cambio de textura en la tela. Siguió un poco más y entonces encontró la temida humedad. Sangre. Era una mancha que le había atravesado las ropas. Del lado en que reposaba, la mancha era tibia, pero no podía estirarse más para averiguar de dónde manaba la sangre del otro lado de su cintura. Llevó sus dedos hacia abajo y tocó los escombros que tenían por debajo. Aquí también había sangre, mezclada con polvo y arenisca. Levantó la mano y se la llevó a la boca. En el polvo detectó el sabor de la sangre, y cuando llevó de nuevo la mano a la mancha, ésta le pareció más grande aún.

Desesperado, Steve dejó caer la cabeza. Una lluvia de polvo cayó sobre su rostro y pensó en la tierra espolvoreada sobre la tapa de un ataúd. Annie sangraba, y se desangraría en sus brazos hasta morir.

Abrió la boca y gritó al negro firmamento:

–¿Por qué no vienen, hijos de puta? ¿Por qué no vienen a buscarnos?

El grito no fue más que un graznido; en la boca sintió el dolor seco de la sed.

De nada serviría gritar.

–Annie –murmuró.

Volvió la cabeza hacia ella, con las frentes casi unidas.

–Aquí estoy –dijo él.

De pronto se sintió débil, lánguido y casi cómodo en su agonía. El aire denso era como una manta. Si no fuera por la sed, pensó, caería dormido. Como un amante, con Annie en los brazos. Con sólo inclinar la cabeza podría besarle la mejilla...

Annie. Ni Cass, ni Vicky. Una extraña, pero ahora ya conocía su rostro.

Steve se obligó a abrir los ojos.
No debía dormirse. No.
Se puso a pensar, a recordar, cualquier cosa con tal de mantener titilando la conciencia.

Las luces abrían una dura elipse desde arriba sobre la oscura caverna de la tienda. Ahora eran más, y con luz se podía trabajar más rápido y con mayor frenesí. El derrumbre sucedió, causó dos víctimas, pero el peligro había sido superado. Hasta los heridos habían quedado en el olvido una vez trasladados a un sitio seguro. Los equipos de rescate continuaban trabajando, severamente, cavando desde el punto donde se había emplazado el refugio de andamios. Una vez más se tendieron lonas, a modo de improvisada pantalla contra el viento y la nieve, y desde dentro los policías que vigilaban la fachada de la tienda podían escuchar el mordisco multiplicado de los picos y el zumbido tembloroso de los taladros.

Eran las cinco y diez. Hacía cuarenta y dos minutos que la fachada se había derrumbado. Pero, increíblemente, la planta baja ya casi había sido limpiada por completo. Una vez más, avanzaban rumbo al sótano.

Annie yacía con la cabeza sobre el regazo de su madre. Era un día cálido, y había estado jugando en el jardín. Aún podía oler el aroma a hierba aplastada allí donde habían tendido la alfombrilla, y desde el ventanal sentía la mustia fragancia de los geranios. De algún modo se había lastimado. A lo mejor se había caído sobre el sendero y se había hecho daño en las rodillas, o tal vez se golpease la cabeza contra la puerta de la cocina cuando la cerró la corriente de aire.

Había corrido llorando hasta su madre. Ella lavó sus heridas y le secó el rostro. Habían ido juntas a la fresca sala de estar. Sobre el piano, y sobre la mesa baja frente a la chimenea había fotografías: mamá y papá cuando eran jóvenes, Annie y su hermano, de vacaciones en la playa. Todo estaba muy sereno, muy en orden. Annie estaba reclinada en el sofá. Llevaba puestas sandalias con un motivo de sol naciente bordado, y calcetines blancos, un vestido de algodón verde y cintas en el pelo. Una o dos veces su madre le había retirado el cabello de la mejilla. Annie sonreía, satisfecha.

Mientras yacía en ese lugar tuvo la sensación inmensa y luminosa de algo intrigante, por ser tan extraño e importante, pero a la vez sumamente reconfortante, cálido y seguro. Durante un breve instante tuvo toda su infancia, las tardes de sol y los cumpleaños, las vacaciones y los inviernos en la cama, todo destilado en los recuerdos de un solo día. Giró la cabeza apenas y sintiendo el contacto de los dedos de su madre, temiendo que la visión se escapara, quería retenerla, pero sabía que estallaría como una burbuja apenas la tocara.

Permaneció con ella un rato más, y entonces sintió que la sonrisa de gozo se desvanecía. Una visión tan completa y tan perfecta de la niñez jamás puede sucederle a un niño. La visión que un niño tiene de su propia vida es una serie de fragmentos, de frustraciones, de placeres efímeros y de inexplicables cabos sueltos.

Ahora tenía frío, ya no esa agradable frescura. Ya no era una niña, y esa imagen preciosa y resplandeciente se había desvanecido. En la distancia, Annie se vio sentarse y retirar las piernas del sofá. Corría hacia la puerta, con las cintas ondeando en el aire como mariposas. Su madre estaba sentada con las manos sobre el regazo, mirándola partir; su rostro era triste.

Entonces no era su madre, sino la misma Annie, que observaba la puerta abierta y la luz del sol que proyectaba largas formas doradas sobre el suelo de la sala. El dolor penetraba en un costado de su cuerpo y detrás de los ojos se asomaban lágrimas que le dolían de un modo distinto. En el jardín oyó voces infantiles. Se levantó como pudo y fue a la ventana. No era la niña de las cintas en el cabello quien jugaba allí afuera. Eran Thomas y Benjamin, Benjamin en su triciclo y Tom trepando por las ramas del peral. La llamaban, y ella no podía correr hacia ellos, ni siquiera responderles.

–Los chicos... –pudo decir Annie.

Alguien estaba escuchándola, lo sabía. Era un alivio no saberse sola en la oscuridad, con el dolor. Él estaba muy cerca de ella, y oyó que le decía:

–Aquí estoy.

Annie quería pedirle «Ve fuera y mira a los niños», pero no podía. En cambio, era ella quien lo miraba, sabiendo que él estaba tan cerca como para ver lo mismo que ella.

Estaban absortos en el juego. Benjy venía corriendo por el sendero, con el ceño fruncido. Tom se encaramó al árbol, las piernas bamboleándose, simulando caer, como para asustarla. Ella les hacía gestos con la mano, pero no le respondían. Al observarlos, sabía que debería estar sintiendo la misma dulce calma que la había invadido cuando capturó su propia infancia. Pero en este jardín hacía frío. Los árboles estaban desprovistos de hojas y pronto nevaría. En lo alto de los muros se veía un hilo de polvo blanco, y el viento era como la hoja de un cuchillo. Los niños estaban solos, allí fuera.

Annie sabía por qué sentía tanto miedo y tristeza. Temía abandonarlos. Sentía su debilidad, y la certeza de estar faltándoles. Cada minuto de sus vidas estaba traspasado por el amor que ella les profesaba. Desde hacía ocho años su vida era de ellos, inconmovible. No podía terminar así, de golpe, en la oscuridad, ¿o sí?

Annie se alejó de la ventana y caminó por la casa, tocando los recuerdos acumulados en las habitaciones. En la sala de juegos se agolpaban a un lado del tren de juguete, casi tocándose las cabezas. En su dormitorio, Annie vio el canasto de mimbre en el que habían puesto a Tom apenas lo trajo al hogar, recién nacido. Lo había cubierto con las mantas blancas; era un manojito de tibieza. En la mesa de la cocina, asomaron sus rostros: la boca de Benjy untada de mermelada. Los sonidos de sus voces subían por las escaleras, y arriba alcanzó a escuchar un ruido de pasos que corrían.

En la casa no quedaba nada de sí misma. Quería estar allí, pero algo terrible le había sucedido, algo que le impedía regresar. Sentía el amor de sus hijos, y su necesidad, y el borde brutalmente abierto del círculo que los unía. El sueño que había tenido de su propia infancia contenía otro círculo, intacto. ¡Cuánto quería duplicar ese círculo y hacer que otros partieran de él, como los anillos de un estanque!

La pérdida le dolía, irreparable. Annie gimió, y de inmediato se endureció el brazo que la sostenía.

–Tom –dijo–. Benjy.

–Annie –dijo la voz del hombre, muy suavemente como un amante en la más íntima oscuridad–. Resiste. Ya vienen. Los oigo.

Annie no sabía de qué hablaba. Ella había estado en el jardín, mirando cómo jugaban sus hijos.

Steve había estado escuchando. Ahora se oía más cerca el tintinear de palas y taladros, y él mismo se sentía encoger ante el agudo mordisqueo metálico que se abría sobre su cabeza. Pero lo atemorizaba la rapidez con que Annie parecía estar alejándose de él.

–Sigue pensando en tus hijos –le dijo–. Pronto estarás junto a ellos. Ojalá yo tuviese hijos. Jamás sentí esto; ésta es la primera vez. *Ahora es demasiado tarde.*

El ruido se acercaba cada vez más a su cabeza, pero él se sentía lejos, cada minuto más. Otra ironía. Steve se encontró sonriendo, pero no lograba recordar por qué. Extendió su mano para tocar la mejilla de Annie, fortaleciendo su contacto.

–Si tuviese hijos –divagó– haría las cosas de otro modo. No para mí. Sería muy distinto. Me aseguraría de ello. Puede que por esta razón no quise tener hijos con Cass. Jamás había pensado en eso.

Annie volvió la cabeza un poco, tal vez para escuchar mejor, tal vez para acercarse al contacto con sus dedos otra vez. Él le acunó la mejilla con la mano.

–¿Qué puedo contar? Ya te lo he dicho todo. No es mucho.

Comenzó a hablar, y Annie lo escuchó, confundiendo borrosamente el niño que él describía con sus propios hijos, de forma tal que Steve y Tom y Benjy corrían juntos por los senderos que se abrían ante ella, y el viento le devolvía sus voces.

Ya había estado antes en ese apartamento, por supuesto. Lo conocía desde el día que su madre lo llevó hasta allí con su maleta, casi tanto como su propia casa. Tres pisos por la escalera de piedra gastada que misteriosamente tenía incrustados pequeños fragmentos resplandecientes. Al entrar, la sala de estar, donde Nani los esperaba. Más allá, la cocina, con el suelo rajado. Había una cocina de esmalte gris, con un pequeño círculo de grasa alrededor de cada pata. Cada vez que veía los pelos enredados en la grasa le producían arcadas.

–Bien, aquí estamos –dijo su madre, con ese tono demasiado alegre que siempre le anunciaba que haría algo desagradable para él.

La abuela sólo había sacudido la mandíbula, musitando:

–Ya veo.

No era la primera vez que se quedaba con Nani. No le gustaba dormir en el cuartito situado junto a la cocina porque allí no había ventanas, y cuando se despertaba por las mañanas se encontraba a oscuras, aunque el sol brillara sobre la calle High.

Su madre había llevado la maleta hasta la habitación. La había visto guardar sus ropas en ella. Demasiadas cosas para dos días, ¿no?

Nani puso la tetera, sirvió el té, y su madre bebió el suyo de pie, contra la ventana de la cocina, fumando y mirando hacia afuera. Evitaba mirarlo, y eso le daba miedo.

Entonces, cuando terminó el té, cruzó la habitación hasta donde él estaba y lo abrazó. Le dijo:

–Steve, ¿me escuchas? Debo irme por un tiempo. Te quedarás aquí y te portarás bien con Nani, ¿eh? Luego yo vendré a buscarte y te llevaré otra vez a casa.

Él había asentido, con todo su dolor, sabiendo que no tenía sentido discutir. Y así fue como su madre se marchó y lo dejó con su abuela. Él se fue hasta su habitación, tomó los cochecitos de la maleta e hizo una fila con ellos sobre el suelo de la cocina, cuidando de no tocar la grasa alrededor de las patas de la cocina.

Su madre venía de tanto en tanto, cada vez con menos frecuencia. Al principio traía dinero, y eso a Nani le gustaba.

–Tal vez la semana próxima.

Siempre decía eso, cada vez que Steve le preguntaba cuándo lo llevaría de vuelta a casa. Entonces comenzó a venir sin dinero, y eso enfadaba a Nani.

Y finalmente no vino más.

En la oscuridad, Steve yacía abrazando a Annie y tratando de recordar cómo se había sentido entonces.

Era difícil, porque no había nada entrañable en eso. Durante mucho, mucho tiempo, todo permaneció exactamente igual salvo que él iba creciendo. Podía recordar los lugares con bastante claridad. Fuera del apartamento había una alta escuela de ladrillos grises rodeada por una cerca. Después de las clases jugaba entre las hileras de casas prefabricadas, al final de la calle, y en las zonas bombardeadas donde el brezo crecía alegremente. Así, más o menos, transcurrió todo para él y para sus amigos. Y si había sentido algo... pues lo había olvidado.

Una vez, cuando Nani se enfadó con él, vaya a saber por qué razón, él le había gritado:

–Me iré de aquí. Encontraré a mi padre y se lo contaré todo.

Y Nani se limitó a decir:

–Para eso hará falta mejor detective que tú, mi amor.

En esa misma época se enteró de que su madre había ido a vivir a Canadá con un amigo.

Tal vez un año más tarde, después de meses de silencio, envió dinero a Nani en un sobre. En él había una carta, y en la carta decía que parte de la suma debía ser para que Steve tuviera su fiesta navideña. Nani debía llevarlo al West End, a los almacenes Selfridges –había subrayado la palabra Selfridges– para ver a Papá Noel.

–Yo tendría unos ocho o nueve años. Era demasiado grande para Papá Noel. Mi madre había olvidado que yo crecía. A lo mejor creía que tenía seis años... Pero fuimos, de todas formas. Todo el trayecto en autobús. Lo recuerdo muy bien.

Papa Noel no le llamó mucho la atención. Era un tipo con barba de algodón adherida al rostro. Pero el resto había sido como la visión del paraíso. Habían subido en las escaleras mecánicas, y las columnas cubiertas de espejos reflejaban la fila estática de clientes deslizándose hacia arriba. Miraba los pisos que se extendían a sus pies, con inmensas cantidades de objetos para su admiración, brillantes, perfumados, coloreados. Nadie, ni siquiera Nani, parecía sorprenderse.

–Para algunos está bien –fue todo lo que expresó Nani.

Pero él podía haberse quedado todo el día allí, dando vueltas, mirándolo todo y a las personas, peinadas, brillantes, envueltas en pieles. Cuando Nani finalmente lo arrastró de allí, caminaron por la calle Oxford, mirando cada uno de los escaparates resplandecientes. Tomaron el té en Lyon's, y se sentó a una mesa cerca de la puerta para poder mirar los taxis y otros coches inmensos.

Fue entonces, ese día, que Steve decidió dónde vivir. Y cómo viviría.

–Recuerdo, cuando regresamos a la casa de Nani, lo gris que parecía. Gris y desnuda.

Desde ese momento, escapar fue sólo cuestión de tiempo.

Annie estaba muda. Le acarició el cabello una y otra vez, y murmuró:

–¿Me has escuchado, Annie? ¿Aún estás aquí?

Lo había escuchado, y podía ver a los niños delante de ella. Dejaban de correr para detenerse ante el escaparate de una tienda. En él se veía un árbol de Navidad, con bolas de cristal transparente que reflejaban los colores del arco iris. En torno del árbol había obsequios, envueltos en brillante papel escarlata y atados con cintas de satén.

No llegaba a ver sus rostros, pero parecían pequeños y vulnerables, recortados contra la luz blanca y brillante. Quería extender sus manos y estrecharlos entre sus brazos, pero no podía. Ni siquiera podía abrazar al hombre para agradecerle su calor y el bálsamo de su voz. Volvió la cabeza apenas y lo sintió tenso, escuchándola.

–Los chicos... –volvió a decir.

Steve asintió en la oscuridad, exhausto.

–Muy bien, Annie. Aférrate a ellos. Ya vienen a buscarnos. ¿No los oyes?

Aún los veía, contemplando el árbol de Navidad, pero no oía sus voces. Había otros sonidos, que taladraban y escarbaban, y ahogaban los anteriores. Pero le dijo, armándose de fuerzas:

–Sí.

Ahora trabajaban en silencio. Se inclinaban en círculo, bajo el resplandor de las luces. Cada dos minutos dejaban de trabajar y se detenían a escuchar. Y cuando se volvía a hacer el silencio a su alrededor, impenetrable, acometían nuevamente, cavando hacia el interior. En el camión, el jefe de policía aguardaba tocándose la punta del bigote. Martin esperaba en su sitio, en la barricada, sin apartar la mirada del toldo de lona.

Chicos..., pensaba Steve. Si tuviera una hija...

Tenía el rostro húmedo. Pensaba qué ridículo era llorar por una hija que nunca había tenido.

Le compraría un poni, pensó. Y la enviaría a clases de ballet, y tendría zapatillas de satén con cintas para que bailara con ellas. Y cuando cumpliera los diecisiete, le compraría un coche, y la mañana de su cumpleaños la llevaría hasta abajo por las escaleras, y se lo mostraría, aparcado afuera. Abriría la puerta de la calle, pensó, y le diría «Ahí lo tienes».

Mientras la puerta se abría en la mente de Steve, vio asomarse un rayo de luz.

Cayó justo sobre su rostro, y su brillo fue intenso como el dolor. Cerró los ojos. La luz le dolía tanto que vio sus destellos por debajo de los párpados. Cuando el dolor se desvaneció un poco volvió a abrir los ojos. Y el retazo de luz fue más grande y más brillante.

Abrió la boca y gritó a través del polvo que le cuarteaba la garganta:

–Aquí. Aquí abajo.

La luz parpadeó y desapareció. Sintió un momento de terrible desencanto, pero entonces advirtió que se trataba de una cabeza, obstruyendo la luz para mirar hacia abajo.

–Aquí abajo –repitió. Y luego–: Por favor. Dense prisa.

–Está bien. –Una voz llegó hasta él–. Lo sacaremos ahora mismo.

–Rápido –suplicó–. Está sangrando.

Volvió la cabeza para mirar a Annie. Tenía los ojos cerrados y parecía estar profundamente dormida. Las pestañas caían negras sobre la máscara polvorienta del rostro.

–Annie –murmuró–, todo está bien. Ya están aquí.

No respondió. La sostuvo más fuerte y con la mano libre trató de retirarle del rostro el polvo que la cubría.

El círculo abierto de luz se hizo más amplio. Oía personas hablando, dando órdenes, y los rápidos movimientos y el tintinear de las herramientas en acción. La chica que tenía en los brazos parecía derrotada. Temió que después de todo, fuera demasiado tarde.

–Por favor, de prisa –les suplicó.

Querían que él hablara, pero ahora que todo había terminado ya no tenía fuerzas para hablar. Las preguntas se sucedían una tras otra a medida que los hombres se acercaban. Steve vio la luz reflejada en los cascos y en las botas lustrosas.

–¿Cómo se llama?

–¿Es su esposa?

–¿Conoce el nombre de la mujer?

–Tengo sed –musitó Steve.

De inmediato bajaron una botellita de agua hasta él. Extendió la mano libre y levantó la cabeza apenas para llevar la boca a la botella. El agua cayó entre sus labios y le corrió por el mentón, clara y fresca. Dejó caer la cabeza una vez más.

Les dijo su nombre.

–Y el de ella es Annie. Me parece que está muy malherida. Desde el derrumbe.

–Está bien, no se preocupe. –Trataban de tranquilizarlo, losabía–. Ahora viene el médico.

Un momento después alguien llegó deslizándose hacia abajo y el polvo se alzó hasta asfixiarlo. Steve se abrazó a sí mismo, anticipándose al dolor que le produciría ser tocado. Desde que se había hecho la luz, el dolor era cada vez mayor. Se preguntaba si sería capaz de soportarlo sin gritar.

El médico reptó hacia el diminuto espacio que los contenía.

–Mi nombre es Tim –dijo, y a Steve se le ocurrió que era como en las fiestas. Se habría echado a reír, pero el dolor de su pierna se lo impidió–. Y allí arriba están Dave, Tony, Roger y Terry. Son cavadores excelentes. Pronto los sacarán de aquí.

Hicieron descender un maletín hasta el médico. Tenía una linterna, y la luz quemó los ojos de Steve. Era tan brillante que ya no podía ver el rostro de Annie, como tampoco vio el destello de la aguja hipodérmica mientras el doctor la hundía en el brazo de Steve.

Después de eso el dolor cedió. Steve quedó tendido, observando el cuerpo negro del médico acurrucado entre ellos. Se inclinó sobre Annie, tocando su cuerpo y la mancha pegajosa de su abrigo. Steve le oyó revolver su maletín, el tintineo metálico de sus instrumentos.

–No morirá, ¿no?

Después de un momento, el médico dijo en voz baja:

–Aún no lo sé.

–Dense prisa, malditos sean. ¿Por qué tardan tanto?

–Muy bien, Steve –le gritó alguien–. Espere unos minutos más.

El jefe de policía se agachó al borde del hoyo. Bajo la luz pudo ver el color del abrigo de la mujer. Era azul, y llevaba botas negras.

–La descripción coincide, señor. –Uno de sus hombres había verificado las descripciones, almacenadas en la computadora, de las personas que durante el día habían sido denunciadas como desaparecidas–. Y el hombre está consciente. Dice que se llama Annie.

El comandante asintió. Durante un momento, al verla enterrada entre los escombros había pensado en su propia esposa.

–¿Cuánto tiempo? –le preguntó el jefe de bomberos.

–Diez, quince minutos.

Los hombres trabajaban en silencio frenético. Antes de que pudieran quitar los escombros más pequeños debían levantar y apartar una viga. Una vez que lo hicieran, las víctimas ya podrían ser retiradas en camillas.

El comandante miró la cabeza del médico, y luego levantó la mirada hacia los camilleros que aguardaban. Las ambulancias se habían acercado hasta los toldos.

–El marido está esperando en el cordón –dijo. Uno de sus hombres ya estaba moviéndose, cuando el comandante agregó–: Esperen. Aguarden cinco minutos más, hasta que estemos listos para sacarla. Aquí estará interrumpiendo el camino y no ayudaría. Llévenlo al camión y díganselo allí, ¿de acuerdo?

Steve al final ya no sabía cuánto tiempo había transcurrido.

El médico estaba a su lado, sosteniendo el maletín y unos tubos que se introducían en el brazo de Annie.

Los bomberos trataban de bromear a medida que se acercaban.

–Ahora te meterán en la cama con una guapa enfermera justo a tiempo para ver «El partido del día». ¿Qué tal, amigo?

–¿Qué hora es? –les preguntó.

–Las seis y diez. Vaya terminando sus compras. La tienda está a punto de cerrar.

Ahora reía, con una risa débil que no alcanzaba a expresar su felicidad. Amaba a los bomberos, al médico. No era el fin. Aún había posibilidades.

Cuando ya casi tenía sobre él a los hombres de botas y cascos, Steve volvió la cabeza para mirar nuevamente a Annie. Tenía los ojos abiertos, fijos en su rostro.

–¿Ves? –le dijo, sonriéndole–. Te dije que todo saldría bien.

La vio mirar al médico y a los bomberos, y en el rostro ennegrecido por el hollín el blanco de sus ojos lucía resplandeciente. Entonces su mirada se posó en Steve. Sus labios se movieron y la oyó pronunciar su nombre, una sola vez.

–¿Listos? –preguntó el bombero. El médico asintió, con los labios tensos de ansiedad.

–Sacaremos primero a Annie –dijeron a Steve–. Tú puedes resistir uno o dos minutos más.

Debía de estar doliéndole mucho. Steve comprimió los puños, tratando inútilmente de absorber parte del dolor de Annie mientras deslizaban el arnés por debajo del cuerpo de la mujer. Deseaba tomar su mano, pero los dedos del médico cubrían su muñeca. Comenzaron a levantarla y entonces él vio la marca oscura y espantosa del sitio donde ella había estado. Los ojos de Annie volvieron a cerrarse. Quedó un instante colgada, mientras el médico y los bomberos la enderezaban y acomodaban los tubos que pendían a su lado.

El cabello caía de la camilla. Él recordó el momento en que lo vio cepillado hacia atrás, hacía tanto tiempo, mientras sostenía la puerta para que ella pasara. Ahora se veía gris de polvo, y desgarrado donde había quedado atrapado.

Todo volvió a oscurecerse, y por un instante evocó las horas que habían resistido juntos.

Se la estaban llevando.

Steve abrió los ojos al brillo hiriente de la luz.

–Annie –le dijo–. Te amo.

Martin siguió a los policías que salían del camión.

Ahora ya lo sabía. Estaba allí, y vivía. Aún.

Tenía los puños cerrados en los bolsillos de su abrigo; las uñas se le enterraban en la palma de las manos. Por delante vio la borrosa mancha azul del toldo. Apartaron la lona y pasó entre ellos. Había luces frías y brillantes, y un grupo de gente observando con suma concentración algo que subía a la luz. Martin se inclinó hacia adelante y vio a Annie en una camilla. Un médico le sostenía la cabeza. El brazo se veía pálido y desnudo allí donde le habían cortado la manga del abrigo.

Martin miró más allá y vio un hombre tendido de lado. El espacio que la había contenido era muy pequeño. La mano del hombre se cerraba y se abría, sobre el vacío.

Estaban sacando a Annie de este terrible lugar. Martin corrió al otro lado de la camilla y caminó junto a ellos. Su corazón borboteaba plegarias mudas.

Por favor. Que viva. Que viva. Por favor.

Otra vez cruzaron la lona azul.

Mientras salían de la tienda en ruinas, Martin fue asaltado por otras luces. Eran las cámaras que relampagueaban a su paso. Sintió crecer la ira, pero no había tiempo para eso. Entraron en la ambulancia y las puertas se cerraron de un golpe seco. Vio el reflejo de la luz azul girar por sobre sus cabezas mientras partían.

Ya estaban asistiéndola dos enfermeras y un segundo médico, pero Martin se colocó en un sitio a su lado.

Annie volvió a abrir los ojos. Estaban empañados por el dolor, pero se movieron hasta posarse sobre el rostro de Martin. Él advirtió un destello de asombrado desencanto. Era como si hubiera esperado ver a alguien más.

Tomó su mano y la sostuvo entre las de él, pero se le quedó fría e inerte.

CAPÍTULO 4

Las puertas de la zona de urgencias se abrieron por delante de la ambulancia. La camilla de Annie fue retirada y colocada sobre un carrito que estaba esperando. Martin corría tras ella junto al médico. Sentía en el rostro el frío de la nieve. Entonces, el hospital se cerró a su alrededor como un túnel blanco.

Estaban llevando a Annie fuera de su alcance. Dio unos pasos torpes hacia adelante para verle el rostro. Estaba tan blanco, tan vuelto hacia sí mismo que temió que hubiese muerto. Un gemido de miedo y de pesar escapó involuntariamente de él.

Sobre su brazo se apoyó la mano de una enfermera de uniforme azul y puños blancos.

–¿Usted es el marido?

Asintió, incapaz de hablar.

–Venga y siéntese en mi oficina. Haré que le sirvan algo mientras espera.

Lo sentaron en una silla con brazos y respaldo de madera, en el extremo de una pequeña habitación. La enfermera le trajo un té en un vaso de plástico y Martin lo bebió a sorbos, sin sentir el gusto, reconfortado por su calor.

¿No morirá, verdad? Las palabras seguían martillándole la cabeza, pero aún no podía pronunciarlas.

El médico y su asistente principal estaban con Annie. El médico no estaba de guardia cuando el hospital dio la alerta de accidentes graves a todo el personal, desde los patólogos hasta los porteros. Treinta minutos más tarde ya estaba en su unidad, y desde entonces no había dejado de trabajar. Él y su equipo ya habían atendido cuarenta y cinco víctimas, y según escuchó de la policía, venía otra víctima en camino. Acababan de confirmar que éste sería el último. Aún quedaba otro hombre enterrado bajo los escombros, pero ya había fallecido.

–La antepenúltima –le dijo a su colega.

Se frotó rápidamente el rostro con las manos y se colocó los guantes para comenzar el examen.

La piel de Annie estaba pálida y pegajosa, y respiraba en bocanadas superficiales.

–¿Presión sanguínea?

–Setenta.

Tenía el pulso rápido. Ciento cuarenta.

El médico abrió el abrigo de Annie y desabotonó el vestido manchado de sangre. El estómago se veía oscuro de magulladuras y rígido al tacto. Los médicos se miraron y uno dijo en voz baja.

–Sangre O negativo de inmediato. Urgente. Al quirófano inmediatamente.

Fue hasta el teléfono para alertar al equipo quirúrgico que esperaba arriba.

Cinco minutos más tarde Annie era conducida hacia allí.

Ya se había ido cuando trajeron la camilla de Steve. El dolor de la pierna latía a través del sopor de la morfina, pero se retorció por debajo de la manta con que lo habían cubierto, tratando de ver dónde estaba Annie. La sala de urgencias era silenciosa, casi ominosamente pacífica. Entonces, de pronto, el cuarto donde lo examinaban se llenó de gente, con los rostros inclinados hacia él.

–Annie –dijo Steve nítidamente–. ¿Dónde está?

Murmuraron entre ellos, y luego alguien dijo, en tono tranquilizador:

–Está en buenas manos. Va rumbo al quirófano. Ahora echemos un vistazo a esta pierna.

El dolor lo horadó. Steve miró hacia arriba, a los brillantes círculos de luz que caían desde lo alto. Desbordaban formando arco iris circulares y volvían a contraerse, duros, punzantes. Se mordió los labios para no gritar. Por fin el médico se irguió y dejó su pierna en paz.

–Tiene una fractura nada simple en el hueso superior de la pierna izquierda –dijo suavemente–. Creo que a usted también lo llevaremos al quirófano y allí se la arreglaremos. Y mientras esté bajo los efectos de la anestesia le arreglaremos un par de cositas.

El dolor enfureció impotentemente a Steve. ¿Por qué siempre tienen que hablar así?

Pero estaba demasiado cansado para decir algo. Cerró los ojos, pensando en el rostro blanco de Annie bajo las luces del rescate, y esperó a que lo hicieran dormir.

El médico terminó con lo que debía hacer a Steve y salió al corredor. Se estaba estirando para aflojar los músculos, y pensaba nostálgicamente en un whisky en el bar que había frente al hospital, pero la enfermera de turno lo aguardaba. Le dijo enérgicamente que el marido de Annie aún esperaba en su oficina.

El médico miró asombrado hacia donde yacía Steve.

–Pensé que él era su esposo.

La enfermera sacudió la cabeza.

–Su marido está sentado en mi oficina. Parece muy alterado.

El médico suspiró.

–Bien. Entonces será mejor que vaya y hable con él.

Cuando Annie volvió a abrir los ojos a su alrededor fluía la luz. El brillo al principio no tenía forma, pero entonces comenzó a crear largos rectángulos separados por franjas más oscuras. Trató de girar la cabeza pero no podía. El descubrimiento le produjo un frío espasmo de terror que le hizo abrir los ojos más aún, directamente a la luz. Se tranquilizó, pero quería ver más, ver qué había a su lado; no podía. Trató de reunir fuerzas para hacerlo, pero lo único que sintió fue dolor, dolor en todas partes, como si se hubiese adueñado del aire que tenía a su alrededor. Annie sintió crecer un gemido en su garganta, que algo hizo morir, obstruyendo el camino.

Entonces apareció el rostro de alguien, mezclado con los rectángulos de luz. Annie lo observó cuidadosamente. Era un hombre, vestido con una chaqueta blanca de cuello cerrado. Era como la chaqueta de un barbero, pensó. La boca del hombre se movía, y comprendió que le hablaba a ella. Dejó de hablar y sonrió, pero sus ojos miraban algo por detrás de la cabeza de Annie.

Trató de preguntarle qué estaba haciendo. Su lengua se movió, y sintió que se asfixiaba. Tenía un tubo en la garganta, que bajaba por ella y se hacía sentir en el estómago.

El rostro del hombre se movió otra vez, y ahora sí escuchaba lo que le decía.

–Es sólo para que puedas respirar mejor, Annie. Lo estás haciendo muy bien.

De modo que estaba en el hospital. Steve le había dicho que vendrían por ellos antes de que fuera demasiado tarde. Annie quería extender su mano para tocar la de Steve. Sus dedos se movieron, pero no pudo levantar la mano. Pesaba demasiado. Allí también tenía tubos. Podía sentir el contacto contra la muñeca.

Estaba muy cansada. Annie cerró los ojos nuevamente y los rectángulos brillantes desaparecieron.

–¿No morirá, verdad?

Martin había esperado toda la noche en el hospital. Cuando sacaron a Annie del quirófano era medianoche. El cirujano vino a buscar a Martin a la sala de espera donde hacía horas que esperaba, mirando el suelo de goma. Informó a Martin que Annie tenía lesiones en el abdomen. Habían visto que tenía el bazo roto, de modo que tuvieron que intervenirlo y suturaron una profunda herida en el hígado. Fuera de eso la operación no había revelado otros daños internos, pero había fracturas en el hombro derecho y en el brazo, y en muslos y piernas tenía heridas. Ahora estaba en la sala de recuperación, y confiaban en que su situación se estabilizara.

–¿Podría verla? –había preguntado Martin.

–Vamos a llevarla a la sala de cuidados intensivos de un momento a otro –respondió el cirujano con cautela–. No creo que haya nada que temer esta noche. Queremos que le suba la presión. Vuelva a su casa y trate de dormir un rato. Venga a verla mañana por la mañana. Si hay algún cambio, la enfermera se comunicará con usted.

Y Martin se había ido a su casa.

Su madre había venido a hacerse cargo de los niños, y estaba sentada ante la mesa de la cocina, esperándolo. Ante la vista familiar, Martin sacudió la cabeza. Pensar que apenas esa mañana Annie había estado allí... Comunicó las noticias que le había dado el cirujano y fue arriba a ver a los niños. Benjy estaba como siempre, acurrucado bajo las mantas hasta la cabeza, pero Tom estaba inquieto; murmuraba en sueños y se movía de un lado para otro.

Martin salió y se echó en la cama de matrimonio. Descansó a ratos, despertando constantemente cada vez que creía escuchar el sonido del teléfono.

Por la mañana fue directamente al hospital. Antes de partir, la enfermera que lo atendió por teléfono le dijo que el estado de Annie era bastante delicado. El médico estaba con ella en ese momento.

El coche de Martin aún estaba en el pequeño callejón donde lo había dejado el día anterior, cerca de la tienda. Fue al hospital en metro. Todas las personas que viajaban hacia sus trabajos iban leyendo el periódico. Las fotos de la tienda objeto del atentado y los titulares sensacionalistas bailaban ante sus ojos. Martin volvió la cabeza y miró por la oscura ventana, pensando «Annie, Annie».

Martin vio al médico en una pequeña habitación helada contigua a la unidad de cuidados intensivos. El cirujano de Annie había ido a descansar a su casa, y este hombre se presentó como especialista renal.

Martin escuchó atontado. A primeras horas de la mañana los riñones de Annie habían comenzado a fallar, y tuvieron que ponerla en diálisis. La presión sanguínea aún había descendido más, pero ya la habían estabilizado.

–Me temo que es cuestión de esperar –dijo el médico.

–¿No morirá, verdad? –repitió Martin.

Vio cómo se tensaban los músculos por debajo de las mejillas bien rasuradas del médico y pensó «debe escuchar esto constantemente; gente que le pregunta "¿morirá mi esposa?", "¿morirá mi esposo?"». De pronto lo sacudió la enormidad de lo que había ocurrido, y todo el horror. ¿Por qué tuvo que pasarle a Annie?

–Su esposa es joven y sana. Creo que tiene bastantes probabilidades de recuperarse. Pero no lo sabremos hasta un par de días.

–¿Podría verla?

–La enfermera lo acompañará.

Le hicieron ponerse un delantal blanco, y unas botas esterilizadas.

Martin siguió el uniforme azul de la enfermera y su cofia almidonada, por la puerta doble. Tuvo la breve impresión de una larga sala, brillantemente iluminada, dividida en compartimentos. Al pasar vio en cada uno de ellos un cuerpo inerte alimentado por tubos y custodiado por máquinas. Entonces la enfermera se detuvo. Paseó la mirada y vio a Annie. Supo que era ella por el color del cabello sobre la almohada. Pero su rostro parecía haberse encogido, y las mejillas y la piel alrededor de los ojos se veían amoratadas. Tenía un tubo en la boca y otro en la nariz. Había más tubos adheridos a la muñeca y hasta otro en el tobillo. Llevaba un camisón de hospital de algodón blanco y por el escote abierto Martin vio un tubo adosado a su pecho. Su cama estaba rodeada de máquinas cuadradas y hostiles, y sobre la cabeza había una bolsa de sangre rojo oscuro, que derramaba su color hasta el brazo. Por debajo del camisón, el hombro estaba envuelto en una venda blanca, y sobre el estómago se veía otro parche blanco. Recorriéndola con la mirada, Martin pensó qué cruel resultaba que hubiesen tenido que reducirla de ese modo. Su cuerpo parecía tan despojado, como si las máquinas se lo hubiesen llevado y la misma Annie hubiese partido a algún lugar, lejos de allí.

Un enfermero de bata blanca observaba los tres monitores que había en la cabecera de la cama. Martin retiró la vista de los puntos titilantes que revelaban la vida de Annie segundo a segundo.

La enfermera señaló con la cabeza la silla que había al otro lado de la cama.

–¿Quiere sentarse un poco con ella? –preguntó alegremente.

Era irlandesa, Martin lo advirtió de inmediato. La unidad estaba llena de gente silenciosa, de movimientos sordos. Parecía extraño que tuvieran características individuales, como acento irlandés o piel oscura, y que así y todo fueran parte de las máquinas y de sus ojos parpadeantes.

–Lástima que no llegara un minuto antes. Estuvo un momento consciente –le dijo la enfermera–. Ahora se ha dormido de nuevo.

Martin se sentó a su lado. Extendió la mano para tocarla, pero le dio miedo mover los tubos de su sitio. Sólo acercó la punta de sus dedos a los de ella.

Martin estuvo una hora sentado a su lado, pero Annie no se movió. Pensó en ella tal como la había visto en casa, moviéndose enérgicamente por la cocina o corriendo por el jardín con los niños aullando por delante. Se revolvió en la incómoda silla para contener su ira. Estaba furioso con los que le habían hecho tanto daño, y le sorprendió darse cuenta de que también estaba enojado con Annie, por haberse ido tan lejos, por quedar fuera de su alcance. Martin miraba las máquinas como se mira a un rival.

–¿Para qué son? –preguntó, señalando con un gesto las pantallas de los monitores.

–Pulso, presión sanguínea y electrocardiograma –informó la enfermera–. Esta escala controla la presión venosa central por medio de este tubo adosado a su pecho. Estos otros tubos son para la máquina de diálisis.

Y así la tenían, por control remoto, manteniéndola con vida.

Después de una hora se puso de pie rígidamente y se despidió de la enfermera. Benjy y Tom lo esperaban en casa. Martin pasó por la recepción sin mirar a un lado ni a otro.

–¿Cómo está ella? –preguntó Steve.

–Resiste –le dijeron–. Su esposo está con ella.

Steve había estado pensando en las horas que vivieron juntos. La oscuridad de esos instantes aún le resultaba más real que las cortinas de la sala luminosa. Podía oír el ir y venir de las enfermeras más allá de las cortinas, pero oía el murmullo de la voz de Annie con idéntica claridad. Ahora que ya no había oscuridad, lo que quería era ver a Annie, conversar con ella. Annie y él se conocían. Durante esas largas horas ella había pasado a ser su familia, sus amigos, y él sabía que a ella le había sucedido lo mismo. Pero Annie estaba arriba, en la sala de cuidados intensivos, y su esposo velaba a su lado.

Cuando llegó la noche, Steve ya se había recuperado de la anestesia. Lo sabía porque aun cuando el recuerdo de ayer no había aflojado sus firmes garras, podía distinguir con bastante claridad entre el recuerdo y la realidad de ese momento, en la sala del hospital. Como para confirmarlo, se acercó una enfermera con una pequeña cofia almidonada sujeta al cabello. Corrió las cortinas, sonriéndole.

–Vaya, vaya. Ahora que ha despertado le permitiremos observar a su alrededor.

Steve vio cuatro camas frente a frente, y sus ocupantes observándolo. La mesa, en el centro de la sala, desbordaba de flores, se apoyó en las almohadas, mirándolas, hipnotizado por la generosidad de los colores.

Annie despertó otra vez, y vio que los rectángulos brillantes tenían menor intensidad. Eran luces, comprendió, y si las habían atenuado debía ser de noche. ¿Cuántas noches habrían pasado? Tragó por el tubo que le habían introducido en la boca y nuevamente sintió la oleada de la náusea.

Había otra enfermera mirándola. Esta vez era una mujer, y Annie advirtió con intensa claridad el contraste entre la piel negra del rostro y la blancura del gorro que le cubría el cabello.

–Hola, querida –saludó la enfermera–. Tu marido ha estado aquí toda la noche, pero acaba de irse a casa. Me pidió que te dijera que todo está bien. Tom y Benjy te mandan besos, y no tienes de qué preocuparte. Así que no lo hagas, ¿eh?

La enfermera le sonrió, y Annie observó el cálido, tranquilizador contraste entre claros y oscuros. Trató de decir «Martin», pero el tubo se lo impidió. Comprendió otra vez que no era capaz de hablar ni de moverse, y que el dolor que la había atacado en la oscuridad, ahora era más intenso aún. Sabía que bajo esas luces debía estar segura. La sonrisa de la enfermera era blanca, ancha y reconfortante. Pero el miedo seguía acechándola y atenazándola. ¿Adónde había ido Steve? Ni siquiera podía volver la cabeza para mirarlo. Steve comprendería lo que le estaba sucediendo. Había estado allí junto a ella cada minuto... Podía oír con cierta claridad lo que él le había dicho. Incluso podía ver a través de sus ojos la figura jorobada de su Nani moviéndose de aquí para allá por su incómoda casa, o el apartamento de Steve, con sus pinturas abstractas sobre las paredes blancas. ¿Por qué no estaba allí, entonces?

Trató de hablar nuevamente, esta vez para gritar su nombre como lo había hecho en la oscuridad atroz. Pero él no respondió, y la enfermera negra apoyó su mano tibia sobre la de Annie.

–Quietecita y callada, como una buena chica. No querrás estropearme todas las máquinas, ¿verdad?

Annie trató de pensar. «¿Qué máquinas?» La respuesta quedó suspendida en algún lugar fuera de los límites de su entendimiento, como el borde exterior de una de las luces de arriba que rebasaba su campo de visión. Esto le resultaba más insoportable que el dolor, y Annie sintió que las lágrimas se asomaban a sus ojos y rodaban por el rostro.

La enfermera se inclinó sobre ella y se las secó.

–Pero querida –la oyó murmurar Annie–. No tienes por qué hacerlo. Te pondrás bien.

A primera hora de la mañana, dos oficiales del escuadrón antiterrorista acudieron a ver a Steve. Se sentaron bien erguidos al lado de su cama, provistos de cuadernos; comprensivos pero persistentes.

–Lo siento –dijo Steve–. No vi nada. Sólo abría la puerta para que pasara la chica, cuando la bomba explotó. No vi nada, no tuve conciencia de ninguna otra persona.

Sucedió, pensó con tristeza. Sucedió, y Annie y yo estábamos allí, eso fue todo. Annie, yo y los demás. Nosotros dos tuvimos suerte. Aún estamos con vida. Annie, ¿estás aquí?

Pero aún no tenía ninguna sensación de sentirse afortunado. Se sentía adormecido, y sólo se acordaba de él y de Annie, echados uno junto al otro en la oscuridad, incapaz de pensar en nada más. Los oficiales le dieron las gracias, cerraron sus cuadernos y se alejaron.

La siguiente visita de Steve fue Bob Jefferies.

Al comienzo, cuando en la sala de urgencias el dolor lo nublaba todo, le habían preguntado el nombre de sus parientes cercanos.

¿Cass? se le ocurrió. No. Cass no.

–O al menos alguien a quien podamos hacerle saber dónde se encuentra –lo tranquilizaron.

Finalmente les dio el nombre de Bob Jefferies, no tanto porque fuese más amigo que cualquiera de los demás sino porque era su socio comercial.

Y ahora Bob venía cruzando la habitación hacia él, corpulento en su carísima gabardina, llevando una de las maletas italianas de Steve. Se detuvo al pie de la cama; miró la pila de mantas extendidas sobre los pies de Steve, las vendas que le cubrían las manos y el pecho, y luego el rostro.

–Dios mío, Steve –dijo por fin–. ¿Tan malas eran las perspectivas de la fiesta de Navidad que celebraríamos en la empresa?

Steve dejó descansar la cabeza contra la almohada, y una parte de él se puso a reír. Pero la risa le sacudió los huesos, y pronto acabó.

Bob miró su rostro gris.

–¿Estás mal? –le preguntó.

Steve le contestó:

–No. Duele, pero no son daños irreparables. –El cirujano ortopedista que lo había venido a ver más temprano le informó que ya habían unido la fractura. Dentro de poco tiempo comenzaría una nueva formación ósea, y podría moverse normalmente–. Durante un tiempo no podré caminar usando las piernas. Acaso meses.

Bob apoyó la maleta a los pies de la cama.

–Mmmm. ¿Y cuándo acabarás con todo esto?

Steve no trató de reír esta vez.

–No les pregunté.

–¿En serio?

Ninguno de los dos se sentía cómodo, pensó Steve. Un poco por la torpe ansiedad de Bob por manifestar una solidaridad total. Y otro poco por su propia determinación a no necesitar de ella, que hacía que esa presunta intimidad socarrona resultara falsa.

Bob se entretuvo sacando las cosas de la maleta. Steve vio que había traído su bata, pijamas, esponja. Era curioso ver a Bob manipulándolos.

–Siento tener que cargarte con esto –dijo Steve.

–Ojalá pudiera hacer más. –Bob no lo estaba mirando ahora–. No pude encontrar la máquina de afeitar eléctrica.

–Se ve que no somos de la familia, ¿eh? ¿No sabes que uso hojas de afeitar?

–¿Pasas por tu mejilla ese cochambroso manojo de pelos de animal que tienes en el armario del baño? Bueno, no te preocupes. Estoy seguro de que podrás conseguir que alguna de estas amorosas chicas te afeite...

De pronto Steve quiso cerrar los ojos. El esfuerzo por tratar de ser la persona que Bob conocía era agotador, y no había nada más que supiera cómo revelarle.

Bob advirtió su cansancio, y rápidamente sacó las últimas cosas. Había libros y una botella de whisky.

–¿Puedo beber un poco? –preguntó Steve.

Bob vació el vaso de agua de su mesita de noche y sirvió tres dedos de whisky en él. Steve bebió un trago, y el sabor familiar y mundano pareció acercarlo nuevamente a Bob.

–Así está mejor. Gracias.

Bob dio un paso atrás, con la maleta en la mano.

–No dejan entrar a nadie, excepto a mí. Y no me permiten estar más de diez minutos. Pero todos te envían recuerdos. Todos, ya sabes.

Steve sabía. Se refería a todos los que trabajaban con ellos, colegas, gente del negocio. Ya se imaginaba cómo habría corrido la noticia.

–Y también Marian, por supuesto. Si hay algo que podamos hacer, Steve...

Marian era la esposa de Bob. Steve asintió.

–Gracias. Muchísimas gracias.

–¿Quieres que me ponga en contacto con alguien? ¿Con alguien en particular?

Steve pensó un momento con esfuerzo.

–Bueno, con Cass. Y con Vicky Shaw. Los números están en la agenda de mi escritorio. Jenny los encontrará. Diles que estoy bien.

–Sí. Bien, mira, ¿podemos arreglar para que te trasladen a una habitación privada, al menos? ¿Con teléfono y televisor?

Steve miró la habitación, con sus cortinas a medio correr. No había hablado con ninguno de los ocupantes de las camas vecinas, pero le agradaba sentir su compañía. Y la gloria de las flores amontonadas en medio de la sala había llegado a ser más importante que cualquier otra cosa.

–Aquí estoy bien. Bob, ayer debía haberme encontrado con Aaron Jacobs por el anuncio de zumo de frutas...

–No te preocupes por el maldito negocio, Steve. No te preocupes por nada.

Bob era un buen hombre, advirtió Steve. Hacía años que trabajaban juntos; habían pasado incontables horas y comidas en mutua compañía. Pero nunca antes se le había ocurrido pensarlo. Ahora lo veía, sin saber qué hacer con el abrigo en las manos, disponiéndose a partir, queriendo hacer algo útil o decir algo reconfortante.

–Hay algo que podrías hacer –propuso Steve.

Bob se volvió de inmediato, contento y aliviado.

–Había una chica. Se llamaba Annie. Estuvimos allí abajo, juntos todo el tiempo. Nos hablábamos. Sólo podíamos tocarnos las manos. Si ella no hubiese estado conmigo habría sido... terrible.

–Sí. Algo salió en los diarios. No mucho.

–Está aquí. En algún sitio. La trajeron antes que a mí. He preguntado, pero no me dicen gran cosa. ¿Quieres averiguar cómo está? ¿Cómo está de verdad?

–Déjalo en mis manos.

Bob haría lo que Steve le pedía. Estaba seguro de ello. Sólo le restaba esperar hasta que volviera con noticias de ella.

Entonces se dijeron adiós. Bob se marchó, y Steve quedó nuevamente solo.

Annie estaba muy grave.

Después de la intervención de urgencia le vino una neumonía.

Los cirujanos le habían quitado el tubo de ventilación de la boca y abrieron un orificio directamente sobre la tráquea. El respirador bombeaba el aire suavemente dentro de ella, y para contrarrestar la infección pulmonar se le aplicaron antibióticos por vía venosa. Sus riñones no funcionaban en absoluto, pero la máquina de diálisis que había al lado de su cama lo hacía por ellos. Estuvo todo un día inerte, sin conciencia. Entonces, como si a su cuerpo no le quedaran fuerzas ni siquiera para iniciar la lucha por la recuperación, Annie comenzó a sufrir hemorragias. Perdía sangre por la herida de la operación, por los cortes y heridas, y por los orificios por donde tubos y líquidos se insertaban en su piel.

Martin estaba sentado a su lado, observándole el rostro. Ni siquiera podía tomarla de la mano porque el más ligero contacto le formaría inmensos hematomas violáceos por debajo de la piel. Su rostro estaba tan amoratado por los hematomas, que parecía como si la hubieran golpeado una y otra vez. Él se sentaba y aguardaba, casi sumido en la desesperación.

El médico a cargo de la unidad de cuidados intensivos le informó que la sangre de Annie prácticamente había perdido toda su capacidad de cerrar las heridas e impedir que éstas sangraran. A través de toda esa batería de tubos y bolsas de plástico estaban aprovisionándola de todas las sustancias que su propia sangre no podía producir. Martin contempló los recipientes que vertían su contenido en el cuerpo magullado de Anne. Incluso su cabello parecía haber perdido el color, abierto en mechones grises sobre la almohada plana. Sus labios estaban descoloridos, y sus ojos quedaban ocultos por círculos oscuros, como monedas inmensas.

Steve también aguardaba. Las resueltas averiguaciones de Bob habían llegado hasta el cirujano de Annie, y él mismo se acercó hasta la cama de Steve para conversar con él.

–¿Cómo está? –preguntó Steve.

El hombre lo miró especulativamente, como tratando de discernir cuánto debía decirle.

–Estuvimos seis horas cogidos de la mano –dijo Steve–. Quiero saber qué está ocurriendo con ella.

–Tiene neumonía y no le funcionan los riñones. También sufre de coagulación intravascular diseminada. Eso además de los efectos posoperatorios habituales y otras lesiones menores.

–¿Vivirá?

Steve escrutaba el rostro del médico. Pero no encontró ningún asomo de reserva, y tras un momento, el hombre le dijo:

–Creo que sus probabilidades son de un cincuenta por ciento. Los próximos dos o tres días son decisivos.

–Gracias –dijo Steve.

Y pasaron dos días.

El tercero era Nochebuena, y el hospital zumbaba con la triste y deliberada festividad que tienen todos los hospitales en Navidad. La enfermera de la sala de Steve llevaba una guirnalda de oropel alrededor de la cofia, de esquina a esquina habían colgado serpentinas de papel, y Steve vio que en la sala de visitas que unía el sector de mujeres al otro lado del corredor, habían puesto un árbol de Navidad.

La doble hilera de camas con sus colchas floreadas, y la vista parcial que se veía a través de las puertas se habían vuelto perfectamente familiares. A Steve le sorprendía conocer a los demás ocupantes de la sala tanto como a Bob Jefferies, o a cualquiera de los otros amigos que tenía al otro lado del mundo.

El día de la explosión la sala de ocho camas y su réplica en el sector de mujeres habían sido desalojadas para recibir a las víctimas. Los habían traído uno por uno, y descubrían que la experiencia compartida era un lazo más fuerte que años de conocimiento. Por un acuerdo tácito, jamás hablaban de la bomba en sí. Pero había una especie de determinación perversa y silenciosa de superar sus efectos. Esta determinación ligaba al vendedor de diarios, cuyo puesto fuera de la tienda había quedado sepultado bajo los cristales y escombros, al mensajero de la tienda, a los cinco compradores navideños y al mismo Steve. Durante el puñado de días que venían pasando juntos en la sala, Steve se había convertido inadvertidamente en un héroe. En parte porque no había ninguno tan gravemente herido como él, y por el largo tiempo que había pasado enterrado. Pero la verdadera razón era el alud de regalos para él que llegaban hasta la habitación. Cada día llegaban flores, tarjetas y obsequios. Era Navidad. El mundo les tenía simpatía, y la abarrotada mesa en medio de la sala daba cuenta de ello.

Pero los obsequios de Steve, de sus colegas publicitarios, amigos y clientes, eran puestos a un lado por su extravagancia. Había filetes de salmón ahumado, champán y whisky por cajas, trufas de chocolate, frutas y arreglos florales que llegaban en grandes canastas de mimbre. Al principio Steve se había sentido incómodo por la procesión de regalos, y no había querido ninguno de esos lujos excepto el de poder ver las flores. Regalaba el resto a los otros enfermos y a las enfermeras. Entonces comenzó a advertir el gozoso interés que suscitaba cada nuevo envío y así fue como él también comenzó a disfrutar de ello.

El día de Navidad, Bob Jefferies y algunos amigos de la industria del cine le enviaron un televisor y un vídeo. Junto con las máquinas venían cintas de dos docenas de películas recientes, algunas aún no estrenadas.

El joven mensajero se arrojó sobre la cama de Steve y quedó boquiabierto ante la caja.

–Jamás he visto una de ésas...

–Bueno, ahora tienes tiempo de sobra para verlas todas, Mitchie.

Ése era el nivel aceptado de referencia a lo que les había sucedido. Evitaban tocar el tema en profundidad. Steve pensaba en Annie, allí arriba, tendida, y se preguntaba qué se dirían el uno al otro si ella estuviera con él, en lugar de esta compañía improvisada de desconocidos.

A las seis, una de las enfermeras abrió inexpertamente una de las botellas de champán de Steve. El corcho saltó y salió disparado por el suelo brillante, y la espuma plateada coronó las copas del hospital. Las enfermeras hicieron pasar las copas y el vendedor de diarios que ocupaba la cama contigua a la de Steve bebió el champán a sorbos, relamiéndose.

–Y bien –anunció–. He conocido navidades peores. –Miró con interés a la enfermera de la guirnalda en la cofia–. Pero cómo querría volver a tener tu edad, Steve.

La forma de hablar del viejo y el que lo llamase Steve le hicieron recordar a Nani. Pensar en ella, con las guirnaldas de papel que le habían puesto en la cabeza, y las luces intermitentes, y la evocación de las navidades del viejo lo llenaron de tristeza.

Cuánto querría volver a tener tu edad.

¿Para qué?, pensó Steve.

Desde que era niño no lloraba, pero ahora tenía los ojos empañados en lágrimas. Quería levantarse y salir de la habitación, y defenderse solo, como lo había hecho siempre. Pero su pierna rota y el dolor que sentía por debajo de las mantas lo mantenían clavado en la cama. Sintió su propia debilidad, y cómo esto lo exponía a que los demás necesitaran tener tacto con él. Steve apoyó su copa de champán sobre la mesita de noche y volvió el rostro húmedo a las almohadas.

Los demás lo vieron y apartaron la mirada. Steve supo que alzaban el tono de la algarabía del champán para escudarlo, y sintió la lejanía de lo que sucedía más agudamente que el dolor.

Se quedó recostado, esperando que las lágrimas dejaran de abrirse paso por entre sus ojos, y pensó en Annie. Ahora conocía a Annie mejor que a ninguna otra persona del mundo, y temía que muriese.

–No debes morir –susurró como si nuevamente estuviesen enterrados y ella pudiera oírlo en la oscuridad–. No morirás, ¿verdad?

La frialdad de su miedo por ella le hizo secar las lágrimas de debilidad.

Deliberadamente volvió el rostro para observar a los demás enfermos y extendió la mano en busca de su copa de champán.

Más tarde, los estudiantes de medicina del hospital recorrieron las salas con su pantomima navideña. Montaron un espectáculo disfrutado especialmente por las víctimas de la bomba. Steve observó las payasadas con una ancha sonrisa en el rostro.

Fue luego, cuando disminuyeron las luces de arriba y pudo escuchar el parloteo y los murmullos de las enfermeras al final de la sala, que Steve abrió sus ojos otra vez y vio a un hombre de pie al lado de su cama.

Tenía el rostro agradable y cuadrado, con líneas de cansancio que partían de sus ojos y mejillas. Era alto y algo encorvado, y desde su altura observaba a Steve en la cama, como si dudase acerca de quedarse o irse de puntillas.

–Está bien –dijo Steve claramente–. No dormía.

El hombre se frotó el rostro con la mano.

–La enfermera me dijo que podía entrar a verlo un minuto.

Steve extendió su mano y encendió la luz que había sobre la cama.

–Soy el marido de Annie –anunció el hombre.

Ha muerto. Viene a decirme que ha muerto.

Steve trató de recostarse contra las almohadas para poder hacer frente a lo que Martin hubiese venido a decirle.

–¿Cómo está ella? –preguntó llanamente.

Y entonces vio que las arrugas del rostro del esposo eran de alivio exhausto, y no de derrota.

–Se pondrá bien –dijo Martin–. Me lo han dicho esta noche.

Steve cerró los ojos un instante. Vio a Annie como la había conocido, reclinada a su lado cuando las luces del rescate cayeron sobre su rostro. Entonces, superpuesta, apareció otra imagen vívida y repentina de ella, como debía haber sido antes de la bomba. Reía, había color en sus mejillas y el cabello le revoloteaba alrededor de la cara. Steve abrió los ojos bruscamente.

–Gracias a Dios.

En su propio alivio percibió más claramente la extenuación de Martin. Señaló la silla que había al costado de la cama y Martin se hundió en ella.

–Si busca en el armario –dijo Steve suavemente– encontrará una botella de whisky.

Tomó la botella que le extendía Martin y se sirvió en el vaso de plástico. Martin rodeó el vaso con los dedos y bebió la mitad de un trago.

–Gracias –le dijo.

Steve aguardó a que el marido de Annie levantara otra vez la vista, y entonces le preguntó amablemente:

–¿Qué han dicho los médicos?

Martin encogió los hombros dentro del abrigo, como si no pudiera creer que ella pudiese vivir ante la vista de la pavorosa lista de males que la habían amenazado.

–Contrajo neumonía, pero la están combatiendo con antibióticos. Le han puesto un respirador artificial que ha estado haciendo el trabajo por ella, a través de un orificio en la tráquea, pero ahora dicen que en un par de días se lo podrán quitar. Y los riñones le están comenzando a funcionar nuevamente. Me lo enseñaron. Se ve todo en la pantalla y lo tienen señalado en los gráficos que hay a los pies de su cama. La sangre no le coagulaba, ¿sabe? Había perdido tanta sangre que ya no cumplía sus funciones como debía. La llenaron de plasma, y toda clase de cosas, y ahora está funcionando por sí misma. La herida de la operación está empezando a curarse. De ahora en adelante se repondrá rápidamente, creen. –La mano de Martin descansaba sobre las sábanas, con el vaso entre los dedos laxos–. Fue terrible verla allí, con los monitores y las máquinas a su alrededor, como si les perteneciera a ellos y no a mí. Ni siquiera podía tocarle la mano porque la piel se le llenaba de hematomas.

Martin tenía la cabeza gacha, y Steve aguardó. La imagen de Annie era demasiado clara y penosa. Pero Martin levantó la vista, y Steve vio que sonreía.

Se encogía de hombros una vez más.

–Pero ahora se pondrá bien. Esta noche estaba consciente. No puede hablar a causa del respirador. Pero me sonrió.

Steve tuvo que retirar la mirada para ocultar el aguijón de los celos.

Se obligó a pensar «Es su marido», y luego a recordar que Martin había estado esperando todo el día y toda la noche de la explosión, y cada uno de los días que habían pasado desde entonces. Pero entenderlo y comprenderlo no atenuaba el azote de los celos.

Sin advertirlo, Martin bebió el resto de su whisky. El alivio fue tan profundo que quiso compartirlo. Podía haberse puesto de pie y anunciarlo a la habitación rodeada de cortinas, y a las enfermeras apretujadas risueñamente en la oficina del fondo. Sintió que una sonrisa ancha y estúpida le surcaba la rigidez del rostro, y que el whisky le ardía alegremente en el estómago y la cabeza.

–Debe de haber querido vivir, ¿sabe? –murmuró–. Debe de tener un gran deseo de vivir.

Steve recordó.

–Sí –dijo–. Así fue. Fue muy valiente allí abajo.

La mano de Martin se movió apenas, como si hubiese estado a punto de tenderse hacia Steve y se hubiese visto incapaz de hacerlo.

–Quería decirle que va mejorando, desde luego. –Otra vez la sonrisa. –Y quería... darle las gracias. Por haberla ayudado.

A través del resplandor del alivio que había bañado los corredores del hospital mientras se acercaba hasta la cama del extraño, Martin se encontró observando a Steve. Vio nuevamente el lugar de la bomba, y se vio a sí mismo escudriñando el diminuto espacio en que ambos habían yacido juntos durante todas esas horas atroces.

Era más pequeño que un lecho. Era como una tumba, pensó, y recordó un sepulcro medieval que él y Annie habían visto en una catedral de algún sitio. Había sido en vacaciones. Mucho tiempo atrás, antes de que los niños nacieran. El caballero y su dama yacían uno al lado del otro esculpidos sobre el sepulcro de piedra, y a sus pies había una réplica de su perro favorito. Annie y Martin habían descifrado juntos la inscripción latina que se leía en la piedra. *En la muerte siguieron unidos.*

Annie había suspirado. Para ella era muy romántico. Pero a Martin lo había conmovido la intimidad del estrecho sitio que los contenía bajo la losa.

Ambos se estremecieron un poco, rieron y prosiguieron su camino por la nave lateral, cogidos de la mano, para admirar las vidrieras.

Ahora regresaba a la mente de Martin la imagen de la misma terrible intimidad.

–Cuánto me alegro de que se esté recuperando –dijo Steve.

Las palabras imperfectas no llegaban a expresar el nudo de sus verdaderos sentimientos, y eso era bueno.

–He estado pensando mucho en ella. Cavilando. No tiene por qué agradecérmelo, ¿sabe? Nos ayudamos mutuamente. Nos hablábamos por turnos: uno tenía miedo, y el otro aparentaba que no había de qué temer. Sé que no podría haber... resistido tanto tiempo sin Annie.

Steve advirtió que en la sala había un gran silencio. El marido de Annie lo miraba. En épocas normales su expresión debía de ser distendida y afable, y su mirada, amistosa. Un hombre agradable. Casi seguro, un buen hombre.

Rápidamente, Steve dijo:

–¿Y sus hijos, Benjy y Tom? Deben de echarla de menos...

–Sí –dijo Martin–. Así es.

Steve dijo en voz baja:

–Conversamos mucho tiempo, hasta que la pared se derrumbó. Hablamos de muchas cosas. Me contó de usted, de los niños, de su casa. Me dijo que no quería morir y dejarlos solos.

Martin llevó la mano a los ojos y los frotó, hundiendo en ellos sus dedos. Estaba atontado de cansancio y alivio.

–Sé que eso es lo que diría. Annie no es de las que se rinden. Tampoco se rendiría allí arriba, en esa habitación rodeada de máquinas.

–Me alegro.

Palabras vacías, otra vez. Martin se puso de pie.

–Los chicos están bien. Para Tom es más difícil, porque sabe que ella está enferma, y no puede verla. No permiten entrar a nadie, salvo a mí.

Steve sintió otra vez el escozor de los celos. Quería que Martin se marchara, pero éste seguía dudando al pie de la cama.

–¿Y cómo está usted?

Steve se encogió de hombros.

–Una pierna rota, cortes y magulladuras. Nada grave.

Martin miraba la sala tenuememte iluminada.

–Para usted tampoco es lo que se dice una Navidad, ¿no? ¿Y su familia?

–No estoy casado. De todas formas no es exactamente mi época favorita del año.

Martin asintió.

–Annie adora las navidades –dijo.

Entonces extendió su mano. Steve la aferró y se saludaron. Martin sonrió.

–Será mejor que me vaya. Los chicos despertarán pronto.

–Vaya y descanse un rato.

–Sí –replicó Martin–. Ahora podré hacerlo.

Una vez que se marchó, Steve permaneció largo tiempo despierto. Sostuvo muy cerca de él, como un talismán, el hecho de que Annie se estuviese recuperando. Más allá de eso no quiso pensar.

La casa estaba en silencio cuando llegó Martin. Sus padres ya se habían ido a dormir, conque se sentó en la cocina y bebió otro whisky. Pensó en las otras navidades que había compartido con Annie, y el placer que le daba a su esposa realizar los rituales cada año. Era Annie la que había cosido los grandes calcetines de fieltro para que los niños los colgasen, y Martin sabía que cuando subiera al piso de arriba los encontraría expectantes al pie de sus camas.

Si hubiese muerto...

El terror lo sacudió nuevamente y apretó los dedos alrededor del vaso de whisky.

Pero Annie no moriría. Aún temía por sus heridas, pero estaba seguro de que subsistiría.

Sintió un momento de simple felicidad. Era Navidad, y sus hijos dormían arriba, y Annie seguiría viviendo.

Apoyó sobre la mesa el vaso vacío y fue hasta la habitación de los niños. Reunió los calcetines rojos, levantó las mantas por un instante para mirar sus rostros dormidos. Luego fue hasta su dormitorio, donde Annie había apilado cuidadosamente los regalos en el fondo del inmenso guardarropa. Los tomó uno por uno y los puso dentro de los calcetines. Le conmovió, le impresionó el cuidado con que ella había escogido incluso los juguetes más pequeños. Era tan obvio para cuál de los niños había elegido cada cosa... Reconoció con qué ternura y amor Annie había llevado los simples asuntos domésticos. ¿Por qué nunca se lo había dicho, o incluso notado?

Cuando concluyó, retornó los grandes bultos a las camitas. Luego llevó los paquetes más grandes hasta abajo y los dispuso con los demás debajo del arbolito.

Las luces intermitentes formaban una resplandeciente pirámide coloreada en la habitación en penumbras. Martin vio que sobre la chimenea los niños habían dejado un vaso de whisky y un pastel de carne para Papá Noel, y una zanahoria, pulcramente pelada, para los renos.

Ésa era la obsesión de Annie.

–¿Y por qué no darle algo al pobre reno? –le oía decir.

Debe de haber sido Thomas el que hizo recordar a su abuela la pequeña ofrenda para esa noche.

Martin sonreía mientras vertía el whisky nuevamente dentro de la botella. Engulló la zanahoria y el pastel, con voracidad inesperada. Se dio cuenta de que desde la explosión, prácticamente no había comido.

–Vamos, Papá Noel –le habría dicho Annie entonces–. Vamos a la cama.

Echó de menos la tibieza de su mano tomando la suya, y la dulzura y la familiaridad de tenerla tendida a su lado.

Martin apagó las luces y subió la escalera. Debía hacer que para los niños fuera una feliz Navidad. Por el bien de Annie.

Los niños se levantaron muy temprano por la mañana, como Martin había supuesto. Primero Benjy y luego Thomas subieron a su cama, arrastrando los calcetines.

–¡Mira! –exclamaba Benjy–. ¡Ha venido!

–¿Todo está bien? –murmuró Thomas.

Martin levantó las mantas y los dos se acurrucaron dentro, a su lado, en un retorcerse de codos.

–Shh. No despertéis a los abuelos. Sí, Tom. Todo está bien. Todo está bien.

–Papá... Feliz Navidad.

Los estrechó durante el minuto que le permitieron hacerlo, y se quedaron escuchando sin aliento el ruido a cintas y papel dentro de los calcetines.

–Bueno –dijo Martin–. ¿No queréis ver qué os ha traído?

Se lanzaron a bucear al unísono.

Martin los observaba, y entonces, aun cuando tenía la sensación de haber puesto los regalos en los calcetines hacía menos de una hora, el deleite de los niños lo arrastró a la excitación de romper los envoltorios. Para Benjy, a quien encantaba dibujar y pintar, había gruesos lápices cilíndricos de colores fluorescentes, que cabían justo dentro de su torpe puñito, y cuadernos de dibujo con páginas anaranjadas, negras y púrpuras, y libros para colorear. Había ladrillos para armar que encajaban unos en otros con un ruidito encantador, y rompecabezas para pintar y recortar.

Para Thomas, inteligente y aplicado, había acertijos de bolsillo y un robot en miniatura. Había juguetes que se convertían en otros distintos si uno los giraba y deslizaba en determinados sitios, y había un avión para armar que volvía infaliblemente a las manos del que lo lanzaba al aire. Para los dos había armas mortíferas de la era espacial, que tanto codiciaban y Martin desaprobaba. Pero estaba demasiado absorto en los hallazgos aún para sonreír ante la evidencia de que los principios de Annie eran más débiles que su tierno corazón.

Por fin los tres quedaron sentados sobre una pila de envoltorios y paquetes rotos, resplandecientes de placer.

–¡Qué brillante! –observó Tom, reclinándose con un suspiro de satisfacción. Entonces se acordó, y una sombra cruzó por su rostro–. Ojalá mami estuviera aquí.

Martin lo rodeó con sus brazos.

–Vendrá –le prometió– muy pronto. Anoche estaba mucho mejor. Pronto podré llevarte para que la veas.

La sombra se esfumó.

–Y entonces podré paralizaros con mi nueva pistola gamma.

–Y yo también –intervino Benjy.

–Vamos –dijo Martin–. Paralizaos en vuestra habitación. Voy a preparar una taza de té a los abuelos, y les contaré cómo está mami.

Se abrió paso entre los restos, con los niños saltando y comentando a su alrededor.

Todo está bien, se recordó a sí mismo. Todo irá bien.

Corrió las cortinas, y vio que la luz comenzaba a irrumpir en la mañana de Navidad.

El día de Navidad fue exactamente como Steve lo había imaginado: las mujeres de la sala opuesta que ya estaban bien como para caminar se acercaron arropadas en sus batas rosadas y turquesa, y desearon a cada uno una feliz Navidad. A ellas siguió una marea de visitantes, desde el cura del hospital, que vino con el coro del mismo a entonar villancicos, hasta los médicos, algunos con sus esposas e hijos. Los niños más pequeños se aburrían, y corrían de un lado para otro de la sala, resbalando por el suelo encerado. Después de los médicos llegó una unidad móvil de la televisión, para filmar las celebraciones navideñas de las víctimas de la bomba.

Al mediodía, aunque a Steve la pareció que era apenas después del desayuno, trajeron la comida de Navidad. El médico de la unidad de emergencias trinchó el pavo en un carrito en medio de la sala, y las enfermeras iban y venían con platos. También trajeron vino, de la improvisada bodega de Steve, para proseguir con el subrepticio consumo matutino. Después del banquete, el viejo vendedor de diarios se recostó contra las almohadas con una beatífica sonrisa de satisfacción y se echó ruidosamente a dormir.

Apenas comenzó el horario vespertino de visitas llegaron las familias en tropel, una tras otra: esposas, hijos y abuelos, dispuestos a formar un jocoso círculo en torno de cada cama.

Steve escuchó un clic, clic de tacones altísimos. No necesitó levantar la vista para saber quién era.

Cass lucía el abrigo de pieles que se había comprado durante un viaje de trabajo a Roma. El curtido había sido depilado, esquilado y teñido, casi hasta perder toda semejanza con la piel. Lo único que evocaba a los animales eran las colas que colgaban como borlas desde los hombros. Llevaba un sombrero de piel inclinado sobre los ojos, de tal forma que de su rostro sólo se veía la boca pintada de carmesí. Cass había adoptado un aire muy compuesto, tan llamativo e irreal como la portada de una revista. Su entrada produjo un efecto electrizante. Los grupos familiares se giraron para quedarse un rato mirándola. Cass se detuvo al lado de la cama de Steve y lo observó.

–Hola.

–Cass –dijo–. Y en el día de Navidad...

Trataba de recordar la última vez que la había visto, pero no podía. Habían pasado meses. ¿Cuántos meses?

Cass se quitó las pieles. Debajo llevaba un vestido ceñido de cachemir color crema. Parecía suave y sedoso como la piel de un gato siamés. Y acentuaba aún más su parecido. Steve sabía que sus ojos tenían la misma profundidad enigmática y velada de un gato, porque Cass era miope. Y demasiado coqueta para usar gafas.

–Estás muy elegante. –Dijo, y se encontró sonriendo para sus adentros ante la observación.

Cass estaba, como siempre, perfectamente hermosa.

–Es más de lo que puedo decir de ti.

–Gracias.

Se acercó contoneándose y se sentó a los pies de la cama. Bajo la corta falda se veían sus piernas, largas y tersas, enfundadas en medias claras.

–Ay, amor, no quise decir eso. Me refería a que todo esto parece haber sido tan siniestro...

–Está bien. Sé lo que has querido decir.

Ya empieza el enfrentamiento, pensó Steve. Su incapacidad casi deliberada de comprender al otro. Costaba creer que esta bella joven de ojos grandes y desenfocados hubiese sido alguna vez su esposa.

Miró a su alrededor, y se estremeció apenas.

–Uff. Odio los hospitales. ¿Cómo puedes aguantarlo?

–Lo soporto bien. Estoy en cama, oigo conversar a la gente. Miro a las enfermeras. Hay cosas peores.

Cass se echó a reír y cruzó las piernas del otro lado.

–No se me ocurren muchas. Pobre amor.

Steve pensaba que le resultaba tan atractiva como la primera vez que la vio. Si estuviera tendida a su lado acariciaría el hueco de su cintura y la satinada colina de sus caderas. Sabía cómo suspiraría de satisfacción, con los ojos inmensos, soñadoramente fijos en los suyos.

Steve se revolvió incómodo debajo de las mantas, sintiendo el peso del yeso que le apresaba la pierna.

–¿Te duele la pierna? –preguntó Cass con inocencia.

–No. No es la pierna.

Detectó el matiz de su voz y se rió, complacida por el efecto que había causado. Y sin embargo, reflexionó Steve, apenas la conocía. No más que lo que Cass lo había conocido a él. Annie y él se conocían íntimamente, y no había hecho otra cosa más que cogerla de la mano y acunar su cabeza para aliviarla.

Mirándolo, Cass le preguntó bruscamente:

–¿Ha venido a verte Vicky?

–¿Vicky? Sí, vino anteayer. Cuando levantaron la restricción a los pacientes. Se ha ido a pasar la Navidad a Norfolk.

Cass hizo un mohín.

–¿Por qué dijiste que Bob Jefferies era pariente cercano? Parecía como si no tuvieras a nadie más.

Steve suspiró.

–Podía haberte nombrado a ti, amor, ¿no? Hace meses que no nos vemos. Ni siquiera sabía si estabas en el país.

–Estaba aquí. Hubiera venido en ese mismo instante. –Cass tomó la mano de Steve e inclinó la cabeza, mirando los dedos entrelazados–. ¿No lo sabías?

Después de un momento, Steve replicó:

–No, no lo sabía. Fuiste tú la que se marchó, ¿recuerdas?

Cass volvió la cabeza, de tal forma que su rostro quedó oculto tras una cortina de cabello rubio. Más allá de la sala alguien había encendido la radio. Era un disco de las Nueve Lecciones y Villancicos, y se escucharon las notas dolorosamente altas de un niño soprano.

–Steve, yo...

Él se movió con rapidez, consciente de que no podría escucharlo. Abrió la mano y puso los dedos sobre la colcha.

–Estuvo Bob. Hizo todo lo que hacía falta, que no era mucho.

Cass lo miró fijamente, y él leyó la mezcla de dolor e irritación que había en su rostro. Pero siempre había sucedido, incluso al principio.

–No tiene sentido, ¿eh? –preguntó.

Él quiso extender su mano y tocarla, pero supo que tampoco sería capaz de eso. No tenía sentido comenzar otra vez, porque no había sitio donde Cass y él pudiesen ir juntos.

–No –dijo por fin Steve, y la palabra cayó en la inmovilidad que se extendía entre ambos.

Después de un momento, Cass levantó la vista vivazmente.

–Bueno, no voy a esfumarme de inmediato, ya que he venido hasta aquí. Hablemos. ¿De qué quieres hablar?

–Cuéntame qué has estado haciendo.

Se lanzó a una animada enumeración de sus contratos y se sus viajes. Había estado en Nueva York seis semanas, en Singapur, en Roma y en Sicilia. Tenía éxito y trabajo, y aún se movía en ese mundo frívolo que ella y Steve alguna vez compartieron. Finalmente, sin embargo, se le agotaron las anécdotas brillantes y se quedaron mirándose en silencio.

En un tono distinto, Cass le dijo bruscamente:

–Pareces tan desgraciado... ¿Por qué no hablas de lo que sucedió?

Quería hablar de eso con Annie. Pero con nadie más.

–Sucedió. No recuerdo mucho. Salvo que dolía y que estaba muy oscuro.

–Vi las imágenes en la televisión. –Cass se estremeció–. Antes de saber que estabas allí. Había alguien atrapado contigo, ¿verdad?

–Sí. Una mujer. Hablamos, nos hicimos compañía. Se nos hizo más fácil.

Era imposible decir más. De algún modo Cass lo comprendió así.

–Lo siento –dijo Steve–. Estoy muy cansado.

Ella se puso en pie de inmediato y se colgó el abrigo de los hombros. Las colas se balanceaban de un lado a otro.

–Lo sé. Ya me voy. Ni siquiera te traje un obsequio, ¿eh?

Steve hizo una mueca torcida.

–No hacía falta. Todos los amigos han enviado algo. La mitad de Harrods.

Cass se echó a reír.

–Ya me lo imagino.

Era la primera nota natural que habían logrado establecer entre ambos, y se sonrieron. De pronto Cass se inclinó hacia adelante y lo besó, con el cabello acariciándole la mejilla. Steve tuvo un vívido recuerdo de la noche en que la dejó: Cass con su sostén de encaje negro y las bragas francesas. Él levantó la mano para acercar la cabeza de Cass hasta él y volvió a besarla. Finalmente fue Cass la que se libró del abrazo.

–Compórtate.

–Con estas trabas no me queda otro remedio.

Cass ensayó un ligero mohín de modelo, de burla y desencanto. Estaba bien, pensó Steve. Se habían tratado bien durante la visita, eludiendo los peligros. Cass se puso el gorro de piel sobre la frente.

–Adiós, mi amor.

–Adiós, Cass.

Su andar confiado y gracioso hacía revolotear las colas de piel a su alrededor. No volvió la vista al llegar a las puertas.

Apenas se cerraron detrás de ella el viejo vendedor de diarios se acercó.

–¿Quién era, hijo?

–Mi ex esposa.

Se echó a reír aclarándose la garganta.

–No me pareció tan «ex».

Steve sonrió.

–Las apariencias engañan, Frankie. Especialmente con Cass.

–Bien. –El hombre se volvió a recostar–. Yo no le diría que no, te lo aseguro.

Steve paseó la mirada por la habitación. Parecía el final de una fiesta, con sillas abandonadas en ángulos dispares, papel de envolver desgarrado, una o dos visitas que rehusaban irse. El olor a humo de cigarrillo llegaba desde la sala de estar. Steve cerró los ojos para captar el aroma. Cayó dormido de inmediato.

Las luces de arriba ahora se veían claramente. Annie podía ver la línea de rectángulos con tubos de neón más nítidamente definidos por debajo del vidrio opaco. Conocía los rostros de cada enfermera, y los ciclos de ocho horas que gobernaban sus apariciones cobraban sentido porque en la pared que había frente a su cama había un gran reloj de cuadrante blanco. Esta vez era el turno de un enfermero negro llamado Brendan. Era el que más le gustaba porque tenía modales suaves, jamás le hacía daño al quitarle las vendas o al introducirle la aguja en la piel. Lo observó en su uniforme blanco mientras leía el historial a su lado y anotaba unos números en la gráfica que había a los pies de su cama. Detrás, Annie podía ver la enfermera-jefe sentada a su escritorio sobre la plataforma que había en medio de la sala.

Brendan terminó su tarea y se inclinó hacia ella.

–Bueno, bueno, cariño –le dijo–. Eso es todo por ahora. ¿Estás cómoda?

Apenas logró mover la cabeza para hacer un mínimo gesto de asentimiento. Trató de sonreírle, sintiendo el temblor en los labios hinchados.

–Eso es, mi niña –dijo Brendan–. Se quedó un instante de pie, con la cabeza ladeada. Entonces comentó: –Escucha. ¿Puedes oír?

Parecía provenir desde muy lejos, pero lo oía. Eran las voces de personas que entonaban una canción cálida y familiar. Era un villancico.

–Ah, qué hermoso –suspiró Brendan–. Es el coro de nuestro hospital. Tan bueno como cualquiera de los que se escuchan en la radio.

Annie deseó que Martin estuviera allí para oírlo. Antes lo había visto sentado al lado de su cama, pero en seguida se inclinó para besarla y se marchó. Le agradaba que él viniera a verla. A veces le hablaba, y le contaba pequeñas cosas cotidianas sobre los niños y la casa. En otras ocasiones se sentaba en amigable silencio, y eso la serenaba, porque escuchar la extenuaba. Annie sólo se sentía incómoda cuando él la tomaba de la mano. Entonces ella deseaba que allí estuviese el otro hombre, Steve. El hombre que la había sostenido en la oscuridad. El pensamiento la punzaba, y trataba de apartarlo de sí.

Annie escuchó el cántico recostada hasta que ya no pudo oírlo más. Luego dejó que la cálida ola de sopor se la llevara. Dormir era seguro, salvo cuando la acosaban los sueños.

Una semana más tarde, durante la mañana absurdamente madrugadora del hospital, Steve estaba sentado en un sillón al lado de su cama. Ya hacía varios días que se levantaba.

Lo habían hecho salir de la cama, le habían dado muletas para llevar debajo de las axilas, y lo ayudaron a ponerse de pie. En el yeso del talón habían incrustado un pequeño taco. Cuando estuvo listo para dar los primeros pasos torpes y vacilantes con las muletas, le permitieron apoyarse en el suelo para equilibrarse. Pero jamás apoyar el peso en él. Durante unos días una de las enfermeras y un fisioterapeuta lo hicieron ir y venir, cada vez un poquito más.

Frank y Mitchie lo alentaban aullando y gritando a medida que iba de un lado para el otro, con esfuerzo.

Ahora descansaba en el sillón mientras las enfermeras le cambiaban las sábanas. Una de ellas se volvió por encima del hombro para hablarle mientras trabajaba.

–Tengo noticias, Steve. Una de mis amigas trabaja en cuidados intensivos. Me dijo ayer por la noche cuando nos vimos que hoy traen a tu amiga. Ya le han preparado una cama.

Hizo un gesto hacia la puerta que separaba la sala de estar del sector de mujeres.

–Así que podrán verse.

–Vaya –dijo la otra enfermera–. ¡Qué maravilla!

Steve miró la puerta y los reflejos de la luz en el suelo provenientes de las ventanas, que lo separaban de la otra sala. Sus dedos se movieron sobre el eje metálico de las muletas apoyadas sobre la silla.

–¿Cuándo? –quiso saber–. ¿Cuándo la traerán?

Las enfermeras se miraron.

–Después de la ronda, supongo.

Ahora que había llegado la hora, Steve sintió miedo. Podía sentir el zumbido del temor en el estómago. Annie era tan importante... Era importante por ser ella misma, pero también porque sólo por medio de Annie podría aprender a hacer frente a lo que les había sucedido a ambos.

No veía la hora de verla, quería comenzar junto a ella.

Pero tenía miedo. ¿Y si Annie lo miraba con el rostro inexpresivo y educado de una extraña?

No podía ser.

Steve atenazó las muletas con sus manos y las sostuvo firmemente mientras miraba la puerta de la sala.

Brendan y otra enfermera ayudaron a Annie a salir de la cama. Le habían puesto uno de sus camisones, y por debajo del dobladillo de encaje se observó las piernas. Parecían distintas, muy delgadas, con la blancura surcada de venas y manchas azuladas, como si pertenecieran a otra persona. Brenda trajo su bata de lana azul y la ayudó a colocar el brazo izquierdo dentro de la manga. El brazo derecho estaba sujeto con vendas, de modo que extendió la bata por encima de él y se la sujetó a la cintura con el lazo.

Al lado de la cama había una silla de ruedas. La acomodaron en ella, y pusieron las zapatillas en sus pies.

–Aquí la tienen –le sonrió Brendan.

Otra vez una persona, completó Annie para sí.

Desde hacía una semana, desde los cánticos navideños que oyera el día de Navidad, su cuerpo había ido restableciéndose. Ahora se había redefinido, dentro de su propia piel. Ya no supuraba a través de tubos conectados a máquinas incomprensibles.

Otra vez era una persona, vestida con las propias ropas, colores y materiales que había escogido para sí misma. Se encontraba suficientemente bien para que la sacaran de esa habitación silenciosa y susurrante, de luces brillantes y cuerpos inmóviles.

Brendan empujó la silla de ruedas y comenzó a andar.

Annie sintió un súbito temor. Estaba acostumbrada a la sala. Se había entregado a ese recinto, y las enfermeras y las máquinas lo habían hecho todo por ella. Ahora le devolvían su responsabilidad. Las puertas se aproximaron y sintió miedo de lo que hubiese detrás de ellas. La mano de Annie se hundió en su regazo y sintió la debilidad de su puño.

Las enfermeras, en sus uniformes blancos, se acercaron a la puerta para verla partir. Hasta la enfermera-jefe se alejó un momento de su plataforma de observación.

–¡Buena suerte! –le desearon.

–Pórtate bien. ¡Abajo no podremos tenerte vigilada!

–¿Y para qué querría portarse bien? –bromeó Brendan.

Las puertas se abrieron.

Annie respiró hondo. Había llegado hasta aquí, y detenerse ya era impensable. Esta tarde, se decía, podría ver a Thomas y a Benjy.

Annie volvió la cabeza para sonreír al círculo de enfermeras.

–Gracias –les dijo.

Agitaron sus manos hasta que las puertas se cerraron.

Mientras andaban, Annie miró el corredor del hospital enfrente suyo. A sus espaldas, Brendan silbaba. Vio el remate de color crema donde las paredes se unían al suelo color café, y las raspaduras de la pintura. Un portero pasó a su lado, y en la manga de su casaca pudo ver un diminuto desgarrón de tres puntos. Un grupo de estudiantes de enfermería en sus uniformes rosados le resultaron brillantes como las figuras de una pintura primitiva. Era como si la luz nunca hubiese sido tan resplandeciente, o como si hubiesen corrido un velo de niebla, y ahora los límites fueran más nítidos y los colores más intensos a su alrededor. El día era gris y encapotado, pero Annie pensó que el corredor había sido iluminado por el sol. También podía escuchar con perfecta claridad las notas separadas y agudas del silbido de Brendan, el traqueteo de una camilla, los pasos, las voces, el tráfico, hasta distinguir el ronroneo del motor de un taxi fuera.

Ante las puertas del ascensor se quedó hipnotizada observando el parpadeo de las luces del indicador. Las puertas se abrieron con su susurro neumático y el olor metálico y mustio de la cabina verde le resultó tan fuerte que Annie se volvió para ver si a Brendan también lo habían afectado.

Le sonrió.

–¿Todo va bien, amor?

Oprimió el botón. Mientras el ascensor bajaba la sensación de vacío fue tan intensa que Annie temió desmayarse. Pero entonces, con velocidad asombrosa, la caída se detuvo y las puertas se abrieron con el mismo siseo. Annie abrió y cerró los ojos ante los haces de luz que caían a su alrededor mientras avanzaban por otro corredor reverberante. Al final de él vio una sala. Se movían tan de prisa que se preguntó si Brendan no iría corriendo.

Las puertas bostezaron y se los tragaron. Annie se quedó sin aliento ante la jungla de flores y cortinas estampadas, ante las fragancias y la profusión de color, y ante la luz y las sombras oscuras que moteaban el vívido suelo rojo. Fue como si hubiese vivido en la más pavorosa oscuridad, luego en un mundo desprovisto de todo color, y como si ahora la luz y la vida la inundaran de pronto.

–Es espléndido –murmuró.

Brendan se echó a reír.

–A la Sala Dos la han llamado de muchas formas. Pero nunca espléndida.

Una cama la esperaba. Las sábanas eran blancas como una colina cubierta por la nieve. Brendan conversaba con las enfermeras de la sala. Annie podía distinguir las cadencias separadas de sus voces pero las impresiones se agolpaban demasiado densamente para que pudieran escuchar lo que decían. A través de la ventana que había detrás de su cama vio muros de ladrillos rojos, más ventanas, tubos de desagüe, y palomas sobre una cornisa. Todo formando una intrincada red, cada una de cuyas partes se definía con una claridad sin par.

Sobre la mesita de noche había un florero. A Annie siempre le habían desagradado las flores rojas. Ahora pensaba que nunca había visto nada tan maravilloso como esos pétalos escarlata ondulantes escoltados por los brillantes rizos de las hojas verdes. Quería tocar su frescura desbordante de savia con la punta de sus dedos. Había más flores esperando en un gran envoltorio de celofán a los pies de su cama. Una de las enfermeras sostuvo el arreglo floral para que Annie lo apreciara. Eran crisantemos, en todos los tonos, desde el blanco puro hasta el bronce más profundo. Las cintas rizadas de satén amarillo crujían contra el celofán lustroso. Le acercaron la tarjeta, y Annie leyó la letra anodina del florista.

«Con amor y los mejores deseos de una rápida recuperación, de todos los de Rusholme.»

Rusholme era el colegio de Thomas.

Nadie la había preparado: la ternura del gesto la hizo llorar. La corriente de sensaciones la había despojado de cierta cáscara protectora sobre su piel, y Annie percibía lo vulnerable que era ahora. Sentada en la silla de ruedas, las lágrimas corrían por sus mejillas.

–Lo siento –dijo–. No sé por qué razón las flores me hacen llorar.

–No te preocupes –la consoló Brendan.

Otra de las enfermeras tomó las flores.

–Las pondré en agua, ¿eh? Te advierto, no soy ninguna experta en ramos de flores.

La ayudaron a meterse en la cama. Las sábanas estaban tiesas y frescas bajo sus pies, y las almohadas resultaron suaves a su cabeza. Sobre el rostro de Annie las lágrimas se iban secando, almidonándole la piel, y tuvo que sonarse la nariz.

–Así va mejor –le dijo Brendan.

Una vez que la vieron cómodamente arrellanada, él le dio un beso en la mejilla y la saludó con la mano.

–Lo has hecho muy bien. Allí arriba estamos orgullosos de ti.

–¡Ay, este Brendan! –Exclamó la otra enfermera al traer los crisantemos en el florero. Corrió las cortinas con fuerza alrededor de la cama de Annie. –Ahora te dejo para que te repongas, ¿eh?

Annie permaneció en su espacio silencioso. Miró a su alrededor, examinando cada detalle como si jamás hubiese visto nada igual antes. La luz de la ventana caía pesadamente sobre las mantas blancas, sobre la cabecera color crema de la cama, sobre las flores, sobre la mesita de noche.

Muy lentamente, Annie extendió la mano. Con la punta del dedo rastreó la curva cerúlea de un pétalo de crisantemo. El amarillo intenso de la flor pareció atrapar la luz y reflejarla nuevamente, rica y cálida como el oro bruñido.

En ese instante, Annie sintió un latido de felicidad pura. La intensidad se difundió por todo su cuerpo, entibiándolo y debilitándolo con su brillo hasta que su mano cayó a un lado y tuvo que recostarse indefensa contra las almohadas.

El mundo jamás había sido tan hermoso ni tan simple. No sólo advertía que seguiría viviendo, sino lo valiosa que era la vida. La gratitud se apoderó de ella. Creció dentro de su pecho y de su garganta casi hasta dejarla sin aire. Danzaba la luz, le encandilaba los ojos y canturreaba en sus oídos e impedía el paso al barullo mundano de la sala del hospital.

Annie sonreía. Estaba muda de asombro ante la belleza pródiga del don que le habían ofrendado, y el brillo que reflejaba lo bañaba todo y lo transformaba todo a su alrededor. Hasta sus manos eran hermosas, extendidas sobre las sábanas ante ella. Su visión era tan penetrante que incluso podía ver en su mente la fina red de capilares que se abrían, llenos de vida poderosa, bajo la piel descolorida y magullada.

Annie estaba débil, pero a la vez se encontraba de nuevo inquebrantablemente fuerte. Estoy viva se dijo. Ya no volveré a tener miedo.

Annie aún sonreía cuando las cortinas se abrieron apenas a los pies de su cama. Escuchó un murmullo de voces más allá, y luego la alegre invitación de una enfermera.

–Pase. Está bastante decente.

Las cortinas se abrieron más, y un hombre pasó a través de ellas. Se movía torpemente, con muletas, y una de las cortinas floreadas se enganchó en su hombro. El hombre la apartó sin quitar la mirada del rostro de Annie.

Annie vio el ligero ceño fruncido de preocupación o concentración. Sus cejas eran muy oscuras, más que su cabello. A los lados de la boca se le marcaban arrugas, y notó que se aferraba a las muletas con excesiva firmeza.

Nunca había visto su rostro, pero lo conocía más que a nadie.

–Steve –dijo suavemente.

El rostro se distendió.

Annie se llevó la mano al rostro amoratado y luego, recordando que no tenía nada que ocultar a Steve, la dejó caer nuevamente. Por fin, todavía mirándola, él dijo:

–Pareces muy feliz...

–Lo soy –respondió.

Extendió su mano libre, la misma con la que había tomado la de él durante las horas que pasaron juntos. Haciendo equilibrios, Steve puso a un lado las muletas y, apoyándose en el borde de la cama, se acercó lentamente hasta poder tomarla de la mano.

El recuerdo que el contacto evocó los asaltó y los detuvo. Pasó un largo rato antes de que cualquiera de ellos pudiese moverse.

Entonces Steve se acercó más, sentándose en la cama, a su lado. Levantó su otra mano y la acercó hasta las puntas desgarradas de su cabello para tocarle la base del cuello. Luego, rápidamente y con cierta naturalidad, se inclinó hacia ella y la besó en la mejilla.

Annie sintió que el color le arrebolaba el rostro como si otra vez fuera una colegiala.

–Pareces muy feliz... –repitió, y Annie se encontró riendo.

–Estoy espantosa.

–No, Annie. No.

Steve no veía los cardenales, o la enfermiza palidez del resto de su piel, ni la herida a medio curar que se abría en la comisura de su boca. Vio la Annie que había imaginado cuando su esposo le dijo que sobreviviría. Riendo, como lo había hecho un instante atrás, con el cabello rubio suelto alrededor de la cara. Tenía ojos azules y la piel tibiamente sonrosada. No era bella; ni siquiera particularmente atractiva, pero estaba llena de vida.

–Mira –dijo Annie.

Señaló con sus manos unidas los pétalos ligeramente rizados de los crisantemos amarillos.

Miraron las flores y las cosas simples que los rodeaban: una jarra de plástico con un vaso, la mesita de noche de madera astillada, las cortinas, y la sucia vista que dejaba ver la ventana. Ambos pensaban en el dolor que habían pasado en la oscuridad, y en el temor de no poder nunca más volver a ver nada tan cotidiano y maravilloso. Annie sintió que la felicidad nuevamente crecía dentro de sí, murmurando como una ola, o hinchándose como el viento casi hasta hacerla flotar. Contempló el rostro de Steve y en su esplendor comprendió que él sentía lo mismo.

Se sonrieron, con el orgullo triunfal de haber podido sobrevivir. Steve alzó la mano de Annie y apoyó sus labios sobre los nudillos. Durante un instante no hubo qué decir. Ya lo sabían todo, y aun así debían comenzar de nuevo, allí, bajo la tibia luz del día.

Cuando por fin hablaron, las preguntas se les agolparon, una sobre la otra, como a adolescentes, mitad riendo y mitad sonrojados.

–Di tú.

–No, tú –se excusó Steve.

–Sólo iba a preguntarte cómo estabas. ¿Tienes mal la pierna?

Él se lo contó brevemente, como restándole importancia. Mientras hablaba, Annie escuchaba el sonido familiar de su voz, tratando de hacerlo coincidir con su rostro y con el contorno de su cabeza. Se sorprendió de lo atractivo que era Steve. En la imagen construida por su mente, allí abajo en la oscuridad, él había sido un hombre más grande, más corpulento, de rasgos contundentes y algo rudos. Pero este Steve era delgado, y supuso que antes del accidente debió de haber sido muy apuesto. Llevaba el cabello oscuro bien corto sobre la frente, lo cual le hacía parecer más joven de lo que ella sabía que era en realidad. Entre sus cejas oscuras se le marcaba el ceño, y a los lados de su boca también se advertían más líneas, pero se curvaba en un gesto divertido. Él sonrió y Annie se encontró devolviéndole el gesto.

–Sé cómo estás –le dijo Steve.

–¿Cómo es eso?

–Me he mantenido informado. Principalmente a través de las enfermeras, y una vez vino a verme tu cirujano. Y en Nochebuena recibí la visita de tu esposo.

–¿Martin?

Annie se quedó azorada.

–Me dijo que te recuperarías. Y dijo que le habías sonreído.

–No lo recuerdo. –Annie pensaba en la mancha borrosa de las luces del cielo raso, y en el rostro de Brendan asomándose por arriba, y en el dolor que se apoderaba de ella. –Recuerdo haber escuchado unos villancicos. La enfermera luego me contó que era Navidad. ¿Qué más te dijo Martin?

–Quiso darme las gracias por haberte ayudado. –En los ojos de Steve surgió una expresión que Annie no logró captar–. Le dije que no era necesario, que nos ayudamos mutuamente.

–Así es –respondió Annie.

A su alrededor se apiñaban los crudos recuerdos. Annie sabía con qué intensidad necesitaba hablar con Steve. No con Martin, porque hablar con él de toda esa oscuridad habría sido tener que comenzar por el principio. El único que podía exorcizarlo era Steve.

–¿Aún tienes miedo? –preguntó él, dulcemente.

Annie miró nuevamente a su alrededor, a las flores sobre la mesita de noche, y al estampado de las cortinas. El esplendor de la luz se había esfumado.

–No. No tengo miedo. En el hospital estamos a salvo, ¿no es

así? Lo dijiste todo el tiempo. ¿Sabes? Lo primero que recuerdo haber pensado cuando recobré la conciencia, con un tubo puesto en la garganta, fue «Steve dijo que llegarían a tiempo». Traté de alcanzar tu mano, pero no podía moverme. Entonces sentí miedo. En mi muñeca había más tubos. Los sentía contra mi piel. –Annie se llevó la mano a la comisura de la boca–. Ahora sólo tengo miedo cuando sueño. Sueño que estamos otra vez enterrados, y que no nos rescatarán. Y que no hay aire, y que no podemos respirar. Entonces me despierto asfixiada. Las peores pesadillas son aquellas en que estoy sola. En que tú no estás.

Steve le tomó la mano. Entrelazó sus dedos con los de ella y apoyó su palma hasta que ambas quedaron unidas.

–¿Recuerdas? –le pidió–. Estuve allí. Y aquí estoy ahora. –Y luego, como si ella fuese a rechazar la intimidad que ello implicaba, le dijo rápidamente–: Los sueños no son más que sueños. Se van.

–¿Te quedarás? –Annie preguntó súbitamente–. ¿Para hablar? –Ya habían conversado mucho tiempo–. No me refiero a ahora. Pero durante algún tiempo...

–Sí –le prometió–. Yo también lo necesito.

Él oyó los pasos de alguien por la sala. «No demasiado», le había advertido la enfermera cuando lo dejó pasar. Steve le soltó la mano. Se tocó la sólida pierna de yeso por debajo de los pliegues de su bata.

–Me quedaré unas cuantas semanas –dijo alegremente–. Mucho después de que te dejen volver al mundo real. Creo que tendremos tiempo de sobra para conversar. –Hizo un gesto en dirección de las cortinas–. Estoy en la sala que hay pasando la puerta. Se comunica con la tuya por medio de una encantadora salita de estar. Hay muchas revistas viejas y una docena de películas violentas. Me muero de ganas por enseñártela.

Annie le sonrió.

–Yo también tengo ganas.

Entró la enfermera, corriendo bruscamente las cortinas. Annie vio las demás camas de la sala, las mujeres que la miraban, las flores de las demás mesas.

–No la canse demasiado –dijo la enfermera. Lo miró significativamente y agregó–: ¿No estaría más cómodo en la silla?

Annie tradujo para sus adentros, comprendiendo: «No se siente sobre la cama». Advirtió el gesto divertido de Steve en respuesta al suyo.

–Lo haría –dijo Steve compungido–. Pero no puedo bajar tanto el cuerpo para llegar hasta ella. Ahora mismo me marchaba para dejar a Annie en paz. ¿Haría el favor de ayudarme?

Annie reconoció el carisma de Steve. La enfermera se dispuso encantada a tomarlo del brazo.

–Volveré tan pronto me lo permitan –prometió a Annie. Comenzaron a alejarse lentamente. Sin saber por qué lo hacía, Annie le dijo–: Benjy y Tom vendrán hoy por la tarde. No he vuelto a verlos desde ese día.

Steve se detuvo, mirándola.

–Me alegro de que vengan –dijo gravemente.

Entonces la enfermera se lo llevó.

Aún faltaban tres horas hasta el momento de recibir las visitas. Annie trató de mantenerse calmada.

Una de las mujeres de la sala se acercó a conversar con ella. Dos de ellas habían sido lesionadas durante la explosión. Las demás ya habían sido dadas de alta, y en su lugar habían llegado nuevas pacientes que nada tenían que ver con la catástrofe. Annie sintió las demás tragedias y pérdidas acumuladas sobre los muros del hospital, cada una de ellas oscurecida por la siguiente.

Recordó haber querido preguntar a Steve si se sentía enfadado. Miró hacia la puerta. Él había prometido volver. Esta promesa era un punto firme y nítido entre los pensamientos errabundos que vagaban como peces dentro de su cabeza.

A las dos y media, exactamente, entraron Martin y los niños. Debían de haber estado fuera esperando que comenzara el horario de visitas. Annie los vio de inmediato. Se detuvieron al final de la habitación, buscándola con la mirada. Martin, protector, se había colocado detrás de los niños. El rostro de Tom reflejaba seriedad, ansiedad, pero Benjy se balanceaba de la mano de Martin paseando la mirada por las camas. De pronto señaló con el dedo, exclamando:

–Allí está mami. Allí está.

La felicidad volvió a apoderarse de Annie. Extendió la mano libre.

Tom llegó primero. Se acercó corriendo y se detuvo a pocos pasos de la cama.

–¿Estás bien? –le preguntó, mirando su rostro.

–Sí, Tommy. Estoy bien. –El sonido de su voz lo tranquilizó. La rodeó con sus bracitos y ella lo abrazó, frotando la mejilla contra su cabello. Le besó la cabecita, sonriendo, sintiendo el fuego de las lágrimas en los ojos.

–Qué suerte que estés mejor –murmuró el pequeño contra su hombro–. La Navidad no fue tan divertida sin ti.

–Lo sé –susurró Annie–. Ya vendrá el año próximo. Hay muchas navidades por delante.

Benjy esperaba atrás, con la cabeza contra la pierna de Martin. La observaba, ansioso pero algo reticente. Annie jamás se había alejado de su lado más de un día hasta que esto ocurrió, y ella sabía que el niño desconfiaba de ella.

–Acércate, Ben –le pidió suavemente.

Martin lo subió a la cama, y Annie lo tomó de la mano. Quería estrecharla entre las suyas con frenesí, y luego besar su rostro redondo, atrayéndolo hacia sí para que nadie se lo quitara. Pero trató de controlar la intensidad de sus sentimientos para no asustarlo. Le sonrió y lo abrazó, diciendo alegremente:

–Siento mucho que no hayas podido venir a verme en la otra habitación donde estuve. Los médicos eran muy estrictos. Aquí se está mucho mejor, y puedes venir todas las veces que quieras.

–Quiero que vuelvas a casa –declaró Benjy–. Ahora.

Se echaron a reír, y el niño se retorció a su lado, tendiendo la mano hacia las marcas que tenía en el rostro.

–¿Te duele mucho? –preguntó.

Annie dijo:

–No mucho. Benjy, iré a casa apenas pueda. Te lo prometo.

Miró a Martin por encima de la cabeza de los niños.

–Tienes mejor aspecto –le dijo él.

–Lo sé.

Annie quería compartir la refulgente felicidad que había crecido dentro de sí. Se preguntó por un instante cómo expresarla. Luego desistió, tratando de decir algo racional. Dejó que las palabras fluyeran.

–Cuando esta mañana me trajeron fue como despertar de un largo sueño inquieto. O como recobrar la vista después de la ceguera. Podía verlo todo con claridad: los colores, las formas, los rostros.

El de Steve, recordó.

–Me sentí tan feliz... Como si en ningún lugar hubiese fallos, fealdad o miseria. Fue sólo un minuto. Pero jamás lo olvidaré.

Pensó que Martin no comprendía lo que le estaba diciendo. Escuchaba, pero no respondía, y así, no podía compartir con él su milagrosa dicha. Si no lo conmovía el regocijo presente en el simple ritmo de las cosas cotidianas, entonces sus palabras debían ser inadecuadas. Sintió el roce leve y breve de la culpa y el remordimiento.

–¿Entiendes? –le preguntó humildemente.

–Es el alivio natural –replicó Martin– después de lo que ha sucedido. No vayas muy de prisa, Annie, ¿eh? No esperes demasiado de ti misma en tan poco tiempo.

Qué cauto. ¿No aferrarse a la felicidad?, pensó Annie. ¿Por qué no?

–Jamás lo olvidaré –murmuró, casi para sus adentros.

Entonces hizo que su atención se volcara hacia el exterior, más allá de sus propias preocupaciones egoístas.

–¿Cómo va todo en casa? –preguntó.

Veía la casa con idéntica claridad.

–Ah. –Martin se encogió con un dejo de cansancio–. Nos arreglamos, ¿no, Tom?

Le contó que su madre ayudaba en todo lo que podía, y que Audrey venía todos los días. Pero Annie sabía que la responsabilidad sobre la vida diaria de los niños, hasta entonces exclusivamente suya, pesaría gravemente sobre Martin. Él tenía menos paciencia y dentro de dos días debería volver al trabajo, después de las fiestas navideñas.

–¿Coméis fuera todos los días? –preguntó a Tom, quien contestó con una mueca.

–Mm... sí.

Benjy yacía en silencio a su lado, con la cabeza reclinada sobre el hombro de su madre, y el pulgar en la boca. Annie seguía pensando en la casa. Era parte de sí misma de tal forma, comprendió, que hasta parecía ser una prolongación de su cuerpo. Podía ver las baldosas de la cocina, dos o tres de ellas rajadas, las manchas de las paredes, la canasta con la ropa por planchar llena hasta arriba, al lado de la lavadora.

–¿No podríamos contratar a alguien? ¿Alguna señora que se quede a ayudar temporalmente?

–Sería muy caro –insistió Martin con obstinación–. No te preocupes. Saldremos de esto.

Annie sintió que los lazos de la responsabilidad comenzaban a tirar de ella. Se sentía culpable y a la vez aliviada de no estar aún en condiciones de responder a ellos. Momentáneamente, el hospital era como un remanso de paz. Recordó el esplendor de la luz que la había iluminado. Era un santuario que la mantenía resguardada de las exigencias que venían pesando sobre ella desde que los niños nacieron. Amaba a todos, pero no podía responder a sus necesidades. Aún no.

–¿Y mi madre? –quiso saber–. ¿Cómo está?

–Hum... Igual. Quiere venir a verte. ¿Estás como para eso?

Annie recogió una hilacha que había sobre la sábana.

–Dile que venga. Cuando pueda.

Hablaron, los cuatro, durante unos minutos más. Los niños le contaron cómo había sido la Navidad, interrumpiéndose a gritos a medida que enumeraban sus regalos.

–¡Qué maravilloso! –exclamó Annie–. Ojalá hubiese podido estar allí.

La familia. Reunida a su alrededor, esperando que ella volviera a tomar las riendas. Pensó que era duro tener que desempeñar todos los papeles.

La espalda y la cabeza le dolían insoportablemente.

Martin se puso de pie finalmente. Annie dejó a regañadientes que los niños se desembarazaran del calor de su abrazo.

–Volved pronto. Mañana.

Martin la besó, y ella extendió su mano para tocarle la mejilla.

–Gracias por estar aquí.

–¿Y en qué otro lugar podría estar? –susurró él.

Se tomaron de la mano largo tiempo. Entonces, recordando algo, Martin cogió un bolso que había depositado a los pies de la cama.

–Te traje algunas cosas indispensables...

Annie echó un vistazo al bolso. Había un pote de pasta de anchoas y otro de queso fundido, que la fascinaban. Había una caja de pastillas de menta. Siempre se daban una como consuelo o gesto de reconciliación. También estaba el último ejemplar de su revista de jardinería, y la enciclopedia de plantas que Annie a menudo se sentaba a repasar las tardes de invierno. Cada invierno hacía listas de las plantas con que adornaría el jardín; y cada primavera descubría que no había podido llevar a la práctica sus complejos proyectos.

Estos detalles eran muestra de lo mucho que se conocían, de la medida en que sus vidas se entretejían.

¿Y de qué más?, se preguntó Annie. La pregunta la punzó, la inquietó.

–Te amo –dijo deliberadamente.

–Lo sé. Yo también. –Estaba recogiendo los anoraks de los niños, poniéndole el suyo a Benjy–. Vamos, chicos.

–Hasta mañana. Hasta mañana –la saludaron a viva voz.

Annie los despidió saludándolos con la mano, Martin tomó la mano de Benjy, mientras Tom andaba a trompicones. Se alejaron junto a la marea de visitantes que se retiraban.

Annie se recostó contra las almohadas.

Se preguntaba por qué no había mencionado a Steve. Debía haberle dicho a Martin que se habían visto, que habían conversado.

Pero entonces, respondiéndose, pensó: *No*. Eran dos cosas separadas. Aquello les había sucedido a ambos, y nada tenía que ver con su familia. Era importante que así fuera. Se lo imponían el miedo y las otras cosas que esa tarde había sentido junto a Steve.

Cuando todo hubiera terminado, cuando los sueños hubiesen acabado y ella se recuperara, él también volvería a ser un extraño.

CAPÍTULO 5

Annie estaba de pie al lado de la ventana de la sala de estar. Tres pisos más abajo se veía una calle angosta con vehículos detenidos. En una esquina había un bar, y los obreros de los edificios aledaños entraban y salían. Parecían muy distantes, como si Annie los estuviese viendo en una película sobre algún otro sitio.

Tenía alterada la noción del tiempo, y eso acentuaba su sensación de estar separada del mundo exterior. Sabía que era la hora del almuerzo porque veía el ir y venir de la gente en la calle, pero en el hospital habían servido y retirado la comida hacía una hora y media. Ya había circulado el carrito del té, con sus hileras de tazas blancas tintineando, los platillos y la inmensa tetera esmaltada. Annie no quería beber té, pero había aceptado una taza de todas formas, y la había llevado consigo a la sala de estar. Las enfermeras la alentaban a caminar. Se movía muy despacio, ligeramente encorvada, pero cada paso dificultoso le producía alegría a la vez. Y una sucesión de pasos la conectaba con esa felicidad que había sentido el día que la bajaron de cuidados intensivos, y supo que sobreviviría.

Annie apoyó la taza sobre el alféizar de la ventana y miró la habitación. Tenía sillones tapizados en tela plástica y un par de sofás, mesitas bajas de bordes metálicos atestadas de revistas, y paredes pintadas de color crema que mostraban impresos y carteles institucionales dispuestos al azar. Las cortinas y la alfombra, y el aire mismo olían a humo de cigarrillos. Del otro lado de la sala, opuesto a la ventana de Annie, dos hombres fumaban intensamente mirando la pantalla del gran televisor. Annie imaginó que estarían esperando la hora en que comenzara la transmisión de las carreras. Había una mujer leyendo una revista, y otra en una silla cercana tejiendo con frenesí un largo calcetín rosado.

Steve y Annie se habían encontrado los dos últimos días en esa salita.

No habían dicho nada de volver a encontrarse por tercera vez, cuando se pusieron de pie para volver a sus habitaciones. En cambio se miraron y se sonrieron, entendiéndose perfectamente ante la idea de citarse en semejante lugar.

Pero ese día, antes de partir de la sala, Annie se había mirado al espejo, observando los hoyuelos de su pálido rostro. Incluso había pensado en recurrir al lápiz de labios. Pero imaginó que el color daría una nota demasiado vívida sobre la piel nívea. Optó simplemente por cepillarse el cabello para que cayera suelto y ocultara sus mejillas, y decidió que debía conseguir unas tijeras para recortar las puntas abiertas.

Y allí estaba, de pie, con la mano sobre el alféizar, mirando la calle, cuando Steve entró cojeando. La vio contra la luz, que al brillar por entre su nube de cabello emitía un fulgor cobrizo.

Ella se volvió hacia él de inmediato.

–¿No has apostado como te dije, Steve?

Era uno de los hombres que estaban frente al televisor, que lo llamaba.

Steve se detuvo, pensando: «Ella me esperaba.»

–A Comodín –reiteró el viejo–. Dos quince, Kempton.

Steve sacudió la cabeza.

–No, Frank. No he apostado.

El vendedor de diarios chasqueó la lengua.

–Te arrepentirás, hijo. Es una fija.

Volvió el rostro a la pantalla.

Annie y Steve se miraron, y sintieron otra vez brotar la risa. Antes también habían reído, como colegiales, de cualquier cosa.

Tratando de mantener la compostura, Annie preguntó:

–¿Cómo va la pierna, hoy?

–Pica. Justo debajo del yeso.

La mujer de la media levantó la vista hacia él y le tendió una de sus agujas de acero.

–Tenga. Métala debajo del yeso y rásquese con ganas.

Steve miró el objeto con seriedad.

–Tendría que bajarme el pijama para poder llegar al extremo del yeso.

La mujer le sonrió.

–No te preocupes, pichón.

Su amiga escondió la carcajada detrás de la revista.

–Probablemente la comezón sea más segura –murmuró Steve.

Se aproximó hasta donde estaba Annie y se sentó en una silla, de espaldas a la sala. Estaban en su rincón, mirándose de frente.

–Éste es el sitio –suspiró.

–Podrías permitirte que te llevaran a una hermosa clínica privada –le recordó Annie bruscamente–. Paz y tranquilidad. Menú a la carta y arte de verdad en las paredes.

Se preguntó si Steve advertiría que en realidad lo que hacía era expresar su temor de que se marchara. Steve estaba sentado con las manos suavemente apoyadas sobre los brazos de la silla, con las muletas ordenadamente puestas a sus pies.

–No. No podría –dijo–. Deseo estar aquí, porque es aquí donde tú estás.

Annie sintió la tensión de la dicha y del pánico anudarse bajo sus costillas. La dejó sin aliento, y con la sangre latiéndole en la garganta. Sintió la cercanía de la mano de Steve sobre el brazo de la silla, y la suya apoyada sobre el regazo. Quiso tomarlo de la mano, pero el pánico inundó de pronto su felicidad. Levantó los brazos y hundió las manos en las mangas de su bata cruzándolas sobre el pecho, aislándose.

Steve notó el gesto y leyó su significado. Ella se dio cuenta, y lo lamentó de inmediato; contempló su rostro apuesto, demacrado, y las hebras grises que asomaban en su cabello oscuro. Steve era más que un hombre sentado en la sala de estar de un hospital. Había sido su amigo y su apoyo, su familia y su vínculo con la vida a lo largo de esas horas que seguían retornando, renovando su terror, casi cada vez que dormía. El temor y el recuerdo aún eran poderosos, y Steve se entremezclaba con ellos, inextricablemente.

Pero significaba mucho más que eso, por ser el hombre que era. Al margen de la bomba.

Era y sería su amigo.

Quitó las manos de las mangas. Esta vez no podía ofrecerle sus manos, e hizo un gesto de incomodidad.

–Aquí estoy –dijo simplemente–. No te vayas a ninguna clínica.

Por encima del hombro de Steve, Annie vio que la mujer de la media levantaba la vista, curiosa. Y con esa rapidez intuitiva que parecía conectarlos, lo quisieran o no, Steve interceptó y comprendió la mirada de Annie.

–¿Cuándo te quitaron las vendas del brazo? –preguntó como de pasada, señalándolo con la cabeza.

Recogió el tema con alivio. El desarrollo de sus dolencias y lesiones era moneda corriente en las conversaciones de la sala. Lo primero que hacían Annie y las otras mujeres por la mañana, y lo último que hacían por la noche, después de la ronda de los médicos, era contarse sus detalles recientes, en los ratos que quedaban cuando las enfermeras traían el carrito con los medicamentos y las vendas.

–Esta mañana cuando pasó el fisioterapeuta. Aún lo tengo vendado en el hombro, pero al menos puedo usar la mano.

Annie extendió su mano, haciéndola girar rígida. La mujer volvió la vista a la media, sin mostrar interés. Ya sabía los detalles.

–Ésa sí que es una buena noticia –comentó Steve–. Esta mañana me llevaron a la sala de fisioterapia. Me hicieron levantar pesas durante horas, para que los brazos y hombros volvieran a trabajar.

Y siguió hablando en tono monocorde sobre su tratamiento.

Pero Annie sabía que ni él estaba pensando en lo que decía ni ella estaba escuchándolo. Él la había tomado de la mano en un momento en que ella la extendió hacia él. La hacía dar vueltas entre las suyas, observando cada uno de sus dedos y la forma de sus uñas. Tocaba con la punta de los dedos las marcas que habían dejado tubos y agujas sobre la muñeca. Sintió el ligero roce como si hubiera sido la boca de Steve sobre su garganta. Sabía que él la estaba mirando, pero no podía levantar la cabeza para mirarlo de frente.

–Está muy bien pensado, ¿sabes? Hacen que los músculos vayan trabajando uno contra otro...

Annie temía moverse y que él se acercara más, o que le soltara la mano.

Estúpida, pensó amargamente. ¿Acaso no sabes lo que quieres?

Sobre la mano de Steve también había heridas a medio curar. Podía recordar la longitud y la forma de sus dedos con toda claridad. ¿Entonces la memoria táctil era más fuerte que la visual?

–Es muy importante. Si no, se van reduciendo por falta de uso...

Annie se obligó a levantar la vista. Se topó con sus ojos y en ellos vio la pregunta, mas ni siquiera podía comenzar a esbozar una respuesta. A espaldas de él, las dos mujeres habían abandonado sus asientos. La más joven, la de la revista, abría la puerta para que pasara la de la media. Se marcharon juntas, y la puerta se cerró, con su ráfaga de aire oliendo a medicamentos.

–Se han ido –dijo Annie.

Los dos hombres estaban sentados de espaldas, concentrados en la carrera. Se le ocurrió a Annie que era la primera vez que estaba sola con Steve desde la bomba y la oscuridad. La primera vez que estaban realmente fuera de las miradas y los oídos de las enfermeras y de los demás pacientes.

Juntos, los dos parecían infinitamente aislados, aun dentro del mundo diminuto y recortado de las dos salas del hospital. Por un instante Annie pudo haber pensado que la realidad no se extendía más allá del aire cargado de la sala de estar. Miró otra vez sus manos entrelazadas.

–Es muy extraño –susurró ella.

–¿Qué es extraño, Annie?

–Esto.

Su mano se movió en la de él, poco más que una mínima tensión de sus músculos. Steve esperaba que se hubiese atrevido a decir «Nosotros», o «Tú y yo, aquí». Recordó haberle escuchado hablar de Matthew. Yo elegí el camino fácil. El camino seguro. Eso es lo que había dicho. La miró, tratando de valorar la medida de su coraje. Pero Annie tenía un coraje infinito. Él lo sabía.

–Son tantas las cosas que me gustaría preguntarte... –dijo Annie. Las palabras se le amontonaron en tropel–. Toda clase de cosas. Cabos sueltos, para atar todo lo que me contaste cuando estuvimos enterrados. En vez de dormirme pienso en eso, con cobardía, porque no me dan miedo las pesadillas.

–Dime –la alentó Steve.

Annie sonrió.

–Quería preguntarte si estas enfadado –dijo–. Por lo que nos hicieron. Sean quienes fueren.

Él había estado mirándola a los ojos. El azul era más intenso por las sombras oscuras que los rodeaban.

–¿Enfadado? –Steve lo pensó un momento–. No. Triste, por los demás. Pero no enfadado por mí. ¿Cómo estarlo? –Otra vez la mano de ella se movió en la de él–. Sucedió y estábamos allí. Eso es todo. Es difícil enfocar la ira contra un vacío. Creo que en este momento lo que más siento es que soy feliz. Eso mismo sentí en ti el otro día. ¿Tú estás enfadada, Annie?

–No. No por mí. Estoy triste por los demás, igual que tú. Siento enfado por los chicos, por Benjy, porque me necesita. Y por Martin. Para él fue peor. –Annie miró nuevamente a Steve–. No puedo imaginarme cómo me habría sentido en su lugar, si lo hubiera podido soportar. Eso de esperar sin saber si Martin estaba vivo. Y tener que esperar luego hasta averiguar si podría sobrevivir.

Esta vez su mirada azul sostenía la de él.

–Creo que lo hubieras soportado con gran entereza –dijo Steve después de un instante–. Sé lo valiente que eres.

–Tú me ayudaste a serlo allí abajo.

Entre ellos oscilaba un péndulo. Desde su punto más alto se bamboleaba hasta abajo, y luego subía otra vez, estremeciendo el aire confinado con sus arcos. La explosión y las horas de oscuridad lo habían puesto en marcha, pensó Steve. El tiempo lo iría frenando, y finalmente quedaría inmóvil. Entonces lo sabrían. Mientras el péndulo estuviera oscilando él no podría pedirle nada.

Allí estaban, sentados uno frente al otro, con las manos unidas.

–¿Pensaste que moriríamos? –preguntó Annie.

–Al final tenía miedo de que no llegaran a tiempo.

–Sí. Recuerdo el final. Sólo hablabas tú. Nombrabas a tu Nani, me contabas cosas sobre tu infancia. Se me mezclaban: tú, Benjy y Thomas. Os podía ver alejándoos de mí, a los tres, y temía no poder volver a estar junto a vosotros.

–Pues ahora lo has hecho –le dijo Steve suavemente.

–Ahora lo he hecho –repitió ella.

Annie extendió su otra mano y él la cogió, encerrando las dos entre las suyas. Annie tuvo la sensación de haber tenido miedo de elegir, y también de que ahora no había elección. Las horas que pasaron enterrados habían trastocado las pulcras y rectas líneas de su vida, y las perspectivas jamás volverían a ser las mismas.

–Si no hubiésemos tenido miedo de morir –dijo Annie– no nos habríamos contado todo aquello.

–¿Lo lamentas?

Entonces ella lo miró de frente. Por un momento vio el rostro de un desconocido, el rostro que habría visto si hubiese vuelto la cabeza en la puerta de la tienda. Si nada hubiera ocurrido, habría seguido bajando las escaleras.

Pero entonces... Entonces fue el viento, y el estruendo, y el dolor que la oprimía entre sus puños. Habían escapado de todo eso.

El alivio volvió a surgir dentro de ella y sintió nuevamente el brillo etéreo de la felicidad. La hizo sonreír, y leyó en los ojos de Steve la sonrisa en respuesta.

Él conocía sus pensamientos. Estaba tan cerca de ella como su familia. Era parte de sí misma. No era ningún extraño.

–No –le dijo–. No me arrepiento de nada.

Las manos de Steve frotaron las suyas, entibiándolas. Annie quería que se acercara y la rodeara con sus brazos. La había abrazado en la oscuridad, y deseaba sentir otra vez su contacto. Vio sus manos unidas. Tenía clara conciencia de su cuerpo, remendado y cosido como estaba, y del lento decurso de la sangre en su interior. Sentía sus heridas, y la nueva piel que crecía, cruda y rosada, en sus márgenes. Se estaba regenerando. De pronto casi se vio embriagada por este vertiginoso placer, y el resplandor se transmitió por sus dedos hasta los de Steve.

–Annie... –musitó.

Se miraron, inmóviles, enmudecidos por la súbita necesidad que los atraía cada vez más.

Otro mundo hermético, pensó Annie descabelladamente. El hospital los enclaustraba, como antes lo hicieran las vigas enmarañadas y los pisos y los muros rotos. *¿Acaso aquello hacía que lo demás estuviera bien?*

La piel le ardía de estremecimiento. El rostro de Steve estaba tan cerca del de ella... Lo miró a los ojos y vio el gris irisado salpicado de oro.

La conciencia que Annie tenía de su cuerpo la hacía sentir desnuda. El color inundó sus mejillas, y la obligó a bajar la mirada para ocultar el rubor. Steve también se movió, y ambos quedaron con la cabeza gacha. Por un instante, sus frentes se tocaron.

En el extremo opuesto de la sala uno de los hombres se levantó de la silla. Hasta entonces se había escuchado como telón de fondo la voz histérica del comentarista de carreras en la sala de estar. Pero alguien había apagado el televisor y se había hecho el silencio.

Steve alzó la cabeza. El circuito se quebró, y Annie pensó: *No, no lo hagas.*

Pero a la vez sintió que el alivio la recorría como una corriente que le refrescaba la piel.

–¿Cómo ha quedado tu caballo, Frank? –gritó Steve.

Oprimió las manos de Annie entre las suyas y luego las soltó. Ella las plegó sobre el regazo, vacías.

–Mal –gruñó Frank–. El infeliz corrió como un ñandú remolón.

Se acercó arrastrando los pies, mirando el reloj de la pared.

–Faltan cinco minutos para la hora de visita. Entrarán y no dejarán de hablar. Yo quisiera que me dejaran ver la carrera en paz. Ah, pero sin embargo –guiñó el ojo a Annie– no me perdería el espectáculo de las visitas de Steve. Tendría que verlas.

Sus manos delinearon explícitas curvas en el aire antes de que desaparecieran hacia su sala.

Annie y Steve se echaron a reír. Sus risas eran un vínculo más, casi una válvula de seguridad.

–Se empeña en verme como una especie de híbrido entre Warren Beatty y Frank Harris. Nada más lejos de la verdad, lo prometo.

–¿Quién vendrá a verte hoy?

–Vicky.

–Ajá.

El reconocimiento chispeó entre ambos, con humor, tácito. Como si fueran socios, pensó Annie. Qué fácil era reír con Steve. Qué cómoda resultaba su calidez.

–¿Y a ti?

–La madre de Martin, con Tom y Benjy.

Steve buscó sus muletas con movimientos torpes. Annie podía moverse con mayor libertad, de modo que se inclinó y las tomó, sosteniéndolas firmemente mientras él apoyaba los codos en los soportes acolchados y dejaba que los soportes de metal recibieran su peso.

–Gracias. –Se volvió a medias, y luego la miró–. ¿No te resulta absurdo? ¿Las muletas, los vendajes y todo lo demás? Somos un par de cuerpos magullados...

–Ya pasará –lo interrumpió Annie.

–Ojalá sea pronto.

Annie dejó pasar el desafío que le lanzaba. La debilidad era un escudo protector, y con su vieja cautela evitaba afrontar lo que pudiese haber más allá de ella.

Se alejaron lentamente hacia puertas opuestas. Annie se imaginó el mundo exterior, que introducía sus largos dedos entre los de ellos para separarlos. La imagen la perturbó, pero así y todo se detuvo en la puerta.

–¿Mañana? –le preguntó.

Steve asintió seriamente.

–Naturalmente.

Pero entonces el rostro de Steve se abrió en una sonrisa, en una sonrisa que impuso en el rostro de Annie un rubor furioso, porque era tan íntima como si hubiesen estado el uno en brazos del otro. Annie se envolvió con su bata azul y abrió la puerta que conducía a la sala de mujeres.

La madre de Martin y los dos niños venían caminando hacia ella.

–¡Mami!

La madre de alguien, recordó Annie. Steve había dicho que su esposa quería tener un hijo. Sólo la madre de alguien. El recuerdo la hizo enfadar, y se alegró de ello. Él era arrogante, y poseía casi todas las cualidades masculinas a las que ella había vuelto la espalda largo tiempo atrás, cuando se casó con Martin. Annie se acercó para abrazar a sus hijos, estrechándolos contra su pecho.

Cuando volvió a incorporarse, su suegra la besó y se quedó mirándola, exclamando:

–¡Annie! Querida, has mejorado mucho. Otra vez tienes las mejillas sonrosadas.

–Estoy mejor, Bárbara –dijo Annie premeditadamente–. Me estoy esforzando por estarlo. Quiero volver a casa lo antes posible.

–Ojalá pudieras venir a casa –se quejó Thomas–. Papá no nos deja hacer nada. ¡Qué vida tan horrible!

–¡Pobre niño! –Annie lo rodeó con el brazo–. Pobre papá, también. ¿Cuándo empiezan las clases?

Thomas la miró.

–El lunes. Lo sabes bien.

–Desde luego. Lo siento.

Se había olvidado. El desliz de su memoria le hizo cobrar conciencia de sus dos mundos: uno que trataba de hacerla regresar y otro que la retenía allí.

El ciclo escolar. El nítido orden de los días, los niños que debían ser trasladados de aquí para allá, sus propias rutinas de tener que cocinar y hacer las compras y atenderlos, y las noches silenciosas, sentada con Martin al otro lado de la mesa, intercambiando ínfimas novedades. Y aquí, las altas camas blancas rodeadas de cortinas, las garras terroríficas de las pesadillas, las cimas y los abismos del dolor. Y Steve. Annie se llevó la mano a la comisura de la boca. La herida casi estaba curada. Su cuerpo se iba renovando. Lo sentía vivir.

–¿Mami? ¿Me oyes?

–Sí, amor. Claro que te oigo.

Se acomodaron en torno de su cama. Benjy había traído una serie de dibujos, y quería que ella adivinase qué representaba cada figura. Thomas quería que juntos leyeran un libro nuevo. Ella escuchaba con atención, tratando de repartirse entre ambos con escrupulosa imparcialidad, sugiriendo y tranquilizando.

Bárbara también quería hablar. Era una conversadora infatigable, una mujer sencilla, amistosa, extrovertida, con quien Annie nunca se había sentido muy afín. El vínculo con su propia madre era muy poderoso.

Annie se esforzó por prestar cierta atención y por dar las respuestas adecuadas a los comentarios de Bárbara sobre cómo se las estaba arreglando Martin, sobre lo que decían y pensaban los vecinos, sobre cómo se portaban los niños con ella, sobre los arreglos domésticos de emergencia. Deseaba que su propia madre se encontrara bien, y que estuviera allí en lugar de Bárbara.

Recordó cómo había imaginado ser una niña nuevamente, en la oscuridad, junto a Steve. Recostada con la cabeza sobre el regazo de su madre, en la fresca sala de estar. La madre de Annie había ido a verla dos veces desde que la trajeron de cuidados intensivos. Sus visitas habían sido breves, de no más de diez minutos, y durante ellas su madre se había aferrado al brazo del esposo con sus largos dedos blancos. Para que Annie se sintiera tranquila, se había mostrado alegre, dolorosamente lúcida.

Escuchando el fluir de la conversación de Bárbara, Annie se sintió vibrar de ansiedad por su madre, con una mezcla de miedo y amor. Junto con la ansiedad sintió una repentina y aguda rebeldía ante las demandas que le formulaba el otro mundo. Las obligaciones que imponía el amor, pensó amargamente, para con los padres, los maridos, los hijos...

Su egoísmo la sacudió y la asombró.

A modo de expiación inútil alabó a Bárbara hipócritamente por todo lo que estaba haciendo. Inclinó la cabeza sobre los dibujos y los libros, tratando de darse con la mayor generosidad de que era capaz.

La visita solo duró una hora, pero Annie se alegró cuando concluyó. La cabeza le dolía atrozmente, y la interminable cicatriz del estómago le ardía. Sabía que sus adioses sonaron irritables e impacientes, y una vez que los niños se marcharon sintió el dolor de la culpa y la añoranza.

Hizo a un lado la bandeja con la cena apenas se la trajeron, y se recostó a dormitar contra las almohadas hasta que Martin llegara del trabajo, camino a casa.

Martin extendió las piernas por delante mientras se sentaba en la silla del hospital.

–Pareces cansada –le dijo.

–Lo estoy, un poco. Pero esta tarde me sentía muy bien. Era una torre de fortaleza.

–Qué bien. ¿Cómo te fue el día?

El afán de la voz de Martin fue como un reproche para ella. Mi esposo, pensó. La mitad de mí. Annie se sentó más erguida contra las almohadas, mirándolo. Debía decirle que había hablado con Steve. Decírselo ahora sinceramente, antes de que hubiese algo que decir.

Pero las palabras no salieron.

Intentó ir enunciándolas mentalmente, pero no logró dar voz a ninguna de ellas. En cambio, se oyó diciendo alegremente:

–Me han quitado los vendajes del brazo. Mira.

Levantó la mano y Martin la tomó, entrelazando los dedos.

–¡Eso es espléndido!

La culpa de Annie la mordió más hondo. Trataba de decirse que no había de qué sentirse culpable. Pero sabía que sí debía haberlo, pues la culpa estaba allí.

–Bárbara ha venido con los niños, ¿sabes? Ben trajo una pila de dibujos, y Tom quería leer. Bárbara habló sin tomar aire una sola vez, y los niños me exigían que les prestara toda mi atención. Se quedaron una hora, y me dejaron con dolor de cabeza. Ahora me da mucha pena.

Martin acercó su silla a la cama para poder rodearla con los brazos.

–Pobre amor mío –le dijo–. Para empezar, es lógico que te sientas así. Primero te sientes demasiado bien como para estar dispuesta a afrontarlo, y luego quedas agotada tan pronto lo intentas. No te preocupes tanto. En casa nos las arreglamos perfectamente bien.

Annie asintió, descansando la cabeza sobre su hombro.

–¿Qué más? –murmuró–. ¿Alguna otra novedad?

–No –respondió–. En realidad, no.

Cerró los ojos. Era tan comprensivo..., pensó. Bueno y comprensivo, y lo amaba. Tal vez fuera un amor silencioso, sin ostentaciones, pero era infinitamente valioso. No lo pongas en peligro, se advirtió a sí misma. Eso casi la hizo echar a reír sin sentido en voz alta. La idea de arriesgar algo, después de haber estado enterrada viva bajo toneladas de escombros y de andar arrastrando los pies vendada por la sala de un hospital era realmente absurda. Dejó a un lado los pensamientos.

–Cuéntame tu día –suplicó a Martin–. Dímelo todo. Con todos los detalles. –Su insistencia lo sorprendió, y para explicarse dijo–: Me siento tan enclaustrada en este lugar... Lejos de ti, y del mundo, y de todo lo que importa.

–No me extenderé mucho –la consoló–. Vi a la enfermera en el pasillo. Me dijo que te estás recuperando sorprendentemente.

Ir a casa, pensó Annie, sin saber realmente qué sentía ante la perspectiva. Pronto regresaría a casa.

–Cuéntame –insistió.

Él acomodó su brazo más cómodamente alrededor de ella.

–Veamos. Fui a una reunión esta mañana con los del nuevo hotel de Bayswater. Quieren comenzar el trabajo en verano. No creo que sea posible, no según el ritmo de trabajo que quieren que llevemos.

Annie escuchaba, con los ojos cerrados, imaginándose que estaban en casa. Estarían sentados en el raído sillón Chesterfield, frente al fuego. El gato dormiría en la mecedora, al otro lado. Los niños descansarían arriba. Sobre el estante inferior de la mesa del televisor habría diarios y revistas apilados. El reloj de péndulo, de pie en la sala, daría su tic-tac plácidamente. Las cortinas impedirían el paso a las amenazas que acechan en la oscuridad. Martin seguía hablando suavemente, mientras Annie conjuraba las certezas de su hogar.

Finalmente, él susurró:

–¿Estás dormida?

Annie sacudió la cabeza.

–No. Sólo pensaba.

Abrió los ojos y él se inclinó sobre ella para besarla. Le apartó el cabello con los dedos y acercó el rostro de ella para que sus bocas se encontraran.

–Date prisa y ponte bien. Quiero que vuelvas a casa. Te necesito mucho, Annie. Te quiero.

Amor. Necesidad. Derechos que obligan.

Annie asintió, incapaz de decir nada.

Cuando Martin se marchó, ella se quedó inmóvil, mirando las flores en la mesita, y las formas desteñidas y planas de la cortina. Las flores frescas eran tan vívidas... Podía sentir entre sus dedos la savia vigorosa corriendo por los tallos; la esencia verde y rica en polen contenida entre los pétalos turgentes era más fuerte que el vaho del hospital. Sólo por contraste las flores de las cortinas parecían vulgares. De no ser por las flores naturales, los colores y las formas habrían sido suficientemente atractivos.

Annie apartó la vista de ellas, volviéndose hacia las naturales.

Mientras yacía en la cama, tomó la decisión de no ir a la sala de estar al día siguiente. De ese modo no tendría ninguna razón para sentirse culpable. Se quedaría en la habitación todo el día, y no vería a Steve en ningún momento. Podía dar por terminado todo lo que estaba sucediendo; acabar con eso que tanto la hacía temer, sencillamente dejando de verlo por completo.

Martin cruzó las puertas del hospital. El viento helado que circulaba por entre los altos edificios parecía más agresivo aún después de haber estado al abrigo de la sala. Hundió la cabeza en el abrigo y caminó a paso vivo. Había dejado el coche aparcado en una calle lateral cercana, pero cuando llegó hasta él no dio muestras de querer partir. Su brío incipiente se había desvanecido, y en cambio quedó sentado, mirando la oscuridad a través del parabrisas, con las manos apoyadas débilmente sobre el volante.

Annie se estaba recuperando. Los progresos se veían día tras día, y él buscaba con atención la más mínima prueba de que cobraba fuerzas. Y sin embargo, estas nuevas fuerzas no le devolvían a su mujer. Había esperado que así sucediera todo el tiempo que esperó sentado tomándola de la mano rodeado por las máquinas posesivas, pero ahora veía que sus expectativas habían sido demasiado ingenuas. La bomba había hecho algo más que desgarrar el cuerpo de Annie. Había abierto un cráter entre ambos, y Martin sabía que él no podía lanzarse a cruzarlo.

Annie había sufrido miedo y dolor, y él no. Por mucho que deseara tolerarla y comprenderla, no podía hacerlo, y debía admitirlo así.

Pero con aquel hombre era distinto. Steve sí podía hacerlo, porque había compartido el temor y el dolor con ella. Martin pensó con súbita amargura lo absurdo que era envidiarlo por eso.

Las manos de Martin se deslizaron del volante y cayeron a ambos lados de su cuerpo como si quisiera alcanzar algo que se le escapaba. Pensaba en la forma en que Annie se había escurrido de él. Estaba allí, cada día que pasaba su forma iba adquiriendo consistencia, pero había partido rumbo a algún lugar lejano.

Durante unos segundos, Martin dejó caer la cabeza hacia adelante y se reclinó contra el volante. Sus preocupaciones pasaban por la doble carga de los negocios, y de ver que él y los niños estuviesen alimentados y aseados. ¿Cómo podía adivinar desde este lugar cuáles eran las preocupaciones de Annie, que casi había muerto? ¿Y quién había compartido las fronteras de la muerte con ella?

Steve, repitió Martin.

Levantó bruscamente la cabeza y buscó las llaves del coche. Se dirigió a su casa, a toda velocidad, tratando de negar la corriente de sus pensamientos.

Annie soñaba.

La oscuridad había vuelto a absorberla, y se extendía a su alrededor, sin confines. No se trataba de una oscuridad vacía. Era tangible, pesada y amenazadora, con agudas aristas que se clavaban contra ella. La oscuridad estaba impregnada de un silencio mayúsculo, pero a la vez contenía la amenaza de un ruido terrible que podía irrumpir en cualquier momento. El ruido haría que el peso se estrellara contra ella y la redujera a la nada. Quería moverse, ponerse de cuatro patas, gatear, levantarse, correr y huir dando tumbos, con todo su terror. Pero no había posibilidad de moverse, no había esperanza de escapar. El silencio era absoluto. Annie estaba sola, atrapada en su propia debilidad. Nadie podría rescatarla, porque no había nadie más. Nadie podría consolarla, y cuando el ruido se produjera por fin, estaría absolutamente sola. Sentía el frío gélido en el pecho, en la hondura de su corazón, y con él la fragilidad quebradiza y expuesta de sus brazos y piernas extendidos.

Y entonces comenzó a oír el ruido.

Era un grave retumbar, muy distante, que provenía desde el más allá y se oía por encima de su cabeza, terrible, implacable, final.

Annie se despertó con el aullido congelado en la garganta. Siempre era el mismo sueño, y siempre despertaba en el mismo instante.

Quedó recostada, con las rodillas encogidas y los puños apretados, temblando de terror, esperando que éste cediera tal como había aprendido que sucedía. Tenía la espalda y los hombros pegajosos de sudor.

Steve.

El pensamiento invadió su mente. Deseaba que él estuviera con ella; era un deseo desesperado, y casi insoportable. Quería que estuviera tendido a su lado y le cubriera los ojos con las manos. Deseaba que él acercara la boca a su oído y que susurrara, como había hecho en la oscuridad. Esa oscuridad que ahora parecía menos terrorífica que la de su pesadilla. Steve lo había visto y comprendía, y era impensable que él no estuviese con ella en ese momento.

Annie se sentó en la cama. Su camisón colgaba helado sobre su piel. Apartó de su rostro el peso húmedo del cabello.

Miró la puerta que conducía a la sala de estar. Más allá estaría la sala a oscuras, y el ojo del televisor descansaría sólo por un rato. Y todavía más allá, en la habitación gemela a la de ella, Steve dormiría.

Vio su rostro en cada nítida línea. Sintió que las manos de él tomaban las suyas, y que el contacto de su frente iniciaba un circuito que nunca deseaba ver roto. Recordó cómo la había besado en la mejilla esa primera tarde, y pensó que hoy la sonrisa de Steve había sido la de un amante.

Se debatió contra el deseo.

Dejó que su cabeza cayera contra las rodillas encogidas, abrazándose a sí misma, casi recibiendo con alegría la puñalada de la herida del estómago. Ya no podían poseerse el uno al otro. Eso ya había sucedido, tierna y brutalmente, en medio de la oscuridad, con el contacto de sus manos. Vaya crueldad la de la jugarreta que las circunstancias les había deparado.

Una jugarreta, una ironía. Una pequeña ironía de la vida, con la muerte como testigo.

Annie volvió a levantar la cabeza. El sudor se había secado sobre sus pómulos, que ahora brillaban bañados en lágrimas. Miró a través de la sala como si pudiera perforar las paredes y las puertas que la separaban de Steve.

–Maldito seas –musitó impotente–. ¡Maldito seas!

Una estudiante de enfermera que vigilaba la sala había notado que Annie estaba despierta. Se acercó y se detuvo al lado de la cama, con su uniforme rosado.

–¿Se encuentra bien?

–Sí –respondió Annie–. Fue un sueño. Un mal sueño.

La joven se aproximó para arreglar las almohadas y las mantas arrugadas.

–¿Le traigo algo de beber? ¿Leche caliente, y algo que la ayude a dormir?

Habían retirado las flores durante la noche. Las flores de las cortinas parecían el empapelado de una guardería, tranquilizador en la penumbra.

–Sí –aceptó Annie–. Gracias. Algo que me haga dormir.

Por fin se durmió, y le pareció como si apenas hubiese conciliado el sueño y vinieran a despertarla. La rutina de la sala era adormecedoramente familiar. Vino un grupo de médicos y la examinó, y luego murmuraron entre ellos al pie de su cama.

Annie ya se había acostumbrado.

Una vez que concluyó la consulta, el jefe del equipo le sonrió.

–Lo está haciendo muy bien, ¿sabe? El riñón ya funciona normalmente, y lo demás va curándose a paso firme.

–Quiero curarme –le respondió Annie, acordándose irresistiblemente de sus entrevistas escolares con la directora del colegio–. Quiero volver a casa.

–Mmm. Preferiría no prometer nada al respecto. Dos o tres semanas más con nosotros, y luego veremos, ¿eh?

Annie asintió pacientemente. Su recuperación, su regreso a casa junto a Martin y los niños ahora dependía de ella. En eso se centraría. Se estiró bajo las sábanas, sintiendo la tensión de los tendones a medida que movía los pies, y el dolor en el hombro.

Las horas de la mañana transcurrieron lentas. Trajeron las bandejas con la comida y luego las retiraron, y el carrito del té tintineó y se alejó, y la sala se hundió en su somnolencia de la tarde. Annie estaba recostada contra la almohada, observando a la mujer de la cama opuesta, la de la media, que trataba de dormitar. Incapaz de conciliar el sueño, se puso los auriculares de la radio y escuchó durante diez minutos una pieza incomprensible. Pasaron otros diez minutos, luego veinte, y Annie se encontró mirando la puerta de la sala de estar. Entonces, sin estar consciente de haber tomado ninguna decisión, se vio apartando las mantas.

Se puso la bata azul, la ajustó cuidadosamente, y caminó hacia la puerta.

Steve la esperaba sentado en la sala de estar. Había estado observando el cielo a través del alto ventanal. Era un día ventoso, y por detrás de los techos y chimeneas de los edificios de enfrente navegaban torres de nubarrones grises. En la sala había un puñado de personas, cuyas voces competían con el sonido del televisor.

Annie se detuvo al lado de su silla y él levantó la vista hacia ella. Qué estúpido, pensó, tratar de negar a Steve. Quiso apoyarle la mano en el hombro pero se contuvo.

–Pensé que no vendrías –dijo Steve.

–No iba a venir.

Él asintió, y ella se preguntó si acaso sabría por qué. Había una silla cerca, justo como para ella, y antes de sentarse Annie la apartó un poco hacia atrás. Steve estudió su rostro. El color y la luz que ayer había en él hoy estaban ausentes. Esta vez parecía vacío, como si Annie se hubiera retirado a algún otro sitio.

–Pero has venido.

Ella inclinó la cabeza y el pelo cayó hacia adelante. Steve vio la línea del cuero cabelludo allí donde se partía, y lo conmovió su vulnerabilidad pueril.

–Me pareció... obstinado no hacerlo. –Entonces volvió a levantar la vista, y sus miradas se encontraron–. Steve... Si ayer pareció que te estaba haciendo una... promesa, voy a decirte que no la he de cumplir.

Él advirtió la resolución en su rostro. Annie estaba decidida. Esta certeza encendió su respeto por ella.

–No fue una promesa. Pensé que se trataba de admitir algo.

Ella se apresuró a mover las manos para interrumpirlo.

–Me pareció que estábamos yendo más allá de lo que naturalmente podemos ser: amigos.

Steve sonrió haciendo una mueca.

–¿En nuestras circunstancias cabe alguna definición de lo natural?

En el silencio que se produjo, Annie sintió que comenzaba a rodearlos una ciénaga. Pensó en el camino que Steve y ella ya habían recorrido juntos y en las sendas que se abrían por delante, sin que nada las indicara. Había un solo sendero que podía permitirse tomar, y era el que la alejaba de Steve. Su rostro cambió, y reveló su incertidumbre.

–¿O alguna definición de lo que es ser amigos? –insistió él.

–Oh, sí –dijo Annie–. Puedo definir lo que es ser amigos. Los amigos son menos que lo que fuimos ayer. –Se apresuró a hablar con rapidez, antes de que él pudiera interrumpirla–. El médico me ha dicho esta mañana que me estoy recuperando a buen ritmo. Acaso en dos semanas ya esté en casa. Cuando lo haga, volveré a Martin y a nuestros hijos. Amo a mi esposo. –Mientras hablaba adelantaba el mentón, como para dar énfasis a sus palabras–. No deseo engañarlo ni herirlo. Cuando vuelva a casa quiero hacer que todo sea igual que antes.

–Annie. Jamás será igual.

Steve estaba seguro de que las palabras de Annie buscaban negar lo que ella realmente sentía. Observó su rostro pálido y delgado, tratando de leer sus pensamientos, pero Annie lo había cerrado. Se la veía muy pequeña, acurrucada en la silla. Su fragilidad física parecía no encajar con la importancia que ella tenía para él.

Quería llegar hasta su corazón. Hacerle decir lo que se estaba negando a sí misma, y a su vez confesarle cuánto la necesitaba. Steve recordaba con demasiada nitidez la vacuidad de su vida que se le había hecho evidente en la oscuridad. Escuchar a Annie y hablar con ella le habían dado una razón propia para sobrevivir. Ahora estaban aquí, juntos, y apenas podía creerlo. Los ojos de Steve se apartaron del rostro de Annie y recorrieron la habitación. Los demás pacientes parecían pegados a sus sillas, resignados e impotentes. Él sintió, en contraste, la sencilla fortuna de estar vivo. Era triste que esta gente de rostro afligido no pudiera compartir su alegría. Sabía que Annie sentía lo mismo, y experimentó un arranque de furia hacia ella, que ahora rehusaba admitir su oportunidad de ser feliz.

Pero en ese caso, admitir su propia oportunidad de ser feliz significaba negar la de su familia. Su ira desapareció tan pronto vino. Annie no era egoísta, eso era todo. La sonrisa ladeada de Steve se asomó una vez más. Él había sido egoísta toda su vida, y sería irónico que ahora la perdiera por ser distinto.

El aire de la sala de estar resultaba cargado, y las ventanas estaban firmemente cerradas. Más allá de los vidrios corrían las nubes cenicientas, y el rumor del viento sólo acentuaba la quietud que reinaba dentro del hospital.

Pero aun en el peor de los casos, pensó Steve, quería que Annie supiese todo lo que significaba para él. Al menos se permitiría ese egoísmo. Escuchó las voces del televisor y la de una mujer, tres sillas más lejos, que se quejaba de su tratamiento. El viento golpeaba contra las ventanas del hospital. Steve permaneció sentado en silencio. Quería arrojarse hacia adelante para llegar hasta Annie, aferrarla y atraerla hacia sí. Sus manos se tensaron contra los brazos de la silla, frenándolo. Sólo podría haber hecho eso si hubiesen estado a solas, y sanos. Si todo lo demás fuese diferente. Y allí, en la sala de estar, tampoco podía hallar palabras que no sonasen gastadas, repetidas. Durante toda su vida adulta, Steve había sabido qué decir a las mujeres. Les había dicho lo que ellas deseaban oír, y lo habían aceptado. Había pedido lo que él quería, y se lo habían dado.

Ahora Steve se preguntaba si lo habrían detestado como se merecía. Tal vez. O acaso esa larga procesión de chicas también lo hubiera usado a él. Pensó en Cass y en su aire intrigante, desafiante. Cass no lo había usado. Steve sintió en la lengua el sabor ácido y denso del desprecio por sí mismo.

Y allí, frente a Annie, no sabía qué decir. Temía que todo lo que pudiera intentar sonase como una maniobra. Todas las palabras tenían una resonancia vulgar, grosera.

La miró, sentada lejos de él, con su bata azul. Era una mujer rubia, con ojos azules que cambiaban de color con la luz. Ya no era joven, ni tenía el encanto de Cass ni la femineidad frontal de Vicky. Pero Annie tenía una especie de belleza que Steve jamás había visto antes. De sólo pensar que la perdería, que debía verla partir de su lado, hervían dentro de él la furia, el deseo y los celos. Se revolvió en la silla, sintiendo su fragilidad física y su incapacidad de llegar hasta ella.

Te amo.

No. Ni siquiera se conformaba con semejante simplicidad. Las palabras eran demasiado frágiles para que pudiera pronunciarlas en esa habitación alerta, con sus tazas de té, sus ceniceros y sus revistas gastadas.

–Annie...

Se veía reducido a repetir su nombre, como había hecho en la oscuridad para mantenerla consciente. Al final le había dicho otras palabras, pero ella no lo había escuchado. Se la estaban llevando, golpeándola en su firme arnés, hacia el círculo de luz que orlaba su agujero.

–Annie. Jamás volverá a ser igual –repitió–. No puedes hacer que lo sucedido no haya ocurrido.

–Lo sé. –Su voz era demasiado clara, como si estuviera tratando de que no se quebrara–. Estamos juntos aquí, en esta habitación, por una circunstancia, por una jugarreta del destino. Quiero decir que podemos hacer que esta circunstancia deje de rodar y cambiar todo lo que venga después.

No lo miró: no confiaba tanto en sí misma. Pero sintió que él se inclinaba hacia adelante, esforzándose por captar el sentido de lo que ella decía.

–Si tú y yo nos hubiésemos conocido en cualquier otro sitio, en una fiesta, digamos, no habría nada que nos acercara. Nos habríamos cruzado, como habría sucedido en la puerta de la tienda si no hubiese explotado la bomba. Explotó, y tuvimos la suerte de sobrevivir, que otra gente no ha tenido. Pero sigue siendo una circunstancia. No podemos dejar que no sea más que eso.

Annie supo que él seguía mirándola. Sintió la intensidad de sus ojos. Incluso pudo sentir, en sus propias manos, la tensión de sus puños sobre los brazos de la silla.

–Es más, amor mío.

–No soy tu amor –susurró–. No puedo serlo.

La cabeza de Annie cayó hacia adelante y se cubrió el rostro con las manos. El cabello se balanceaba, dejando ver la punta de sus orejas. Steve quería inclinarse y besarlas, y luego apartar el cabello hacia atrás y besarle las mejillas y el cuello, y las palmas de las manos donde éstas habían cubierto los ojos.

Pero volvió la vista a un lado. La televisión seguía resonando a todo volumen, increíblemente, y el viejo Frankie y su amigo estaban absortos, frente a ella. Mitchie leía el periódico, y Sylvia hablaba interminablemente, mientras hacía media. Nadie les prestaba atención, pero a Steve le irritaba la intrusión con intensidad irracional.

Annie no levantó la vista. Echó el cabello hacia atrás y se quedó quieta, mirando al suelo.

–¿Y entonces qué haremos? –preguntó Steve.

Ella se encogió de hombros, con súbito cansancio.

–Nada. Curarnos e ir a casa, supongo.

–Mírame, Annie.

Ella levantó la cabeza. Sabía que él esperaba más de ella. Esperaba valentía, en lugar de la arraigada lealtad a Martin que era todo lo que ella podía ofrecer.

–¿Es eso realmente lo que quieres decir? ¿Lo que anhelas?

Su rostro podía parecer muy frío, pensó Annie. Asintió, con el cuello rígido como una columna, mientras veía cómo la decepción se asomaba en la faz de Steve. Pero la aliviaba haberlo dicho. Sintió que el peso de la angustia aflojaba un poquito, si bien en su sitio se introducía algo distinto, más frío y más terminante. El arrepentimiento, pensó Annie. Casi podía haber sonreído ante lo inevitable.

–¿Y mientras tanto? –preguntó Steve en voz baja.

–Podemos seguir viéndonos aquí, y conversar. –Entonces, viendo el engaño, dudó–. Como amigos. ¿Por qué no? Somos amigos, ¿verdad?

Steve tomó bruscamente su muñeca, y la apretó con fuerza.

–¿De qué hablaremos, como amigos? ¿De las carreras? –Hizo un gesto indicando el televisor–. ¿De la media de Sylvia? Me imagino que de nada que tenga que ver con el hogar, para que no nos internemos en terreno peligroso.

Annie advirtió la amargura en su voz. No le gustaba que lo contradijeran, pensó. No estaba acostumbrado. Pero aun mientras lo pensaba, sabía que estaba cometiendo una injusticia con él. Sintió la amargura de la pérdida con la misma intensidad que asoló a Steve. Recorrió la habitación con la mirada y reconoció lo artificial del confinamiento. Lo importante era volver a casa. Tal vez allí las pesadillas desaparecieran. Tal vez, en el mundo cotidiano, también se desvaneciera esa poderosa mezcla de felicidad y arrepentimiento que Steve le infundía. Era la irrealidad del hospital, se dijo Annie. El aislamiento magnificaba sentimientos que fuera ella habría rechazado.

Suavizó el tono de voz al responderle:

–Podemos conversar de cualquier cosa. Ya lo hemos hecho, ¿no?

Al oírse hablar, supo que era una cobarde. ¿Acaso no sería que estaba cumpliendo puntualmente los viejos deberes?, se preguntó. O tal vez se estuviera valiendo de ellos para no afrontar un desafío mayor.

Annie pensó brevemente en Matthew.

Matthew ya no estaba. Steve lo sabía. Tenía nuevamente la sensación de tener que elegir entre caminos que se bifurcaban, y de un gran espacio abierto y ventoso que la rodeaba, en la cual se habían borrado o caído todas las señales conocidas. Y luego, la sensación del arrepentimiento, trepanándola, porque después de todo no tenía el valor de internarse en este paisaje. Steve soltó la muñeca de Annie. Sus manos regresaron a los brazos de la silla. Annie estaba tan cerca de él como para sentir la tensión que la inactividad hacía vibrar dentro de él.

Pero Steve habló sencillamente:

–Gracias por haber dicho lo que sentías.

Y le sonrió.

No, pensó Annie. Lo que debería sentir. Y otra vez el arrepentimiento.

–Mira. –Steve hizo un gesto señalando el televisor–. Hoy por la tarde dan *Doble protección.*

–No la he visto. Seguramente Martin lo sabrá todo sobre ella. Quién es el director de fotografía, quién hizo la escenografía. El loco del cine es él, no yo.

–Deberías verla. ¿Quieres que acerquemos las sillas?

Nuevamente la conmocionó ver lo curioso del modo en que se conocían. Jamás habían comido juntos, ni visto una película o una pieza de teatro juntos, ni siquiera estado juntos con ropas apropiadas de calle. Pero nada de eso importaba. Ahora lo comprendía. Tal vez en su vida con Martin hubiese dado demasiada importancia a ese tipo de cosas. Lo que había importado para ellos, para Annie y para Steve, era el entendimiento y el reconocimiento que habían surgido y crecido en medio de la oscuridad.

Annie observó las imágenes grises de la pantalla del televisor. ¿Entonces eso bastaba para enamorarse?

Sabía la respuesta antes de preguntárselo. Bastaba.

Se pusieron de pie, ayudándose mutuamente, y acomodaron las sillas una al lado de la otra, detrás de las de Frank y los demás.

Annie quiso volverse hacia Steve, decirle «Espera». Él esperó hasta que ella se sentó cómodamente, y luego se instaló torpemente en su silla. Estaban tan cerca que ella podía sentir el codo de él rozando el suyo.

Después de un instante, él se volvió para mirarla. La amargura parecía haber desaparecido, y otra vez sonreía.

–Podemos mirar la televisión juntos. Como en la vida real. Eso es bastante seguro, ¿no?

–No lo sé –dijo Annie con suavidad.

Y pensó: «Se da cuenta perfectamente de la diferencia entre lo que digo y lo que siento».

Se sentó bien erguida e hicieron como que miraban juntos la película, remedando la cotidianeidad de la vida real.

Luego, cuando terminó, se pusieron nuevamente de pie y se marcharon en dirección opuesta, de regreso a sus habitaciones.

El día de *Doble protección* marcó un hito.

El cuerpo de Annie se curaba rápidamente. Los médicos y enfermeras comenzaron a llamarla la Mujer Maravilla, bromeando a costa de su rápido progreso. Cada día se sentía un poco más fuerte. En vez de un desafío, la caminata por la sala pasó a ser una rutina. Iba hasta las salas de fisioterapia en el piso de abajo, y subía a visitar a Brendan. Cada vez que la veía, silbaba de admiración caminando en círculo a su alrededor.

–No está nada mal. No habría querido haber hecho una apuesta, ¿sabes? Cuando estuviste aquí arriba me tuviste preocupado un par de días...

Annie se echó a reír.

–Pues podrías haber hecho tu apuesta. Estoy perfectamente.

–¿Ah, sí? Cuéntame cómo está ese apuesto amigo tuyo.

–Steve anda muy bien. Es un poco impaciente, eso es todo.

Brendan suspiró.

–Algunas tienen toda la suerte, amor, ¿no crees? Mírame a mí. Si hubiera quedado enterrado vivo, habría sido al lado de una viejecita. No de tu héroe.

–Yo no lo planeé –se defendió Annie.

–Es lo que digo, pura suerte.

Annie descansaba, y dormía todo lo que podía, acogiendo la inconsciencia con los brazos abiertos, salvo por las pavorosas pesadillas que insistían en venir. Comía toda la comida que le daban, como correspondía, y su rostro fue perdiendo las formas angulosas de la enfermedad. Se sometía a los exámenes, los ejercicios y las rutinas que le imponían, y en recompensa veía aumentar sus fuerzas. Su familia y sus amistades la visitaban, y cada noche Martin se sentaba a su lado y le contaba las novedades del día. Se esforzaba por sentir la intimidad del hogar a la hora de la visita nocturna, protegida por la familiar cortina floreada.

Se sentía sumamente cerca de Steve, y tenía conciencia de él cada vez que no se veían, y conservaba modales deliberamente neutrales cada vez que estaban juntos. Era difícil, y Annie sabía que también él percibía la falsedad de esa actitud.

Cuando se encontraban en la sala de estar, conversaban de los libros que leían, de los progresos que hacían, de los periódicos del día, pero la distancia artificial que Annie había impuesto no cambiaba las cosas. A veces pensaba que la charla corriente no hacía más que acentuar el otro diálogo silencioso que transcurría entre ambos.

Una mañana Annie estaba leyendo en la silla al lado de su cama. Por sugerencia de la enfermera Martin había traído algunas ropas de Annie, y ella se había vestido con camisa y pantalón de chándal. Las ropas le caían sueltas y extrañas, y no quedaban bien con las zapatillas que llevaba en los pies.

No era hora de visita, y Annie se quedó sorprendida al levantar la vista y ver a su madre avanzando lentamente hacia la cama. Caminaba con bastón, y los nudillos se le destacaban, huesudos y nítidos, al aferrar la empuñadura. Annie se puso de pie y se acercó a ella, rodeándole los hombros con el brazo.

La angustia la hizo preguntar:

–¿Qué pasa? ¿Algo malo?

–En absoluto –respondió–. Tu padre me ha traído camino de algún sitio. La enfermera tuvo la gentileza de dejarme pasar. Y aquí estoy.

Su madre estaba orgullosa de sí misma, notó Annie. El pequeño viaje sola desde las puertas del hospital hasta la sala ya era un triunfo. Madre e hija sonrieron, y entre ellas se encendió una llamita esperanzada. Tal vez, después de todo, estuviera mejorando. Annie la abrazó.

–Gracias por haber venido. Siéntate en esta silla, Tibby.

El verdadero nombre de la madre de Annie era Alice, pero desde la infancia la llamaban Tibby. Thomas y Benjy la llamaban así también.

–Es mejor que decirle abuela. Tibby suena como algo tibio, peludo... –decía Thomas.

–Claro, como un gatito –convenía Tibby.

Se sentía cerca de los pequeños, y lamentaba mucho no poder pasar más de unos minutos junto a ellos porque la cansaban demasiado. Antes de enfermarse, Tibby solía llevarlos a efectuar largas excursiones, que planeaba de antemano con Thomas, y para las cuales llenaba cuidadosamente de provisiones varias canastas de mimbre.

–Has sido muy lista al conseguir que te dejaran entrar –dijo Annie–. Son muy estrictos con el horario.

Tibby estaba cansada, y se sentó con gusto.

–No podían dejarme fuera, ¿verdad? Una vez que llegué hasta aquí, con bastón y todo... Quería verte. Quieren que vaya a cierto sitio, para descansar. Así lo llaman.

La llama de la esperanza se extinguió de inmediato, y Annie vio la oscuridad. Se sintió fría, inútilmente furiosa.

–¿Cuándo? ¿Por qué no me han dicho nada?

–No había nada que decir, querida. Jim está de acuerdo conmigo. Es sólo un descanso.

–Por supuesto –dijo Annie aturdida–. Te hará bien.

Por supuesto. Tibby tenía sesenta y cinco años, pero parecía mayor. Tenía el cabello ralo, y sus brazos y piernas daban la impresión de estar a punto de romperse bajo el diminuto peso de su cuerpo. Annie se preguntó cuánto tiempo más. El placer que le daba a su madre haber llegado sola a la habitación ahora se erigía bajo una luz distinta, más cruda.

Tibby se había apoyado en el respaldo de la silla, mirando a su hija.

–Me alegra verte vestida con tus ropas. ¿Qué harás con tu pelo?

Se esforzaba por demostrar la lucidez que había adoptado en sus visitas anteriores. Annie la había aceptado débilmente entonces, pero ahora estaba suficientemente bien para saber leer entre líneas la sonrisa premeditada de Tibby. Se sentía casi demasiado abatida para responder, pero finalmente dijo:

–Iré a cortármelo cuando vuelva a casa. No tardaré mucho, me lo han prometido.

Pensaba que volvería a casa casi recuperada por completo, con las fuerzas renovadas. Pero Tibby no sanaría. Annie recordó que ella y Steve habían conversado sobre eso mientras miraban la negrura tomados de las manos. Se había preguntado si su madre sentía la misma furia, al enfrentarse con la muerte; la misma sensación de arrepentimiento por todo lo que quedaba sin hacer. No, le había dicho Steve. Tu madre te ha visto crecer. Ha visto a sus nietos.

Se sentó al lado de Tibby y tomó la mano delgada entre las suyas. Annie se sintió invadida por el deseo de estar cerca de ella, y de pasar a su lado la mayor parte del tiempo que quedara.

–Tibby. ¿Qué dicen los médicos? Dímelo sinceramente.

–Que voy bien.

La sonrisa de Tibby era transparente.

–Sabes que no me refería a eso. ¿De qué se trata este descanso? ¿Cuánto tiempo durará?

De pronto Annie escuchó en su propia voz la misma nota exigente e indignante que había sentido en Thomas y Benjy. Tú eres mi madre. No puedes abandonarme. Te necesito, y éste es tu lugar. Junto a mí.

Más deberes, pensó Annie.

Tibby se encogió de hombros y dijo suavemente:

–Bien, querida, conoces esta enfermedad. No se cura. No pueden predecir qué curso tomará. Hacen lo que pueden, y me dicen lo que saben porque yo lo pregunto. Una no quiere que la engañen sobre la última de todas las cosas, ¿no? Dicen que descansar me ayudará. Y será un respiro para tu padre, también.

–Yo podría ayudar –dijo Annie desconsoladamente.

Tibby la sorprendió con su risa.

–¿Y qué podrías hacer?

–Ayudar a papá en la casa, o hacer algo...

–Querida, ¿tú te estás ofreciendo para ocuparte de mi casa?

Annie se echó a reír también. Vio mentalmente la imagen de las habitaciones limpias, pulcras, formales de su madre en contraste con el lío de posesiones familiares desparramadas por las habitaciones de su casa. La indiferencia de Annie ante el orden doméstico siempre había sido tema de bromas entre ambas.

–Estoy segura de que la casa está inmaculada.

Tibby asintió, con la sonrisa ya desvaída.

–Lo está. Y lo estará, mientras yo tenga algo que ver con ella.

Annie se preguntó, sin hablar, por cuánto tiempo más. No lograba imaginar, aun ahora, cómo haría Tibby para encerar los suelos y para restregar las viejas ollas. Había comentado con Steve qué triste era que su madre hubiera consagrado la vida a una casa. ¿Habría sido feliz? Su mano se aferró a la de Tibby.

–Estuve pensando en ti, en la casa, mientras nosotros... mientras esperaba que vinieran a rescatarnos. Podía recordarlo todo como si realmente estuviera allí. Pensé que otra vez era una niña, que llevaba puesto un vestido de algodón verde con cuello blanco y cintas blancas en el cabello.

–Recuerdo ese vestido –dijo Tibby–. Recuerdo el día que te lo compré. –Se inclinó hacia adelante, acercándose a Annie, y sus dedos se cerraron con más firmeza–. Hacía mucho calor. Era a mediados de un verano, largo y febril. Tú tendrías seis o siete años, y habías ido a jugar con Janet. ¿Recuerdas a Janet? Érais inseparables, y cuando la familia se marchó lloraste una semana entera, e insistías en que nunca más en tu vida tendrías otra amiga mejor.

–No la recuerdo en absoluto –dijo Annie.

–Tu padre y yo fuimos de compras, y te compramos el vestido verde. Cuando pasamos a buscarte, Janet y tú estabais jugando en el jardín, arrojándoos agua la una a la otra con una regadera.

–Sigue –la animó Annie, y Tibby sonrió.

Comenzó a hablar. Algunos recuerdos la hicieron reír, y otros, suspirar. Contó historias sobre la niñez y la primera infancia de Annie, de las que ella jamás había oído hablar. Recordó el día en que había nacido su hija.

Annie escuchó, observando el rostro de su madre. Sintió la necesidad de Tibby de recordar y de hacer que sus recuerdos siguieran un orden preciso, como ella misma creía haber hecho con Steve. Mientras escuchaba, las capas se iban levantando, una tras otra, dejando paso a perspectivas distorsionadas. Sus propios recuerdos, evocados junto a Steve, habían adquirido un brillo doloroso. Y las observaciones de su madre se extendían más allá de la memoria de Annie.

–Siempre fuiste una buena niña, graciosa –dijo Tibby por fin–. ¿No es rara la memoria? Puedo recordarte a ti a los ocho años, casi treinta años atrás, mejor que a Thomas la semana pasada. Y no logro recordar en absoluto cuando le pagué al lechero el sábado pasado, o el nombre de la chica del libro que acabo de leer.

–Lo sé –sonrió Annie, viendo la verdad que encerraba la trivialidad–. Tibby, ojalá pudiésemos hablar más.

Había querido decir *como ahora, mientras todavía podamos*, pero su madre hizo un gesto de asombro y miró el reloj.

–Ay, querida. Dije que me encontraría con Jim abajo hace un cuarto de hora. No creyó que la enfermera nos dejase entrar a los dos. Sabes cómo estará.

Impaciente. Bien lo sabía Annie.

–Bajaré contigo.

–¿Puedes?

–Claro que puedo.

Estoy fuerte, pensó Annie con tristeza, mucho más fuerte que tú.

Se levantaron. Annie era mucho más alta que su madre. Tibby parecía estar encogiéndose. De pronto puso las manos sobre los brazos de Annie, y dijo:

–Puedo afrontar cualquier otra cosa. Hay quienes lo hacen, después de todo, y con razonable dignidad. Pero no creo que hubiera podido soportar que tú hubieses muerto. No ahora, Annie, ahora no.

Su rostro se arrugó, vulnerable, con el asomo de las lágrimas. *Tu madre te ha visto crecer. Ha visto a sus nietos.*

–Tibby. –Annie la rodeó con sus brazos. Descansó su mejilla contra la cabeza de su madre–. No he muerto –murmuró–. No quería morir.

Se abrazaron largo rato.

Entonces, Tibby sorbió el aire por la nariz, con fuerza.

–Vine a alegrarte –dijo, con la voz temblorosa.

Annie la soltó, y rápidamente recogió el abrigo y la bolsa de su madre.

Ese papel le sienta bien a Bárbara. Más vale que se lo dejemos a ella.

Sentía que la sonrisa brillante y rígida de su madre se había contagiado a su propio rostro, pero Tibby respondió alentadoramente. El ligero menosprecio hacia la madre de Martin siempre había sido una pequeña broma contenida entre ambas.

–Pobre Bárbara... –protestó Tibby.

–...lo hace con buena intención –completó Annie automáticamente–. Vamos. Comencemos a andar, o si no papá se marchará furioso sin ti.

Partieron, cogidas del brazo, rumbo a las puertas de la sala.

Annie vio que Tibby estaba a salvo al cuidado de su padre. Estaba esperándola en el salón principal, entre las conductoras del Servicio Real de Voluntarias, mirando el reloj cada dos segundos. Besó a Annie, y entonces él y Tibby comenzaron a discutir sobre la hora, asumiendo con la precisión de un reloj los papeles que venían representando desde hacía décadas. Tibby solía llegar siempre un poquitín tarde, y Jim se enfadaba y agitaba con tal de que ella se apresurara. Annie sintió la misma irritación de siempre, y reconoció que ése era su propio papel. Tranquilizó a su padre diciéndole que tenían mucho tiempo, sospechando que no debían tener ningún compromiso urgente en todo el día, e igualmente consciente de que su padre insistiría en su régimen estricto de horarios aun en caso de tener que pasar una semana en cama.

Tal vez, pensó, el descanso de Tibby consistiera en descansar de la precisión de su esposo. Se despidieron, y desde el rellano de las escaleras Annie los vio alejarse juntos. Acaso siguieran regañándose por la tardanza. Podía ver la cabeza de Tibby dando picotazos adelante y atrás como para defenderse. Eran los esquemas de toda una vida, establecidos tanto tiempo atrás... Se encontró nuevamente preguntándose si sus padres habían sido felices de verdad, atrapados dentro de sus propios esquemas.

¿Y Martin y yo? ¿Hasta qué punto somos distintos? ¿Cuánto hemos cambiado en veinte años?

Annie avanzó lentamente. Le pesaban las piernas. Le llevó un largo rato volver a la habitación y a su cama.

Dos días después le dijeron que el viernes ya podría volver a su casa. Le quedaban sólo tres días más.

–Tendrá que venir a la consulta para hacerse exámenes. No queremos que se escape tan fácilmente –le dijo el cirujano jovialmente–. Queremos seguir muy de cerca esos riñones, y también hacerle análisis de sangre y todo lo demás. Pero lo más probable es que este fin de semana ya esté en casa con su familia.

–Gracias –dijo Annie.

Corrió a telefonear a Martin de inmediato.

–Es una noticia espléndida –replicó Martin.

–¿Verdad que sí?

Escuchó su propia voz, que le pareció frágil.

Hablaron unos minutos más. Martin le hacía promesas y planes eufóricos.

–Todos te cuidaremos. Lo único que tienes que hacer es descansar. Audrey y Bárbara se ocuparán de los chicos, y yo tomaré unos días de vacaciones. ¿Annie?

–Te escucho.

–Entonces, cuando estés mejor, iremos de viaje, los dos solos. Bárbara dice que se quedará con los chicos. Podríamos ir a París. O a Venecia. ¿Qué te parece Venecia?

–Sí –dijo Annie–. Podríamos hacer eso.

Observaba el suelo de baldosas rojas y las puntas de sus zapatillas. Trataba de imaginarse algo más allá de su *aquí y ahora*, pero no podía. Y al mismo tiempo se esforzaba para que su voz sonara más firme y segura, como la de Martin.

–Dentro de unas semanas, te parecerá como si nada de esto hubiese sucedido –le aseguró.

Eso es lo que Martin quería, desde luego, pensó Annie. Él deseaba que sus vidas fueran las mismas de siempre.

No puedes hacer que no haya sucedido, Annie. ¿Qué significaba eso, entonces?

–Debo partir, amor mío. Te veré esta noche, a la hora acostumbrada. No veo el momento de sacarte de ese lugar. Te amo, Annie.

–Sí. Sí, yo también te amo.

Puso el auricular en su sitio y caminó lentamente por el corredor. Advirtió que habían pasado cinco semanas y dos días desde la explosión. Durante todos esos días, el hospital había sido su mundo. Sólo ahora notaba que no había pensado en otra cosa fuera de él. Su deseo de curarse se había centrado en la cuestión de poder irse de allí, y ahora la visión del *después* se abría helada ante ella.

Annie pasó por la cocina de la sala, donde las bandejas de comida estaban siendo descargadas de los carritos. Captó el aroma a legumbres hervidas mezclado con el de antisépticos, y también se dio cuenta de que era la primera vez en semanas que reconocía el olor a hospital. La enfermera de la sala de hombres se cruzó en su camino, en ángulo recto, sonriéndole.

–Buenas noticias –la saludó alegremente–. Bien hecho.

Annie reparó en la forma de sus piernas bajo las medias negras, y en el brillo de sus zapatos negros. Sabía que ya empezaba a mirar al hospital como una visitante, no como una paciente interna. Annie entró en su sala. Sylvia se le acercó, ávida de noticias.

–He oído que te vas a casa este fin de semana. Estarás ansiosa.

–Oh, sí. No veo la hora.

El hecho de haber dado la respuesta esperada hizo que Annie tomara mayor conciencia de la verdad. Tenía miedo de irse. El hospital había sido un capullo protector, y la enfermedad, un obstáculo que debía sortear.

Steve lo sabía, desde luego, y estaba a la espera. Annie sonrió irónicamente. Había luchado para poder volver a su casa, y ahora no quería ir a ningún sitio sin Steve. Había deseado mejorar, para poder estar segura en su hogar con Martin. Ahora veía que el confinamiento en el hospital había sido su verdadera seguridad, y que cuando ella y Steve estuvieran afuera habría posibilidades infinitamente más complejas que la de ir o no a la sala de estar.

Annie tembló. Tuvo la sensación de que los espacios abiertos la rodeaban nuevamente, mientras soplaba un viento salobre y desconocido.

Ese día, y el siguiente, se sentó junto a Steve en la sala sin decirle que volvía a casa. Tuvo más conciencia que nunca de que estaban hablando en dos niveles. Por un lado estaba la conversación pública y ligera que ella misma había impuesto. Era inocentemente audible para cualquiera de los otros pacientes que pasaban cerca de ellos o que acercaban su silla para unirse a la charla.

Pero había otro diálogo silencioso que cada vez cobraba más intensidad en la cabeza de Annie. *Escúchame, Annie,* le decía Steve. *Tarde o temprano deberás hacerlo.*

Y ella balbuceaba: *Espera. No sé qué hacer. Tengo miedo. Tengo miedo de irme, y miedo de quedarme.*

Al tercer día, Steve estaba irritable e inquieto. Lo observaba sentado tenso en su silla, y luego ponerse de pie impaciente, ir hacia la ventana y contemplar la calle, para luego volver a mirarla. Sabía que estaba enfadado por el aburrimiento y por la frustración de la distancia que había entre ambos. Su sentimiento de solidaridad se vio invadido por el deseo de quedarse más tiempo con él.

–¿Cuánto tiempo más te falta? –le preguntó–. Debes de tener alguna idea seguramente...

–Lo sabes tan bien como yo. –Su voz sonó áspera–. No me iré hasta que las radiografías muestren una nueva formación ósea. Acaso seis semanas. Terapia. Rehabilitación muscular. Por Dios, Annie, ¿cómo podré sobrevivir seis semanas más sin ti?

–Dicen que ya puedo irme.

Las palabras salieron directamente.

Steve se volvió, torpemente, hasta quedar muy cerca de ella. Annie sintió que el corazón le daba un vuelco.

–Creía que faltaría mucho. ¿Cuándo?

–Mañana.

Entonces él se quedó inmóvil. Vio que el rostro de Steve lo negaba, y sintió su propio deseo de negarlo también, en respuesta.

–¿Por qué no me lo dijiste?

–Supongo –dijo Annie suavemente– que trataba de actuar como si no fuese a suceder.

Sus ojos quedaron prendidos del rostro del otro, voraces, apremiantes.

–No quiero que te vayas.

–No quiero irme de tu lado.

Por fin pronunciaron las palabras en voz alta. ¿Cuántos días nos ha hecho perder?, pensó Annie con desesperación.

Steve tomó nuevamente sus muletas. Levantó la vista y miró de un lado a otro de la habitación: el televisor interminable, las ventanas jaspeadas de lluvia, los rostros indiferentes y enfermos de los demás.

–Ven aquí –le dijo.

Annie avanzó, incapaz de negarse. Si la hubiera despojado de sus ropas, allí, y le hubiese pedido que se acostara con él en el suelo del hospital, lo habría hecho porque él se lo pedía.

Pero Steve la llevó fuera, hasta la puerta que daba al corredor. Con la dolorosa sensibilidad de sus sentidos, Annie escuchó el débil crujido metálico que hacían las muletas bajo su peso.

Unos pasos más allá había otra puerta con una pequeña ventana circular. Steve echó un vistazo dentro, y luego abrió la puerta. Annie sabía lo que había dentro, porque en la habitación de mujeres había otra sala gemela.

–¿Adónde vas? –susurró.

–Ven aquí –repitió él.

Annie lo siguió, y Steve cerró la puerta detrás de ellos.

La habitación estaba vacía. Era una salita lateral, con una sola cama, y una ventana alta y estrecha que daba a un ángulo oscuro de las paredes de ladrillo rojo. Había una cama alta, hecha con sábanas tersas y almidonadas, y con almohadas perfectamente alineadas. La mesa había sido puesta a los pies de la cama, desprovista de los elementos habituales.

Sólo había dos sillas, un biombo y un lavabo con dos grifos largos como orejas de metal.

Mientras se miraban en silencio, escucharon unos pasos al otro lado de la puerta.

–Nadie vendrá –dijo Steve.

–Lo sé.

Steve se libró de una de las muletas y la apoyó contra la pared. Tomó la mano de Annie y se valió de la otra muleta para cruzar los pasos que los separaban de la cama. La llevó consigo, y ella lo siguió sin vacilar. Steve llegó hasta la cama y descansó el cuerpo contra el borde. Dejó caer la otra muleta. Entonces, suavemente, tomó su otra mano. Ella dio unos pasos hasta acercarse más, y más. Sus cuerpos se tocaron. Ella vio las líneas de su rostro y de su boca, del labio superior y del músculo que pulsaba de su comisura. Annie sentía el pecho tenso de dolor y felicidad.

Él levantó las manos unidas de Annie y su boca rozó los nudillos. Annie sintió la tersura de la lengua de Steve entre los dientes. Su propia boca se abrió, y el aire entró en el pecho, agudizándole ese hermoso dolor.

Entonces Steve soltó las manos de Annie y levantó las suyas para tomar su rostro. La miró a los ojos, y los atravesó, hasta penetrar en su cabeza. Y luego se inclinó hacia adelante, muy lentamente, hasta que sus bocas se tocaron. Volvió su rostro a un lado y a otro, y le besó las dos comisuras.

En ese instante, Annie no supo más que de la felicidad. Sonrió, y sus labios se curvaron hacia arriba bajo los suyos, y él la estrechó más aún contra sí, mientras su cuerpo de mujer se arqueaba en el beso.

Los brazos de Steve la rodearon, y los dos se adhirieron, voraces, por fin admitiendo sus ansias en silencio. Annie olvidó su fragilidad física y la desolada habitación y el mundo, que la aguardaba afuera. No había nada más que Steve. Su boca se abrió bajo la de él en cándida réplica, y la súbita virilidad de Steve rasgaba su rostro y surcaba su cuerpo con eléctricos latidos de dulzura.

Annie escuchó su propia voz, sin palabras, atrapada en la hondura de su garganta.

–Oh...

Steve apartó su boca de la de ella, y la miró otra vez a los ojos. Sus párpados caían lentos, y ella pudo ver en cada iris los destellos dorados. Annie temblaba. Por detrás del hombro de Steve vio la superficie blanca de la cama de hospital, plegada en dobleces que asemejaban largos dedos en punta. Alejó el rostro de los dedos y lo reclinó sobre el hombro de Steve. Acarició los bucles mínimos de su bata de rizo y sintió la tibieza de su piel debajo de la mejilla. En la base del cuello de Steve la piel latía en respuesta al batir de su propio corazón. Cerró los ojos, entregando todo su ser, y apoyó los labios sobre el temblor que palpitaba bajo su piel.

–Annie.

Su voz se quebró.

–Aquí estoy.

Se besaron tiernamente, y por un segundo, detrás de sus párpados cerrados, Annie vio las hebras iluminadas de las diminutas venas que le surcaban la cabeza, hermosas como árboles de invierno recortados sobre un firmamento de estrellas fulgurantes.

Finalmente se desprendieron en un movimiento lento, y sus dedos se entrelazaron formando rizos.

Annie abrió los ojos nuevamente. Detrás de Steve seguía estando la alta cama blanca, y la mesita feúcha de color crema y ruedecitas de goma negra. Miró atentamente el biombo, la puerta con su único ojo en blanco, y la pared de ladrillos a través de la ventana, salpicada de hollín y humedad. Pensó en el hospital, en las enfermeras y en los demás pacientes de mirada inquisidora, y era como si esa habitación desnuda fuese un microcosmos que los aislaba, a ella y a Steve, bajo el ojo ciego que en cualquier momento podía verlos. La dicha seguía viva dentro de Annie, pero el dolor y la incertidumbre se anudaban a ella inseparablemente.

Steve contempló su rostro y ella supo que estaba leyendo en él, y sus pensamientos palpitaron detrás de sus rasgos. Él levantó y apartó suavemente una fina hebra de cabello que había quedado atrapada en un extremo de la boca y luego sus dedos se deslizaron por debajo de la espesura de su pelo acariciándole la base del cuello.

–Bien sabes, Annie, que por fin hemos empezado, tú y yo. Los dos, desnudos en la oscuridad, sin tener adónde ir. Es difícil volver atrás y completar los pasos que dejamos en blanco.

Ella vio su sonrisa divertida mientras iba enumerándolos.

–¿Qué tal? ¿Qué hace? ¿Cómo, dónde y para qué? Sí, he ido a miles de fiestas como ésta. ¿Por qué lo hacemos? Me lo pregunto. ¿Otro trago? ¿A ti te sucede lo mismo? Acaso seamos almas gemelas. Conversemos un poco más, tu esposo no nos ve. ¿Te aburro? ¿Te monopolizo? ¿No? Me da gusto haberte conocido. Me da un gran placer. Sí, otra copa. Charlemos un rato más. ¿Ya tan tarde? ¿Podríamos volver a vernos, quizá? Para comer. Sí, comamos juntos uno de estos días.

–Se ve que tienes mucha experiencia –dijo Annie.

Steve sacudió la cabeza en respuesta, y ella se dio cuenta de que le decía la verdad.

–En eso sí. Pero no en esto. Esto jamás me había sucedido. No sé más que tú cómo explicar lo desconocidos que hemos sido y lo que somos ahora. No puedo negarlo, Annie, y ahora que te tengo de este modo junto a mí, sé que tú tampoco puedes negarlo. Ni tampoco puedo justificarlo, por lo que significa para tu familia. *Espera.*

Annie había tratado de alejarse, de soltarse, pero él la aferró con fuerza.

–Entre los dos, amor mio, no hubo ningún acercamiento social. Llegamos hasta nosotros sin otra cosa más que nosotros mismos, las partes de nosotros mismos que eran reales en medio del sangriento derrumbe. Fue auténtico entonces, como lo es ahora.

Hizo girar el mentón de Annie con sus dedos para que ella lo mirase de frente, y por fin ella se atrevió a devolverle la mirada clara.

–Jamás te he llevado a cenar. Nunca nos encontramos a escondidas para beber, y por eso no sé si te gusta el vino blanco o los martinis. Jamás hemos dado juntos esos pasos, y ya no lo haremos. Me alegro, porque no creo que en ningún caso tú vayas por ese camino. Y no hemos hecho el amor, aunque te deseo más que lo que deseé a nadie en toda mi vida.

Annie sabía que era cierto. Sintió que el rubor le encendía las mejillas, pero no bajó la vista.

–Me acostaría contigo aquí, ahora, en este mismo instante, si pudiéramos hacerlo –murmuró.

Steve se inclinó y durante un segundo sus labios viriles se posaron sobre los de ella.

–Gracias –le dijo. Sonreía, pero en la base de su cuello seguía latiendo el temblor palpitante–. Ya te lo haré recordar. Pero ahora sólo quiero decirte algo. –Se detuvo, buscando las palabras, y Annie comprendió que Steve era tan vulnerable como ella misma. Entonces se encogió de hombros, casi como un niño, y dijo en un tono de voz tan tenue que ella tuvo que esforzase por comprender lo que decía–: Sabes que te amo, Annie, ¿verdad?

En el silencio que se produjo, ella oyó el repicar de los ecos en su cabeza. *Te amo, Annie.* Y la felicidad nuevamente aleteó contra su cuerpo. Levantó las manos de Steve y observó sus nudillos, tocándolos tiernamente, al azar, con su pulgar.

Fuera, en el corredor, se oyó un andar de pies apresurados, una puerta de vaivén que se abrió de pronto, y el siseo del aire cuando se cerró con fuerza. A lo lejos, un carrito traqueteaba a través de las amplias puertas del ascensor.

En la habitación había un silencio absoluto, y el ruido de fuera acentuaba la diferencia entre el aquí y el allá. Estaba escondida con Steve en ese pequeño cubículo. Martin le había dicho «Te amo», y eso también era verdad.

–Lo sabía –dijo Annie finalmente, pensando que las palabras caían sin gracia, como guijarros. Trató de cubrirlas, apresurada–: Steve, yo no...

Pero él la interrumpió y le impidió continuar.

–Es suficiente –concluyó–. Quería que lo supieras antes de que te fueras. ¿Lo pensarás, Annie?

Muy cuidadosamente, tratando de mantener firme la boca, Annie dijo:

–No podré pensar en ninguna otra cosa. –Ésa era su forma de admitirlo. Entonces, su rostro se arrugó y parpadeó para contener las lágrimas–. No quiero irme, Steve. Yo...

Ni siquiera Annie sabía qué iba a decir, porque Steve la detuvo apoyándole sus manos sobre los labios.

–Piénsalo –repitió.

Steve apoyó su peso torpemente contra el borde de la cama. Annie supo que estaba pensando en las vendas y en las muletas.

–No falta mucho –lo consoló–. Pronto te irás.

–Hasta que eso ocurra, ¿vendrás a visitarme?

–¿Como las demás?

Annie sonrió de pronto y copió en el aire las elocuentes figuras de Frank, pero Steve atrapó sus manos y las besó.

–Ni hablar. ¿Vendrás?

Annie sabía que iría. Pensar en eso parecía ser la única forma de que pudiera soportar el tener que alejarse de él.

–Sí –dijo con sencillez–. Siempre que pueda. Te lo prometo.

–No será por mucho tiempo –repitió él, y se miraron serenamente.

–¿Qué le dirás a Martin? –preguntó, sin poder evitarlo.

Annie dejó caer sus manos. Volvió la cabeza para mirar a la ventana y caminó lentamente por la habitación. Docenas de ventanas similares se abrían al oscuro patio de luces. Vio los bordes de las cortinas, los armarios, y a través de una ventana opuesta el borde ondulado de la cofia de una enfermera sentada al lado de un escritorio.

Penosamente, le respondió:

–No le diré nada. Todavía no hay nada que decirle, ¿verdad? No quiero lastimarlo. –Annie se dio cuenta de que estaba razonando en voz alta. Ni ella misma llegaba a comprender qué estaba sucediéndole–. Tengo que pensar –dijo suavemente.

Steve asintió, consintiendo. Annie volvió hacia él y apoyó la cabeza sobre su hombro. De entre la maraña de sentimientos volvía a predominar la felicidad nuevamente. Habían logrado salir de todo aquello, y se habían apoyado mutuamente.

Con la boca contra su cabello, él susurró:

–Debemos irnos ya.

Annie también quería dejar las cosas en el punto al que habían llegado. Se abrazó a él un instante más, y luego se deslizó fuera de su contacto. Ella se inclinó para recoger las muletas que él tanto odiaba, y las acomodó tiernamente bajo sus brazos para que pudiera volver a andar.

Observándola, Steve reparó en que nunca antes había visto a nadie tan claramente, con tal intimidad, como veía a Annie en ese momento. Avanzó hacia la puerta, con la mano de ella contra su codo. En la pierna sana sintió la garra de un calambre. Se balanceó, apoyando el peso de su cuerpo en Annie, que casi se cayó con el empellón. Tardaron un instante en volver a afirmarse, y luego se detuvieron erguidos. Los inundó la risa, y Annie tuvo que aferrarse al pomo de la puerta para no tambalearse. Se encontró pensando: «¿Cómo es que entre el dolor y el temor ha surgido esto, esta risa, y la felicidad de amar a un desconocido?».

Pero había sucedido. Ya no podía volverse atrás.

–No me hace ninguna gracia –protestó Steve, mientras su risa se desvanecía–. No sé valerme por mí mismo.

Vio el brillo de la mirada de Annie.

–No está nada mal. Piensa en lo que podría haber sucedido de otro modo. –Pasó a su lado, y alisó el cubrecama para que quedara estirado–. Muy bien. Ahora la enfermera no sospechará.

–No estés tan segura. Probablemente tenga un agujero para espiar en algún sitio.

–No me digas...

Annie atisbó a través de la ventanita de la puerta. Cuando se volvió hacia él, su rostro estaba serio. Se inclinó y lo besó suavemente en los labios.

Ninguno de los dos habló. Fue un momento largo, pero no había necesidad de hablar.

Annie se movió en primer lugar. Abrió la puerta lentamente. Vio que el corredor estaba desierto y salió rápidamente, sin mirar atrás. Temía no poder dejarlo jamás si no lo hacía en ese momento.

Martin pasó a recogerla a la mañana siguiente.

Annie había recogido sus cosas y lo estaba esperando, sentada en la silla al lado de la cama vacía. Cuando Sylvia lo vio entre las puertas abiertas le gritó:

–Aquí viene tu amor.

Ella se puso de pie para recibirlo, y él la besó en la mejilla, ambos conscientes de las miradas de los demás. Annie sintió la familiaridad de tenerlo a su lado, y a la vez el miedo a dejar el mundo diminuto y seguro del hospital.

Martin alzó la maleta.

–¿Lista?

–Sólo me falta despedirme.

Las enfermeras y las demás pacientes ya estaban esperando, alineadas en las puertas de la sala, en sus camisones y uniformes. Annie vio que una enfermera salía por detrás de las puertas. Annie saludó a cada una de ellas, con Martin a su lado. Las felicitaciones y los buenos deseos le hicieron un nudo en la garganta, y temió echarse a llorar.

Estaba llegando al final de la hilera cuando las puertas se abrieron nuevamente. La enfermera estaba de regreso y con ella venían otros: todos los hombres de la sala contigua que estaban en condiciones de caminar. Frankie, el vendedor de diarios, iba a la cabeza, con un gran ramo de rosas envueltas en celofán en los brazos. Se las tendió, sonriendo.

–Aquí tienes, muñeca. Eres una joven valiente. Muy buena suerte, de parte de todos nosotros.

Detrás de él, más alta que el resto, vio la cabeza oscura de Steve.

Nada valiente, pensó Annie. Por un instante pensó que el estirón implacable hacia ambos lados la partiría en dos.

Tomó las flores cegada, y besó la mejilla de Frank. Hubo más besos, pero entre el abrazo de toda la gente sintió un leve contacto en su hombro y supo que era de Steve. Asintió, sin tener confianza suficiente para mirarlo a los ojos, y avanzó a trompicones hacia adelante. Más que ver, sintió cómo Martin extendía la mano a Steve.

Todos la saludaban:

–Buena suerte, Annie. Piensa en nosotros, en los que quedamos dentro.

Tenía la mano de Martin sobre su codo, guiándola. Endureciéndose, se volvió para mirar atrás. Los rostros de todos formaban un racimo de burbujas pálidas, excepto el de Steve. Cada detalle del rostro de Steve resaltaba en toda su claridad.

–Gracias –dijo con la voz más firme que pudo emitir–. Por las flores, por todo... Cuidaos mucho.

Mientras su esposo la conducía hacia fuera, sintió a Steve inmóvil en sus muletas, atrás, viéndola partir.

Fuera, el mundo parecía rebosar de gente y reverberar de tráfico. Annie se sentó en el asiento contiguo del coche mientras se abría paso precariamente dentro de él. Martin silbaba suavemente al conducir, y luego, en un semáforo en rojo, se inclinó y la besó en la mejilla.

–¿Cómo te sientes? –le preguntó sonriente.

–Extraña –respondió, y sintiendo lo frío que había sonado, agregó–: Maravillosamente.

Martin la miró, y entonces, cuando el coche volvió a avanzar, le advirtió:

–Tendrás que ir con calma, aun cuando te sientas bien en casa. Está todo organizado para ti.

Annie extendió la mano para tocarle la rodilla bajo el pantalón de pana.

–Gracias –le dijo.

Comenzaron a recorrer la familiar colina que conducía a su hogar, entre las hileras de vehículos, bajo la anchura del puente de hierro forjado que Annie a menudo cruzaba con los niños, camino del parque. Levantó la vista para mirarlo, curiosa, como si fuera la primera vez. En lo alto de la ladera giraron, saliendo del tráfico para internarse por calles más tranquilas. Las tiendas le resultaban familiares. Luego pasaron por la estación de metro a la que Annie había acudido presurosa el día de las compras navideñas, seis semanas atrás.

Un minuto más tarde llegaron al final de su ruta.

Miró adelante y vio su casa: ladrillos rojos en la fachada, con ventanas amarillas bajo un pequeño tejado a dos aguas. El coche se detuvo fuera y Annie vio asomarse los rostros de los niños en la ventana superior del dormitorio.

Martin la tomó de la mano.

–No he dicho a nadie que hoy regresabas. Todos querían verte, darte la bienvenida, pero pensé que no querrías un gran comité de recepción.

Annie le sonrió, conmovida por su gesto. Pero Martin siempre era así de gentil.

–Me alegro –dijo–. Pueden venir en otro momento.

Martin la ayudó a salir del coche y subieron el sendero cogidos de la mano.

–Thomas y Benjy han preparado su propia fiesta de bienvenida. ¿Lista?

Asintió, intrigada, y Martin abrió la puerta de la calle.

El vestíbulo estaba adornado por doquier con carteles pintados a mano, y del techo pendían letras recortadas con la leyenda «MAMI BIENVENIDA A CASA». Mientras Annie lo observó, se hizo un segundo de silencio, y en sus ojos ardieron lágrimas nuevas. Entonces, incapaces de permanecer ocultos por más tiempo, aparecieron los niños y saltando por la escalera para llegar a sus brazos.

–¿Te ha gustado? ¿Ha sido una sorpresa? –preguntó Tom.

–Yo pinté las cintas –gritó Benjy–. Todas éstas. Suben hasta las escaleras. ¡Mira, mami!

Annie miró, y vio que Bárbara salía de la cocina, sonriéndole. A través de las puertas abiertas, a su lado, vio el fuego encendido en la chimenea brillante. La casa se veía viva, tibia, cómoda y feliz. Las lágrimas nublaron la grata visión y rodaron por sus mejillas.

–¿Por qué lloras? –preguntó Benjy, y ella lo alzó para acercar al suyo la tibieza de ese rostro.

–Porque me gusta volver a estar en casa.

Bárbara la abrazó, y luego los niños tomaron a Annie de la mano y ella dejó que la condujeran hacia arriba por la escalera. Vio que el dormitorio destellaba de flores, y las mantas estaban plegadas a un lado, justo para que se metiera en la cama. Descansando sobre una de las almohadas había un osito de peluche.

–¿Ves? Te he traído mi osito para que te haga compañía –anunció Benjy.

–Ya le he dicho que probablemente no querrías su oso viejo –aclaró Thomas.

–Pero sí que me gusta. Claro que sí.

Se sentó en la cama, palpando el familiar colchón mullido bajo su peso, y los niños la rodearon ansiosamente.

–¿No tendrás que marchar otra vez, verdad?

La voz de Thomas, hablando como de pasada, trataba de ocultar su angustia.

–No, querido. Ya no tendré que irme.

Annie, con los niños en brazos, miró a través de las ventanas la composición inalterada de los tejados y los miradores y los árboles desnudos, pensando...

Nada era distinto, y sin embargo el mundo entero había cambiado.

Descansó la mejilla contra la cabecita suave de Benjy, con aire cansado.

Martin trajo un florero donde habían arreglado las flores del hospital. El color le hizo acordarse de la sangre, y de Steve, inmóvil en el corredor del hospital, mirándolos partir.

Martin cruzó la habitación y le tocó la mejilla con sus dedos.

–¿Estás bien?

–Sí –mintió Annie–. Claro que sí.

CAPÍTULO 6

Annie estaba preparando la cena. Se movía lentamente de un lado para otro de la cocina, abriendo puertas y sacando sartenes, reuniendo ingredientes de la despensa. Parecía haber pasado mucho tiempo desde la última vez que había hecho algo así. Había preparado la cena a los niños, y había comenzado a cocinar para ella y para Martin a los pocos días de volver a casa. Al principio lo había hecho Bárbara, pero pronto Annie asumió el control. Le sorprendió reconocer cuánto le afectaba un orden distinto en su propia cocina; pensó: «Debo parecerme más a Tibby de lo que sospeché toda mi vida». Pero esa noche era la primera cena formal. Había sido idea de Martin.

–No has tenido tu fiesta de bienvenida –le había anunciado él una noche–. Ahora ya estás mejor, y podríamos ir todos a comer a algún sitio. Podríamos invitar a Gail y a Ian.

Entusiasmado, nombró a tres parejas más, amigos y vecinos.

–Nos costará una fortuna invitar a todos –había razonado Annie.

–Cada uno puede pagar lo suyo...

Annie protestó.

–No puedes invitar a la gente a celebrar y luego hacer que ellos paguen.

Era igual que tantas otras discusiones y planes que habían tenido a lo largo de los años. De pronto, se encontró sonriendo.

–Invítalos a casa. Prepararé algo.

–¿Estás bien como para hacerte cargo de todo?

–Sí –había respondido–. Estoy segura de que podré.

–Yo te ayudaré.

Martin había extendido su mano tibia para cubrir la de ella, y los dos se pusieron a mirar las noticias por la televisión.

Quedaron en eso: vendrían tres parejas a cenar, y puesto que quería que todo fuese igual que antes, Annie había decidido que sería una comida «como corresponde». Era buena cocinera, y sus cenas gozaban de cierta reputación entre sus amistades. De modo que había elegido un elaborado menú, y hecho las compras esa mañana, mientras Benjy estaba fuera de casa. Ahora, los dos niños miraban la televisión en la sala de estar. Annie apoyó la gran cacerola que había retirado del aparador, y se acercó a observarlos.

Tom estaba sentado en el sofá, con las rodillas recogidas y el mentón hundido en el suéter, y los ojos fijos en la pantalla. Benjy se había recostado en el suelo, y alrededor de su cabecita caían finos mechones de cabello. Había crecido mucho, observó Annie automáticamente. Debía hacérselo recortar.

–¿Queréis un bocadillo antes de que empiece a cocinar? –preguntó.

Ninguno de los dos habló ni apartó la vista del televisor. Volvió a preguntar, y oyó su propia voz, al borde del grito.

–Hum. Sí, está bien –contestó Tom.

Como siempre, Benjy respondió:

–Yo quiero lo mismo que Thomas.

Annie volvió a la cocina, preparó los bocadillos, y se los llevó a los niños, tras lo cual comenzó su tarea.

Preparó un relleno de espinacas e hígado de pollo ligeramente cocidos y lo esparció por la pierna de cordero que había encargado a su carnicero esa mañana. Arrolló la carne y la lió prolijamente con una cuerda. Luego, la doró en la sartén. El olor a grasa derretida la asqueó ligeramente.

Annie miró el reloj. Casi eran las seis. Había querido hacer una pasta casera para recubrir la carne, pero ahora se daba cuenta de que no tendría tiempo. Abrió el congelador y buscó un paquete de pasta instantánea y la dejó descongelar mientras comenzaba a preparar los entrantes. Había hecho los mismos bocadillos de lenguado por lo menos una docena de veces antes que ésa, pero ese día el pescado parecía lleno de espinas delgadas como cabellos, y sus dedos le resultaban torpes y duros al tratar de quitarlas; la membrana gris y pegajosa del pescado se le adhería en todas partes.

El zumbido de la licuadora la aturdió, atenazándole la cabeza.

Thomas entró preguntando:

–¿Puedes hacerme otro bocadillo?

Annie estuvo a punto de contestarle bruscamente «Espera la cena», pero entonces advirtió que ya había pasado para ellos la hora de comer. Se abrió paso entre sartenes sucias y tablas de picar, y les preparó huevos duros y legumbres rehogadas sobre tostadas. Sirvió la comida en la mesa, y Benjy protestó:

–No me gusta esto.

–Hoy no tengo tiempo para cocinar otra cosa. Coméis eso o nada; como queráis.

Los niños se sentaron uno frente al otro, comiendo las legumbres en silencio, y mirándola por el rabillo del ojo. Ahora sólo le faltaban las verduras, y en diez minutos, terminaría con la pasta, calculó Annie. La noche anterior había preparado un postre de limón y ya estaba listo en el congelador. Observó el recipiente con la espuma color amarillo pálido. Ya estaba felicitándose cuando recordó que no había comprado queso. Martin tendría entonces que traerlo de la tienda cuando volviera. Pero ya tendría que estar aquí, pensó Annie con amargura. El resentimiento creció dentro de ella apenas advirtió cómo se sentía. Justo cuando iba a llamar, sonó el teléfono.

Era Martin.

–Lo siento, amor mío. He tenido que quedarme hasta ahora con un cliente. Una tontería tras otra. Ahora mismo salgo para allí. ¿Estás bien?

–Maravillosamente –dijo Annie.

Hubo una breve pausa.

–Oh, querida. Se supone que ésta es tu fiesta. Yo haré todo lo demás. Lo prometo.

–Trae un poco de queso de la tienda, ¿quieres?

–Con mucho gusto.

Annie regresó al fregadero y frotó ruidosamente las sartenes engrasadas. No quiero hacer esto, pensó con claridad. No quiero preparar la cena para esta gente, ni sentarme a pasar una velada comiendo y conversando. Entonces, la recorrió una ola de temor. «Esta gente» eran sus amigos y su esposo, y antes, las cenas en grupo habían sido un placer para ella. Sintió frío al darse cuenta de cuántas cosas reconocía en términos de «antes».

¿Antes de la bomba? ¿O no era la bomba, sino Steve?

Annie decidió dejar la idea. Recorrió la cocina como un tornado, despejando la mesa y cerrando puertas para ocultar el caos de los armarios. Milagrosamente, la cocina quedó ordenada otra vez y el fregadero, vacío.

Recogió los platos de los niños y dijo:

–No estoy enojada, Ben. Sólo tengo prisa.

Mientras los niños comían la fruta se colocó al otro lado de la mesa para desenrollar la pasta descongelada. Apoyó la pata de cordero en medio del rectángulo y la envolvió con destreza; luego recortó el sobrante y dobló los bordes con los dedos. Amasó los restos de pasta formando una masa y volvió a estirarla. Luego, con la punta de un cuchillo, recortó hojas de pasta para decorar el plato. Quedó muy bien, y el trabajo la tranquilizó. Cuando estaba untando el cordero con huevo batido escuchó el maletín de Martin contra el umbral y sus llaves en la cerradura.

–¡Papi! –exclamaron los niños al unísono, y corrieron a su encuentro.

Martin entró, levantando a Benjy por los aires. Miró ansiosamente a Annie y luego echó un vistazo por la cocina.

–Mmm. Un aroma que hace la boca agua y un cuadro de perfecta armonía doméstica –murmuró–. Esperaba encontrar algo distinto.

–Si hubieses llegado hace una hora habrías visto algo distinto.

–Te he pedido disculpas, Annie. He traído el queso.

Levantó la bolsa, como para calmarla.

El resentimiento de Annie ahora se centraba en su esposo, pero estaba demasiado exhausta para empezar una discusión.

–¿Por qué no te vas vistiendo? Yo haré que los niños duerman, y me ocuparé de todo lo que haga falta.

–Gracias –dijo, aún enfadada y consciente de que si ella y Martin discutían, la noche sería incluso peor.

Subió lentamente la escalera y se dio una ducha. Envuelta en la misma bata azul que le hacía recordar a Steve fue hasta su dormitorio y tomó del armario su vestido favorito. Era de adherente seda negra, y destacaba bien las formas. Annie se puso el vestido y se miró en el largo espejo. Estaba demasiado delgada y le colgaba de los hombros como una mortaja. El negro hacía que su rostro pareciera muy pálido: aún no había recobrado el color natural.

Mientras observaba su pálido reflejo, Annie tuvo la vertiginosa sensación de estar ante otra persona, no ante sí misma. Steve, pensó puerilmente, tú sabes quién soy. ¿Ésta soy yo?

Entonces tomó el vestido por la cintura y se lo quitó, luchando un instante con los pliegues negros de la falda. Revisó la hilera de perchas y escogió una blusa de un rojo vivo y pantalones anchos. Colgó el vestido negro en el rincón más lejano.

Cuando terminó de vestirse, Annie volvió a mirarse al espejo. Comenzó a maquillarse el rostro, pintándose los ojos con lápiz gris y aplicando polvos en sus pómulos. Se puso brillo en los labios y se sentó a observarse, con el pincel entre los dedos. El color optimista que había aplicado sobre su rostro parecía resaltar contra la piel cenicienta como la máscara de un payaso. Annie suspiró. Tomó un trozo de algodón y eliminó la mayor parte del maquillaje. Para poder quitar las puntas desgarradas de su cabello tuvo que hacérselo recortar mucho más de lo habitual. Annie lo estiró con el cepillo, como si pudiera hacer que cubriera el cuello y los hombros desnudos, y luego dejó caer el cepillo ruidosamente.

Martin entró y se detuvo detrás de ella. Sus ojos se encontraron en el espejo.

–Estás muy guapa –le dijo, y tocó con los dedos la línea expuesta y vulnerable de su mentón–. Me gusta tu pelo de ese modo. Recuerda cuando te conocí.

Annie inclinó la cabeza, apenas, para eludir su contacto. La mano de Martin cayó. Ella sonrió, tratando de ocultar su incomodidad.

–No estoy hermosa en absoluto. Me probé el vestido negro y parecía un fantasma.

–El rojo te sienta mejor –dijo Martin.

Él se había vuelto para hablar, y ahora buscaba una camisa limpia dentro del armario. Annie lo observó en el espejo, y pensó en los mínimos matices de expresión y gesto por medio de los cuales se entendían. La sorprendió su propia falta de apego.

Lo primero era mejorar la noche.

–Siento haberme enfadado cuando has llegado –condescendió.

–Si hubiese podido, habría llegado antes.

–Lo sé. –Annie tomó una de sus camisas de un cajón y se la tendió, de espaldas a la imagen del espejo–. Me sentí hundida.

Temía que la cena no estuviera lista, o que en el mejor de los casos no se pudiera comer.

–Annie, querida... –Martin se había puesto la camisa limpia y avanzó hacia ella, con los botones aún sin abrochar. La rodeó con sus brazos y Annie sintió la forma y el peso de su esposo, perfectamente familiar, extrañamente indiferente. –Siempre cocinas bien. Y aunque hoy no fuera así y los invitáramos a bizcochos secos, ¿crees que a tus amigos les importaría?

–Creo que no –replicó Annie con tristeza–. Es sólo que... que si me decidí a hacerlo quería que fuera algo especial y bien hecho.

Martin se echó a reír y la soltó.

–¿Sabes una cosa? Eres tan perfeccionista como Tibby.

–Creo que me parezco a ella –dijo Annie muy suavemente–. Acabo de darme cuenta de eso.

Se quedó un instante de pie, mirando a lo lejos con ojos perdidos.

Martin terminó de vestirse y le recordó rápidamente:

–Benjy está en la cama. Le dije que irías a darle las buenas noches.

Annie se sobresaltó, sintiéndose culpable, y respondió:

–Voy ahora mismo.

Benjy yacía bajo su cobertor con dibujos de Superman, pero Annie sabía, por la forma en que se movió la cabeza, que había estado escuchando, esperándola. Cuando se sentó en el borde de la cama él se volvió, cruzando cómodamente los brazos sobre las mantas y observándola. Sintió el impulso físico y agudo del amor, y el peso de la responsabilidad interminable que venía con él. Ambas sensaciones se oponían a otro sentimiento, a un sentimiento nuevo. Podría haberlo recordado, pero deliberadamente apartó sus pensamientos de esa idea. Se inclinó para besar a Benjy y el pequeño rodeó su cuello con los brazos, impidiéndole partir. Olía a limpio, y su cabello lacio y fino era una versión infantil del de Martin.

–No te irás ni te volverás a hacer daño nunca más, ¿verdad? –le preguntó.

Los temores de Benjy hacia ella se expresaban en pesadillas y caprichos súbitos. Annie sintió alivio al escuchar que los manifestaba en palabras.

–No. –Le apartó el cabello del rostro, consolándolo. –No me iré a ningún sitio. Me quedaré aquí contigo.

–Y con papi y con Tom.

–Por supuesto.

Miró la pared, por detrás de la cabeza del niño, donde a él le gustaba hacer garabatos, y pensó «Imposible». Pero Annie no supo en ese minuto si lo imposible era cambiar las cosas o dejar que siguieran como hasta entonces.

Arropó al niño hasta los hombros.

–Buenas noches, mi pequeño. Que duermas bien.

–Échame un besito desde la puerta. –Era su petición de todas las noches, y parte del ritual que permitía a Annie despedirse hasta la mañana siguiente. Obediente, Annie se detuvo en la puerta y le sopló un beso tras otro hasta que el niño, satisfecho, hundió la cabecita en la almohada. Encendió la luz de noche y cerró la puerta en silencio.

Thomas estaba en el baño, y Annie le dijo al pasar:

–Cuando hayas terminado ponte el pijama y baja media hora.

Martin ya estaba en la cocina, colocando copas sobre una bandeja. Se movieron el uno alrededor del otro, experimentados, sabiendo qué había que hacer. Annie terminó de preparar las verduras y luego arregló la mesa, sacando brillo velozmente a los cubiertos a medida que los colocaba en su sitio. Sacó las servilletas de un cajón, frunciendo el ceño al ver ciertas arrugas. Encontró el candelabro de peltre que les habían regalado para su boda y acomodó en los orificios las velas blancas. Como siempre, hacer preparativos tenía sus satisfacciones. Annie sonrió mientras pensaba «Igual que Tibby». Y sin embargo, casi durante toda su vida había pensado con tierno y divertido desdén en el gusto que tenía su madre por las toallas para las visitas y por poner jaboncitos en conchas de porcelana china haciendo juego.

–¿Cómo anda todo? –preguntó Martin.

–Ya está todo listo.

–¿Ves? –le sonrió, como si todo el esfuerzo hubiera sido de él–. No hay nada de qué preocuparse.

No tenía sentido volver al desacuerdo, pensó Annie, si podía pasar una velada cómoda. Sonrió, y fue a sentarse junto a Thomas en el sofá. Tenía el cabello húmedo. El rostro le brillaba, y metódicamente iba devorando una lata de castañas.

Cinco minutos después, exactamente a la hora convenida, sonó el timbre.

Los componentes de la velada eran exactamente los mismos que en otra docena de noches similares a lo largo de los años. Las seis personas que llegaron eran viejos amigos. Martin y Annie conocían a una de las parejas desde su época de estudiantes. Thomas había sido muy amigo de los hijos de la segunda pareja desde sus primeros pasos. Y la tercera pareja era la del socio de Martin y su esposa. Como todos los grupos de amigos de mucho tiempo, giraban en torno de una trama de recuerdos e impresiones, expresada en bromas íntimas y una especie de conversación taquigráfica. Era el conjunto de curiosidades propias de fines de semana y vacaciones compartidas, y de placeres y crisis ocasionales en común. Tan pronto como los ocho estuvieron allí reunidos, la sala de Annie y Martin se llenó de risas y charla.

Los seis invitados habían visitado a Annie en el hospital, y le habían enviado flores y comprado regalos, y también se habían ofrecido para cuidar a los niños por turnos. También los había visto por separado desde su vuelta al hogar, pero esa noche todos compartían la sensación de algo distinto, porque era la celebración que había preparado Annie. Sintió que la calidez del grupo la rodeaba. Había champán; Annie bebió dos copas, tratando de sumergirse en la fiesta.

Pero sabía que iba a la deriva, que sonreía pero estaba en otro lugar.

Observó a Tom, repartiendo aceitunas y nueces, y fue hasta la cocina para controlar el pescado. Cuando regresó quedó desconcertada al ver el círculo de rostros alegres y expectantes que la miraban.

–Es hora de irse a la cama, Tom –le dijo en voz baja, para ocultar su turbación.

Se marchó, a regañadientes como era de esperar, mientras los otros le deseaban cariñosamente buenas noches. Annie fue con él y lo abrazó al pie de la escalera. La luz del piso de arriba era tenue y acogedora, y Annie atisbó con cierta añoranza la oscuridad que se filtraba por la rendija de la puerta de su dormitorio.

Cuando volvió a su asiento en el sofá, el socio de Martin, Ian, evocaba unas vacaciones que él y Gail habían pasado con Annie y Martin en Provenza.

–Ya hace diez años, ¿puedes creerlo?

–Nueve –corrigió Martin.

Había llovido durante dos semanas, tanto, que cada vez que

iban al lavabo que había fuera de la cabaña tenían que ponerse botas de goma y refugiarse bajo una sombrilla de golf. Habían jugado interminables partidas de bridge, que a nadie dejaron contento porque Ian y Gail eran buenos jugadores y Annie y Martin distaban mucho de serlo. Annie era amante del sol, y la ponía de malhumor tener que perderse su bronceado anual. Ahora bromeaban de buen talante sobre aquello, como solía ocurrir, y ella se esforzaba por reír junto a los demás.

–Por aquí tengo las fotos –dijo Martin–. El otro día las miraba, mientras Annie estaba en el hospital.

Revolvió un cajón y encontró un sobre amarillo. Las fotografías pasaron de mano en mano, y con cada una brotaba la risa y el recuerdo. Cuando llegaron hasta Annie, observó su propio rostro y el de los demás que la rodeaban, como si estuviera observando un grupo de conocidos de mucho tiempo atrás, casi olvidado.

Devolvió las fotos a Martin y regresó a la cocina. Encendió las velas en el candelabro de peltre y observó su reflejo en el vidrio oscuro de las ventanas del jardín. Los diminutos óvalos de luz se mecían, chisporroteaban y volvían a encenderse, nítidos y brillantes.

–Todo listo –llamó.

Llegaron en tropel, y se sentaron, bromeando y discutiendo. Annie decoró los canapés de pescado con pequeños ramitos de perejil, y los presentó a la mesa. Se produjo un coro de admiración.

–Annie, eres sorprendente...

–Mirad esto, ¿queréis? Especialmente tú, Gail, amor mío...

Martin caminó alrededor de la mesa, sirviendo champán. Annie se sentó a la cabecera de la mesa. El cordero estaba en el horno, adquiriendo un tono rosado en el interior, mientras la pasta que lo envolvía se doraba. Eso estaba bajo control. Pero el champán bullía en su cabeza, y Annie frunció el ceño, tratando de pensar en otro motivo de ansiedad. Acaso hubiese sido una demostración innecesaria preparar una comida como ésa. Acaso estuviera tratando de hacer ver que nada había cambiado, cuando en verdad nada seguía siendo igual, de modo irrevocable, y tal vez hubiera sido más honesto servir bizcochos secos.

¿Estaré mintiendo a todos?, pensó Annie locamente. A su derecha, David, el padre del amigo de Tom, alcanzaba la botella de champán que Martin le pasaba y le llenaba la copa. Levantó la suya y dijo:

–Por ti, mi amor. Y que haya muchas cenas más.

–Muchas cenas más –repitió Annie, y bebió.

La velada transcurrió a su alrededor, con toda la algarabía. Después de un rato descubrió que el alcohol la ayudaba: privaba de agudeza a su percepción. Sirvió el cordero y se reclinó contra el respaldo de la silla, observando los rostros.

La habitación era acogedora a la luz de las velas, y la impregnaba el olor a cocina. Una de las mujeres lucía largos pendientes destellantes, y cada vez que se inclinaba hacia adelante, mientras contaba una historia, los pendientes oscilaban y reflejaban puntos de luz colorida. Cuando remató el cuento se produjo un estallido de risa, y Annie rió junto a ellos.

–No como Annie –dijo David, en respuesta a la observación de alguien, tras lo cual le estrechó la mano con cariño.

Los ojos de Annie recorrieron la mesa. Todas eran personas agradables, de buen humor, pensó, satisfechos, reunidos en un lugar cómodo y tibio. A través del nimbo de las velas miró a Martin, y su rostro no significó para ella más que el de los otros. Igualmente familiar, e igualmente distante de ella. Annie de pronto sintió frío. Tanto frío, que comenzó a temblar bajo la blusa roja. Todos eran desconocidos, hasta Martin. Fríamente, supo que la única persona real era Steve. Sintió su cercanía, y la piel de la nuca se le erizó de sólo imaginar que él extendía la mano para tocarla. Muy claramente vio la habitación del hospital, con las luces atenuadas por la noche, y el rostro de Steve en el nítido círculo de luz sobre su cama. Supo que él estaba pensando en ella, y los pensamientos fueron como un puente que los unía. Sintió un ansia tan desesperada de estar con él que apretó los puños contra su regazo, hundiendo las uñas en las palmas de la mano para poder contener el dolor que le producía.

La cena parecía transcurrir a gran distancia. La observaba a través de un espacio vacío y frío.

–Annie... ¿estás bien?

Vio nuevamente el destello de los pendientes, y ofreció a todos su sonrisa, deseando parecer creíble.

–Sí, estoy bien. ¿Qué os gustaría ahora: queso o postre?

Apartó la silla y se dirigió a la nevera con paso vacilante, agradeciendo la ocasión de volver la espalda hasta poder controlar otra vez su rostro. Contempló el interior blanco, y el recipiente con la espuma de limón entre las monótonas provisiones familiares. Nada de esto era real. La única experiencia real que había tenido en su vida era la oscuridad compartida con Steve. El único sentimiento real era el que sentía por él en ese momento.

–Yo lo llevaré –anunció Martin. Se aproximó por detrás de ella y levantó el postre. La besó en la mejilla antes de alejarse otra vez–. Ha sido una cena maravillosa.

–Me alegro –susurró Annie–. Es lo que quería.

Fue una cena maravillosa, y milagrosamente nadie había visto o adivinado lo lejos que había estado de ella. Nuevamente estaba en su asiento, sirviendo el postre cremoso, cuando Gail se inclinó sobre la mesa. Con los ojos bien abiertos de fascinada consternación, exclamó:

–Sabía que tenía algo que deciros. ¿Alguien sabía que los Frobisher se separan?

Hubo un murmullo de sorpresa y conmoción, y luego de alivio indudable. No es a nosotros a quienes les pasa. Hasta ahora todo va bien.

–No puedo creerte.

–Yo tampoco.

–Es cierto. Me lo ha dicho ella. Él se marchará en cuanto consiga un apartamento. Dijo que en realidad hacía años que no se llevaban bien, y que ahora que todo había terminado las cosas estaban mejor.

–Qué extraño. Siempre habían parecido ser el uno para el otro. Se cogían de la mano, en las fiestas siempre bailaban juntos...

Martin levantó otra botella de vino.

–¿Alguien quiere? ¿Os he contado mi teoría?

–Probablemente un millón de veces...

–Mi teoría es que precisamente la gente que se desvive por mostrarse tan increíblemente feliz es la que en realidad está a punto de naufragar. Mirad a los Frobisher.

–Mientras que las personas como nosotros...

–... que se pasan el día peleando por el dinero, y fastidiándose mutuamente, y prometiendo no llegar tarde a casa, son los que en verdad viven felices. Los que no pueden vivir sin el otro.

Observó a Annie a través del reflejo de las velas. Había comenzado a hablar suavemente, pero luego fue dirigiéndose a ella, tratando de formularle la pregunta. Esa pregunta muda iba creciendo en su interior desde que Annie había vuelto a casa. No podía hacérsela cuando estaban solos, y por eso la había envuelto y empujado delicadamente a lo largo de la mesa para que ella la recogiera, ante la vista de todos sus amigos.

¿Todavía me amas? Era banal, naturalmente. Pero él no te importa, ¿verdad? ¿Sólo por lo que pasasteis juntos?

El rostro de Annie era un óvalo descolorido, muy distante. Sus ojos carecían de brillo.

En ese momento, Martin ya no dudó.

Annie se había alejado, y él tendría que luchar para que regresara.

Escuchó su propia voz, hablando, bromeando con sus amigos alrededor de la mesa para ocultar su temor, y de pronto su vida entera fue una mascarada similar.

Martin vació la copa, volvió a llenarla y bebió otra vez.

No, pensaba Annie, aún escuchando para sus adentros las palabras de Martin. No es así. Ni tan seguro ni tan acogedor como Martin lo presenta. Nosotros fuimos felices, ¿o no? Y entonces un día, en una hora, todo cambia. ¿Cómo es que ha ocurrido todo esto, y qué podemos hacer ahora?

La pregunta daba vueltas por su cabeza, sin respuesta.

Por fin, la velada terminó.

Se acabó la última taza de café, y la última copa de champán. Y sus amigos se fueron, uno tras otro, en la noche negra y fría.

–Adiós a todos. Fue maravilloso, Annie. Eres increíble, ¿sabes?

–Sí, pero me parece que todavía estás un poco fatigada. No trabajes demasiado.

–¿Nos vemos el sábado? Con los chicos, por supuesto.

–Adiós. Buenas noches.

Las palabras resonaron en torno de Annie, amigables y extrañas. No hacían sino destacar su soledad.

Martin echó un vistazo a la cocina.

–Ve arriba. Yo recojo todo esto. –La miró, y como no respondía, le ordenó–: Ve, Annie.

Ella se marchó, demasiado cansada y sola para intentar nada más. Se recostó en la cama, en la oscuridad reconfortante, y escuchó los sonidos de la casa. Se sentía como una intrusa. Por fin llegó Martin. Encendió la luz y se sentó pesadamente en su lado de la cama.

–¿Estás despierta?
–Sí.
No sabía qué decir.
Martin se puso de pie y caminó por la habitación, desvistiéndose. Estaba algo ebrio, y se golpeaba contra las esquinas de los muebles.
Cuando terminó, se deslizó bajo las sábanas a su lado.
Durante un momento ambos quedaron quietos. Entonces, con un movimiento torpe y posesivo, Martin la rodeó con sus brazos. Apoyó el cuerpo de ella contra las curvas del suyo, y acercó la boca y la lengua al oído de Annie. A ella le pareció cálido, sólido y ajeno, muy ajeno. Cerró los ojos. Era su marido. De pronto la azotó saber qué azarosos habían sido todos los caminos que había escogido a lo largo de la vida hasta ese instante. Del mismo modo podría haberse casado con David, o con Ian. Contra su cuerpo podía estar el de cualquiera de ellos, el de alguien conocido o desconocido, y para ella habría sido igual.
De alguna manera, cruelmente, pero con una fuerza tan poderosa que aún entonces la derretía, Steve había pasado a ser el único hombre que conocía. El único hombre que quería, y no estaba allí. Annie permaneció tendida, inmóvil, mientras su esposo le hacía el amor, sin sentir nada. Y cuando terminó, quedó tendida en la oscuridad, escuchando su respiración, la de un extraño.
Martin se había vuelto a medias, pero no dormía.
Annie había estado en sus brazos, y en ese sentido había sido tan generosa como siempre, pero a pesar de la intimidad del contacto no había podido llegar hasta ella. Podía sentir su lejanía, y el silencio que ella le imponía. Allí estaban los dos, y entre ellos había un espacio helado, que mantenía sus sentimientos dolorosamente distantes.
De pronto, Martin se enfureció. En su interior palpitaba un nudo de ira, dirigido hacia Steve. No podía enfadarse con Annie: todavía no. Ella había tenido que pasar por muchas cosas.
Vio el rostro de Steve tal como lo recordaba esa Nochebuena, con el rostro oscurecido y hundido contra las almohadas del hospital. Y evocó el pequeño espacio donde Steve había sostenido a Annie, donde habían compartido esas terribles horas, que se avergonzaba de envidiar. Ese espacio, que parecía mucho

más pequeño que el hueco de la cama donde Annie y Martin estaban en ese instante.

La ira le golpeaba el pecho, y sus puños se cerraron bajo las sábanas. No sentía ninguna simpatía por Steve, y tuvo la certeza de que sería un oponente formidable. Tendría que ser un oponente, un enemigo, desde luego, porque Martin lo alejaría de Annie.

Annie. Mi esposa, en el silencio del dormitorio.

Le pareció que ella temblaba, y esperó con el aliento contenido que ella le extendiera la mano. Pero nada ocurrió. Con la imaginación encendida por el alcohol, Martin planeó en cada detalle furibundo cómo al día siguiente iría hasta el hospital. Se detendría de pie, ante la cama de Steve, y le diría que dejara en paz a Annie. Su ira y su determinación de no perderla eran suficientemente grandes y sencillas para afrontar cualquier oposición. Martin estaba seguro de eso.

Cuando finalmente logró dormirse, tuvo sueños ambiguos y poco agradables.

Por la mañana, su ira había desaparecido. Se afeitó y bajó la escalera. Oyó a los niños riñendo durante el desayuno, y sintió un leve dolor de cabeza. Pero supo que no iría a ver a Steve. No era propio de él forzar una confrontación, ni siquiera con Annie. Especialmente con Annie. Miró a través de la cocina su rostro pálido y exhausto, y nuevamente se avergonzó. Apenas se había recuperado, y muy probablemente se sintiera muy infeliz.

Cuando llegó la hora de irse al trabajo, Martin abrazó a su esposa y descansó la cabeza sobre el cabello de Annie. Ella le devolvió el tibio contacto, pero mantuvo el rostro vuelto a su lado. Martin se marchó del hogar cavilando sobre esta breve afirmación.

La sensación de lejanía seguía junto a Annie. Arrojaba una luz extraña y perturbadora sobre la rutina de todos los días.

Annie se ocupaba mecánicamente de la casa. Iba a hacer las compras a las tiendas del barrio, y miraba los estantes familiares como si nunca antes los hubiese visto. Lavaba y doblaba la ropa, y llevaba a los niños en el coche, de aquí para allá. Cada día se sentía más fuerte físicamente. Por las noches se sentaba con Martin, escuchando el silencio entre ambos, temerosa. Seguía soñando con la oscuridad y la asfixia. Annie se despertaba temblando, y lo encontraba durmiendo a su lado, y así como en su imaginación se levantaba una mortaja de polvo de ladrillo, levantaba la mano para tocar la tibieza ajena de la piel de Martin. Annie iba regularmente al hospital, para ver a los especialistas y para someterse a más exámenes. Esperaba pacientemente en los diversos consultorios, aliviada por la forma en que el sistema la despojaba momentáneamente de toda responsabilidad sobre sí misma. Y después de hacer todo lo que debía en los consultorios externos, y sólo después, Annie se permitía subir a ver a Steve.

La primera vez no hacía más que unos días que a Annie le habían dado el alta, pero parecía como si hubieran estado dolorosamente separados durante meses. La mañana que debía ir al hospital fue a su habitación y escogió muy cuidadosamente qué ropa se pondría. Se maquilló, y las manos le temblaban tanto que los delicados toques se le emborronaban. Annie observó su imagen y pensó «esto es como volver a ser una niña». El reconocimiento de esta verdad la hizo reír, pero el corazón seguía latiéndole fuertemente. Se alejó de la casa silenciosa y caminó hacia la estación del metro, recordando aquella última vez, esa mañana ventosa de invierno en que los copos de nieve revoloteaban por el aire. Esta mañana hacía tanto frío como aquélla, pero debajo del cerco desnudo del jardín del frente no había copos de nieve, y los pálidos brotes de hojas de azafrán se asomaban entre la tierra. Cuando vio las flores fue como si se hubiera internado en un haz de luz. Se apoderó de ella la misma felicidad de estar viva que había sentido el día que la sacaron de cuidados intensivos. Steve había conocido esa felicidad, y el regreso de la dicha la acercaba aún más intensamente a él.

Por un instante, de pie en la calle salpicada, Annie olvidó su angustia y su culpa. Sonrió y enderezó los hombros, mientras pensaba: que sea lo que deba ser. Entonces, comenzó a caminar, nuevamente, más de prisa, sintiéndose fuerte y completa en su felicidad. La gente que pasaba miraba su rostro y volvía a mirarlo, observándola avanzar, pero Annie no veía más que la cálida luz y las primeras señales de la primavera.

Cuando finalmente franqueó la puerta de la habitación, vio a Steve sentado en su silla, al lado de la cama, con las muletas apoyadas a su alcance. Durante todo el trayecto en el ascensor había estado preparándose ante la posibilidad de que no estuviese allí. Observó que estaba mucho más pálido y delgado que el Steve que habitaba su mente, y pensó que debía haber estado imaginándolo cómo sería cuando volviese a andar, y estuviera en condiciones de dejar el hospital. Deseaba que eso pasara pronto. Ella advirtió también que la sensación de distancia se había evaporado. Era sencillamente Annie: el corazón le galopaba, y la boca se le secaba, de gozo y aprensión.

Entonces, él levantó la vista y la vio, y ella quiso correr y contenerse a la vez.

Steve la observó andar hacia él, y pensó: «Es hermosa. No me había dado cuenta».

Apenas se acercó, Steve extendió la mano y ella la aferró. Permanecieron así un instante. Era todo lo que podía hacer ante la mirada de toda la sala. Luego Steve intentó tomar sus muletas, pero ella lo detuvo rápidamente:

–No te muevas. Yo me sentaré a tu lado.

Acercó una silla a la de él.

–Seis días es mucho tiempo –dijo Steve suavemente.

Annie vio las ansias en su rostro y tuvo que apartar la mirada. Aún faltaba un rato para la hora de las visitas, y la mayoría de las cortinas estaban corridas, mientras los hombres dormían la siesta después de comer. Pero así y todo había uno o dos pacientes que iban de aquí para allá, y estaban las enfermeras. Una de ellas miró en dirección a ellos y volvió a mirar con más atención. Agitó la mano a modo de saludo tardío.

¿Se darían cuenta de lo que estaba pasando?, pensó Annie. Sin duda deben notarlo. Estaba escrito en su rostro tan claramente como en el de Steve.

Volvió la cara hacia él, olvidándose de la sala. No le importaba. Lo único que contaba para ella en ese lugar era Steve.

–Hoy fui a mi primera cita médica –dijo.

–Y no vendrás a verme a menos que tengas más citas como excusa.

–No es una excusa –comenzó, y luego se detuvo.

Estaba valiéndose del hecho de tener que estar en el hospital como pretexto, diciéndose a sí misma que siempre le quedaba la posibilidad de comentar con Martin, de pasada: «Subí a la sala a ver a Steve. Sólo por cinco minutos, ya que estaba de paso, ya sabes. Ha mejorado mucho».

Pero, por supuesto, no diría nada a Martin. Nada en absoluto, fuera de las esperas en hematología, y de los tranquilizadores pronósticos de los médicos. Había dejado de hablar con Martin de lo que le importaba, por temor a que se aproximara demasiado a «la verdad». Y que se delatara.

La felicidad de Annie se desvaneció en parte. Si Martin no sabía nada de todo esto, no interesaba cuándo viniese a ver a Steve. El subterfugio era para su propia tranquilidad, pensó Annie, porque no tenía el valor de afrontar lo que estaba sucediendo.

–No te pongas así –la animó Steve.

–No sé por qué trato de hacer como si no te viera.

El ceño se veía fruncido. Lo que antes había sido claro, de pronto se tornó sombrío. Steve se inclinó hacia adelante, y apoyó su pulgar entre las dos cejas de Annie.

–Ven cuando puedas. Eso es todo. No importa, mientras sepa que te veré de vez en cuando. No quiero que tengas más presiones.

Steve se acomodó en su silla, tratando de contener su impaciencia ante la lenta recuperación de la pierna y el tedio de la sala. El cabello de Annie olía a limpio, y emanaba una tenue esencia a limón. Y aun el mínimo roce de su piel le hacía recordar nítidamente su textura, y el contorno cubierto de su cuerpo. Steve tuvo repentina conciencia del peso del amor, que lo oprimía y luchaba por abrirse paso. Era algo nuevo para él, y lo hacía sentir pueril e indefenso.

Annie captó su impaciencia, y el rostro se le iluminó de amor.

–¿Qué te parece si caminamos un poquito? –le sugirió–. Vamos. Te ayudaré a ponerte de pie.

Entre los dos hicieron que él se irguiera. Annie le dio las muletas y Steve descansó el peso sobre los soportes de metal.

–Podríamos ir a la sala de estar.

Le sonrió, travieso.

Avanzaron lentamente hacia la sala. Annie asentía alegremente y hablaba con la gente que pasaba a su lado.

Annie abrió las puertas y los envolvió el aire lleno de humo de la sala. Estaba desierta, pero el televisor seguía aturdiendo el espacio vacío. Steve fue hacia la ventana y observó la calle. Apoyó la cabeza contra el cristal.

–Es como estar en prisión –se lamentó.

Annie se acercó a su lado y él se movió torpemente hasta poder rodearle los hombros con su brazo.

–No falta mucho –dijo ella.

–No puede faltar mucho –le respondió.

Quería besarla, pero se sentía torpe como un niño con sus muletas y la pesada pierna de yeso. Aunque pudiera abrazarla y estrecharla contra sí, las puertas podrían abrirse detrás de ellos, y acaso entrara Frankie, y las enfermeras, o el primer contingente de visitas ávidas de fumar un cigarrillo o hablar de operaciones.

–Annie... –susurró, volviendo a sentirse indefenso.

Ella se movió rápidamente, giró el rostro, y lo besó.

–No ha de pasar mucho tiempo –repitió.

Te amo, pensó, y el peso de su amor esta vez fue placentero.

–Caminemos un rato por el pasillo –propuso él.

Salieron otra vez, pasando por delante de la ventanita circular de la habitación. Sonrieron, y fue la sonrisa de dos cómplices.

Caminaron lentamente por el pasillo hacia el ala opuesta del hospital, muy juntos, escuchando el sonido de sus pasos vacilantes sobre el suelo brillante. Después de un momento, Steve dijo:

–¿Cómo te sientes, de nuevo en casa? ¿Los chicos son más felices?

–Estoy bien –respondió Annie con cautela–. A veces me canso. Están reaccionando a mi ausencia comportándose en forma o truculenta o pesada. Es lo normal en una situación así; yo tendría que haber estado preparada, y no lo estuve. De haber tenido fuerzas, ya haría tiempo que me habría salido de mis casillas. Estoy en una especie de «paciencia por hartazgo».

De pronto le sonrió, con una mueca, y él supo cómo debía ser ella en su casa, cotidianamente. Perversamente, sintió que penetraban en él los celos. Celos de Martin y de sus hijos, y de la vida que llevaban juntos. Dijo algo lo más neutral que pudo, mirando el retazo de luz que se asomaba por entre las puertas del extremo del corredor, pero supo que Annie le había lanzado una rápida mirada. Dieron unos pasos más en silencio, y luego comenzaron deliberadamente a conversar sobre su mejoría física, sobre el terreno seguro que constituía el hospital.

Y mientras hablaban, los dos tenían conciencia de que otra vez comenzaban los dos diálogos, el tácito y el manifiesto. No hablaban de Martin, si bien él estaba tan cerca como si estuviera caminando junto a ellos, creando un tercer par de pisadas lentas. Si bien hablaban del hueso de la pierna de Steve que debía soldarse antes de que pudiera ser dado de alta, no se preguntaban: *«¿Y entonces, qué sucederá?»*.

Llegaron hasta las puertas del fondo y volvieron.

–Me hace bien esto de caminar así –dijo Steve.

Annie asintió, sabiendo que él se refería a que lo ayudaba a romper la frustración y el aburrimiento.

–¿Y tú? –le preguntó–. ¿Qué te dijo el nefrólogo?

–Estoy bien. He tenido más fortuna que tú. Esto se cura más rápido.

–¿Sigues teniendo sueños?

–Sí. Sueño con la oscuridad, con el ruido, y tengo miedo...

–Lo sé.

Entonces se miraron, escuchando el sonido de sus voces, como si la luz estéril del hospital de pronto se hubiese extinguido. Eso era, pensó Annie. Él lo sabía, y cuando por la noche se despertaba y extendía la mano para tocar la piel cálida e insensible de Martin, lo culpaba por no saber, y por no poder saber.

–Los sueños pasarán –dijo Steve.

–Sí.

Los sueños, pero no el resto. ¿Acaso Steve pensaba en lo mismo? Allí estaba la conversación, tácita pero audible, tal como había sido al final, antes de que los bomberos llegaran hasta ellos. Llegaron a lo alto de la escalera, a mitad de camino entre las dos alas, que conducía al salón principal. Por las escalinatas se escuchaban voces, y entonces apareció la primera ola de visitantes, subiendo penosamente, con sus bolsos y sus flores. Los miraron pasar, y por un instante Annie olvidó que ella también pertenecía al mundo exterior. Los visitantes se veían distintos, extraños en sus pesadas ropas de calle, y ella se sintió muy cerca de Steve, tal como había sido cuando ambos estaban tendidos en la oscuridad.

Se preguntó, con un ligero latido de desesperación, si alguna vez volvería a sentir una cercanía como aquella.

El grupo se separó, en dirección a las dos salas, y Annie y Steve oyeron más voces y pasos que avanzaban por la escalera.

–¿Hoy esperas a alguien?

–Tal vez.

Annie sintió celos entonces, pensando en las imágenes que tenía de sus visitantes anteriores, e imaginando una corriente de enviados de su mundo exterior. Se ajustó el cinturón de su abrigo y dijo, demasiado enérgicamente:

–De todas formas, ya me iba. Ben está con mi suegra.

No le interesa que le hable de mis hijos, pensó con dolor. ¿De qué puedo hablarle? ¿Qué otro terreno en común tenemos, salvo ese hecho terrible y fortuito que nos ocurrió, y la intimidad que nos ha dado, de la cual no podemos escapar?

No quiero escapar, se respondió.

Steve estaba haciendo equilibrio torpemente, tratando de liberar una mano para poder tomar la de ella. Su rostro se había oscurecido. Casi parecía enfadado. Ahora que había llegado la hora de alejarse de él, Annie quería que terminara de una vez, rápido, antes de sentir dolor.

–Vendré la próxima vez. En el próximo turno –dijo.

Steve quería aferrarla y detenerla, para decirle: Quédate. Aún no puedes marcharte.

Pero ella ya estaba en camino.

–¿Pero vendrás? –preguntó, insistente a causa de su inmovilidad.

–Desde luego.

Entonces ella le sonrió, y él se quedó en lo alto de la escalera, observándola partir. Se la veía pequeña y delgada dentro del inmenso abrigo, y recordó qué inesperadamente hermoso había sido su rostro cuando se acercó hasta él. Entonces ella bajó por la curva de la escalera, y ya no pudo verla más. Steve descansó su peso un instante sobre las piernas de metal, mirando el sitio donde ella había estado, y luego caminó hacia el cubículo de la habitación y hacia su lecho vacío.

Las siguientes visitas fueron iguales. Annie esperaba con ansiosa impaciencia contenida que llegase el día, y cuando eso ocurría, sus breves momentos junto a Steve eran como locos paréntesis, que se agregaban a la conciencia interna y permanente que tenía de él. Hablaban, y luego se miraban en silencio, y Annie sabía que ambos estaban a la espera.

A poco de su visita, Steve fue trasladado de la antigua sala a un sector ortopédico para residencia prolongada. Los demás pacientes estaban inmóviles, o pendían de complejas poleas, o se movían con dificultad sobre muletas, igual que Steve. Ninguno de ellos conocía a Annie, de modo que ella podía encontrarse con Steve sin sentir que la observaban con algún interés especial. Pero tampoco la conocía ninguna de las enfermeras, y por eso solamente podía ir a verlo en horario de visita, como todo el mundo. A veces debía esperar largas horas una vez que concluían sus citas médicas, hasta que abrieran la sala. Otras veces las esperas en los consultorios externos eran tan prolongadas que cuando llegaba a ver a Steve, el horario de visita casi había finalizado. Él nunca más volvió a pedirle que viniera a verlo con algún otro pretexto, y ella apenas podía darse cuenta de la importancia que revestían sus visitas para él, en la monótona procesión de sus días. Annie al menos podía apaciguar un poco su ansiedad con las tareas de la casa, la cocina y el cuidado de los niños, pero Steve no tenía otra cosa más que el hospital, y la constante sensación de estar atrapado allí.

Protegía las visitas de Annie con ferocidad, advirtiendo a todos los conocidos que no fueran a verlo esos días. La mayoría de ellos miraba su rostro y aceptaba la restricción, pero una sola vez, ya fuera por accidente o por curiosidad, llegó Vicky. Annie ya estaba allí, y cuando Vicky los vio ni siquiera estaban conversando. Sencillamente estaban sentados juntos, acopiando fuerzas del hecho de estar cerca y de tomarse de la mano.

Esa concentrada quietud detuvo a Vicky en su confiada entrada a la sala. Pero sólo vaciló un instante, y luego siguió avanzando, anunciándose:

–Hola, amor mío. Vine hoy en lugar del jueves porque...

Entonces Steve levantó la vista, y cuando Vicky vio la expresión de su rostro las palabras se le ahogaron en la garganta. La mujer de cabello rubio miró a Steve, y luego a Vicky, mientras la visitante depositaba a los pies de la cama un paquete de nuevos libros y revistas.

–No te esperaba hoy –dijo Steve suavemente.

–No. Bueno, el jueves tengo una conferencia, ¿sabes?, de modo que decidí que...

Las palabras volvieron a enmudecer cuando los miró. Aun desde donde estaba situada, Vicky podía sentir la corriente que fluía entre ambos, excluyéndola.

La mujer rubia dijo:

–Pase y siéntese. Me iré en un minuto.

Vicky advirtió que tenía una voz cálida, y que su sonrisa trataba de ser acogedora. Pero esta sonrisa no hacía sino destacar la seriedad de los labios de Steve. La joven hizo un lugar para que Vicky acercara una silla, y mientras esperaba a que Steve escuchara lo que Vicky le decía, se volvió discretamente para observar las cubiertas brillantes de las novelas.

–De modo que ésa es la razón por la que estoy aquí esta tarde –concluyó Vicky terminante. Había recobrado posesión de sí misma–. Siento haberos interrumpido. Ahora que estoy aquí, ¿no nos presentarás?

Sonrió a la otra mujer.

–Vicky, ésta es Annie. –Steve se aferró al nombre, como si no quisiera que se marchase–. Annie, ésta es Vicky.

–Ah, ya sé. –Vicky comprendió de pronto–. Usted... usted también estaba ese día en la tienda, ¿verdad?

–Sí. Estuve allí –dijo Annie con su tono grave de voz.

–Debe de haber sido horrible.

–No creo que hubiese sobrevivido allí abajo si no hubiese sido por Steve.

Vicky advirtió que no miró a Steve al pronunciar su nombre. Como si no pudiera confiar en sí misma como para mirarlo, por temor a que su rostro perdiera la compostura.

Se hizo un momento de silencio, antes de que Vicky dijera, lo más suavemente que pudo:

–Tuvieron la suerte de tenerse mutuamente.

Ni Annie ni Steve hablaron. Eso correspondía a Vicky, quien hizo todo lo que pudo por llenar el silencio incómodo con cantidad de chismes de su mundo y del de Steve.

Al cabo de un rato, cuando juzgó que no parecería estar huyendo, Annie miró su reloj y luego se puso de pie.

Involuntariamente, la mano de Steve se extendió para atrapar su muñeca. Tan pronto sus dedos la tocaron, la dejó caer.

–No te vayas aún.

–Debo irme. Vendré otro día.

Tomó el bolso, a un costado de la silla, y al agacharse su rostro quedó a la altura del de Steve.

Vicky no se movió, esperando el beso de despedida en la mejilla que le diría hasta dónde había llegado su relación. Pero ninguno de los dos hizo el menor gesto. No se besaron. Se miraron, y el cabello de Annie cayó hacia adelante ocultando sus mejillas. Recogió sus pertenencias y se alejó del grupo de sillas.

–Adiós, Vicky –dijo formalmente y luego, en un tono de voz mucho más grave–: Adiós.

Ni siquiera ha podido pronunciar su nombre, estando yo aquí, escuchando, pensó Vicky.

Annie se marchó, sin mirar atrás.

El rostro de Steve estaba oscuro y rígido, y por primera vez desde que se conocieran, Vicky no supo qué decir.

Lo intentó.

–Debe de resultar útil el poder hablar con alguien que también pasó por lo mismo.

–Así es.

Armándose de todo su coraje, le preguntó:

–¿Ella te gusta?

–¿Si me gusta?

Steve se volvió hacia Vicky, examinando su expresión como si jamás hubiera reparado en ella.

–Sí –respondió, y la palabra cayó como un duro guijarro dentro de negras aguas.

El rostro de Vicky no se alteró: se sentía demasiado segura de sí para dejar entrever sus sentimientos, pero así y todo, las palabras resonaron en su mente. Entonces, se trata de esto.

Annie volvió a la estación de metro con los hombros encogidos de frío. En medio de la ciudad no había el menor signo de la primavera cercana que tan feliz la había hecho esa mañana. Pensó nuevamente en ella, mientras los celos cristalizaban en su interior. Podía ver el rostro de Vicky: más joven que el suyo, de piel tersa y clara. La chica de Steve tenía una expresión inteligente y algo dura en el rostro. Era la clase de mujer ambiciosa y decidida que Annie siempre había encontrado amenazadora. Y Steve la había elegido, ¿o no? Había hablado de ella en la ocuridad. Eso fue antes de que llegara Vicky, le había dicho.

Annie trató de respirar profundamente para contrarrestar las oleadas de pánico que surgían dentro de su pecho. Pensó: «¿Qué derecho tengo de estar celosa? Voy a mi casa, junto a mi marido y a mis hijos. No tengo ningún derecho sobre Steve. No podemos exigirnos nada».

Pero deseaba poder hacerlo. Ésa era la verdad, y su crudeza la hizo estremecerse bajo el viento invernal.

Fue ese mismo día, Annie recordaría más tarde, que Martin reveló por primera vez estar dándose cuenta de que algo andaba mal.

Llegó a casa más temprano que lo habitual. Annie estaba

lavando los platos de la cena de los niños, y la cocina seguía desordenada con platos sucios, juguetes y lápices desparramados. Oyó el golpe seco del maletín de Martin contra el umbral de la puerta y el sonido de sus llaves en la cerradura. Mientras se abría la puerta de la calle, Benjy, que había estado en el suelo mirando la televisión, de pronto dio media vuelta y pegó un manotazo a la casa de ladrillos que Thomas estaba armando. Se produjo un aullido de protesta y los niños se enzarzaron en una riña en medio de gritos y puñetazos.

Annie se secó las manos escaldadas en la falda y pasó frente a Martin, que entraba, sin mirarlo. Se inclinó sobre sus hijos y los separó. Temblaba de furia mientras les gritaba incoherentemente:

–Basta. ¡Basta digo! Dejad ya de pelearos todo el tiempo. No os soporto. No os soporto más. ¿Habéis oído? –Lanzó un golpe ineficaz al trasero más cercano que le pasaba por delante, mientras los niños se escabullían–. Arriba. Los dos. Id a la cama.

–Papi...

–Haced lo que vuestra madre os dice –dijo Martin imparcialmente.

Se fueron, rezongando. Una vez que la puerta se cerró detrás de ellos, Annie aflojó la tensión de sus hombros. Su ira se desvaneció tan pronto vino, y la dejó con la sangre retumbando en la cabeza.

–Hola –saludó Martin–. ¿Te acuerdas de mí?

Annie lo miró, recostado contra la puerta cerrada con sus tonalidades grises, parte del mobiliario familiar de la opresiva habitación.

–¿Cómo podría olvidarte?

Regresó al fregadero y comenzó a retirar los platos chorreantes. Él la siguió y le aferró el brazo, de tal forma que tuvo que detenerse, con la cabeza inclinada sobre las burbujas. Desde arriba escuchó el golpeteo de pasos y luego el salpicar del agua en la bañera.

–Annie. Ya hemos tenido suficiente. ¿Qué es lo que pasa contigo?

El correr del agua en la bañera cesó, y en el silencio repentino las burbujas sonaron como besos ruidosos. De pronto, con desatino, Annie quiso echarse a reír locamente.

–No me pasa nada.

–Desde que has vuelto a casa te has portado como si vivieras un martirio silencioso, o con ráfagas de ira. Sé que te ha sucedido algo terrible...

¿Es tan terrible haberse enamorado de un hombre que no es el esposo de una?

–... pero tarde o temprano tendrás que olvidarlo, y comenzar a vivir nuevamente. Si necesitas ayuda, Annie, ten la sensatez de pedirla. Y si se trata de algo más, dímelo y deja de descargarte con los niños.

Terminó de hablar de pronto, y el silencio se cerró nuevamente. Le había dado pie para que ella continuara, deliberadamente. Pero Annie sabía que no podría encontrar las palabras adecuadas para negar lo que estaba sucediendo, o para convencerlo de que todo estaba en orden.

Martin suspiró, y le volvió la espalda.

–¿Qué hace falta hacer?

–Podrías bañar a los niños y acostarlos.

–Desde luego que lo haré, si eso te es de alguna ayuda.

Salió y cerró la puerta detrás de sí, y en un momento Annie oyó a los tres conversando y riendo en el baño. Una vez sola, terminó de limpiar la cocina y luego limpió el fregadero hasta que volvió a brillar.

Más tarde, cuando los niños dormían, Martin y Annie se sentaron el uno frente al otro en la mesa de la cocina y cenaron juntos.

Háblale, se dijo Annie. Háblale. Pero no pudo pensar en nada que decir que no rozara temas peligrosos, y temió que sus frágiles defensas cedieran si se acercaba a la verdad. Temía que todo su dolor y su felicidad culpable brotaran sin control. Sabía cuánto lastimaría la verdad a Martin, y reconoció que lo que más temía en el mundo era herirlo. Incluso más que a la oscuridad de sus sueños, y que al vacío que descubría cuando se despertaba y veía que Steve se había ido de su lado.

Y así permanecieron mudos, bajo el haz de luz que caía sobre la mesa. Martin volvía las páginas del *Architectural Review* sin prestar atención.

Después de cenar, cuando Annie terminó de lavar los platos, Martin dijo que tenía que hacer unos planos urgentes. Tomó su maletín y subió a su estudio, en el ático.

Annie no supo cuánto tiempo estuvo sentada en su lugar, inmóvil, hasta que sonó el teléfono. Se puso de pie automáticamente y fue a contestar, pensando mientras cruzaba la sala que seguramente sería alguien para Martin, relacionado con el trabajo que estaba haciendo arriba. En el estudio había una prolongación de la línea telefónica, pero Annie tomó el auricular situado en la pared de la cocina y dijo:

–Diga...

Escuchó cómo caían las monedas de un teléfono público, y luego la voz masculina de Steve.

–Annie.

Se reclinó contra la pared de la cocina. Se había quedado sin aliento del alivio por haber contestado antes que Martin.

–No puedes llamarme aquí.

–Pues lo he hecho.

Sabía dónde se encontraba, y lo veía con más claridad que las baldosas de la cocina y que los dibujos de los niños colgados en la pared junto al teléfono. Él estaba en el largo corredor que había fuera de la sala de ortopedia, donde dos cabinas grises daban cobijo a los teléfonos públicos. Las luces ya habrían sido atenuadas para la noche, arrojando sombras en los rincones. Imaginó las aborrecidas muletas descansando contra la pared, y lo vio a él, afirmándose con la mano libre. Y luego la forma de su mano, la tibieza de su mano.

–¿Qué habrías hecho si Martin hubiera respondido? ¿Decir que era un número equivocado, o alguna tontería por el estilo?

–Debía hablarte, Annie. ¿Me escuchas? No quiero que estés celosa de Vicky. No quiero que estés celosa ni que tengas miedo de nadie, o de nada, porque no hay ninguna causa para ello. –Hablaba muy de prisa, y su voz era tan tenue que parecía un susurro. Annie cerró los ojos en la cocina y se esforzó por escuchar sus palabras–. Sólo quería decirte, antes de que te vayas a dormir, que te amo. Recuérdalo.

Recordó la pequeña habitación de la vieja sala, y la forma en que se habían abrazado. No le había pedido nada a cambio, entonces. Incluso le había impedido decir cualquier cosa.

Ahora tenía la sensación de que el íntimo diálogo silencioso había adquirido volumen. Se hacía insistentemente más alto, de modo que todo su cuerpo reverberaba con él y, finalmente, exigía ser expresado en palabras.

–Lo sé –le respondió. Y luego, sin poder evitarlo–: Yo también te amo.

Del otro lado de la línea escuchó cómo soltaba el aire con fuerza.

Fuera de eso, no había más que decirse.

Las palabras mudas se habían pronunciado, y no tenía sentido decir las otras, que se abalanzaban presurosas tras las primeras, hundiéndose en la distancia física que los separaba.

–Ojalá pudiera tocarte –le dijo.

–Pronto –le prometió Annie.

–Buenas noches, amor mío.

Dejó de oírlo entonces, y Annie quedó con el auricular en la mano, escuchando absorta. Lo devolvió a su sitio y entonces advirtió que había hablado en un murmullo, como si Martin pudiese oírla, aun cuando se encontraba dos pisos más arriba. Susurrando, simulando, y evitando hablar, por temor a que el tópico aparentemente más inocente rozara accidentalmente la verdad. Engañaba y mentía, incluso por omisión. A esto la había conducido la dicha que abrigaba dentro de sí.

Con la mano extendida, tambaleándose por la cocina como si fuera ciega, Annie halló el camino de regreso a su silla. Se sentó encogida, con las manos cruzadas envolviéndole el pecho. Haber escuchado la voz de Steve esa noche, sólo eso, la hacía intolerablemente feliz, y las promesas que habían intercambiado bastaban para que la sangre bullera enloquecida en las venas.

Pero esa misma felicidad la horadaba, mientras paseaba la mirada por la cocina, porque sabía que no tenía esperanzas, y que estaba atrapada allí por Martin, por sus hijos y por las capas de amores y costumbres que habían construido y sellado juntos a lo largo de los años.

La felicidad y el pesar corrían juntos, y se fundían en un nudo asfixiante que yacía como un peñasco dentro del corazón de Annie. Por fin, moviéndose como una anciana, fue hasta arriba y se desvistió para acostarse. Se tendió en la cama y las sábanas le resultaron frías y pegajosas al contacto con su piel. Encogió las rodillas contra el pecho y se acurrucó contra el nudo de dolor.

–No sé qué hacer –murmuró–. No sé qué hacer.

CAPÍTULO 7

Tibby había ido a descansar a un hospital especial.

Cuando Annie fue a verla se quedó azorada por la diferencia entre el gran hospital general donde ella había estado internada y éste. Las salas y los pasillos estaban enmoquetados, las paredes con cuadros, y las salas de estar eran muy acogedoras. No había olor a medicamentos, e incluso la vestimenta de las enfermeras evitaba parecer uniformes.

Tibby parecía feliz.

–Es como estar en casa –sonrió–, sin ninguna de las responsabilidades.

Su rostro se veía brillante, pero en las profundidades del gran sillón tapizado donde Annie la había hecho sentar, parecía algo encogida y frágil.

–Me alegro –dijo Annie–. Parece ser un buen lugar.

No había dudas acerca de la evolución de la enfermedad de su madre. El cáncer era inoperable, y si bien las estimaciones de los médicos eran deliberadamente vagas, comenzaban a hablar en términos de semanas, ya no de meses. Tibby sabía exactamente lo que le estaba sucediendo, y lo aceptaba con silencioso coraje, agradecida. La ayuda del hospital era sólo para que se sintiera lo más cómoda posible, y para que pudiera disfrutar del tiempo que le restaba.

–¿Cuándo te gustaría volver a casa? –le preguntó Annie.

Los médicos le habían dicho que, al menos durante cierto tiempo más, Tibby podría escoger entre estar en el hospital o en su propio hogar.

–Oh, querida, no lo sé. Aquí estoy muy cómoda. Pero me siento muy holgazana, sin tener qué hacer. Todavía puedo valerme por mí misma. Temo que Jim no se las esté arreglando bien en casa sin mí. Y no me atrevo a pensar en el jardín. En los rosales, ¿sabes?

Annie pensó en el gran jardín de la esquina, y en los pétalos de las rosas abriéndose sobre los muros. A Tibby le gustaba podar los rosales en marzo, y comenzar su régimen de abonos y herbicidas. Lo más probable era que este año no viera la gran cantidad de flores rosadas, blancas y amarillas, ni que pudiera disfrutar de su fragancia nocturna a través de las ventanas mientras se desplazaba por la cocina incómoda y anticuada. Annie miró sus propias manos, volviéndolas para examinar las palmas, como si allí pudiera haber algo de importancia.

–No te preocupes por la casa –alcanzó a decir–. Papá sabe cuidarse perfectamente. Estuve ayer allí, y todo está igual que siempre. Y si quieres que cuide de las rosas, puedo hacerlo perfectamente. O si no, lo hará Martin.

Otra vez los dos diálogos, pensó Annie. Nos sentamos aquí a hablar de rosas y de limpieza, cuando las dos estamos pensando «*¿por qué debes morir?*». ¿Por qué, Tibby, y por qué ahora? Quedan cientos de cosas, miles de cosas por decir. Comenzó a hablar apresuradamente:

–Tibby, quiero...

Pero su madre le tomó la mano, estrechándola por un segundo antes de volver a apoyarla sobre el regazo de Annie. Era una forma tan clara de hacerla callar como si le hubiese dicho: «No quiero hablar de esto. Discúlpame».

En voz alta, Tibby comentó mansamente:

–Bueno, tal vez me quede aquí sólo esta semana. Y luego creo que tendría que regresar a casa.

–Muy bien –condescendió–. Desde luego, debes volver a casa cuando te plazca.

Siguieron sentadas conversando un rato más en la agradable sala de estar.

Tibby quería, más que ninguna otra cosa, escuchar hablar de sus nietos. Se inclinó en el sillón, ávida de oír pequeñas novedades. Thomas acababa de ingresar en un centro de excursionistas y Annie describió cómo había ido a su primera reunión la noche anterior, resplandeciente y henchido de orgullo en su nuevo uniforme verde.

Tibby asintió y sonrió:

–¡Qué rápido crecen los dos!

Te ha visto crecer. Ha visto a sus nietos.

Mientras trataba de captar la verdadera expresión que había por detrás de la sonrisa de su madre, Annie escuchó nuevamente las palabras de Steve. Recordó el miedo ciego que había sentido al pensar que moriría, pero evocó más vívidamente aún la amargura de tener que dejar tantas cosas sin terminar. ¿Acaso Tibby sentía lo mismo en ese momento? Y cuando Tibby paseaba la mirada por la habitación soleada, con el ligero olor a abrillantador, ¿sentiría con la misma intensidad qué valiosa y maravillosa era la vida?

Tibby parecía más pequeña y frágil que antes, pero llevaba el cabello bien peinado y sus habituales ropas pulcras y sobrias. Seguía siendo Tibby, y a pesar de toda la intimidad que Annie había creído que existía entre ella y su madre, no podía adivinar qué sentía o necesitaba en ese instante. La conversación cauta y ligera sobre el jardín y los niños prosiguió, y Annie tuvo la sensación desorientadora de que ninguna de las dos estaba prestando atención a las palabras.

Quería gritarle: «No te vayas. Te necesitamos. Todos. *Háblame*».

–... pero con el precio de los brotes germinados hoy en día –Tibby suspiró–, ¿qué otra cosa se puede hacer?

–Lo sé. Pero nunca he tenido la mano o la suerte que tienes con las plantas.

Hablé a Steve, allí abajo, en la oscuridad. Todavía podría hacerlo si dejara que sucediese, si no hubiera tantas otras cosas, tantas cosas inmutables...

Tibby se inclinó hacia adelante y tocó el brazo de Annie.

–¿Estás segura de estar bien, querida? Me parece que tienes el rostro algo demacrado.

Me he enamorado, Tibby, de un desconocido. Si pudiera, si sólo pudiera, saldría de aquí e iría derecho hacia él.

–Estoy bien. Los especialistas dicen que deberá pasar cierto tiempo más hasta que pueda estar completamente repuesta, pero todo se ha ido curando muy bien.

Yo también lo hago, por supuesto. No hablo. Ni con Tibby, ni con Martin. Sólo con Steve, y él me escucha pronuncie o no las palabras.

Ojalá pudiera ir hacia él ahora.

Annie sonrió a su madre, con la convicción de que ambas estaban a punto de llorar.

–Debo marcharme, querida.

–Claro que debes. Thomas llega a las cuatro, ¿verdad?

Cuando Tibby tendió la mano, Annie vio que la sortija de compromiso de zafiros le bailaba en el dedo. Tibby instintivamente la colocó nuevamente en su sitio con el pulgar. Annie se inclinó y le besó la mejilla; mientras, observaba el cabello de Tibby advirtiendo el infrecuente aroma; se había vuelto demasiado ralo para poder ser peinado como antes.

–Mañana volveré.

–¿No podrías traer a Tom y a Benjy contigo?

–¿No te cansarán? A mí me dejan exhausta.

–Quisiera verlos.

¿Cuántas veces más podrá hacerlo?

–Desde luego que lo haré. Adiós, mamá. Que duermas bien.

Annie acomodó a su madre contra los almohadones otra vez, y mientras partía sintió que los ojos de Tibby se posaban en su espalda, ávidos, mirando a través de ella en el pasado, y en el futuro que no podría ver con sus propios ojos.

Annie condujo hasta su casa con la mirada empañada por el duro brillo de las lágrimas.

Esa misma noche, Martin y Annie fueron al supermercado a hacer las compras para todo el mes. Como habían hecho siempre en el pasado, partieron al anochecer y dejaron los niños al cuidado de Audrey.

Era la primera vez que hacían el viaje juntos desde que Annie había regresado del hospital. Durante el trayecto, de lento avance por el tráfico urbano, ella se sentó al lado de Martin mirando pasar las luces de las tiendas. Tenía el rostro vuelto en dirección opuesta a él, pero sentía que Martin la observaba con el ceño fruncido en el silencio que se imponía entre ambos. Llegaron al gran supermercado y Martin aparcó en mitad de una larga hilera de coches. Caminaron uno al lado del otro hacia la entrada, bordeando los charcos y los carritos vacíos que yacían abandonados. Hasta el aire parecía arenoso, y saturado de las cebollas grasientas del puesto de comida cercano al supermercado.

Annie estaba cansada. De pronto sintió que las piernas le pesaban mucho. Tanto, que dudó que pudieran sostenerla a lo largo de los pasillos atiborrados de gente y carritos. Martin aceleró el paso, y ella tuvo que apresurarse para no quedar atrás.

–No vayas tan aprisa –gritó ella, y él le espetó, sin aminorar la marcha–: Terminemos de una vez.

Annie captó la ira de su esposo, y por entre su cansancio vio cómo se abría paso perezosamente su propia furia.

¿Es esto?, pensó. ¿Es esto a lo que tanto trato de aferrarme?

Las puertas automáticas, con luces de neón, se abrieron delante de ellos con un siseo. Martin tomó un carrito y lo hizo girar con un ruido molesto. Sin hablarse, fueron avanzando por entre la multitud y las mercancías apiladas hasta el corredor del final. Comenzaron a detenerse en los distintos estantes.

Las frías luces del techo herían los ojos de Annie, y ante ellos danzaban los colores de las interminables hileras de latas y cajas. Se escuchó repetir una silenciosa letanía: huevos, mantequilla, yogur, queso. Amor, fidelidad, deberes, costumbres.

Martin se movía por el estante opuesto y ella alcanzó a ver la línea recta de su boca y la cabeza, inclinada, rígida, enfadada. De pronto, mientras la inundaba un calor fundido, lo detestó. Le volvió la espalda y miró de frente al estante que tenía a la altura de los ojos, casi sin verlo. Las cajas azules, rojas y anaranjadas trataban de disputar su atención. Extendió la mano, aún con el rostro encarnado por la ira, y tomó una caja de cereales para el desayuno. Arrojó uno al carrito, y después otro más. Y luego uno de copos azucarados, que tanto gustaban a Benjy.

Zumo de frutas, leche desnatada. Rutina, responsabilidad, hoy, mañana. Interminablemente. Andando a tientas entre la niebla de su enfado, Annie trató de evocar la certeza que había sentido bajo los escombros. Había estado segura de que su vida y su orden eran valiosos. La certidumbre se había desvanecido. Ahora, en el supermercado espantoso, con su marea de consumidores vencidos, sintió que se derrumbaba silenciosamente la estructura de su vida. Estaba de pie, entre los escombros, atrapada como había estado durante la explosión de la tienda, en Navidad.

Martin se volvió con los brazos cargados de comida enlatada y vio la expresión de su mujer. Annie supo que estaba alimentando aún más la furia de él.

–Vamos –dijo agriamente–. No pienso pasar toda la noche aquí.

Se volvió a mover con una sacudida y prosiguieron su trayecto a lo largo de las estanterías, sin mirarse, y separados por los demás compradores remolones y sus incómodos carritos.

En el extremo del supermercado doblaron la esquina para comenzar el recorrido por el pasillo siguiente. El paso de Annie era más lento, y Martin accidentalmente le pisó el talón con la rueda de su pesado carrito. El dolor le paralizó la pierna, y fue tan intenso que por un instante los ojos se le llenaron de lágrimas.

–Perdón –dijo Martin, sin volverse siquiera para mirarla.

El dolor cedió tan pronto apareció, y en su lugar se hizo más profunda la furia de Annie. Tuvo que cerrar los puños para contener el deseo de dar puntapiés, primero a Martin y luego a todas las latas, botellas y etiquetas vistosas, armando con ellas una pila de restos en mitad del supermercado. Su ira se extendió como un líquido hirviente hacia los demás compradores que obstruían su paso y la miraban inexpresivamente, hacia el supermercado, hacia la vida que éste representaba para ella, y hacia todo lo que había sucedido desde el estallido de la bomba. La ira fue tan poderosa que su fluir la despojó de energía y se encontró débil, temblorosa. Se recostó contra la esquina de la estantería para mantener el equilibrio, como si pudiera devorarla y arrastrarla con ella. Bajo la cruda luz y los grandes banderines anaranjados que gritaban «AHORRE», Annie conoció la primera furia, la primera amargura real contra los extremistas por lo que le habían hecho. En ese instante odió al mundo, a la vida que había llevado en él y a todo lo que existía, salvo a Steve.

Y estaba furiosa porque no podía estar a su lado.

Tan pronto lo advirtió, la marea de su ira cambió de dirección. La corriente se arremolinó, y entonces, como si no hubiese sido más que un hilo que se evaporaba ante el calor de la comprensión, desapareció.

Annie miró con asombro una hilera de frascos de mermelada, observando el dulce espeso, escarlata, púrpura de ciruelas como si fuera algo enteramente nuevo para ella.

No puedo quedarme aquí, de este modo, pensó con la dolorosa claridad que le había traído la resaca de la ira.

Debo irme.

Debo dejar a Martin, e irme con *él*.

El pensamiento la hizo estremecer. No le produjo felicidad ni alivio. Unos metros más allá, por encima de las cabezas del gentío, atinó a ver a Martin haciendo su recorrido por los estantes. Su boca seguía conservando la misma línea sombría.

Las piernas de Annie parecían tan inconscientes como la mermelada en los frascos de vidrio, pero se obligó a avanzar, recogiendo mecánicamente las provisiones familiares de los estantes a medida que caminaba.

Por fin llegaron a las cajas, y ambos quedaron de pie, en silencio, avanzando a centímetros hasta que llegó su turno. Martin descargó los carros mientras Annie iba acomodando las provisiones en cajas. Huevos, mantequilla, yogur, queso. Para alimentar a la familia. Annie temblaba como si tuviera fiebre.

Fuera, el cielo se veía orlado de un naranja oscuro: eran las luces sucias de la calle. Regresaron al coche por entre los charcos, y apilaron las cajas de provisiones dentro del maletero. No se habían dicho siquiera una palabra innecesaria. Annie temblaba convulsivamente, y se envolvía el cuerpo con su abrigo. Mientras Martin le abría la puerta, se hundió aliviada en el vehículo.

Ambas puertas se cerraron de un golpe, aislándolos en la cabina que olía a comestibles. Sobre el asiento trasero se asomaba la habitual maraña de juguetes y dibujos olvidados por los niños. Martin introdujo las llaves de encendido y accionó las luces delanteras. La luz se reflejó hacia arriba y arrojó sombras extrañas en las cuencas de sus ojos y en los ángulos de su mandíbula. Annie esperó miserablemente, sin pensar, a que el coche arrancara y los sacudiera en la marcha atrás. Pero Martin siguió inmóvil, con las manos aferrando el volante. Parecía estar contemplando la oscuridad anaranjada.

Y entonces, lentamente, se volvió hacia ella y le dijo:

–Quiero saber qué te está pasando.

Annie negó, moviendo la cabeza de un lado a otro, incapaz de hablar.

La voz de Martin aumentó de tono.

–Quiero saberlo. ¡Di algo, haz el favor, aunque sea «Vete a la mierda»!

–No sé qué decir.

Aun a sus propios oídos, las palabras de Annie sonaron débiles y patéticas. Los nudillos de Martin se pusieron blancos, mientras oprimía los puños alrededor del volante.

–¿Por qué mierda no sabes qué decir? Soy tu esposo. ¿O acaso lo has olvidado?

–No. No lo he olvidado.

–Háblame entonces. He tratado de ser todo lo paciente y comprensivo que he podido. He esperado, y me he contenido, y esperaba que pudieras decir por qué razón das la impresión de que todos te revolvemos el estómago. ¿Por qué en tu rostro ya no se asoma una sonrisa, y por qué ya no puedes acercarte a mí ni siquiera para preguntarme la hora? ¿Por qué, Annie?

Las preguntas de Martin se abalanzaban una sobre otra, en tropel, y vio que en la comisura de la boca se le formaba un pequeño hilo de espuma. Martin lo barrió con la lengua.

–¿Por qué? Quiero saber adónde te has ido. Quiero oírlo de tu propia boca. *Di algo.*

Gritaba. Annie vio que una pareja de peatones se volvía para mirarlos con curiosidad. Sus rostros le parecieron manchas blancas en la oscuridad. Ya no sentía ira. Nada que pudiera equipararse con el estado en que Martin se encontraba. Y sabía que no tenía razón para responder a su furia con un sentimiento semejante, porque podía reconocerse en el retrato que Martin había pintado de ella.

–Lo siento.

Su voz quedó sepultada bajo el desagrado y la desesperación. Martin estalló otra vez.

–*¿Lo sientes?* Ay, Dios mío, ¿tú lo sientes? Mira, yo lo he sentido mientras has estado herida. Y he tenido un miedo atroz después, mientras en el hospital has estado enferma y dolorida, y atada a todas esas cosas. Pero ahora todo ha terminado, Annie. Debes comenzar de nuevo. ¿Es que no lo entiendes? Si me quieres, y si quieres a los niños, y a todo lo que teníamos antes, debes hacerlo ahora.

Annie miró sus manos sobre el regazo. Sus dedos se retorcían como pálidos tallos. Martin tiene razón, y también se equivoca, pensó. Tendría que hablarle, desde luego, pero no hay nada que pueda decirle.

–Annie.

Sus manos soltaron el volante y salieron disparadas. La aferró, la sacudió, la cabeza le dio vueltas. Annie sabía que él quería golpearla, y sabía también la desesperación que le causaba su reacción. Se revolvió defensivamente y lo miró de frente. Sus labios rígidos llegaron a murmurar:

–Déjame sola, ¿quieres? Sólo eso: déjame sola.

Las manos de Martin cayeron pesadamente a ambos lados. Se

hizo un minuto de silencio, se miraron a la luz pálida de los faros. Annie recordó irónicamente las viejas épocas en que solían pelear violentamente, como ahora, y en que la pasión de las reconciliaciones repetía la furia de la rencilla. Sintió que la bañaba una ola de tristeza exhausta y de arrepentimiento.

–Mira. ¿Estás enferma? ¿Necesitas ayuda? Me refiero a un psiquiatra, Annie.

–No –dijo Annie–. No estoy loca. No lo estuve antes, ni cuando sucedió, ni después, ni ahora. No necesito ayuda de un psiquiatra.

Martin exhaló el aire prolongadamente.

–En ese caso, ¿se trata de Steve?

Se quedó helada. Comprendió que él había estado pensando en ellos. Annie jamás había mencionado su nombre, y si no era más que una alocada suposición de Martin, ¿no tendría que haberla explicado un poco más? ¿No tendría que haber dicho: «Tiene algo que ver con el hombre con quien estuviste allí? ¿Con Steve? ¿Es algo referente a él?».

Pero en cambio se lo había preguntado en voz baja, como si la pregunta siempre hubiese estado allí, esperando.

Tic. Tic. Annie escuchó el susurro de los segundos en el reloj del coche.

–No. –Hasta que pronunció la palabra, no supo qué pasaría–. No tiene nada que ver con él.

Y entonces la tristeza le oprimió la garganta. Con tanta fuerza que quiso arrojar la cabeza hacia atrás, replegar las rodillas contra el pecho y dejar escapar los sollozos. Pero por haber dicho «No», mantuvo el cuello rígido y siguió mirando la oscuridad con los ojos secos. Ya lo he hecho, pensó. He comenzado a mentir. Vio cómo se abría por delante una trama de mentiras. ¿Se abriría esa trama al final, dejando escapar la verdad, como había entrevisto en el supermercado a través de la oleada de furia?

¿Abandonaría a Martin para ir hacia Steve?

Con súbita brusquedad, Martin dio vuelta a la llave y puso el coche en marcha. Giró el volante y el vehículo se alejó del aparcamiento. Martin miró a Annie otra vez. Al ver su rostro, dejó caer brevemente su mano sobre la rodilla de ella.

–Siento haber perdido la paciencia –manifestó–. No ha sido nada fácil para mí tampoco, ¿sabes? Pensé que habías muerto.

Luego temí que murieras. Y ahora, cuando todo finalmente tendría que haber terminado, tú te marchas a algún sitio y te alejas de mí.

El automóvil avanzó lentamente. Martin conducía con una sola mano, y con la otra tomaba la mano de Annie. Dijo en voz baja:

–No quiero vivir sin ti.

Annie abrió la boca, con miedo a que la voz se le partiera, pero de algún modo logró murmurar:

–Lo sé.

Martin siguió conduciendo. Tampoco quiero que me mientas, podría haber agregado. Pero curiosamente, la frontal negativa de Annie había sido un alivio. Veía claramente a través de ella, y advertía que ella deseaba evitarle el dolor de ser herido. El cuidado y la irracionalidad de la actitud lo conmovió, y sintió hacia su esposa una cálida corriente de afecto que nada tenía que ver con la ira o con la amargura.

Nada había sucedido hasta el momento, se dijo. Acaso, tal vez, nada sucediera.

Continuaron por la ruta familiar, y los dedos helados de Annie seguían aferrados por los de su esposo, tibios. Llegaron a casa y desempaquetaron las compras en la cocina, uno al lado del otro.

Y luego, cuando se fueron a la cama, Martin permaneció quieto un instante en la oscuridad, y luego tendió su mano hacia ella, como siempre había hecho en el pasado después de cada discusión.

Le palmeó el hombro con la mano, y luego se acercó hasta acomodar su cuerpo contra la curva de su espalda.

–No estés enfadada.

–No estoy enfadada.

Nuevamente recordó las veces anteriores. Siempre habían resuelto sus diferencias, y en realidad aún les habían acercado más. Pero no ahora, pensó Annie. No ahora, que ella había comenzado a mentirle. La mano de Martin se movió otra vez, contra su cintura y la arista huesuda de la cadera, entibiándola. Sus dedos trazaron la cresta de sus huesos por debajo de la piel, y él susurró:

–Pobre amor mío. Ven conmigo.

Sus manos fueron induciéndola. Annie pensó: «Es bueno y generoso. Más sincero de lo que merezco».

A pesar de todo el peso de su tristeza, fue un alivio volverse hacia él. Sus cuerpos se encontraron en toda su extensión, y la boca de Martin se posó sobre la suya. Annie sintió cómo su esposo se estremecía. Dejó que su cabeza descansara sobre los hombros de él, y acercó el rostro a la tibieza de su cuello. Las manos de Martin se iban moviendo, persuadiéndola pacientemente. Annie se mantuvo rígida, sintiendo que en la cáscara agrietada de su cuerpo cabía tanta angustia, tanta culpa, tanta tristeza...

Pero Martin también conocía su cuerpo. Lenta y suavemente fue trabajando sobre él hasta que el temor a la intrusión se derritió, y por fin se convirtió en un miedo que él sabía cómo dominar. La mente de Annie dejó de girar en círculos, mientras la tibieza se iba adueñando de sus venas. Abrió la boca y sintió el sabor de su piel, y con la lengua siguió la línea de su mandíbula. Bajo el mentón, su lengua advirtió el palpitar del pulso de Martin. Dentro de su cuerpo se aguzó una urgencia casi olvidada.

–Martin...

–Todavía no –susurró–. Todavía no.

–Por favor...

La nota de su voz le hizo perder el control. La tomó de las muñecas y la sostuvo para que no pudiera moverse. Miró su rostro un instante y luego se hundió dentro de ella. Fue fácil y seguro: hacía mucho tiempo que se conocían. Mientras él se movía, ella levantó las caderas para acompañarlo y olvidó todas las preguntas y sus desoladas respuestas. Se iban abriendo dentro de ella las pequeñas olas del placer interno, y Annie se abandonó a ellas. Desde que había vuelto a casa con Martin se había sentido fría y rígida, pero ahora, aun cuando fuera muy fugazmente, la sensación había desaparecido. Cerró los ojos y dejó que el cuerpo se apropiara de ella. La cúspide que se esforzaba por alcanzar apareció y se mantuvo un largo tiempo fuera de su alcance, luego se acercó a ella, y finalmente la atrapó y la conquistó, y su agudeza la perforó desde dentro hasta que finalmente se derritió y resbaló por las laderas escarpadas hasta detenerse en la llana planicie de la satisfacción.

Annie sintió que detrás de sus ojos también se fundían las lágrimas. Le corrieron por el rostro y por entre el cabello, cálidas contra las mejillas de Martin hasta que él las secó con sus dedos, le besó las pestañas y le tomó el rostro entre las manos y lo besó, susurrando:

–Todo irá bien, Annie. Ya verás, todo irá bien.

Ella lo sostuvo a su vez mientras él se movía adentro otra vez, hasta que gimió con la boca contra la de Annie. Luego, ambos quedaron tendidos en un silencio distinto, abrazados en la habitación silenciosa. Annie escuchó a Benjamin en la cama del otro lado del pasillo, que se revolvía entre las sábanas y gritaba algo en su sueño. Ella estaba muy cansada, y sabía que Martin estaba despierto por la forma en que respiraba, escuchándola a ella. La noria circular de sus pensamientos comenzó a rodar nuevamente hasta que Annie formó la palabra *Steve*, y la imagen de él, recostado en la sala del hospital, observando el techo.

Debo decidir, se dijo. Debo pensar. Debo escoger lo que sea mejor.

Pero ahora iba a la deriva, desprendida por la fatiga, casi dormida.

Ahora no. Más tarde lo haré. Debo hacerlo.

Por primera vez desde que había vuelto del hospital, Annie se durmió antes que Martin. Él la sostuvo largo tiempo, sin moverla por temor a despertarla. El día de la bomba, en que él luchó contra los escombros para tratar de alcanzarla, ese día la había alejado de su lado. Sólo ahora, en el momento de intimidad, él advertía cuánto. Y lo que más quería en el mundo era volver a tenerla consigo.

En los días que siguieron, Annie descubrió que nada había cambiado, salvo que la atmósfera de su casa era algo más tranquila. Trataban de mostrarse el uno al otro, con pequeños gestos tangenciales, que se había producido una tregua. De parte de Annie no era más que cocinar una cena apetecible, o comprar una botella de vino especial. Pero hacía lo posible para mostrarse alegre mientras comían y bebían, aun cuando se sintiera triste. A su vez, Martin traía un ramo de flores para el jarrón que había en el aparador de la cocina, o el último ejemplar de la revista que Annie consideraba demasiado cara para adquirir con el dinero destinado a la casa. Se lo agradecían recíprocamente, en forma breve y hasta tímida, pero no trataban de ir más allá. Seguía habiendo silencios, pero juzgaban por separado que eran silencios más amistosos que hostiles, y no trataban de llenarlos artificialmente.

Thomas y Benjamin, con la perspicacia propia de los niños, lo notaron de inmediato.

–Creo que estás mejor ahora, mami –dijo Thomas, y Annie le sonrió, feliz de ver su confianza.

–Estoy mejor –respondió, manteniendo lo más lejos posible su conciencia de las otras cosas.

Los niños reñían y discutían menos, dormían mejor, y se iban más contentos cada mañana. Annie casi podría haber creído que su vida estaba volviendo al viejo y armónico esquema de antes de la bomba, de no haber sido por sus visitas al hospital, y por Steve.

Febrero dejó su lugar a marzo. A mediados de marzo llegó una oleada de tiempo más claro y apacible, tan cálido que las ramas desnudas y negras de los árboles se veían incongruentes contra el azul del cielo. En su jardín, Annie observaba cómo los narcisos pasaban de ser por la noche tallos tiernos con un bulbo amarillo verdoso en la punta a ser una masa consistente de oro milagroso por las mañanas. La tierra exudaba un aroma dulce y húmedo, y por las mañanas el sol brillaba con fuerza inusitada sobre la hierba bañada en rocío y convertía el retazo de césped en un manto de plata.

En la quinta mañana de sol, Annie salió de la casa caminando con Benjy. Aun cuando hacían el mismo trayecto todos los días, iban lentamente porque el niño deseaba examinar cada detalle a su paso, y se detenía a escudriñar por entre las cercas de los jardines, a la caza de gatos que ya le eran conocidos, del loro, autocráticamente sentado en lo alto de la ventana de la casa de la esquina. Annie caminaba lentamente, pacientemente, mientras Benjy optaba por remolonear o bien por correr delante de ella, brillante como una capa de pintura fresca en su traje deportivo escarlata.

Después de los desvíos y retrasos acostumbrados, dieron vuelta a la última curva y llegaron a su destino; el jardín de infancia de Benjy. Había un grupo de madres de pie en el patio, con coches y sillas de paseo. Benjy se abrió paso entre la gente y pasó por las puertas abiertas. Annie lo siguió, sonriendo y asintiendo a las demás madres mientras avanzaba. Conocía a todas las presentes: las veía hacer lo mismo todas las mañanas, y conocía a sus hijos, sus problemas y sus casas. La mayoría de ellas llevaba una vida muy similar a la de Annie, pero en las últimas semanas se había sentido tan remota que resultaba difícil encontrar una palabra o un gesto que franqueara el abismo.

–Hola, Annie –la saludaron–. Parece que Benjy está exaltado esta mañana, ¿verdad?

–Supongo que será la algarabía primaveral.

–Ojalá a mí me sucediera lo mismo –intervino alguien–. Sophie nos ha vuelto locos toda la noche.

–Tienes mejor aspecto, Annie. El sol nos hace bien a todos, ¿eh?

En el pasado, Annie había encontrado grata y reconfortante esta simple camaradería. Antes, sentía que todas compartían las mismas dificultades e idénticas recompensas. Y estas mujeres se habían organizado para enviarle flores cuando estaba en el hospital, y luego se habían turnado para que Benjy fuera a jugar con sus hijos, de tal modo que Annie pudiera descansar una o dos horas.

Se sentía ajena incluso entre ellas. Parte de ella seguía estando allí, entre esas mujeres, pero otra gran parte no estaba en ningún sitio, salvo con Steve. Ese sentirse unida y a la vez separada le producía cierta soledad. Annie entró lentamente, alejándose del sol brillante, pensando en la azarosa violencia que tanto había alterado sus perspectivas, hasta hacerla dudar de si alguna vez volvería a observar el mismo paisaje que antes.

El salón estaba sucio, pero apenas se notaba, bajo la brillante capa de pinturas y demás obras que los niños y las maestras habían dispuesto sobre las paredes. Los niños trepaban y salían de la estructura tubular con forma de casita, y varios grupos se disponían alrededor de diminutas mesas decidiendo si querían pintar, o jugar con masilla, o formar gargantillas con cintas de colores. Como ocurría siempre, el espectáculo hizo sonreír a Annie. Se veía a todos tan atareados, tan frágiles en sus piernas bamboleantes, y a la vez tan perfectamente robustos...

Benjy había formado fila detrás de la mesa con masa de modelar, y ahora estaba aplastando entre sus manos pequeñas serpientes de color rosado, con expresión de furiosa concentración. Annie fue hasta él y le besó la cabeza.

–¿Entonces hasta luego?

–Mm –opinó Benjy.

Volvió a salir a la luz del sol.

En su camino de regreso tomó una ruta distinta, y pasó por el parque municipal donde a los narcisos seguían cuadros de tulipanes rojos. Ya se estaban pintando los columpios y el tiovivo cónico que Thomas adoraba hacer girar más y más rápido hasta que Benjy gritaba muerto de vértigo y terror. Annie pensó aturdida en las horas que había pasado en ese parque, desde las épocas en que Thomas era muy pequeño e iniciaba sus primeros paseos en cochecito. Martin a veces los traía los fines de semana, e improvisaba complejos escondites por entre los arbustos cercados por verjas verdes. Cruzó el césped, dejando huellas lustrosas sobre la superficie húmeda. Más allá del parque había una serie de tiendas. Thomas invitaría a un amiguito a tomar el té, y Annie pensó en preparar un pastel de chocolate.

Hizo las compras necesarias, e intercambió ocurrencias con la alegre familia india de la tienda. Luego se dirigió a casa, bamboleando sus compras en una bolsa colorida. Llegó a su hogar y el portón rechinó, golpeteando contra la cerca y liberando su aroma polvoriento a hojas de ligustro. Annie entró y levantó unos sobres de correspondencia dispersos sobre el felpudo. El corredor olía a café.

Sin mirar ni pensar, con la cabeza cómodamente vacía, Annie entró a la cocina. Martin había dejado la radio encendida al salir, y Annie silbaba al ritmo de la música suavemente, con los labios fruncidos, cuando sonó el timbre.

Mientras cruzaba el vestíbulo alcanzó a ver una sombra no identificada del otro lado del vidrio coloreado. Abrió la puerta de calle y vio a Steve de pie en el umbral.

Fue como si el color se escurriera del mundo inmediato. Ambos estaban de pie, frente a frente. Eran las únicas criaturas animadas y con aliento en el paisaje gris.

Quien habló primero fue Steve.

–¿Puedo pasar? –le sugirió suavemente.

Annie miró la calle vacía y las ventanas de las casas de enfrente, el inocente portal de su casa, que Steve había cerrado después de entrar, y los azafranes que bordeaban el sendero del jardín. Entonces, con los brazos rígidos, abrió la puerta un poco más. Mientras él entraba Annie pudo observar que las muletas habían desaparecido. En cambio, se apoyaba con fuerza en un bastón.

La puerta se cerró ante la mirada de la calle, y en el vestíbulo en penumbras se contemplaron. El triciclo de Benjy había quedado abandonado al pie de la escalera.

–¿Cómo me has encontrado? –preguntó Annie, atontada de asombro.

–¿Acaso pensabas esconderte?

–No. No me refería a eso. Es que estoy sorprendida... de verte aquí...

Steve le sonrió, pero Annie leyó la ansiedad que había en su rostro. Había sido arriesgado venir. Pero en ese caso debía haber sentido un deseo irrefrenable de ir.

–La guía telefónica –le recordó–. Te busqué allí.

–Sí. Sí, claro... Ven, pasa... te serviré una taza de café.

Le estoy hablando como si fuera alguien de la Asociación de Padres de la escuela, pensó Annie. O uno de los clientes de Martin. Recogió el triciclo de Benjy, lo puso a un lado para que pudiera pasar, y condujo a Steve hasta la cocina. Trató de ocultar su turbación manipulando ruidosamente el colador de café y las tazas mientras los disponía sobre una bandeja. Le temblaban las manos, y tenía la cruda conciencia de que la cercanía de Steve trastocaba el orden prosaico de su cocina, tal como había imaginado que sucedería. Deseó que él la tocara, y temió que lo hiciera.

–¿Cuándo te dieron de alta? No me habías dicho que ibas a salir.

También le temblaba la voz.

–Me escapé. Di un salto y quedé en libertad.

Sonrieron, y Annie regresó de inmediato a la cafetera.

–¿Con leche?

–Por favor.

–¿Deseas comer algo? ¿Tomar el desayuno, o algún bocadillo?

–No, gracias.

Steve la observaba moverse diestramente desde la alacena hasta el fregadero. La había imaginado así tantas veces, igual que ahora, en el escenario de su cocina... Pero ahora que estaba allí junto a ella no veía otra cosa más que a Annie. El cabello le volvía a crecer, enmarcándole el rostro. Vestida con tejanos y camisa, con el pelo desordenado y esa expresión suave y azorada, casi parecía una adolescente. Mientras la contemplaba, Steve se dio cuenta de que había pensado tanto en la forma de llegar hasta ella que apenas había considerado lo que sucedería en el momento en que abriera la puerta. La situación hacía que se sintiera tan tonto como un adolescente, sin saber qué hacer al estar finalmente ante una chica de verdad, que Steve se echó a reír. Annie se volvió, y cuando descubrió la expresión de su rostro el rubor le inundó las mejillas. Dejó la bandeja del café bruscamente.

–Annie.

El bastón de Steve rechinó contra el suelo brillante mientras él avanzaba hacia ella.

–Sí...

–Annie. No puedo empezar todo desde el comienzo. No sin ti.

–Lo sé.

No necesitamos pensar en lo que opinan los médicos, en el estado del tiempo o en el jardín, o en si toma un terrón de azúcar o dos, pensó Annie. Ni ahora, ni nunca.

Levantó el rostro y Steve lo encerró entre sus manos. Se inclinó y le besó la boca, y la garganta, y los ojos. Annie le besó en agradecimiento, entregándose a él hasta que Steve la aferró con sus brazos y casi la levantó del suelo. La libertad de estar solos en la casa vacía era extraordinaria, y los tentaba. Por un instante vertiginoso y profundo Annie fue sólo Annie, y se olvidó de las habitaciones y de los muebles que ella y Martin habían comprado, y de los cuadros que habían escogido y colgado juntos. La mano de Steve acarició su hombro y sus senos, y su boca se abrió debajo de la de él.

Annie se olvidó de todo, excepto de su necesidad de él. El dolor de semanas de separación se agudizaba ahora que lo tenía consigo, tan cerca como para que Annie supiera que él podía mitigarlo. Podían haber estado en cualquier sitio, o en ningún sitio, porque lo único que les importaba era estar juntos.

Steve susurró, con su boca contra la de ella:

–Amor mío...

Y Annie exclamó, como en un eco:

–Te amo.

Sintieron que bocas sonrientes se tocaban hasta convertirse en una misma sonrisa de regocijo, porque era verdad, y porque todavía no era tiempo de recordar qué significaría la verdad.

Annie no tuvo idea de cuánto tiempo estuvieron allí de pie, fundiéndose el uno junto al otro. Cuando por fin se separaron para mirarse ella estaba embriagada, y la boca le ardía, palpitante.

Examinaron el rostro del otro, palmo a palmo, y entonces, mientras se miraban a los ojos, la realidad volvió a entrometerse. La expresión de Annie cambió, pero Steve le tomó la mano, estrechándola fuertemente entre las suyas.

–No –le suplicó–. Quédate conmigo.

–Es lo que quiero –dijo Annie–. ¿Qué podemos hacer?

La rodeó nuevamente con los brazos y Annie descansó la cabeza contra el hombro de él. Con la mejilla apoyada sobre el cabello de Annie, Steve miró por encima de su cabeza la mesa de pino contra el mirador, y las sillas con respaldo varillado ordenadamente agrupadas a su alrededor. Había una vitrina antigua de pino, con piezas de porcelana con pinturas de sauces y fotografías de su esposo e hijos dispuestos sobre los estantes. A través de la ventana podía ver las casas de enfrente. Annie y Martin seguramente conocían a la gente que vivía detrás de cada una de sus puertas. Probablemente sus hijos jugaran juntos, y asistieran a la misma escuela.

De pronto comprendió la magnitud de lo que él esperaba Annie. Quería que ella dejara todo eso. Pero ¿cómo podía pedirle que se alejara de toda una vida de matrimonio para irse con él? Quería que lo hiciera, con la intensidad del deseo cuando es el único. Steve entendía claramente que así como nunca antes había amado a nadie ahora amaba a Annie con ferocidad. Y la intimidad que habían compartido, temerosos y cegados por la oscuridad, seguía estando allí con ellos. Parecía más preciosa y más real que todo el resto de sus vidas.

Le tomó la mano, muy suavemente, y la condujo hasta la mesa. Arrastró una silla e hizo que Annie se sentara. Las tazas de café yacían olvidadas sobre la bandeja.

–Quiero que vengas a vivir conmigo –anunció Steve. Ella hizo un gesto para interrumpirlo, pero él le estrechó la mano más fuerte y prosiguió, con rapidez–: No hoy. No la semana próxima. Ni siquiera el mes que viene si realmente no puedes. Cuando estés preparada para venir conmigo, Annie. Si quieres.

Annie pensó «Quiero», y la enormidad de este hecho fue como una marea que la sumergió. Miró el rostro de Steve y la forma en que el músculo tironeaba hacia abajo de su boca, con ansiedad. Debería decirte «No puedo». No puedo dejar a mi esposo y a mis hijos, ni llevar a mis hijos conmigo. Pero tampoco puedo estar sin ti. Lo sé, a partir de esta mañana.

–No quiero que entre tú y yo haya soluciones a medias, Annie.

No quieres una aventura, pensó ella, ni que me escape a verte cuando pueda robar tiempo a Martin y a los niños. No. Yo tampoco podría soportar eso. Debe ser blanco o negro, por supuesto, sin sombras lóbregas entre ambos. Annie recordó esa noche en el supermercado, y la furia contra Martin que le sobrevino entonces. Creía que desde ese día había reinado una tregua, pero ahora sentía que los dos habían estado preparándose, separadamente, para esto.

De pronto, Annie levantó la cabeza bruscamente.

–Yo tampoco quiero soluciones a medias. Pero lo que hagamos, sea lo que fuere, debe ser lentamente, para que Martin... para no lastimar a Martin más que lo inevitable.

Fue sólo entonces, cuando vio que el alivio borraba las tensas arrugas del rostro de Steve, que Annie comprendió hasta qué punto se había jugado el todo por el todo, yendo a pedirle tanto sin saber ni aun imaginar cuál sería su respuesta. Su honestidad, y el amor que leyó en ella conmovieron el corazón de Annie.

–Entonces –murmuró–, ¿vendrás?

Ella aguardó, escuchando los mínimos sonidos de la casa como si pudiese oír algo que la detuviera. Pero nada sucedió, y por fin respondió:

–Sí.

Entonces Steve avanzó saltando de la silla con tal violencia que su pierna coja se enredó con ella y la estrelló estrepitosamente contra el suelo. Ninguno de los dos la miró siquiera.

Se buscaron y se encontraron, hambrientos como si su hambre hubiese crecido desde el día en que yacieron en la oscuridad de la tienda. Annie sintió un deseo físico tan intenso como hacía años y años que no conocía. Desde Matthew.

Se oyó reír, temblorosamente.

–Pensaba en Matthew.

–Lo sé –murmuró, y echó la cabeza de Annie hacia atrás para poder besarle el hoyuelo en la base de su cuello–. Pero no lo hagas. Piensa en mí.

Eso era fácil. Era fácil, mientras él tocaba los botones nacarados de su camisa y los iba soltando uno a uno. Steve volvió a inclinar la cabeza y le besó la curva de los pechos, donde la camisa se le abría. Y cuando su boca rozó sus pezones, Annie cerró los ojos y enterró el rostro en su cabello oscuro.

Pensó, por un instante eterno y sin memoria, en el lecho que había arriba. Era terso y suave debajo de la colcha tejida. Había hecho la cama antes de salir con Benjy.

No.

Y entonces miró las baldosas del suelo de la cocina, pulidas y enceradas por Martin.

No, ni en ninguno de los rincones de la casa que ellos habían creado y compartido.

Annie levantó la cabeza, y con los dedos enredados en el cabello de Steve hizo que él la mirara.

–Aquí no –murmuró.

Steve la abrazó un instante más, y luego dejó caer los brazos. Ambos miraban la vitrina con sus platos azules y sus fotos enmarcadas.

Steve hizo un pequeño gesto de disculpa.

–Desde luego que aquí no.

Se volvieron la espalda, sin mirarse.

Annie apoyó la mano sobre la cafetera para ver si aún estaba caliente. Sirvió dos tacitas de café y los dos se sentaron a la mesa. Pero era doloroso ver a Steve sentado en la silla de Martin, de modo que enseguida se puso de pie. Llevó la taza consigo a través de la habitación y bebió el café tibio de pie, al lado de la ventana de la cocina, mirando el jardín.

Steve dijo en voz baja:

–Lo siento. No debí haber venido aquí.

Annie apoyó la taza sobre la mesa de la cocina y fue hacia él. Se detuvo detrás de la silla y le rodeó los hombros con los brazos, reclinando la mejilla contra su cabeza. Él le tomó las muñecas, sosteniéndolas.

–Desde luego que debiste hacerlo, si lo necesitabas. Yo también te necesito. No llegué a comprender cuánto. –Después de un momento agregó con calma–: No será fácil... hacer lo que hemos convenido.

Aún no hemos comenzado a hablar de lo que significará para todos en términos de dolor e infelicidad, pensó Annie.

–¿Crees que yo espero que sea fácil, Annie? He pensado en esto todas las semanas que pasé en el hospital. No me habría atrevido a venir hasta aquí a pedírtelo si no creyera que es algo... –se hizo una pausa, y luego pronunció la palabra, dolorosamente– ...a lo que podemos escapar. Porque somos el uno para el otro, nos guste o no.

Se hizo otro silencio. Annie frotó su mejilla contra el cabello de Steve, y su boca rozó la delgada piel de su sien. Sintió latir el tenue pulso y recordó la patética fragilidad física de los dos bajo las montañas de escombros. Pero habían sobrevivido. Acaso todos eran más resistentes de lo que ella suponía. Los demás también sobrevivirían.

¿También Thomas? ¿También Benjamin?

Se irguió bruscamente y comenzó a caminar alrededor de la

cocina, tocando una cuchara y un tostador plateado que Bárbara le había regalado, enderezando los frascos de vidrio que contenían el café y el té.

–¿Qué te gustaría hacer ahora? –le preguntó Steve amablemente.

Annie miró el reloj del horno.

–A las doce debo recoger a Benjy. Antes de eso, tal vez podríamos ir a dar un paseo.

Él le sonrió.

–Muy bien. Que sea un paseo entonces.

–Pero muy breve, por tu pierna.

Su sonrisa se hizo más intensa.

–Soy más rápido de lo que crees.

Salieron juntos al sol de marzo.

El coche de Steve era un inmenso BMW gris, y estaba aparcado en la curva del extremo opuesto de la calle.

–No estaba muy seguro de cuál era tu casa –comentó.

Abrió la puerta delantera para que Annie se acomodara en el mullido interior. Ella interpretaba las palabras para sus adentros. Fue muy considerado al aparcar un coche como éste a cierta distancia. Alguien podría verlo, y preguntarse quién era.

Mientras el coche salía ronroneando de la calle tranquila, Annie miró de frente a través del parabrisas. Sabía que tenía el rostro arrebolado y que su expresión era lo bastante peculiar para hacer que cualquiera que la conociese y la viera, sintiera extrañeza. Pensó en los momentos de felicidad que había sentido junto a Steve en el hospital, y se asombró de su propia ingenuidad al haberse dejado creer, aun brevemente, que amarlo como lo hacía era algo simple y natural.

Steve se alejó del vecindario de Annie. A medida que dejaban atrás las calles, ella comenzó a distenderse. Dejó caer la cabeza contra el asiento, observando pasivamente los escaparates de las tiendas que iban dejando atrás. Sentía de alguna manera que ahora que se había marchado de su casa junto a Steve había dado el primer paso de una larga cadena de decisiones irrevocables, y eso le proporcionó cierto alivio.

Fue un corto paseo por la zona norte de Hampstead Heath. Annie advirtió que Steve parecía muy familiarizado con la franja de suntuosas residencias que rodeaba el Heath. Giró bruscamente por una calle lateral sin indicaciones que conducía directamente a un espacio abierto. Steve tomó su bastón del asiento trasero y se internaron en el césped, caminando lentamente, muy juntos.

Annie echó una mirada a las inmensas casas que se erguían semiocultas detrás de las altas cercas.

–¿Sueles frecuentar estos sitios?

Steve se encogió de hombros y se echó a reír.

–¿Qué? ¿Esto? ¿Un lugar para productores de películas? No exactamente. Me invitaron a una o dos fiestas privadas en casas de los alrededores. Y son fiestas, créeme. Recuerdo que en una de esas casas de por ahí hubo una fiesta muy normal. En la de tejas verdes, creo. Luego caminé por aquí, en las primeras horas de la mañana, mientras conversaba con alguien. Estaba tan silencioso –evocó– como si fuera un sitio remoto, una isla, o un páramo. No Londres, en absoluto.

Annie se preguntó si habría sido con Cass, o con Vicky, o con alguien más. Sabía que sus celos retrospectivos eran inapropiados, pero le llevó un instante poder superarlos. Se puso las manos en los bolsillos de los tejanos, rechazando la imagen de alguna mujer de película con un vestido tipo «Dinastía». Se concentró en el andar de los dos sobre el césped corto y tupido.

–¿Te encuentras bien para caminar por aquí?

–Perfectamente, si no vamos muy de prisa. Si apresuramos el paso tendré que apoyarme en tu brazo.

–Será un placer –murmuró ella.

Se sonrieron, sintiendo el súbito calor de la felicidad, más poderoso que el mismo sol, y Annie olvidó nuevamente sus celos.

–¿Por qué asistes a fiestas de productores de películas? –preguntó Annie–. No sé nada acerca de lo que haces, ¿verdad?

–Puedo decírtelo, si es lo que quieres.

El páramo abierto que se extendía ante ellos estaba desierto, salvo por unos pocos corredores en ropas deportivas y uno o dos caminantes solitarios cuyos perros olisqueaban las hojas muertas que yacían en los huecos. Para Annie y Steve su aislamiento en el espacio vacío bajo el cielo azul era causa de alivio.

–Sí quiero. Cuéntamelo todo.

Caminaron, absortos el uno en el otro, hablando de pequeñas cosas como habían hecho durante las largas horas en el hospital.

Fue Steve quien miró el reloj y recordó a Annie que debía regresar al coche. Sus pasos se hacían más pesados a medida que recorrían el camino de vuelta, y volvieron por las mismas calles hacia la casa de Annie en un profundo silencio.

Dos calles antes de llegar, Annie dijo bruscamente:

–¿Podrías dejarme bajar aquí?

–Desde luego que no –dijo Steve sin detenerse a pensar–. Te llevaré hasta la puerta...

–No –dijo con fuerza–. Yo...

Pensaba en el grupo de madres en las escalinatas del salón de la iglesia, observándola.

Steve escrutó su rostro y detuvo el coche a un lado de la calzada. Sus manos continuaron asiendo el volante.

–Lo siento –dijo Annie tenuemente.

Steve, sin hablar, miraba la calle. Annie quería susurrar su nombre, reclinar la cabeza contra su hombro, pero se obligó a permanecer erguida.

–¿Cuándo volveré a verte? –le preguntó él.

–No lo sé. Tan pronto me sea posible. ¿Podría ser... durante el día?

–Ven cuando tú quieras, tesoro mío...

–Yo... iré a verte la próxima vez –dijo las palabras en voz muy baja, casi con desagrado.

Pensaba: «En ese caso quedaremos a merced de las mentiras. O si no, tendremos que dar los pasos dolorosos que nos acerquen a la verdad».

Oh, Steve, no te marches. No me dejes...

¡Vete ya! ¿Por qué no te marchas y nos dejas en paz?

Se sentía desgarrada; el dolor que le producían sus fragmentos raídos era tan intenso como cualquiera de las heridas físicas que había sufrido en la oscuridad.

–Bien. Entonces... –dijo Annie con cansancio.

Steve tomó una tarjeta personal de su cartera y se la dio.

–Aquí tienes mi dirección y mi número de teléfono. Siempre me encontrarás allí.

–Gracias –murmuró.

Abrió el bolso y deslizó la tarjeta, sin mirarla, dentro de una rotura del forro, donde podía ocultarla sin arriesgarse.

Ella levantó el rostro y lo observó. Su cara era suave, y sus ojos desbordaban afecto. No es un truhán, de ningún modo, pensó Annie. ¿Por qué pensé en él de esa forma? Se inclinó muy suavemente y le rozó el extremo de la boca con sus labios. Durante un segundo se abrazaron, ardientes, inmóviles. Luego, con la rigidez de una anciana, volvió a sentarse erguida.

–Adiós –dijo Annie.

Él asintió, con los ojos fijos en su rostro.

Annie buscó a tientas el pomo de la puerta, bajó del coche y se dirigió a la esquina. Hizo un saludo incómodo con la mano y luego comenzó a andar muy de prisa.

Steve la observó hasta que se perdió de vista, pero Annie en ningún momento se volvió para mirar atrás.

–¿Puedo hacer este rompecabezas? –preguntó Benjy.

Estaba sentado a la mesa de la cocina, y ya había comenzado a retirar las piezas de la caja.

Annie echó un breve vistazo por encima del hombro. Estaba de pie al lado del fregadero, pelando patatas.

–De acuerdo. Recuerda que no falta mucho para ir a dormir.

–Quiero hacerlo...

–He dicho que sí. Pero no te enfades si no lo has terminado cuando llegue la hora de subir.

La respuesta de Annie fue paciente, automática. No lo escuchaba, pues sus pensamientos estaban en otro lado. Benjy esparció las piezas por sobre la mesa y las observó con atención.

–Quiero que me ayudes a armarlo.

–No puedo, amor. Estoy ocupada. Hazlo tú.

Benjy se abalanzó sobre la mesa y barriéndolas con un lento movimiento de su brazo hizo caer las piezas al suelo con un ruido que le produjo satisfacción.

Annie lo miró tratando de no estallar.

–¿Por qué has hecho eso, Ben?

El pequeño la miró, con el rostro fruncido y desafiante. Entonces, preguntó:

–¿Por qué siempre estás ocupada?

Annie se quedó quieta, apoyada en el borde del fregadero, observando a sus hijos.

Thomas levantó la cabeza de su dibujo. Dijo, como si estuviera explicando algo obvio para beneficio de su hermano:

–Porque es adulta.

La escrutaron, los dos, acusadores y vulnerables a la vez. Annie vio claramente la incertidumbre de sus hijos.

–Oh, Thomas –dijo.

Annie fue hasta él. Benjy resbaló de su silla y se aferró a las piernas de la madre. Thomas se puso de pie torpemente, con los hombros encogidos, como si se supiera demasiado grande para ir a correr a los brazos de su mamá. Ella abrazó a ambos, enterrando sus rostros contra su cuerpo para que no vieran la expresión del suyo.

–Lo siento –atinó a decir–. Siento no haber estado muy divertida últimamente.

Estoy haciendo mal las cosas, pensó Annie. Cada minuto del día no hago más que pensar en mí y en Steve en vez de ocuparme de mis hijos. Sería mejor para ellos que yo no estuviera aquí. Si me marchase, y los dejara, serían más felices finalmente que si me los llevara lejos de su hogar y de su padre, junto a un extraño. De pronto, sintió el impulso físico casi sobrecogedor del amor por sus hijos. Los estrechó más aún, aspirando su olor tibio y desaliñado, con la mejilla contra la cabeza de Thomas.

No puedo abandonarlos, pensó. Si me marcho, deberán venir conmigo.

–Os quiero a los dos –murmuró–. No lo olvidéis.

Los abrazó por última vez, y luego los soltó. El botón de su puño se enganchó en la oreja de Thomas, quien apretó la palma de la mano contra ella, gritando:

–¡Ayy!

–Quejica –dijo Benjamin severamente, y los tres se echaron a reír.

La tensión se desvaneció como la niebla.

–Vamos –propuso Annie–. Es hora de bañarse.

Otro día acabado, pensó, mientras subía la escalera.

Los niños se durmieron antes de que Martin llegara. Estaba cansado, después de una reunión con un cliente particularmente exigente, y entró en la cocina restregándose los ojos con las manos.

–Parece que has tenido un mal día –aventuró Annie.

Martin le besó la mejilla ligeramente, mientras extendía la mano hacia la botella de vino al mismo tiempo.

–Mmm... Sólo algo feo. La cena huele bien. ¿Cómo te ha ido a ti?

–Como de costumbre –respondió Annie cautelosamente.

Martin se sirvió una copa y llevó el diario de la tarde hasta el sofá, en el extremo opuesto de la sala. Apartó del camino una pila de ropa lavada y se dejó caer con un suspiro de satisfacción.

–Gracias a Dios que hay silencio y tranquilidad –le oyó murmurar Annie.

Annie estaba de pie delante de la cocina, revolviendo innecesariamente una sartén con la cuchara de madera. Pensaba: si le digo algo ahora, ¿sonará como si no hubiese podido callármelo? Si lo callo hasta más tarde, ¿sonará a mentira? Annie frunció el ceño por encima de la cacerola humeante. Mentir no le sería fácil.

–¿Martin? –dijo, en voz demasiado alta.

–¿Sí...?

–Pensé que mañana podría ir de compras. Hasta el West End. Los niños necesitan un par de cosas, y yo también. Benjy irá a jugar por la tarde, y Audrey vendrá para la hora del té...

Martin levantó la vista del diario. Era un buen signo que ella se sintiera suficientemente segura para volver a internarse en las tiendas atestadas de gente. Le sonrió, tratando de adivinar si lo que hacía sonar tensa su voz sería la angustia o el esfuerzo por ocultar algo.

–Buena idea. Mira, ¿qué te parece si vamos juntos? Todo el día no me será posible, pero podría tomarme un par de horas después del almuerzo.

–No será necesario. –Otra vez la mirada baja, fija en la sartén. Un movimiento en una dirección, luego en la otra, y a respirar hondo–. Son cosas nada interesantes. Por ejemplo, un nuevo abrigo de franela para Thomas.

Odió mentirle.

Martin observó su perfil esquivo un instante. Y entonces dijo suavemente:

–Muy bien. Si estás segura de que te sentirás bien... Lleva el talonario de la cuenta conjunta. En esa cuenta tenemos un par de cientos de libras.

–Gracias –dijo Annie.

Y así, pensó, tendría que ir muy deprisa a John Lewis durante el camino de vuelta y comprar algunas cosas para hacerle creer a su esposo que había estado de compras todo el día. Annie advirtió que la visión de la comida le producía náuseas. Se preguntó desoladamente si su enamoramiento era sórdido, o si lo que lo hacía aparecer así eran las mentiras y los subterfugios que lo rodeaban.

Dos días atrás había telefoneado a Steve, cuando supo que ya no podría estar más tiempo sin verlo. Sus manos le temblaron al marcar el número, pero apenas oyó su voz volvieron a serenarse. Steve le habló con sumo cariño y confianza.

–Puedo disponer de un día entero. Hasta la hora de la cena de los niños –dijo.

–¿Cuándo?

–El jueves. ¿Te parece bien?

–Desde luego que sí. Te llevaré a comer a algún sitio.

De modo que así lo arreglaron. Annie dejó caer la cuchara de madera en el fregadero junto con el resto de las cosas para lavar.

–La cena está lista, Martin.

–Magnífico.

Otra velada como de costumbre. Annie durmió mal esa noche, revolviéndose inquieta con una mezcla de culpa y de felicidad.

Por la mañana, cuando la casa quedó vacía y silenciosa después de las carreras para ir al trabajo y a la escuela, caminó lentamente por las habitaciones desordenadas. Alisó los almohadones del viejo sillón Chesterfield, y dio cuerda al relojito francés que tenían sobre la mesita. Luego fue hasta arriba. Tocó el frasco de loción que había sobre su tocador, abrió uno de los cajones y miró su ropa interior, cuidadosamente doblada. Annie tenía un suntuoso conjunto de encaje y satén color crema, pero se lo había regalado Martin unos años atrás para su cumpleaños. Annie escogió ropa sencilla, de todos los días, y cerró el cajón ruidosamente. Tomó de la percha un vestido de pana azul y se lo puso, sin mirarse en el espejo del armario, con rebeldía. Cuando acabó de vestirse fue hasta el cuarto de baño y peinó el cabello formando ondas alrededor de su rostro. Después de pensarlo, Annie tomó un par de peinetas que Tibby le había dado, diciéndole: «Ahora que tengo el cabello tan ralo ya no las necesito». Se recogió hacia atrás las ondas del cabello, y se miró a los ojos. Tenía la mirada brillante y las mejillas sonrosadas. Annie notó que tenía el aspecto de la persona que está a punto de cometer un acto peligroso y desesperado.

A mediodía se puso el abrigo gris, el que compró para sustituir al azul que llevaba el día de las compras de Navidad, mucho tiempo atrás. Tomó el talonario que Martin le había dejado sobre el aparador de la cocina, y lo introdujo en su bolso. Durante un momento miró el teléfono, pensando. Todavía estoy a tiempo de llamar. Podría decirle que después de todo me es imposible ir.

Pero luego pensó en Steve, esperándola en su apartamento vacío. *Debo ir. No puedo dejar de hacerlo. No ahora.*

Se alejó de su casa. Iba a cerrar la puerta de la calle de un golpe, pero finalmente lo hizo con suavidad.

Steve vivía en lo alto de un edificio anónimo no lejos de Harrods. Annie subió al ascensor lleno de espejos, volviendo la espalda a la indeseada visión de su reflejo reiterado. Cuando las puertas se abrieron en el último piso, salió a un largo corredor alfombrado. Dudó, miró por última vez su expresión desafiante y desesperada, dio media vuelta y avanzó resueltamente por el interior del edificio. Oprimió el botón del timbre y él abrió la puerta de inmediato.

Steve la besó en la mejilla y con la mano levantó apenas su cabello tomándola de la nuca.

–Pasa.

Ella lo siguió. La sala tenía pocos muebles, era sorprendentemente alta, y estaba decorada en tonos de gris y crema. Los escasos muebles eran negros, o de vidrio y cromo. En el otro extremo había una larga mesa negra cubierta de papeles.

–¿Has estado trabajando? –preguntó Annie.

En este entorno, Steve se convertía de pronto en un formidable desconocido.

Entonces él le sonrió travieso.

–Digamos que lo intentaba –respondió, admitiendo las ansias y la aprensión que ambos sentían.

–¿Quieres beber algo?

Annie recordó la conversación que habían tenido en el hospital. Steve le había dicho: «Jamás nos hemos encontrado a beber una copa furtiva. Ni siquiera sé si te gustan los martinis o el vino blanco». Esto es suficientemente clandestino, pensó ella. ¿Por qué no lo supimos advertir antes de que tuviésemos que llegar a esto?

–Sólo vino blanco –dijo Annie–. Sin soda.

Steve asintió. Ella sabía que él también recordaba la conversación. Él fue hasta la cocina, y Annie caminó hacia el sofá negro, apreciando los elegantes espacios vacíos. Él le sirvió el vino y ella lo bebió, paladeando el rico sabor a uva blanca.

–¿Por qué no hay cosas aquí? –le preguntó de pronto–. No hay ornamentos. No hay recuerdos...

–No los hay, es cierto –dijo Steve mirando a su alrededor, como observando la sala por primera vez.

–Parece como hecho de una sola vez. ¿No te importa que te lo diga?

Steve se echó a reír.

–En absoluto. Es tal como dices. La hizo en bloque un decorador de interiores. Supongo que no he querido recordar nada en particular. Hasta ahora.

Su rostro se suavizó.

–Ven y siéntate aquí –le pidió Annie, levantando el rostro hacia él.

Se sentaron muy cerca el uno del otro con las cabezas casi unidas. Bebieron en silencio, y cuando Steve volvió a hablar lo hizo en un tono de voz ligero, deliberamente alegre, sobre algo diferente.

–No se parece en nada a tu casa. La tuya está llena de recuerdos.

–Sí –dijo–. Es más fácil estar aquí.

Cuando acabaron el vino, Steve dijo:

–Te dije que te invitaría a almorzar fuera. Es hora de que sepas que no sé cocinar absolutamente nada.

–Pensé que algún defecto insignificante debías tener –respondió Annie con el mismo tono jovial.

Pero por debajo de la nota brillante ambos sabían todas las cosas importantes sobre el otro, las cosas trascendentes que los habían hecho ser quienes eran. Y sin embargo, nada sabían sobre las otras cosas pequeñas, las de todos los días, por las cuales los habrían reconocido sus allegados. Era extraño tener todo y a la vez nada por aprender.

Dieron un breve paseo hasta el restaurante. Steve parecía moverse con más rapidez, y descansar menos en el bastón.

–La pierna me quedará un poco rígida –le comentó–. Pero por lo demás funcionará tan bien como si fuera nueva. Piensa en nosotros. –Se detuvieron un instante en la acera llena de gente y bajo la luz del sol los transeúntes pasaron a su lado cargados de paquetes–. ¡Qué afortunados hemos sido! ¿Recuerdas?

Annie miró la luz y los colores, y el tráfico rugiente de siempre, y el rostro de Steve; una sencilla alegría atravesó su cuerpo. Sus ojos se encontraron un instante, y luego comenzaron a caminar hacia el restaurante.

Era un sitio discreto y pequeño. Las mesas, ocupadas por comensales de aspecto próspero, estaban suficientemente separadas para que las conversaciones no fueran más que un murmullo. Un camarero acercó la silla de Annie, otro le desplegó la servilleta. El *maître* puso el menú en sus manos. Le echó un vistazo y vio que era reducido y distinguido.

Una vez que pidieron la comida, Annie se reclinó en la silla y suspiró, mirando a su alrededor.

–Me gusta este sitio.

Steve levantó su copa hacia ella.

–Me gusta porque tú estás aquí.

Fue un almuerzo que Annie siempre recordaría.

Olvidó los detalles de la comida, pero siempre evocó la sensación de estar envuelta en un lujo sereno e imperturbable, o la forma en que servían juntos el vino y la exquisita comida, o la felicidad de estar con Steve. Sabía que la piel le irradiaba un resplandor, y que sus ojos destellaban, y sabía que estaba hermosa, y que era inteligente. Todo lo bueno e importante sucedía en el momento preciso, como sólo ocurre en sueños. Mientras comían, conversaban y se miraban, Annie fue apartándose de su ser cotidiano para convertirse en alguien mágico y sobrehumano: en una mujer enamorada.

Steve, sentado frente a ella, no sabía de otra cosa que del rostro y la voz de Annie, y su propia faz reflejaba la felicidad y el orgullo que ella le hacía sentir.

Nada podía salir mal. Nada debía salir mal.

Y así, rápidamente, vaciaron las tazas de café por tercera vez, y Annie comió el último de los pequeños y exóticos pastelitos dulces que les presentaron, dispuestos sobre el plato como las joyas de un cofrecillo. Parpadeó, miró a su alrededor, y vio que eran los dos últimos comensales que quedaban.

–¿Vamos a casa? –preguntó Steve suavemente.

–Sí, por favor.

Al salir, se sintieron separados de la multitud que los rodeaba, y de los altos autobuses que pasaban zumbando a su lado. Separados por el nimbo seguro de su felicidad.

–Gracias –dijo Annie–. Jamás había disfrutado de una comida como ésta.

–Ni yo –reconoció Steve, sin referirse a la comida–. Fue importante. La primera vez que nos sentamos a comer juntos.

La mano de ella se halló segura en la de Steve, que la condujo por entre la gente indiferente hacia su casa.

En el apartamento desnudo Annie no tenía qué mirar, no tenía qué recordar. El sol de la tarde se filtraba a través de las persianas, arrojando rayos de luz sobre el suelo gris. Cuando Steve tomó la punta de sus dedos y la atrajo hacia él suavemente, el claroscuro se extendió sobre sus rostros, y fue como si se movieran bajo el agua. Ella flotaba, leve entre las olas, y luego dejó que la corriente la atrapara. Era fácil moverse dentro de ella. Era impensable no hacerlo.

Sus bocas se unieron, ligeramente, y la luz acuosa se abrió en largos rayos que partían de ellos. Hubo un momento de dulce, aletargada quietud, y luego la corriente se hizo mucho mayor. La boca de Annie se abrió mientras las olas capturaban su aliento y le estrechaban el pecho hasta que el corazón comenzó a golpetear contra él. El beso abrió insospechadas, sumergidas cavernas de amor y deseo. Annie temblaba, su piel ardía, y su propia voz fue un grito profano, hundido.

Te amo.

–Te quiero –dijo Steve.

–Aquí me tienes, respondió Annie.

Caminaron juntos a través del diseño de luces y sombras, y no había a quién seguir ni quién siguiera porque los dos tenían idéntica necesidad.

Y en el dormitorio, donde las persianas obstruían la luz y sólo dejaban pasar unos débiles rayos fragmentados, se desnudaron. Ya no había prisas: se sentían seguros el uno del otro. Sus ropas cayeron a su alrededor, olvidadas.

Ni siquiera de muy joven Annie se había sentido orgullosa de su cuerpo. Después del nacimiento de sus dos hijos, la piel había comenzado a aflojársele en pliegues suaves. Durante las semanas en el hospital y los días siguientes, sus excesos habían ido desapareciendo y la piel lucía tensa recubriendo los huesos y dejando traslucir la fina red de sus venas.

Pero ahora, mientras Steve la miraba, Annie se irguió, poderosa y natural. Con mucha suavidad, él le tocó la arruga iracunda de la cicatriz que le surcaba el vientre, y la piel nueva y rosada que le nacía sobre el hombro y el brazo. Ella vio el abanico de finas arrugas en los bordes de sus ojos, y la ternura que había en él. Annie sabía que estaba hermosa, hermosa como se había sentido en el restaurante, y ahora también era poderosa, porque estaban juntos de ese modo.

Luego, ella lo miró. Rozó con la palma de la mano el vello de su pecho, apreciando su negrura sobre la piel blanca. Sobre el pecho y los brazos de Steve también se dejaban ver las marcas de las laceraciones. En lo alto de su pierna la carne había vuelto a formarse, en protuberancias sobre la vieja herida, pero los músculos estaban encogidos y faltos de uso. Era delgado, y ella pudo sentir la tensión de sus músculos surcándole el pecho y la espalda al rodearlo con sus brazos.

Sus cuerpos se tocaron en toda su extensión, duros y suaves, extraños e imperiosos.

Ella besó los labios de Steve y él buscó los de ella con la punta de la lengua. El cabello de Annie acariciaba lánguidamente los hombros desnudos de Steve. Ella lo sintió arquearse contra su cuerpo. Dejó caer la mano para tocarlo, primero suavemente y luego con insistencia, hasta que él respiró con fuerza y la alzó entre sus brazos. La apoyó sobre el lecho y se arrodilló a su lado.

Le abrió las piernas, deslizó su mano entre ellas y luego con infinita suavidad, su boca. El placer fue como un cuchillo, revolviéndose dentro de ella, y lo llamó a gritos.

Antes habían sido lentos y pacientes, pero ahora estaban indefensos en la corriente. Steve levantó la vista para contemplarla, y luego su boca recorrió sus muslos y la curva de su cintura, y finalmente los pechos. Las olas parecían romper sobre ellos, ensordeciéndolos con su rugido. La boca de Annie formó una palabra inaudible, y sus brazos se extendieron para buscarlo. Ya no podían contenerse más. Él se tendió sobre ella, ciegamente, y Annie lo guió hasta que encontró el sitio y por fin ambos se unieron.

Hubo un instante de trémula quietud.

Annie abrió los ojos y vio las paredes desnudas y grises, y las hebras doradas de luz que las surcaban. La luz de oro parecía derramarse hacia afuera y esparcirse sobre ellos. Sobre su piel resultaba dulce y cálida, y también dentro de ella. Rodó en los brazos de Steve, encontrándolo mientras él la encontraba, en un juego de preguntas y respuestas. Ahora ella estaba ávida, vorazmente hambrienta, como estaba Steve, y cada uno era para el otro la única forma de saciarse. Si él le había parecido extraño en ese momento de quietud, Annie lo olvidó de inmediato; él la conocía, y le abría abismos dentro que creía olvidados, o que acaso jamás había conocido. Y mientras su cuerpo se movía contra el de él, y mientras se inclinaba sobre él y su cabello le acariciaba el rostro, y mientras yacían de lado para poder mirarse a los ojos, Annie era nuevamente ligera como una niña, y a la vez hábil como una mujer madura.

Por fin llegaron tan lejos como podían ir. La cabeza de Annie se echó hacia atrás y sus piernas se aferraron alrededor del cuerpo amado con más fuerza. Steve se quedó inmóvil un instante, manteniéndola allí, y luego se hundió nuevamente dentro de ella hasta que la oyó gritar, y sintió el aleteo de mariposa de sus músculos contra él.

–Amor mío... –susurró–. Ay, amor mío...

La sostuvo con su amor como si fuera una piedra enclavada en su interior, y cuando ella volvió a acallarse, él recostó la cabeza contra el hueco de su hombro y se entregó a ella.

Los ojos de Annie pesaban lánguidos cuando volvió a abrirlos. Vio el oro que salpicaba los iris de los ojos de Steve, muy cerca, muy cerca, y sonrió lentamente. Sus cuerpos aún estaban unidos, dulces y adheridos, y seguían rodeándose con los brazos. La habitación estaba en silencio, y el murmurar del tráfico proveniente de las calles parecía muy distante. Ella sabía que los dos eran felices, allí y entonces, en ese espacio estrecho, en ese tiempo mínimo. Cerró los ojos otra vez.

Durmieron un rato, sin sueños, y cuando Annie despertó el sol se había ido y la habitación casi estaba a oscuras. Se apoyó sobre el codo, sin hacer ruido, porque Steve aún dormía. Vio en el reloj que había al lado de la cama que eran las cinco, y que debía partir en media hora. Se recostó un instante junto a él, escuchando su respiración serena.

Algo en la forma de la habitación o tal vez la cualidad de la luz, le hizo pensar en la última vez que estuvo con Matthew, tendida en la habitación de arriba de la casa que daba a la esquina.

Los recuerdos se agitaron dentro de ella, mientras la realidad se apresuraba otra vez, y se movió bruscamente, obstruyéndoles el paso. Steve se estremeció y abrió los ojos.

–Lo siento. No debí haberme dormido.

Ella lo besó.

–Yo también me dormí. Debo ir a casa ya.

Pero él se incorporó y tomó su cuello entre las manos, atrayéndola hacia sí y haciéndola caer sobre su cuerpo. Los cimientos sólidos de su resolución cayeron a un lado, quebrantados.

–Aún no. Quiero hacerte el amor otra vez.

Sus manos la tocaron y ella se tendió, primero protestando y luego cediendo, hasta que por fin su cuerpo se apoderó nuevamente de ella y se encontró tan ávida como Steve. Esta vez fueron más despacio, calculando más, por lo que ya habían aprendido, pero la conmoción final que sobrecogió a Annie fue más honda y la encendió con mayor ferocidad aún que todo lo que hubiese vivido hasta entonces.

Cuando todo terminó, Steve se echó a su lado, de espaldas, contemplando las sombras en el techo.

Extendió la mano y sus dedos se tocaron mientras yacían el uno al lado del otro, y la memoria los inundó de inmediato.

–Recuerdas...

Otra vez sintió el dolor de sus heridas, y el gozo indeleble de haber escapado. Durante un instante, ninguno de los dos fue capaz de moverse, como si el peso de los escombros volviera a sepultarlos, como antes.

–Recuerdo...

Annie volvió la cabeza hacia él entonces, y vio que las lágrimas asomaban a sus ojos.

–¿Qué sucede? –preguntó, asombrada.

–Ahora que estás aquí, Annie, no te marches. No te marches.

Ella apartó la mirada.

–Debo irme. Sabes que tengo que ir a casa junto a mis hijos.

Hubo una pausa breve, y luego Steve se sentó bruscamente, volviéndole la espalda. Cuando él volvió a mirarla, no supo si realmente había visto lágrimas en sus ojos.

–Te llevaré a tu casa.

–No. No, no hay ninguna necesidad. –No podía llevarla hasta su casa, claro que no–. Iré en el metro. Compré un billete de vuelta.

Annie hizo a un lado las sábanas y se sentó. Recogió sus ropas dispersas por el suelo del dormitorio y fue al cuarto de baño. Cuando salió, por fin, Steve ya estaba vestido, esperándola. La besó, suavemente, en ambas mejillas, y le preguntó:

–¿Vendrás pronto a verme?

–Tan pronto pueda –le prometió.

Bajaron juntos en el ascensor de espejos y Annie pensó que sus imágenes reflejadas se veían tristes y extrañas.

Fuera, en la calle, Steve detuvo un taxi y la hizo subir.

–A casa, segura.

Ella asintió, molesta de pronto por tener que alejarse de él. No respondió, y la puerta del taxi se cerró entre los dos. Miró hacia atrás, con la mano en alto, hasta que el taxi dobló la esquina. Y durante todo el camino de regreso permaneció sentada al borde del asiento, mirando el brillo tenue de las luces nocturnas de la ciudad.

Martin estaba sentado en la cocina, dándole la cena a los niños. Sus tres rostros se volvieron hacia ella cuando entró, y Annie sintió que su boca ardía encarnada, y que tenía el cabello revuelto, aun cuando sabía que lo había peinado en el cuarto de baño de Steve.

–¿Dónde están tus compras? –preguntó Martin–. ¿Te las traigo hasta dentro?

Annie se quedó mirándolos, con la sangre latiéndole en la cabeza.

–No he comprado nada –dijo–. Nada de nada.

Se hizo un largo silencio, y el rostro alarmado de Benjy pasó de uno al otro.

–Ya veo –dijo Martin, y se hizo un silencio mortal.

Annie supo que él lo veía. En verdad, debía haberlo visto todo este tiempo, mientras ella hacía como si él fuera ciego.

Volvió la espalda a los tres y subió la escalera corriendo hacia su habitación. Se tendió con el rostro apoyado sobre el colchón, dura, fría y con los ojos pétreos. Escuchó cómo Martin llevaba los niños a la cama, y luego volvía a bajar la escalera. Estuvo horas inmóvil, escuchándolo moverse de un lado para otro, y escuchó también todos los sonidos ínfimos de su vida cotidiana, pero él no volvió a subir. Finalmente, Annie cayó en un sueño profundo y exhausto.

Otra vez soñó con la bomba, y el terror se redobló. En el sueño Steve no estaba junto a ella, y cuando se despertó, bañada en un sudor helado y sintiendo en la boca nuevamente el sabor de la sangre de sus labios heridos, también se encontró sola. Extendió la mano, tímidamente, y vio que la cama estaba vacía.

Annie deslizó las piernas fuera de la cama, y el vestido de pana azul se le enredó alrededor del cuerpo. Sintió sus propios pasos hasta la habitación de invitados de la casa. Abrió la puerta sin hacer ruido y allí se quedó, con los dedos curvados en torno del picaporte, escuchando el sonido de la respiración ajena de Martin.

CAPÍTULO 8

Semana a semana, Annie sentía que lentamente se iba partiendo por la mitad.

La primera mañana después del día junto a Steve bajó a desayunar y halló a Martin sentado a la mesa. Tenía los ojos rodeados de sombras negras, y el dolor que había en su rostro hizo que la culpa y el remordimiento se retorcieran dentro de Annie. Trató de decirle algo:

–Martin, escúchame, no sé...

Pero él no la dejó terminar.

–Ahora no –la interrumpió con frialdad.

Dejó su desayuno, tomó su maletín y su abrigo y salió de casa sin mirarla. Annie quiso llamarlo a gritos, o apoyar la cabeza contra la mesa y llorar hasta no tener lágrimas, pero Thomas y Benjy estaban de pie en la puerta, observándola.

–¿Estás enfadada? –preguntó Ben.

–No, amor. –Trató de sonreír–. Estoy un poco triste. Nada más.

Sus rostros redondos eran como un reproche.

Cuando estuvo sola, Annie deambuló por la casa sin saber qué hacer. Miró el teléfono silencioso, deseando que Martin la llamase para poder comenzar a hablar con él.

Cuando finalmente sonó, era Steve. Annie aferró el auricular, como si la fuerza de sus dedos pudiera acercarlo hasta ella.

–Gracias por el día de ayer –dijo Steve. Annie supo que estaba sonriendo, y el amor y la felicidad que había sentido el día anterior animaron su corazón–. Fue uno de los días más felices de mi vida.

–Yo también me sentí feliz.

Como siempre, Steve oía más allá de las palabras.

–¿Ocurre algo malo?

Rápidamente, Annie dijo:

–Nuestra felicidad debe ser a costa de la otra gente, ¿no es así? A costa de la de Martin y los niños...

–¿Qué ha pasado? –insistió suavemente.

–Nada. Martin lo sabe. Porque lo adivinó, y no porque yo tuviera el valor de decírselo. Volví sin mis compras, y se suponía que eso iba a ser mi coartada. Tal vez lo ha sabido durante todo este tiempo. Hace mucho que nos conocemos, Steve.

–Lo sé. –Las palabras apenas eran audibles. Por fin dijo–: En algún momento habría tenido que enterarse, Annie. ¿No es mejor que sea desde el principio?

Tenía razón, desde luego. Pero él no había visto el rostro herido de Martin la noche anterior, ni la frialdad de esa mañana. Los dedos de Annie apretaron aún más el auricular. Basta. Debía dejar de sentir que Steve tenía la culpa, o que alguien tenía la culpa. Lo que sucedió, sucedió, y ahora había que afrontarlo. Tomó aliento, y trató de dar una nota distinta y más firme a su voz.

–Lo siento. No diré que lo que está sucediendo no sea penoso, o que no lo será durante cierto tiempo más. ¿Puedes afrontar eso tú también, Steve?

Le respondió de inmediato, como sabía que haría.

–Sabes que puedo.

–Sí.

–Annie, si me necesitas, estoy aquí.

Annie también lo sabía. Quería ir hacia él, pero estaba allí atada, y temía que el desastre dañara a todos más perversamente aún que la bomba.

–¿Me dejarás tomarme unos días para arreglar las cosas aquí?

–Desde luego.

Después de colgar el auricular, Annie prosiguió con sus vueltas alrededor de la casa. Esperó a que el lento correr de las agujas del reloj le indicara la hora de ir a buscar a Benjy, ansiando su inocente compañía. Partió bruscamente y durante todo el camino de regreso escuchó pacientemente su narración de las actividades matinales, tratando de centrarse en él y de excluir cualquier otra cosa. Una vez que llegaron a casa ella le preparó la comida, disponiendo las zanahorias según el dibujo que a él le gustaba ver antes de comerlas, y luego se sentó delante de él con una taza de café a observar cómo aplastaba la comida con su tenedor. A través de la corriente de preguntas y observaciones de Benjy, Annie seguía escuchando sus propias preguntas, y el silencio que yacía ante ellas.

–¿Por qué no me escuchas? –exigió Ben abiertamente.

Annie sintió el calor de la irritación injustificada.

–No puedo escuchar todo el tiempo, Ben –le espetó–. A veces necesito pensar.

Él la miró, sorprendido, y extendió el labio inferior.

–Necesito mimitos –dijo.

Annie sabía que decía la verdad. Con vergüenza, hizo a un lado la ira y la tristeza.

–Ven y siéntate sobre mis rodillas.

Se incorporó, triunfal, y ella lo abrazó. Luego arrastró el plato de comida y tomó una cucharada.

–Vamos, termina la comida y miraremos tu programa de la tele.

Benjy sentía haber ganado cierta batalla indefinida, de modo que comió con gusto el resto del plato. Luego se sentaron juntos en el sofá; Benjy, con la cabeza reclinada sobre el pecho de Annie. Ella observaba con la mirada perdida las marionetas en la pantalla y pensaba en la tarde que tenía por delante, y en sus otras tardes de maternidad, y trató inútilmente de imaginarse con ellos en otro lugar, con Steve.

–Vayamos al parque –sugirió cuando el programa terminó.

Encontró el traje rojo de Benjy y sacó el triciclo de la maraña de cosas que había en el armario debajo de la escalera. Partieron, y Benjy iba detrás de su madre, con el rostro fruncido de concentración en su esfuerzo por pedalear.

La ruta era adormecedoramente familiar, como lo era el parque mismo. Annie siguió a Benjy a lo largo de los juegos, hasta el tiovivo; luego se detuvo al pie del tobogán por el cual el niño se deslizaba. Se sentía demasiado rígida y distante para jugar al escondite con él.

–Hoy no –le dijo–. Tal vez mañana papá os traiga a ti y a Tom para jugar juntos.

¿Qué otra cosa podía pasar mañana, y los días siguientes? Annie sintió frío. Vio que el cielo estaba jaspeado por largos hilos de nubes. La tibieza de la primavera prematura había concluido, y mañana haría tanto frío como en enero. Caminó alrededor del conjunto de árboles que se erguían en medio del parque.

–Vamos, Ben. Compremos el pan para el té, y pasemos a buscar a Tom por la escuela.

La hora del té llegó y pasó, y luego vino la rutina de los juegos de los niños, y la cena, y los baños, y los cuentos para que se durmieran. Cuando ambos durmieron, Annie bajó y se sirvió una copa, echó un vistazo a la cena en el horno y se sentó a esperar. Sabía que esperaba a Martin, tal como había estado esperándolo todo el día. Esperó una hora, y luego otra media hora más, y luego sirvió su porción de la cena y la comió, sin sentir gusto a nada. Lavó su único plato y lo guardó, y se sentó frente al televisor. Recordó que había una canasta llena de cosas por zurcir, de modo que fue a buscarla y comenzó a coser un agujero en el codo de uno de los suéteres de Thomas.

Cuando Martin llegó al sendero delantero eran casi las diez y media.

Había estado horas sentado en un rincón de una taberna desolada a la cual nunca antes había ido. Entre la decoración típica de la cervecería, y las luces de neón, había estado pensando en él y en Annie, a lo largo de todos los años que habían pasado juntos. La evocó como la había visto el día en que se conocieron, y recordó haberse enamorado de ella en una cafetería cuando aún era sólo un torpe híbrido de colegiala, de estudiante extravagante y tímida. Habían crecido juntos, desde entonces. Acaso en dos, tres años. Parecía ser poco tiempo para haber logrado tanto, ahora que miraba el veloz paso del tiempo. Pero entonces habían sentido como si lo tuvieran todo por delante. Los recuerdos prosiguieron, desfilando ante él, mientras contemplaba su cerveza con la mirada perdida.

¿Entonces el «todo por delante» se acababa allí?

Todo lo que habían hecho juntos parecía mucho más claro y valioso ahora. Tal vez porque temía que llegara el final.

Jamás había tenido miedo antes, porque había estado muy seguro de ella. Aun durante lo de Matthew se había sentido seguro.

Martin bajó la cabeza sobre la cerveza que en realidad no quería beber, confrontado con el espectro de su arrogancia.

Cuidadosamente ahora, se obligó a recordar.

Matthew se había materializado en las cálidas semanas del verano anteriores a su boda. Martin jamás lo había visto, pero la amiga de Annie, Louise, y sus otros amigos, habían hablado de él. Martin recordaba haberse percatado de lo que estaba sucediendo, sin hacer más que esperarla.

Incluso le había preguntado: «¿Debo preocuparme por ello?», y Annie había respondido: «No».

Su certeza de que ella volvería le resultaba increíble ahora. ¿Tan seguro estaba de estar haciéndolo bien por aquellos días?

Podía haberla perdido entonces. En lugar de perderla ahora.

A pesar del ruido y la distracción de la taberna, Martin sintió que podía ver y escuchar las cosas con súbita y perfecta claridad.

Ninguno de los dos estaba fijo ni definido como individuo en ningún momento a lo largo del tiempo ni en ese café del Soho, ni en el día de su boda, ni el día de la bomba. Ambos fueron cambiando, y cambiaron juntos, y a la vez por separado. No eran sólo esa unidad apareada, amalgamada, que él silenciosamente le había pedido que confirmara la noche infeliz del banquete en casa. Ambos quizás estuvieran en falta por haberlo olvidado. Se habían visto el uno al otro en un marco fijo, como Martin-y-Annie, o como los padres de Benjy y Tom, y cuando salían de sus lugares establecidos, perdían de vista al otro.

¿Cuán inquieta habrá estado Annie, mientras él trabajaba y se concentraba en otras cosas?

Ella se daba tan bien a todos los que necesitaban de ella que él nunca se había preocupado por observarla más de cerca. Fue sólo la víspera de Año Nuevo, una vez que se marchó, que él vio en realidad la nítida evidencia de su afectuoso cuidado. Y entonces había pensado: «¿Cómo es que no me había dado cuenta antes?».

¿O acaso Annie también había dejado de ver la realidad?

Tal vez, pensó Martin.

Y si bien ambos estaban en falta por haberse descuidado mutuamente, él había cometido el error de atribuir la culpa de lo que estaba sucediendo a la bomba, durante las últimas semanas.

La bomba había sido un catalizador terrible y sin sentido, nada más.

El tocadiscos automático lanzaba oleadas de ruido intrascendente desde un rincón del bar.

Entonces, si no hubiese sido Steve habría sido algún otro, tarde o temprano.

A través del ruido, Martin se obligó a seguir el penoso derrotero de sus pensamientos. Ahora que había sucedido, *piensa en ello.* Ahora que su esposa se había enamorado de otro hombre, ¿qué podía hacer?

Cuando desapareció su necesidad de echar la culpa a la bomba, también se desvaneció la ira y la amargura de Martin contra Steve.

No ganaría nada yendo a buscarlo, enfrentándose a él, como había imaginado que haría. ¿Para decirle qué?, pensó Martin, y casi sonrió ante el cuadro que se le presentaba ante su mente. ¿Que le devolviera a Annie?

Martin permaneció largo tiempo sentado, sin moverse, y luego levantó la jarra de vidrio y bebió.

No había nada que pudiese hacer. Nada excepto esperar, y al esperar, acaso mostrarle que la amaba, que la quería, que la necesitaba.

Por fin se puso de pie, duro y con la cabeza azotada por la música del bar. Era hora de volver a casa.

Recordó el camino familiar, y aparcó el coche fuera del portal de la entrada. En las habitaciones de abajo las luces estaban encendidas, y contra la persiana de la ventana superior se filtraba el pálido brillo de la luz de noche de Benjy. La casa se veía igual que siempre, y la visión le hizo añorar más aún las viejas épocas de antaño. Si esos días volvían, se prometió, los atesoraría, los haría brillar, y jamás les daría ocasión a que se escabulleran.

Subió por el sendero y entró por la puerta delantera. Annie estaba sentada bajo el círculo de luz en un extremo del viejo sillón Chesterfield. Él vio el color de su cabello y la línea de su mejilla, y la costura sobre el regazo.

Se miraron sin hablar; ninguno de ellos sabía qué decir. Annie se levantó lentamente y cruzó la sala para apagar el televisor. Martin quedó inmóvil, pegado al suelo, mirando la forma en que ella se inclinaba, se erguía y caminaba hacia la cocina.

–¿Quieres tu cena? –preguntó, sin expresión en la voz–. Me temo que esté bastante seca.

–No importa. Sí, tráela aquí, ¿te importa?

Un momento después ella entró con una bandeja y un plato de comida; cosas de siempre, como cualquier otra noche. Martin la tomó y comenzó a comer, sintió que la comida se depositaba sobre la jarra de cerveza espumosa que había bebido en la taberna sombría.

Al cabo de un minuto, dijo:

–Creo que debemos hablar, Annie.

Ella estaba sentada al otro lado de la sala, con la cabeza gacha y las manos plegadas sobre el zurcido.

–Sí. Yo también pienso lo mismo –murmuró.

Martin dudó, sin saber por dónde comenzar.

–Cuéntame lo que ha sucedido.

Ella lo miró con expresión extraña, casi suplicante.

–Tú sabes bien lo que ocurrió.

Él movió la cabeza.

–No, Annie. Quiero que me lo cuentes, ahora. Ya es hora de que lo hagas.

Ella ocultó el rostro entre las manos. Él quiso decirle: «No lo hagas. Déjame ver tu rostro», pero se mantuvo en silencio.

Por fin Annie habló.

–Tú y yo éramos una pareja, y vivíamos aquí con nuestros hijos. No era nada extraordinario, ¿verdad? Nada exótico, ni apasionado, ni mágico, pero funcionaba. Así era, ¿no es cierto?

Martin asintió.

–Sí –dijo, en voz muy baja–. Funcionaba. Mejor que lo que merecíamos, tal vez.

Luego ella lo miró un largo rato, y después asintió.

–Y entonces explotó la bomba –murmuró Annie.

Martin vio cómo se elevaban sus hombros, y cómo volvían a caer, en un gesto de asombro, como si la bomba fuese algo que ella no lograba comprender a pesar de intentarlo.

–Cuéntamelo, Annie. Jamás me dijiste cómo fue. Qué sentiste.

Annie se quedó observándolo, y él tuvo miedo de que no estuviese viéndolo. Y luego comenzó a hablar, en voz baja y fría.

–No sé cómo decírtelo. No sé cómo describir lo que ocurrió. Estaba oscuro, se produjo un ruido terrible y luego un silencio atroz. No me podía mover, y sentía la sangre en la boca, y el polvo y la arenilla en la lengua. Y el dolor, en todas partes. –Se encogió de hombros otra vez–. Ya lo sabes. ¿Qué puedo contarte?

–Háblame de tus miedos.

Annie pensó en Tibby. Había regresado del hospital, con su marido y sus rosas, pero estaba demasiado débil para podarlas. *Ella te ha visto crecer. Ha visto a sus nietos.* Sí. ¿Pero qué más había? ¿Cuántos otros compromisos pacientes?

–Tenía miedo. También estaba... furiosa. Supongo que era furia. Tenía la sensación de que todo se coartaba. Que no podría... terminar lo que estaba haciendo.

Martin miró en torno de la habitación. Había una canasta de mimbre llena de juguetes de Ben cerca de la chimenea, un jarrón de narcisos sobre la alfombra, entre el cúmulo de ornamentos de porcelana y de candelabros y de invitaciones a cumpleaños infantiles.

–Terminar lo que estabas haciendo aquí, Annie. ¿Era eso?

–Sí. De ser una madre y esposa. –Las palabras sonaron extrañas a los oídos de Annie, como si las hubiese repetido tantas veces para sus adentros que ya no tuvieran significado–. Estábamos todos bien, ¿no es así? Los cuatro...

El tiempo pasado sacudió a Martin de frente. Miró a su esposa a la luz de la lámpara, sintiendo que por un instante volvía a crecer la ira y la acritud de los días pasados.

–Estábamos –dijo–. Podemos volver a estarlo, Annie, cuando olvides todo esto.

Apenas pronunció las palabras, supo que las había escogido mal. Se movió en la silla y los cubiertos tintinearon en el plato. Miró la comida casi sin tocar y ya fría. Hizo a un lado el plato. Annie aún tenía entre las manos el suéter escolar de Thomas, que dejaba ver la lana raída del zurcido.

–No puedo olvidarlo –respondió, y las palabras cayeron como gotas transparentes de agua helada.

–Annie... –Trató de no levantar la voz–. Puedes, si te lo permites. Lo que sucedió fue algo espantoso y terrible. Lo único que puedes hacer es agradecer haber sobrevivido y olvidar todo lo demás.

Ahora daban vueltas alrededor de la verdad, observándose.

–Si eso fuese fácil... –susurró Annie finalmente–. Si lo fuese...

Martin permaneció sentado en silencio, sintiendo que en el extremo de su mandíbula una vena palpitaba. Había llegado el momento, y aun así deseaba que de alguna forma se escurriera.

Annie prosiguió, en el mismo tono grave de voz, mirando la labor sobre su falda:

–Sin Steve, no creo que hubiese podido sobrevivir. Steve me hizo resistir. Me hizo creer que saldríamos. No soy una persona muy valiente. Lo sabes. Pero él me hizo serlo.

–¿Cómo?

La palabra se atascó en la garganta de Martin, como el croar de una rana. Él también recordaba ese día: el frío fuera de la fachada derruida, los pasillos de la comisaría y la tensión y el humo que había en el camión de mando. Y la dureza de los escombros que apartaba junto a las cuadrillas de rescate.

–Hablamos. Sólo podíamos tomarnos de la mano. Nos sosteníamos y hablábamos. A veces yo no sabía si estaba hablando o pensando, pero él escuchaba de todas formas. Y yo escuchaba lo que él me decía. Cuando uno cree que va a morir, no importa lo que dice, ¿sabes?

–¿De qué hablasteis?

–Nos contamos nuestras vidas. Todo: las grandes cosas, las pequeñas cosas...

Otra vez se hizo el silencio. Martin imaginaba a su esposa, como tantas otras veces había hecho antes, herida en la oscuridad, tomada de la mano de un desconocido. Y su voz, un susurro como el que él mismo escuchaba en ese momento de penumbras, diciendo las cosas grandes y las pequeñas, sólo para que él la escuchara.

–¿Pensaste en mí, Annie?

La petulancia de la pregunta lo sacudió de inmediato, y pensó: Así somos todos. Annie dejó caer el zurcido y atravesó la habitación en su dirección. Se arrodilló sobre la alfombra frente a él, con la cabeza apoyada sobre sus rodillas.

–Por supuesto.

Martin no dijo nada.

–Le hablé de ti, de los niños, de cómo me resultaba insoportable pensar que nuestras vidas habían sido cercenadas abruptamente, violentamente, y que sus cabos quedaron sueltos y raídos. –Él extendió la mano cautamente y le acarició el cabello. Las puntas aún estaban erizadas por el corte que había tratado de reparar el daño sufrido–. Le conté cuando nos conocimos, y lo que vino después. Las cosas cotidianas. La casa, el jardín, y todo lo que hacíamos juntos. Hacíamos.

–¿Y él te contó lo mismo de él?

–Sí. Pero no cosas tan felices.

–¿Y después de eso? –preguntó Martin suavemente, con la mano hundida en el cabello de Annie.

Él torció la cabeza para poder verle el rostro, y notó que estaba llorando. Había una lágrima a punto de caer en sus pestañas, y otra corriendo por la mejilla.

–Al final... parecía ser el final, sabes... él era, él había pasado a ser más real y más importante que ninguna otra cosa. Él era todo lo que existía, entonces. Estaba tan cerca de mí que... que yo no sabía ya dónde comenzaba él y dónde terminaba yo.

La mano de Martin se endureció, apenas perceptiblemente, sobre el cabello de Annie. Él había mirado el hoyo, bajo el arco de luces, donde aún yacía Steve. Su brazo se hallaba extendido sobre el sitio que Annie había ocupado. Martin sintió un sabor amargo en la boca y en la garganta. Tenía miedo de la derrota. Ya había avanzado tanto, pensó, que los dos le parecían lejos, muy lejos de su alcance. Haciendo un esfuerzo por parecer convencido, dijo:

–Pero luego os rescataron. Todo terminó.

Salvo que no fue así en realidad. No fue así en absoluto. Él se había sentado a su lado en la ambulancia, y al abrir ella los ojos lo había mirado con una mezcla de asombro y desencanto.

Annie no respondió. Él la instó a continuar, tratando a pesar de sí mismo de que ella lo admitiera haciéndose el que no comprendía.

–Sé que debes haber compartido con él la conmoción y la reacción posterior. Ninguna otra persona podía haber comprendido lo que fue estar allí abajo. Desde luego, os habéis aferrado el uno al otro entonces, mientras os recuperabais; habéis sido como un sostén el uno para el otro...

Annie levantó el rostro y lo miró.

–Oh, no –le dijo. Aún había lágrimas en sus ojos, pero también una especie de fulgor radiante–. No se trató de eso, sino de la alegría... de la felicidad pura de sabernos vivos aún. ¿Puedes comprenderlo?

Martin contó los días hacia atrás. Él había estado preocupado por los niños, para que todo marchara en orden, por tratar de contener el miedo que sentía por Annie. No había tenido ocasión para la alegría. Lo más cerca que había estado de sentirla fue cuando los médicos le dijeron que Annie sobreviviría. Había ido a ver a Steve, para que él también lo supiera. Nochebuena. Incluso entonces ya lo había percibido, recordó Martin. El dolor y el miedo a perderla se le hundieron en el cuerpo de tal forma que casi se dobló en dos.

–Oh, sí –murmuró, en voz baja que ella apenas pudo escucharlo–. Creo que comprendo.

Debo decirle la verdad, pensó Annie, ahora que hemos llegado hasta aquí.

–Todo parecía tan hermoso, tan nuevo, tan precioso y exacto... Steve también lo veía. Creo que fue por ese sentimiento que... que nos enamoramos.

Y así fue como él le oyó decir las palabras.

De pronto le resultó vana su determinación de abrigar esperanzas. No pudo evitar que surgiera dentro de sí la ira insensata contra ellos dos, contra cada una de las cosas que habían ocurrido desde el momento en que vio la imagen de la tienda derrumbada en el televisor. Pensó en Tom y Benjy, dormidos arriba, y en lo que significarían para ellos esas breves palabras imposibles. Y supo que amaba a su esposa, y que no sabía cómo vivir sin la retribución de su amor.

–Annie –murmuró–. ¿Sabes lo que estás diciendo? ¿Sabes el daño que nos hará a todos?

Incapaz de permanecer más tiempo inmóvil se puso de pie torpemente, golpeó una mesa baja y apartó a un costado la bandeja de la comida. Annie vio con ojos llenos de lágrimas los trozos de comida cayendo sobre la alfombra.

–Lo sé –susurró–. ¿Crees que no lo sé?

–¿Qué harás?

Annie pensó otra vez en Tibby, y en la vida que había aceptado llevar. Si su madre hubiese vivido en otra época ¿habría escogido caminos distintos? Annie volvió a sentir lo valiosa que era la vida, y lo vital y milagrosa que le había parecido en el hospital cuando la sintió afianzarse nuevamente.

–No lo sé –dijo desanimada–. No sé qué hacer. Ésa es la verdad, Martin.

Él se volvió hacia la ventana, apartando con violencia las cortinas para observar la calle, y dejándolas caer. Era un hombre grande en un espacio reducido.

–¿Te acuestas con él?

–Una vez –dijo Annie.

Luego se produjo un largo silencio. Martin se sentó, exhausto, y Annie permaneció inmóvil sobre la alfombra, con las piernas dobladas torpemente por detrás, dormidas, sin poder moverlas.

Por fin Martin habló, en voz más suave:

–Los que han vivido juntos tanto tiempo, como nosotros, ¿qué sienten por el otro? Quiero decir, sin contar los sostenes de la rutina, de la familiaridad, y de las cómodas costumbres. No se aman, ¿verdad? No con el amor del que hablas...

Annie pensó en la intensidad opresiva de su deseo por Steve, y en la felicidad cristalina que había conocido junto a él en el restaurante, y en el apartamento cruzado por luces y sombras.

–No –respondió con dolor–. No con esa clase de amor.

–¿Y entonces qué sienten?

Ella lo sabía, y buscaba palabras que no lo hirieran, pero Martin fue más rápido y más crudo.

–Amistad. Afinidad. Somos viejos amigos, Annie. Eso hemos logrado. –No se movía, pero Annie podía sentir la ansiedad revolviéndose dentro de él–. Aún me gustas. Lo sabes. Esa parte de mí te pertenece tan ampliamente como todo lo demás. Pero no es lo primero entre nosotros, ¿verdad? Hay otras cosas. Somos sólidos. Tal vez no... nos hemos mirado ni escuchado con el cuidado que nos debíamos. Pero éramos felices, ¿o no?

Mientras él la miraba, Annie sintió la contundencia de su abordaje. *Ahora no puede ser diferente. No puede desaparecer, después de tanto tiempo.* Pero como no respondió, él continuó en voz alta:

–¿No significa nada para ti?

Annie extendió la mano, y luego, viendo lo inoportuno de su gesto, la dejó caer.

–Desde luego que sí, Martin. Sigo siendo yo. Los años no se han ido a ninguna parte.

Pero sin embargo se estaban mirando a través de una brecha. Aquí, ahora, tan amargamente obvios en la tibieza desordenada del hogar. Annie sabía que no podría explicarle la forma en que la violencia de lo que había sucedido cambió cada mínima perspectiva, y cómo ese cambio de perspectivas la introdujo de golpe en una nueva conciencia, y luego en el amor por otro hombre.

Ya era demasiado tarde, pensó.

–¿Qué harás? –insistió Martin.

–No sé vivir sin él –dijo con la cabeza erguida.

No fue más que ofrecerle llanamente la verdad, pero notó que las palabras lo atravesaban. Quiso cerrar los ojos para no tener que ver lo que su rostro le mostraba.

Martin pudo haberle gritado, pudo dejar que salieran en tropel todas las palabras desagradables que se agolpaban en su boca, o saltar y aferrarla en un intento inútil de apresarla.

Pero haciendo un esfuerzo de voluntad se contuvo. Una vez que recuperó el control de sí mismo dijo lentamente, como si hubiera aprendido con dificultad las palabras en un idioma extranjero:

–No quiero dejarte ir. Eres mi esposa. La madre de mis hijos. Amor. Deberes.

–No sé qué decir. –Se miró los puños, que se cerraban y abrían, y los nudillos, que se ponían blancos y rojos–. Estoy aquí, Annie. Si tú... cuando... si decides. Quiero que lo pienses. Eso es todo. Piensa en lo que significa. Piénsalo rápido.

En lo único que podía pensar Martin era en irse, lejos de esa habitación, para acurrucarse sobre el agujero que habían abierto en él las palabras de Annie. *No sé vivir sin él.* Se puso de pie torpemente, casi tambaleando. Y luego salió y cerró la puerta.

Annie lo oyó subir la escalera, y luego sus pasos en el piso de arriba, y la puerta de la habitación de invitados que se cerraba tras él. Permaneció sentada, con la vista perdida por delante, sin aliento por el dolor que le había causado. Luego encogió las rodillas, con la cabeza apoyada contra ellas, y trató de hacer lo que él le había pedido.

Las dos semanas siguientes fueron como una época transcurrida en la vida de otra persona. Por las mañanas, cuando Annie se despertaba, tardaba uno o dos segundos en tomar conciencia, se sentía tibia y tranquila. Pero entonces volvían los recuerdos, y debía salir al frío, y vivir un día que ya no era suyo, hasta que otra vez fuera hora de dormir.

Vivir sin la amistad de Martin la hacía más vívidamente consciente de que era eso, la amistad, lo que verdaderamente había compartido con él. Hasta Benjamin percibió esa carencia. Una mañana entró al dormitorio muy temprano y se quedó de pie, vestido con su pijama azul, observando a Annie sola en la cama inmensa.

–¿Papá y tú ya no sois amigos? –preguntó, y Annie no supo responderle.

En cambio extendió los brazos, y a pesar de que el niño se acercó, lo sintió algo reticente, distante, como si no supiera a quién entregar su lealtad.

Eso la hirió más que cualquier otra cosa.

Y llevó su tristeza consigo cuando fue a ver a Steve, si bien trató de no hacerlo.

–Lo siento –se disculpó–. Te lo estoy diciendo desde el principio. Nuestra felicidad genera infelicidad a todos los demás.

Steve fue suave y firme. Se sentó a su lado en el gran sofá negro y la rodeó con sus brazos. Hizo que ella le hablara, y la escuchó y la abrazó hasta que su cáscara helada de angustia y culpa comenzó a derretirse. Entonces la llevó a su habitación, y la hizo recostarse a su lado. Sabía cuándo persuadirla y cuándo insistir. Sabía cuándo dejar que Annie tomara la iniciativa. Ella estaba sorprendida por la forma en que lo necesitaba. Se sentó a horcajadas sobre él, y el estremecimiento de placer que le produjo cuando se movió hacia arriba le arqueó el cuerpo y la hizo inclinarse sobre él, estrechándolo con más fuerza todavía, hasta que sus bocas se unieron y rodaron, entrelazados, el uno instando al otro, más y más aún.

–Eres sumamente seductora, mi querida Annie –le confesó.

–Lo sé –dijo sin ruborizarse–. Tú me lo has enseñado.

Aun ante la vista de todo lo demás, en las breves horas que pasaban juntos eran felices. Cuando terminaban de hacer el amor solían levantarse y salir juntos. Steve la llevaba a sitios inusitados. Comían en un restaurante judío en el East End, o bien iban a ver una obra feminista, muy breve, y alocadamente divertida, o a un recital de órgano en alguna iglesia de la ciudad. Por la forma en que los demás la miraban en estos lugares, Annie sabía que se veía diferente de las demás mujeres. Resplandecía, crepitaba, y se mostraba viva, de un modo en que jamás había esperado volver a sentirse. Se aferraba tenazmente a las horas de felicidad, porque sin ellas no había cómo justificar la frialdad y la negrura que se esparcían sobre las demás horas, como una enfermedad.

Si bien eran muy distintos de los días de pobreza que había compartido largo tiempo atrás con Matthew, sus cortas salidas con Steve a menudo le hacían recordarlos. Sentía la misma exultación, y la temeridad era mucho mayor, por el peso de la razón y la responsabilidad que se depositaban sobre ella cuando regresaba a casa.

Y en otras ocasiones, cuando miraba a Steve sentado ante ella en un restaurante, o de pie en la nave de alguna iglesia leyendo la inscripción de una sepultura de mármol, apenas podía creer que ese hombre tan atractivo, con aire ligeramente despiadado, tuviera algo que ver con ella. Entonces solía contener la respiración, temblando, pero Steve le tendía la mano con esa capacidad suya de leerle los pensamientos, y decía algo que la acercaba a él, y el momento pasaba. Cuando se hacía la hora de recoger a Benjy, o la hora que había convenido con Audrey, o con cualquiera de las madres de sus amiguitos que lo hubiera invitado a jugar, Annie se despedía de Steve y volvía a buscar a su hijo.

El resplandor de la felicidad se desvanecía de inmediato, y otra vez se apoderaba de ella el dolor insidioso y oscuro de sentirse partida en dos.

En medio de ese terrible ir y venir, cada vez que podía, Annie iba a ver a su madre. Seguía en la vieja casa, pero estaba tan débil que apenas podía levantarse de la cama para instalarse en la mecedora, en un rincón de la sala, cerca del fuego. Annie y Jim, una criada y una enfermera por horas se turnaban entre todos para cuidar de ella. Tibby quería que continuaran vistiéndola en sus familiares faldas de *tweed* y sus chaquetas de lana tejidas. Casi todas las mañanas, Annie iba a ayudarla a vestirse una vez que dejaba a los niños en la escuela. Las ropas seguían oliendo a lavanda, la fragancia de su madre, cuando las quitaba del armario, pero al ponerlas sobre el frágil cuerpo de Tibby parecían enormes.

–El talle de esta falda es inmenso –murmuró Tibby mientras tiraba de la cintura bamboleante–. Pero es de buena calidad. Ya no confeccionan la ropa como antes, querida. Me gustaría ponerme la chaqueta de lana rosada. Es la que me sienta mejor, ¿no crees, querida?

Mientras la ayudaba a abotonarse la ropa, y prendía con alfileres los pliegues sueltos de tela y arreglaba el cabello frágil de su madre, Annie descubría que apenas podía responderle. Su madre había sido el centro y el corazón de esa inmensa casa, y ahora era como si una corriente la hubiera arrojado a un rincón y depositado en una silla como una telaraña, o como el polvo que tanto había combatido durante años.

Annie la acomodó en su lugar. Las manos de Tibby se veían casi transparentes sobre sus brazos.

–¿Quieres que te sitúe hoy para que veas el jardín? –le preguntó.

Tibby pensó un instante. Annie vio su mirada en las fotografías que descansaban sobre la mesita a su lado. La foto de bodas de Tibby. Annie y su hermano de niños, la propia boda de Annie, la esposa y los hijos de su hermano. Thomas y Benjamin, Tom con el espacio donde le faltaba el diente de delante.

–Sí. Creo que sí –respondió Tibby.

Annie giró su silla y ambas miraron el jardín a través de la puerta ventana. Era la primera semana de abril. Los primeros narcisos de Tibby ya estaban marchitándose, pero por detrás de ellos, las flores formaban un seto dorado. Al lado de la ventana había un macizo de flores con forma de media luna. En él, los brotes de tulipanes se asomaban como espadas verdes, y los pensamientos dejaban asomar los primeros bordes delicados de sus capullos violáceos. Annie observó que el césped necesitaba ser recortado. Debía haber crecido con los calores de marzo.

–Pediré a Martin que venga y corte el césped en lugar de Jim –murmuró.

Tibby asintió, pero no comenzó a hablar de podar las rosas, como hiciera sólo una semana atrás. Miraba las flores, y el brillo del seto resplandeciente.

–Creo que la primavera siempre ha sido la mejor época –dijo, como para sus adentros–. Tal vez siempre haya preferido la promesa a la realidad. Del verano, por supuesto. Los colores más brillantes, ¿sabes...? Demasiado brillantes, a veces. No como este amarillo y verde pálido.

Sigue, imploró Annie en silencio. Por favor, continúa hablándome. Quiso arrodillarse delante de su madre y apoyar la cabeza sobre su regazo. Háblame de la promesa, y de la realidad, ¿quieres? Porque no nos queda mucho tiempo, Tibby. Las dos sabemos que no, hay tanto aún por decir...

De pronto se sintió sobrecogida por la necesidad de contárselo todo a su madre.

Suavemente, ella le preguntó:

–¿Cómo te sientes hoy?

Si Tibby pudiera admitir la verdad. Si sólo pudieran comenzar, pensó.

La espalda de Tibby se enderezó en su silla. No quitó los ojos del jardín, pero agregó:

–Un poco mejor, creo.

Y así, no admitían que ella estaba a punto de morir, y que podía suceder en cualquier momento, y que Tibby se iría, sin dejar más que el polvo, y la inmensa casa, y los ecos de sus conversaciones sobre rosas.

Annie inclinó la cabeza un instante, para que Tibby no viera la tristeza que se asomaba en su rostro. Si Tibby quería que así fueran las cosas, desde luego Annie debía aceptarlo. Se irguió nuevamente y preguntó:

–¿Puedo traerte algo hasta aquí antes de marcharme?

–La revista y el libro que hay en la mesita, al lado de mi cama, querida, si no te molesta. Jim pronto regresará de hacer las compras.

Jim siempre salía a comprar lo que necesitaban, cada mañana, exactamente a las nueve y cuarto. Mientras Annie caminaba, marchándose de la casa sombría, vio que los armarios y el reloj de péndulo estaban cubiertos de polvo. Pero así como Tibby había dejado de preocuparse por las rosas, tampoco parecía afligirse mucho por la casa. Se estaba replegando dentro de sí misma, con la batalla perdida. ¿Habría valido la pena tanta lucha, después de todo?, pensó Annie alocadamente. ¿Valdría la pena la lucha de alguien?

Dio a su madre el libro y la revista, la besó en la cabeza y salió de la casa a ciegas.

Al final de la tercera semana, Annie supo que estaba perdida.

Ya no guardaba la compostura, y dejaba pasar los días, que cada vez con más frecuencia parecían pertenecer a otra persona, a quien no conocía ni comprendía. Para superar la sensación de estar a la deriva, se aferraba lo más firmemente que podía a las cosas mecánicas y familiares. Planchaba la ropa, se concentraba tenazmente en doblar las sábanas en pilas simétricas y prolijas. Por las noches, a menudo Martin no venía a casa hasta muy tarde, de modo que Annie llenaba su tiempo haciendo comida para guardar en el congelador. Ponía la comida en paquetes de papel de aluminio y los etiquetaba y fechaba, con letra minuciosa y diminuta que no se parecía en nada a la suya. Pero la satisfacción íntima y doméstica que obtenía a menudo de tales cosas, esta vez se volvía contra ella. Pensaba con acritud que estaba guarneciendo el nido familiar con comida y ropas antes de abandonarlo.

Se encontró preguntándose si, después de todo, acaso no estaría loca. Llegó la época de las vacaciones escolares, y el número de horas que podía hallar para pasar junto a Steve casi se redujo a la nada.

–¿Crees –le había preguntado por teléfono– que podría conocer a tus hijos pronto? –Se quedó mirándolos a través de la cocina hasta que la voz de Steve en el oído la despertó–: ¿Todavía estás ahí?

–Sí. Sí, claro, desde luego. ¿Qué te parece conveniente que hagamos?

Lo habían arreglado. Sería el viernes, e irían a almorzar hamburguesas y luego al cine, a ver la película que Tom venía insistiendo en ver hacía semanas.

Annie postergó día tras día el momento de hablar a los chicos acerca de la salida. Se dijo que debía sonar como algo casual, casi como una aventura improvisada con un amigo. Entonces, llegó la mañana del viernes. Fue uno de los días en que Martin se levantó temprano para ir al trabajo, y Tom y Benjy apenas lo habían visto. El día anterior se habían ido a dormir antes de que él volviera.

–¿Qué haremos hoy, mami? –preguntó Thomas. Él había recogido los platos de la mesa sin protestar, y había pasado un paciente cuarto de hora jugando a los ladrillos para construir con Benjy mientras Annie barría la cocina y aspiraba el polvo de la sala–. ¿Podemos llamar a Timothy y pedirle que venga?

Annie arrolló con mucho cuidado el cable de la aspiradora.

–Pensé que sería mejor que fuéramos de paseo hoy –dijo–. Podríamos ir a comer unas hamburguesas y luego a ver la película que tanto querías.

Sus ojos se encontraron por encima de la cabeza de Ben. Annie vio de inmediato la alerta en su mirada. Había estado a la espera de algo, pensó. Tal vez no supiera de qué se trataba, o que él mismo esperaba y temía algo. Pero allí estaba. Podía sentirlo en la casa.

–¿Nosotros solos? –preguntó Tom.

–A un amigo mío también le gustaría venir.

Trató de hacer que su voz sonara firme y cálida.

–¿Quién?

La vocecita denotaba sospechas.

–Su nombre es Steve.

–No lo conocemos –respondió Tom sin más, rotundamente.

–Todavía no –convino Annie–. Pero seguro que os gustará.

Thomas bajó la vista. Regresó a la caja de ladrillos y revolvió las piezas con la mano ruidosamente.

–Podríamos ir enseguida, creo –prosiguió Annie–. Tendremos que viajar en metro.

Thomas se sentó en cuclillas, pero con la cabeza inclinada sobre su modelo. Le daba vueltas a uno y otro lado, observándolo cuidadosamente.

–No quiero ir –dijo.

Los ojos de Benjy pasaron de un rostro a otro.

–Yo no quiero ir –repitió–. No y no.

Se habían puesto sólidamente en su contra, por instinto, cerrando filas contra el desconocido que su madre trataba de imponerles como amigo. Annie estaba convencida de que su negativa era rotunda.

Tienen ocho y tres años, se dijo. Eres adulta. Eres su madre. Puedes persuadirlos. Obligarlos, sobornarlos.

¿Por el bien de Steve? ¿Por su propio bien? No por el de ellos, de eso estaba segura.

Avanzó hacia Tom y se arrodilló ante él.

–¿Por qué no quieres ir? –le preguntó suavemente–. Hace semanas que vienes diciéndome que quieres ir a ver esa película.

Había pensado, sin poner el debido cuidado, que su avidez por verla bastaría para concertar un primer encuentro. Y después de eso, lo demás sería más fácil

Thomas levantó la mirada nuevamente, y la adulta lucidez que había en sus ojos la hizo estremecer de frío.

¿Qué estoy haciendo a mis hijos?, pensó.

–Quiero ver esa película con papi –le dijo con total claridad–. Es del espacio. A papi le gustan esas cosas.

–Yo también –dijo Benjamin–. Yo quiero ver la película con papi.

Annie tomó aire, tratando de sonreír.

–Muy bien –anunció–. Dejaremos la película para papi. ¿Qué os parece si salimos y almorzamos con Steve?

Thomas arrojó el modelo en la caja. Su rostro se puso encarnado, como sucedía siempre que se enfadaba. Y luego le gritó:

–No quiero ir. No me gusta Steve. No iré. Y Benjy tampoco irá.

Annie temblaba. No tenía ningún sentido insistir a Tom, ni decirle: «No conoces a Steve». Desde luego que lo conocía. A través de fragmentos oídos a medias de las conversaciones furibundas de sus padres, del silencio infeliz que se vivía en la casa, y de su propio y temeroso inconsciente. Tom se había hecho su propio retrato de Steve. Sabía que la amenaza estaba cerca, y había respondido a ella de la única forma que sabía.

Mientras yacía arrodillada allí, Annie supo con perfecta claridad cómo serían las cosas.

Habría meses, probablemente años, de días como éste. Mientras miraba el rostro enrojecido de Thomas y la carita asombrada de Ben sintió el dolor de su fidelidad dividida, y el aguzarse de su prematura lucidez. Habría terribles batallas para ganar la custodia de los niños. Martin le presentaría batalla, fortalecido por su amargura.

De eso estaba segura. Sabía, tan vívidamente como si hubiera pasado por todo ello, cómo serían las desoladoras visitas dominicales con los niños, y lo que serían para Martin quienquiera ganase cualquier porción de la vida de sus hijos.

¿Acaso valía eso su propia felicidad? ¿Esa felicidad extraña, exótica que vivía desde la bomba, y que cada vez más parecía pertenecer a otra mujer? ¿Cuál era el valor de la felicidad de Steve? Vio su rostro, y cada línea de él con claridad, y supo que lo amaba, y el dolor la atravesó como la hoja de un cuchillo.

Por fin se puso de pie, rígidamente, sintiendo la herida en los hombros y en el pecho.

–Muy bien –dijo suavemente–. Está bien. No tenéis que venir si no queréis. Yo sí debo ir, porque lo prometí. Llamaré a Audrey, y le preguntaré si puede venir a cuidaros por un rato.

Los niños permanecieron sentados en silencio mientras ella llamaba por teléfono.

–¿Audrey? –preguntó Annie–. Sé que te he pedido demasiados favores últimamente. Éste es el último. Te lo prometo.

–¿Quieres que cuide a los niños?

Audrey, pensó Annie. Con sus hijos crecidos, y sus nietos, y su esposo malhumorado. ¿Habrá conseguido Audrey lo que quería? ¿Será como Tibby? El rostro de Annie hervía, y tenía los ojos brillantes y ardientes.

–Sólo por una o dos horas, ahora, a la mañana.

–Pues claro que iré, querida. Me agrada ir. Me permite salir un poco de la casa ¿sabes?

Mientras la esperaban, los tres se sentaron en círculo alrededor de la caja de ladrillos, haciendo como que jugaban juntos. Sólo cuando Tom oyó a Audrey en el portal preguntó rápida y ansiosamente:

–¿Todo iré bien, mami?

–Yo haré que todo vaya bien –le prometió–. A cualquier precio.

Audrey estaba en el vestíbulo.

–Soy yo, aquí estoy –les gritó a modo de saludo, como siempre. Annie puso la tetera al fuego–. ¡Hola, Audrey! ¿Te preparo una taza de té antes de marcharme? Eres muy amable al ayudarme tanto...

Audrey la miró, perspicaz bajo la bufanda que le envolvía la cabeza.

–No te inquietes, querida. Haz lo que quieras, mientras puedas.

Annie se volvió con la pesada tetera en la mano.

–Ésta es la última vez– murmuró.

Cuando Audrey tuvo su té delante, servido en taza especial de porcelana china, Annie se puso el abrigo. No se detuvo a mirarse en el espejo, y Audrey tuvo que gritarle:

–Llevas el cuello al revés. –Se acercó a ella y lo arregló, maternalmente–. ¿Estás bien, pequeña?

–Sí –dijo Annie rápidamente–. Sí. Estoy bien.

Miró a Thomas y a Benjy desde el umbral de la puerta. Estaban absortos en el juego. Les había dicho que todo volvería a ir bien.

–Adiós –se despidió–. Vendré lo antes posible.

–Adiós –dijo Thomas, ausente, sin levantar la vista. Ben no respondió. Sólo Audrey volvió a decir nuevamente:

–Haz lo que quieras, Annie. No te preocupes por nosotros.

Casi rió al escucharlo. El sonido, que se insinuaba dentro de su cabeza, fue horrendo.

Annie no recordaba cómo llegó hasta el apartamento de Steve. Tenía conciencia de que le había llevado mucho tiempo, y que temía que su resolución la abandonara. Pero por fin se vio subiendo en el ascensor de espejos. En vez de enfrentar su propio reflejo se miró los pies.

Cuando él abrió la puerta ella lo miró a los ojos, directamente.

–No puedo hacerlo –le dijo.

Él la tomó del brazo, la condujo hacia adentro y cerró la puerta. El sofá negro que tenía ante ella le resultaba demasiado cercano, demasiado cómodo. Annie se apartó con torpeza y se sentó en una silla de respaldo recto.

–¿Qué es lo que no puedes hacer? –le preguntó Steve.

Nada, quiso decir. No hay nada que pueda hacer en tanto no esté contigo. Su espíritu vacilante la avergonzó. Afuera, muy por debajo de las ventanas, Annie podía oír el tráfico. El sonido era incongruentemente alto dentro de la habitación cerrada.

–No puedo dejarlos –anunció Annie.

Las palabras le dolieron, como si se las arrancaran de su cuerpo como astillas.

Steve apartó el rostro. Al cabo de un instante se puso en pie y fue a la ventana. Observó la maraña de coches que se extendía en las calles.

–¿Por qué ahora, Annie? ¿Por qué has decidido esto ahora?

Su voz estaba fría de desencanto. Annie pensó en las dos semanas que acababan de transcurrir, y en las semanas anteriores, hasta el día de Navidad. No era una decisión que hubiese tomado sólo esa mañana, arbitrariamente, como Steve parecía creer. Era simplemente, por fin, el reconocimiento de la llana verdad que siempre había tenido por delante.

–Soy una cobarde –murmuró.

Steve se volvió de pronto, y la miró de frente. Sus negras cejas se unían en un gesto de enojo.

–No eres nada de eso. No es excusa.

Annie vio su dolor, que hizo parecer trivial el de ella.

–Te diré qué ha ocurrido –le dijo–. El almuerzo con hamburguesas y la película que habíamos planeado, ¿te acuerdas? Se los ofrecí a mis hijos esta mañana. Lo más ligeramente y de pasada que pude. Y sus rostros se cerraron. Supieron de inmediato que aquí estaba la amenaza que temían. Tú y yo. ¿Sabes lo que dijo Thomas?

Steve escuchó inmóvil mientras se lo contaba.

Annie siguió:

–Y entonces supe que no podría hacerlo. Ni siquiera podría comenzar. Ya sea por debilidad o por cobardía, Steve, no puedo pensar que las cosas sean así durante años, tal vez para siempre, hasta que sean adultos. –Su sonrisa se torció–. Si no hubiera sucedido *ahora*... Si hubiera sucedido dentro de diez años. O diez años atrás...

Salvo que diez años atrás ya había ocurrido, y ella había elegido el camino más fácil entonces. No merezco todo lo que tengo, pensó Annie tristemente.

–¿Crees que tus hijos te agradecerán que hayas sacrificado tanto por ellos?

Ella volvió a sonreír, con ironía. Nadie que tuviese hijos, nadie que comprendiera los sacrificios diarios de ser padre podría haber preguntado semejante cosa.

–Creo que no.

–¿Y Martin?

Annie pensó.

–Martin y yo éramos amigos. Tal vez podamos volver a aportar algo de eso otra vez por los niños.

Steve hizo un último intento. Dejó a un lado la compleja y furiosa trama de sus sentimientos y habló con la verdad.

–Te amo, Annie. No me has dado una oportunidad.

Querría correr hacia él. Ansiaba con dolor poder apoyar la cabeza contra su corazón, descansar sobre él y admitir la verdad. Pero Annie levantó la cabeza. Ahora que había llegado hasta aquí, ya no podía dudar más.

–Yo también te amo. Jamás hemos tenido una oportunidad para nosotros.

Se miraron entonces, y caminaron impotentes por la sala. Annie extendió las manos y él las tomó entre las suyas. Conocía el contacto con sus manos en todas sus formas, y ahora él le resultaba físicamente tan cálido y real que la idea de vivir sin él le era imposible. Annie se había prometido que partiría antes de comenzar a llorar, pero las lágrimas fluyeron y no pudo hacer nada por evitarlo.

Miró a Steve a través del calor de las lágrimas, y dijo sin esperanza:

–Lo siento. Daría cualquier cosa por que fuera distinto.

Con un gesto repentino y apasionado, Steve apartó las lágrimas de sus mejillas con la palma de la mano y besó la marca roja que dejaron. Le besó los párpados, las comisuras de los ojos y la boca, y por fin la boca, entera. Durante un momento, un largo momento que amenazó con desgarrarla nuevamente, Annie sucumbió. Sintió que después de todo había una posibilidad, una posibilidad a su alcance. Pero luego todo pasó, y volvió a confrontar la misma verdad.

Sintió que un sollozo le nacía desde dentro, pero se controló y lo acalló.

–Debo irme a casa ahora –dijo–. Tom y Benjy me están... esperando.

Los brazos de Steve cayeron pesadamente a su lado.

–No dejes que te aparte de ellos.

No podía culparlo por su acritud, pensó Annie. Se volvió con incertidumbre y fue hasta la puerta. Tomó el pomo un instante con la cabeza inclinada, a punto de volverse hacia él. Sintió que él estaba aguardando, y se dijo: «No. Hazlo ahora, rápido». Abrió la puerta, salió y la cerró otra vez. Y luego quedó sola en el pasillo vacío.

Steve permaneció un momento de pie, mirando la puerta. Todavía la seguía viendo con claridad, y con idéntica claridad su razón le decía que se había marchado. Por fin sacudió la cabeza, con dolor, como si tratara de aclarar sus pensamientos. Fue hasta la ventana y apoyó la frente contra el cristal. Se acordó del hospital, y de las ventanas de la sala de espera que daban a la calle.

–Annie... –dijo en voz alta.

Miró hasta que la vio salir a la calle, con los hombros defensivamente encogidos dentro del abrigo. Cruzó la calle surcada de vehículos y se perdió entre la multitud.

No supo cuánto tiempo permaneció allí, observando la anónima masa de gente. El teléfono sonó sobre la mesa negra, y levantó el auricular.

–Siento molestarte en tu casa, Steve. Bob necesita que le digas un par de cosas sobre Boneys. ¿Te lo paso?

Era la secretaria de Bob Jefferies. Steve frunció el ceño, y miró la mesa, atestada de libretos, informes y notas.

–Ponme con él, Sandra. No estaba ocupado.

Steve atendió el problema sobre el anuncio de comida para perros con su socio, con la mente en acción, como siempre. Una vez que Bob colgó, Steve sostuvo el auricular, sintiendo su peso, como si fuera un arma. Luego marcó otro número. Respondió su secretaria.

–¿Jenny? A partir del lunes volveré a dedicarme por completo al trabajo. Ya he tenido suficiente tiempo de descanso. Arregla todo lo que sea necesario, ¿quieres?

Jenny hizo un gesto silencioso a la chica que manejaba el ordenador al otro lado del escritorio. Conocía ese tono de Steve.

–Sí, cómo no. Hay algunos mensajes para usted. ¿Se los doy ahora?

–¿Qué mensajes?

Aun cuando era imposible, Steve alentó una breve esperanza. Jenny los fue recitando. Recados de rutina, de costumbre. Luego agregó:

–Vicky Shaw ha llamado una o dos veces. Volvió a llamar esta mañana, sólo para ver si usted ya había vuelto.

A Steve le llevó un segundo recordar; parecía haber pasado tanto tiempo... Frunció el ceño otra vez, con la sensación de algo mal acogido, y luego miró alrededor del apartamento gris. A través de la habitación abierta del dormitorio alcanzaba a vislumbrar el extremo de la cama.

Pensó en Annie, cuando había estado en la cama, riendo, con la boca muy cerca de la de él. Con los ojos cerrados, gimiendo. Dormida, con el cabello abierto en abanico sobre su brazo. Supo, entonces, que se había marchado. Lo comprendió, y odió el apartamento vacío y el silencio, y tuvo miedo de su propia soledad.

–¿Steve?

–Hum...

Estaba recogiendo con la mano libre varias hojas de papel, y apilándolas en su costoso maletín negro–. Escucha, Jenny. Si Vicky vuelve a llamar dile que estoy en camino de la oficina. La llamaré luego, esta tarde. Te veré dentro de media hora.

Jenny colgó el auricular.

–Ya viene –le suspiró a la chica del ordenador.

Steve terminó de recoger su trabajo. Pensó en su coche, en el estacionamiento subterráneo, en la ruta familiar, en su escritorio, en la elegante y distinguida oficina céntrica de la compañía. El trabajo estaría esperándolo. Boneys, jugos de fruta, polvo para lavar la ropa, y todo aquello que necesitara ser exhibido y vendido. Almuerzo, cena con Vicky, a la cama y a dormir y a trabajar otra vez. Y así seguiría siendo, siempre igual. Como si nada hubiese cambiado, en vez de todo.

Steve levantó su maletín atiborrado de papeles.

–¿Jamás ha habido una oportunidad para nosotros? –repitió en voz alta–. Te equivocas, Annie. Tuvimos todas las oportunidades posibles.

El teléfono volvió a sonar.

–Ya salgo para allá –gritó–. ¿Qué más quieren?

Salió de apartamento y dejó que el timbre del teléfono siguiera sonando.

Annie habló con Martin.

–Hoy he ido a ver a Steve.

Estaba recogiendo los platos de la mesa de pino después de cenar, y apilándolos en la mesa del fregadero. Martin los lavaría después de ver las noticias en la tele. Qué extraño era todo, pensó. Habían llegado al punto más distante de su vida en común, se habían alejado tanto que ella ya no sabía si podrían volver atrás. Pero seguían transitando la misma rutina, casi en silencio, apenas mirándose. Como los gruesos gatos castrados de la casa vecina. La comparación casi hizo reír a Annie, incongruentemente, pero volvió la espalda al fregadero y vio que Martin la observaba. Se lo veía exhausto. Fue hacia él, y le apoyó la mano en el brazo.

–Le... le dije que me quedaría aquí. Contigo y con los niños. No quise irme porque... vi cómo serían las cosas. –Qué palabras más inadecuadas–. Lo siento.

Martin asintió.

Debería haber sentido una oleada de alivio, la sensación de que le quitaban de encima el peso opresivo que había oscurecido la casa, para dejar pasar la luz y el aire. Pero no sintió nada. Miró a Annie, tratando de ver más allá de su rostro, aun sabiendo que no podría hacerlo. Ya hacía tantas semanas que no podía hacerlo...

–No vale la pena saber quién tenía razón –dijo por fin–. ¿Puedes vivir así?

–Sí –le respondió, porque debía hacerlo así–. Puedo vivir de este modo.

Y eso fue todo lo que se dijeron.

Ya eran adultos, y se conocían muy bien, reflexionó Annie, no debían esperar nada más. No habría reconciliación bajo una estela de luces de colores. En cambio, habría pequeñas prendas de valoración, vestigios, prudentemente ofrecidos de uno en uno. En su debido momento volverían a ser reconstruidos en un mosaico útil, y eso era todo lo que ella podía esperar.

Esa noche Martin regresó al dormitorio y durmió a su lado. Desde luego, pasaría cierto tiempo hasta que él volviera a rodearla con sus brazos. Esa primera noche Annie se quedó quieta en la cama, tratando de sentirse cómoda con el simple calor del cuerpo de su esposo cerca del suyo. Se obligó a silenciar la voz dentro de sí que clamaba a gritos por Steve.

Pero la verdad era, como Annie había temido a medias al responder a Martin, que no podía vivir así. Había tomado su decisión de la forma más honorable que le fue posible, e hizo cuanto pudo por mantenerla. Los días comenzaron a acumularse, y a ser semanas, y Annie sentía que estaba construyendo una casa sin ventanas. Era una casa pulcra y brillante, y había comida sobre la mesa y ropa en los cajones, pero en ningún sitio había asomos de luz. Provocaba claustrofobia: el aire sabía como si uno lo hubiese respirado antes docenas de veces, así como había hecho antes una centena o un millar de veces las cosas en que se embarcaba. Habría seguido haciéndolas con placer, si hubiese sentido que esta repetición la llevaba a algún sitio, pero estaba segura de que no la acercaría a su esposo, y de que Martin jamás la dejaría acercarse. Eran corteses y considerados, pero no eran socios ni amigos.

Y Annie echaba de menos a Steve. Cada día, en cada momento. En la voz del locutor de radio escuchaba la cadencia de su voz, entre la multitud creía vislumbrar su cabeza, y apresuraba el paso para seguir viéndola, y luego sufría el desencanto cuando el desconocido volvía la cabeza y no era Steve. Se descubría pensando en él mientras llevaba canastas de ropa húmeda a tender, y mientras recorría el camino agotador con Benjy para ir a buscar a Thomas a la escuela cada tarde. Se preguntaba si también Steve pensaría en ella.

Dos o tres veces, despreciándose por su capitulación, tomó el teléfono y marcó su número. La primera vez, cuando Martin había salido por dos días en viaje de negocios, se sentó una hora a la mesa de la cocina, mirando el teléfono, antes de decidirse. Marcó el número con el dedo tembloroso y escuchó el sonido del timbre. Sólo hubo dos timbrazos. No era tiempo suficiente para que hubiese llegado hasta el teléfono... se oyó un clic, y Annie escuchó su voz. Sintió un doloroso latido de placer antes de advertir que se trataba de un mensaje grabado. Él repitió el número y dijo su nombre. Sonaba tan cerca, y sin embargo no podía llegar hasta él.

Con el corazón latiéndole con culpa, Annie escuchó el mensaje: «Lo siento, no puedo responder a su llamada en este momento. Lo haré si me deja su nombre y su número». Después de la señal, colgó el auricular. Regresó a su silla y se sentó, con las manos sobre el regazo, mirando al vacío.

Pasó una semana, y volvió a llamar. El mensaje fue el mismo, y le provocó la misma sensación extraña de intimidad.

Debo de estar loca, pensó. ¿Qué alivio hay en escuchar su voz grabada? Pero había cierta clase de alivio, y volvió a llamar, por tercera vez, furtiva y culpable como un adicto.

Abril se fue, y también mayo, y llegó junio. Las primeras rosas dejaron ver sus capullos, y luego florecieron. Tibby seguía viva, pero no podía verlas.

Habían tenido que llevarla a un hospital, y Annie sabía que ya no volvería a su casa. Pero por su madre seguía yendo a menudo a la vieja casa, para desempolvar los muebles brillantes y llenar los floreros y dar cuerda a los relojes de mesa. Annie no creía que su padre lo hiciera. Se había retirado de la casa, aparentemente con alivio. Vivía en la cocina, y desparramaba por doquier las cerillas usadas para encender su pipa. Era Annie quien podaba los rosales y disponía las rosas en los jarrones de plata de Tibby. Escuchaba los ecos de sus propios pasos sobre el suelo de madera, y recordaba la casa tal como había sido en sus épocas de niña. Había tenido los mismos recuerdos cuando explotó la bomba. Ella, con su vestido verde y sus cintas en el cabello, corriendo hacia Tibby. Se había lastimado, y su madre la había apartado del sol y había ido con ella a la sala para consolarla.

Mientras caminaba por los cuadrados de luz que el sol derramaba sobre el suelo de madera, Annie volvió a sentir que el tiempo formaba lazos de continuidad, que ataban a Tibby y a su esposo con Martin y con ella misma, con los hijos de Annie y con los hijos de sus hijos. En la casa silenciosa, tan cerca de sus recuerdos infantiles, lo que la aliviaba era pensar en los niños. Podía oírlos llamándola, tal como había sucedido en la oscuridad entre los escombros.

Mamá, mírame.

Corriendo por el jardín, en casa. Había corrido en este jardín, llamando a Tibby.

El amor por todos ellos la enardeció, amor familiar, y de pronto se apoderó de ella y la atraparon los complejos nudos de la angustia, el orgullo y el alivio que de alguna forma venían juntos todavía. Oyendo en su mente las voces, Annie recordó la felicidad de la cadena de días semejantes que había compartido con sus hijos, hasta ayer, el último eslabón de la cadena.

Los había llevado a Hampstead Heath, a la pequeña feria ambulante que llegaba dos o tres veces por año y armaba su tienda temporal y llamativa en un descampado sobre una colina. Durante años habían ido a verla cada vez que llegaba, generalmente con Martin también, pero ayer él había alegado que tenía ciertos dibujos que terminar, y Annie había llevado a los niños en el coche, sola. Había sentido el peso muerto de la soledad mientras forcejeaba con el tráfico, pero cuando bajaron, y los niños corrieron adelante, Annie sintió que su ánimo se aligeraba como las banderas de las tiendas. Amaban la feria. Todos.

Annie corrió hasta los niños, que miraban sin aliento el círculo exterior de caravanas, y generadores, y máquinas.

–¿A cuál vamos, mamá?

Tomó a cada uno de una mano y se los llevó consigo.

–A todos.

Se internaron juntos en el ruido y la multitud. Sin esfuerzo, fueron tragados por la música metálica, por los gritos de los pregoneros, por el olor a algodón de azúcar y cebollas fritas, y por el remolino de colores. Dentro del círculo de la tienda, de pronto Annie se sintió tan niña como sus hijos. La conmovió el exultante placer de la excitación infantil, magnificado por el placer sutil y adicional de su capacidad adulta para ser indulgente con sus hijos, y de la indulgencia compartida.

Tom los empujaba hacia adelante, y así se encontraron ante el Vals de Automóviles, en el centro de la feria de diversiones. El ruido de los coches dando vueltas sobre la pista de madera ahogaba incluso la música ensordecedora. Los conductores chillaban de alegría desde sus asientos a medida que pasaban a toda velocidad.

Annie echó mano de su responsabilidad para decir a Tom:

–¡Benjy todavía es muy pequeño para esto!

Tom se volvió un segundo, con las manos en la cadera. Una perfecta réplica de su padre.

–¡Ya es grande! Lo cuidaremos. Uno de cada lado.

–Ya soy grande –reclamó Benjy con seguridad.

–Muy bien, entonces.

Se echaron a reír, apretujándose.

La inmensa máquina estaba descendiendo, y los rostros sonrientes de los conductores emergían de las formas borrosas a medida que los coches iban disminuyendo la velocidad arriba y abajo en cimas ondulantes. Tan pronto pasó uno vacío, Thomas se abalanzó sobre él. Se introdujo en el vehículo e hizo frente a la multitud que lo rodeaba con las mismas intenciones.

–No. Éste es nuestro. Vamos, mami, Benjy.

Corrieron por los altos escalones detrás de él, tomados de la mano, y saltaron al cubículo acolchado. Annie colocó a Benjy entre ella y Tom, y bajó la argolla cromada para que se cogieran de ella.

–Vamos allá –aulló Tom, inclinándose con el coche mientras éste comenzaba a dar vueltas para acelerar.

Giraba más y más rápido, hasta el punto en que la fuerza centrífuga los apretaba indefensos contra el respaldo de la silla y les arrancaba un grito de la garganta. Annie los rodeó con el brazo con más fuerza aún, sintiendo sus tiernos hombros rígidos de miedo y de placer. El rostro de Benjy era tres circulitos de asombro, y la sonrisa de Tom parecía estampada sobre su rostro. Dieron vueltas más rápido, y el mundo se difuminó en una pared sólida, y el chico que les había recogido el dinero se acercó tambaleándose hasta la cabina de mando e hizo que el coche girara con más velocidad todavía alrededor de su eje, sonriendo a Annie y lanzando un silbido mientras el viento levantaba la falda sobre los muslos.

–¡Ah, qué bien! –gritaba Thomas, con placer, y Benjy intentaba hacer un débil eco diminuto.

Agárrate a ellos, pensó Annie. Agárrate. Para siempre.

Y luego comenzaron a disminuir velocidad, suspirando y riendo, estremecidos por su osadía mientras el mundo volvía a recomponerse en partes distintas.

–¿No ha sido estupendo? –reclamó Thomas, y Benjy gritó:

–¿No he sido valiente?

–Oh, sí que lo has sido –respondió Annie débilmente–. Los dos habéis sido valientes. No habría podido subir de no haber estado con vosotros.

Salieron del coche con las piernas temblorosas, sintiendo extraña la dureza del suelo contra sus pies.

–¿Y ahora qué? –propuso Thomas.

Al ver su rostro, Annie quiso apoderarse de su alegría y conservarla para que jamás se desvaneciera. Para que nada se desvaneciera. Pero no pudo hacer más que ponerle la mano sobre el hombro, sólo por un instante, para mantenerse unida a él.

–Algo tranquilo –rogó.

–Sé cuál te gusta –dijo triunfal. Le tomó la mano y con la otra sostuvo a Ben–. Vamos. Que nadie se pierda.

Los condujo a través del gentío hasta el inmenso tiovivo cubierto de espejos cuyo órgano de vapor desgranaba con dificultad un plácido vals. Annie levantó la vista hacia él. Las letras ornamentales que rodeaban el baldaquín dejaban leer, al dar vueltas lentamente: «Los briosos corceles. El orgullo de H. W. Peacock».

–Los caballitos de madera –murmuró–. Es lo que más me gusta.

–Son muy lentos –rezongó Thomas.

Pero le gustó el paseo. Se arrojó sobre el lomo del animal y se aferró al poste que semejaba una varita de dulce retorcido. Annie y Benjy también disfrutaron de la atracción.

Después de los caballitos se metieron bajo el toldo verde desteñido de la Oruga, y en los autochoques, con sus luces azuladas y su estruendo atronador, y al Pulpo, y a todos los demás juegos. Incluso fueron al tiovivo para pequeñines, donde Benjy subió al carro de los bomberos y aporreó la campana furiosamente al dar vueltas, mientras Thomas se sumergía en un coche de carreras o en un helicóptero y hacía señas a Annie cada vez que pasaba.

Una vez que subieron a cada uno de los juegos de la feria, desde las máquinas electrónicas que los tres adoraban hasta los destartalados puestos donde Annie y Tom competían arrojando dardos a los tableros temblorosos o disparando para tirar sombreritos de la cabeza inquieta de los patos. Benjy, furiosamente interesado, tironeaba a su madre del brazo y le gritaba:

–Vamos, mami. ¿Por qué no ganas?

Annie se hechó a reír y dejó caer el rifle retorcido.

–No es posible, Ben. No puedo compararme siquiera con Thomas.

–Aquí tienes, peque –se burló Tom, arrojando a Ben el osito naranja de piel que había ganado–. ¿Es esto lo que querías?

–Sólo quería que mamá ganara –replicó Benjy–. No quiero que esté triste.

–No me pondré triste –le prometió. El exterior la invadió, sólo por un instante, por entre la gente y las banderas–. No me pondré triste. Vamos a mirarnos en los espejos mágicos.

Formaron fila en la estrecha cabina y fueron desfilando ante los espejos que distorsionaban. Las imágenes de los tres se inclinaban hacia adelante y hacia atrás: se ampliaban formando gigantes larguiruchos, o barrilles regordetes con sonrientes rostros de nabo.

Los niños rugían y se ahogaban de risa, aferrándose el uno al otro para no caerse de las carcajadas.

–¡Mira a mami! ¡Mírale las piernas!

–Y los dientes. Parece un caballo viejo.

Annie reía mucho más del regocijo desinhibido de sus hijos que de las figuras del espejo. Los adultos jamás se ríen así, como los niños, pensó. No se entregan a la risa.

Finalmente tuvo que apartarlos de los espejos para dejar lugar a la multitud que venía detrás de ellos. Los arrastró al sol, parpadeando y aún sacudiéndose de la risa.

–¿No tenéis hambre?

–Ay, sí. Tengo tanta hambre...

–Yo también.

Se sentaron en el césped a comer; Annie les compró enormes palos de algodón de azúcar que sobre sus rostros resplandecientes se aplastaban en pegajosos rebordes rosados.

–Mamá, hoy nos dejas comer todo lo que nos hace daño...

–Sólo por hoy –puntualizó severamente.

Cuando terminaron la comida los dos la miraron nuevamente.

–¿Ya es hora de ir a la noria?

Por tácito acuerdo, la habían dejado para el final. Cruzaron el césped pisoteado y se unieron a la fila de gente que formaba telarañas de sombras. Benjy inclinó la cabeza hacia atrás para observar la rueda en toda su altura.

–La última vez era demasiado pequeño para subir...

Annie lo estrujó, acomodándole el abrigo a modo de excusa para abrazarlo.

–Ya eres suficientemente grande. Si has ido al Vals de Automóviles ya puedes ir a cualquier otro sitio.

¡Crecían tan rápido! Allí estaban, juntos. ¿Eso era suficiente? Mientras avanzaban lentamente por la fila, los dedos de la realidad se extendieron para echar sus garras sobre Annie. Trató de desembarazarse de ellos, y de encerrarse en la hermética felicidad del día.

Era suficiente, porque así tenía que ser.

Por fin llegó su turno. Entraron a través de la diminuta cerca de metal y subieron a un cochecito bamboleante. Un niño a cada lado de Annie. Encajaron la barra de seguridad en su sitio y la rueda giró, balanceándolos hacia adelante y atrás. Mientras se elevaban, sintieron el viento contra el rostro, y su aroma a hierba y humo de leña por encima de la gente apiñada y los puestos de salchichas. Cuando llegaron al punto más alto, la rueda dejó de girar y quedaron suspendidos en el aire, balanceándose en el espacio vacío y ventoso. Ben emitió un gritito de terror y se estrechó contra su cuerpo, y Annie lo rodeó con el brazo, y le cubrió los ojos con la mano. Pero Tom se inclinó hacia adelante, y su rostro se volvió sombrío.

Por debajo de ellos se abría el tumulto de la feria, que de pronto era una miniatura. Más allá, las copas de los árboles ondulantes, rodando por la ladera de la colina, y las casas que bordeaban el páramo, como un cúmulo de tejas y piedra. Londres se extendía más allá aún, celeste, gris y ocre.

–Es hermoso –comentó Tom.

Annie sintió lágrimas en los ojos, y agachó la cabeza. Lo rodeó con el brazo y lo acercó a ella.

–Lo es –susurró–. Es muy hermoso.

Permanecieron en silencio, sentados en el cochecito bamboleante, y observaron el panorama. En ese momento de quietud, Annie sintió que nunca antes había amado tanto a sus hijos.

Y entonces la rueda se sacudió, y comenzó a girar otra vez, arrastrándolos hasta el suelo.

Después de la atracción quedaron un instante bajo la sombra de la rueda.

–¿Qué hacemos ahora?

Annie tomó su cartera. La abrió y enseñó a los niños el espacio vacío.

–Mirad. Hemos gastado todo el dinero. Sólo me quedan unas monedas, para comprar a cada uno un globo para que os lo llevéis a casa.

Echaron un vistazo al interior, como para convencerse. Después suspiraron de satisfacción, a regañadientes. Estaban de acuerdo con la lógica de quedarse hasta que se les acabase el último penique, y aceptaban irse a casa. Cuando salían del ruidoso círculo alegre eligieron dos globos rojos y plateados, decorados con la imagen de Superman, para Tom, y del Hombre Araña para Benjy. Y luego, con los globos flotando y enredándose sobre ellos, bajaron por la colina hasta el coche.

Cuando estuvieron sentados, aislados de la gente que pasaba, Tom se dirigió a Annie.

–¡Qué bien! –dijo simplemente–. No se me ocurre que la madre de ningún otro chico pudiese haber ido a todas las atracciones como tú. Bueno, supongo que tal vez lo hagan. Pero sin pasarlo bien, como tú.

–Disfruté mucho –dijo Annie–. Gracias.

Benjy se acomodó hacia adelante y apoyó el rostro brevemente contra el cuello de Annie, con mimos, y ésa fue su propia forma de darle las gracias.

Luego Annie puso el coche en marcha y recorrió las calles hasta su casa. Martin estaría esperándola, y también estaría esperándola el dolor de no tener a Steve.

No mucho después del día en el parque de atracciones, el médico de Tibby llamó aparte a Annie y a su padre.

–Si pensaban pedir a su otro hijo que viniera a verla –anunció– creo que deben hacerlo ya.

El hermano de Annie trabajaba como ingeniero en el Oriente Medio. Annie y Jim hicieron la llamada de inmediato, tal como habían convenido con Phillip.

–Estaré allí en cuarenta y ocho horas –respondió Phillip.

Tibby yacía en la habitación del hospital, rodeada de flores que Annie le traía de su propio jardín.

–Este año deben de estar hermosas –dijo cortésmente, cuando Annie las hubo dispuesto.

Annie se sentó al lado de la cama, observando el rostro casi transparente de su madre. Tibby generalmente estaba despierta, pero rara vez hablaba. Cuando lo hacía, se refería a cosas pequeñas: a los médicos, a uno que otro paciente, o a la comida que le traían, que no podía comer. Ni siquiera hablaba de sus nietos. Annie sabía que el mundo de su madre se había reducido a las dimensiones de su cama de hospital.

A Tibby le resultaba difícil mantenerse digna en semejante circunstancia, aun cuando el personal que cuidaba de ella hacía cuanto podía para que no sufriera. Pero ella se abrazaba tenazmente al silencio que había mantenido acerca de su enfermedad. No hablaba más de curarse, pero tampoco admitía el hecho de que la muerte se aproximaba. Al comienzo Annie había visto en esta negativa una especie de agradecido valor. Pero a medida que pasaban los meses su frustración era cada vez mayor. Sentía ese silencio como una pared fría de vidrio que se interponía entre ella y su madre.

Extendió la mano hacia la de Tibby y la estrechó. Era seca y leve como una hoja muerta. Mientras permanecía sentada en la habitación silenciosa, con fragancia de rosas, Annie comprendió que no quería que su madre muriese sin reconocer la verdad, aun cuando sólo fuera por medio de una sola palabra. Como si reconocerlo fuese decir a su hija: «Está bien. Sé lo que me está pasando. Puedo afrontarlo, y tú también puedes».

Soy como Tom y Benjy, pensó Annie. Quiero que mi madre me tranquilice, incluso ahora que está por morir.

Amor. Deberes. Los lazos de la continuidad, una y otra vez. Annie levantó la vista y vio que Tibby la miraba de reojo. Su mirada era clara, llena de la lucidez que caracterizaba a su madre.

Annie pensó brevemente: «Por fin».

Pero entonces la cabeza de Tibby se volvió hacia un lado, contra la almohada.

–Estoy cansada –dijo–. Creo que dormiré, ahora.

Annie se puso en pie y se inclinó para besarle la mejilla.

–Vendré mañana a la misma hora –le prometió, como siempre.

Phillip llegó treinta y seis horas después. Annie fue a esperarlo a Heathrow y lo condujo directamente al hospital.

–No saben cuánto tiempo más –le dijo–. Me alegra que estés aquí, Phil.

Lo observó mientras conducía. Phillip era rubio, como ella, pero estaba perdiendo cabello, y tenía el rostro enrojecido por el sol. Parecía ser exactamente lo que era: un ingeniero de éxito que regresaba de ultramar. Annie y su hermano jamás habían sido muy amigos, ni siquiera de niños. Phillip siempre había sido práctico, enérgico, mientras Annie era lenta y soñadora. Siempre había sido el preferido de su padre, mientras que Annie y su madre habían compartido una amistad que, como ahora comprendía, hallaba sus raíces en una fuerte semejanza.

Pero ahora sentía verdadero alivio y alegría de ver a Phillip. Sintió que parte del peso de su ansiedad se descargaba sobre los hombros de su traje liviano.

Los lazos familiares, pensó irónicamente. Siempre están allí.

Cuando paró ante un semáforo, Phillip la rodeó con el brazo.

–Lamento no haber estado aquí. ¿Estás bien, Annie? No parece que hayas tenido una buena recuperación.

El coche volvió a avanzar.

–¿Cómo podías haber estado? Además, no había nada que pudieras hacer, de todas formas. Estoy bien, gracias.

–No ha sido lo que se dice un buen año para ti, ¿verdad?

Annie miró el camino sin apartar la vista.

–Ha tenido sus altibajos.

No había nada más que pudiera decir a Phillip, por muy inquisidoramente que la mirara. No a ese hombre de rostro bronceado que brevemente había puesto los pies fuera de un mundo desconocido, aun cuando fuese su hermano.

Llegaron al hospital, y fueron a la planta alta, rumbo a la habitación de Tibby. Jim estaba sentado en la cama.

Se puso de pie y abrazó a su hijo. Tibby abrió los ojos.

–Hola, mamá –saludó Phillip–. Me dieron un permiso, conque aquí estoy.

Tibby lo observó, sin moverse. Por un instante Annie vislumbró la misma lucidez brillante en su rostro, y eso la reconfortó. Luego su madre sonrió débilmente, y levantó su mano consumida.

–Hola, querido. Ven y siéntate a mi lado.

Annie vio cómo Phillip se sentaba y tomaba la mano de Tibby. Su sensación de alivio se hizo más intensa, y casi se sintió ligera, sin peso. Desde luego, Tibby sabía que estaba muriéndose. Su forma de enfrentarlo era natural para Tibby. Dentro de Annie se encendió la admiración por la valentía de su madre.

–Vendré luego –murmuró, y dejó a Tibby con su esposo e hijo.

Cuando volvió se acercaba la hora del ocaso, y las casas, tiendas y parques reflejaban la rica luz del crepúsculo. Annie detuvo el coche en el aparcamiento para visitas del hospital, y subió las escalinatas cruzando a su paso setos de petunias violetas, azules y blancas.

La habitación de Tibby estaba en sombras. Habían bajado las persianas. Annie pensó al principio que su madre dormía, pero al oír el ruidito de la puerta volvió la cabeza.

–¿Te he despertado? –murmuró Annie.

Tibby sacudió la cabeza.

–No. Estaba pensando. Recordando cosas. Ahora recuerdo todo muy bien. Todo tipo de cosas que creía olvidadas para siempre.

Annie le sonrió. Sabía de qué hablaba. Eran los fragmentos de confeti, los valiosos fragmentos.

–¿Te abro un poco las cortinas? –preguntó–. La luz de fuera es maravillosa.

Tibby sacudió la cabeza.

–Así estoy cómoda.

Tibby no quería ver más la luz. Annie lo sabía. Su mundo se había confinado a la cama, y a los rostros que tenía a su alrededor. Asintió, con lágrimas en los ojos, y por un instante permanecieron mudas en la habitación sombría.

Entonces, Tibby dijo:

–Gracias por haber llamado a Phillip. –Sus ojos se habían entrecerrado, pero volvió a abrirlos, atravesando a Annie–. Sé lo que eso significa. –Sonrió, y luego agregó, como si Annie fuese otra vez una niña, y la consolara luego de una travesura infantil, muy suavemente–: Está bien.

La mezcla de dolor, alivio y amor que inundó a Annie casi fue demasiado para ella. Se sentó con la cabeza gacha, sosteniendo la mano de Tibby entre las suyas. Volvieron a quedar en silencio. Annie pensó que Tibby estaba a la caza de sus propios recuerdos, agrupando los trocitos de papel como ella hiciera antes junto a Steve. Pero Tibby dijo de pronto, con una voz límpida que sorprendió a Annie:

–¿Sucede algo malo entre tú y Martin? ¿Por eso no eres feliz?

En la mente de Annie se sucedieron en fila negaciones, frases tranquilizadoras y verdades a medias que sirvieran de consuelo. Había abierto la boca para decir: «Desde luego que no, somos muy felices», pero levantó la cabeza y enfrentó la mirada de su madre.

Yo era la que quería la verdad, pensó.

–Me enamoré de otro hombre –dijo–. De un desconocido.

–¿Cuándo?

–Después de la bomba. Estuvimos allí juntos.

Tibby asintió.

–Me lo había figurado –respondió.

La intuición de su madre la hizo retroceder a su niñez, una vez más. Oprimió con sus dedos los de su madre. No te vayas, Tibby. Te echaré tanto de menos...

–¿Qué piensas hacer?

Annie la miró impotente.

–Nada. ¿Que puedo hacer?

De pronto vio qué brillantes eran los ojos de Tibby en la penumbra. Había retraído las comisuras de la boca en un mínimo gesto de impaciencia y desencanto. Era lo único que le permitían sus fuerzas. Annie supo que había dado la respuesta equivocada.

Se hizo una larga pausa antes de que Tibby volviese a hablar.

–Yo no hice nada –confesó–. No cometas los mismos errores. No lo hagas.

Las últimas palabras no fueron más que una suave exhalación. La confesión le dolía. Tibby cerró los ojos, exhausta.

Annie lo vio todo. Vio las duras aristas de la historia, aun cuando jamás llegara a enterarse de los detalles. Tibby y Jim en cierta forma se habían defraudado el uno al otro en el transcurso de los años. Tal vez haya habido otro hombre. Tal vez se había presentado un camino distinto. Annie recordó la foto de bodas de su madre, y a Tibby con su sombrerito inclinado, y los labios vívidamente pintados. Pero a pesar de todo lo que pudiese haber sucedido, ellos permanecieron juntos. Por su propio bien, acaso, y por el de Phillip. Tibby se había consagrado a la protección de su casa y del gran jardín de la esquina, y Jim a la rutina que gobernaba sus días.

Annie sintió la tristeza que había en todo eso, revolviéndose y aquietándose, silenciosa e interminable como el polvo sobre los muebles de su madre. ¿Qué razón había en todo ello?

No cometas los mismos errores.

Pero nunca pueden ser iguales los errores de dos personas. Todos eran diferentes, y las posibilidades de sus errores se extendían hasta el infinito.

Annie levantó la mano de su madre, y sintió cómo los huesos se movían por debajo de la piel. Había ciertas cosas que estaban bien. Y en Tibby esas cosas eran muchas. A eso había que aferrarse.

–Nos tienes a nosotros –murmuró–. Te quiero, Tibby.

Tibby sonrió, sin abrir los ojos. Su cabeza se veía pesada contra la almohada.

–Lo sé –dijo.

Annie se quedó junto a ella hasta que estuvo segura de que dormía. Entonces depositó su mano suavemente sobre la sábana y salió nuevamente a la luz. El brillo la hizo parpadear y pemaneció un instante sobre los escalones, observando la intensidad del crepúsculo sobre los pétalos ondulantes de las petunias. Entonces Annie subió a su coche y volvió hacia Martin y los niños, que la esperaban bajo el refugio arrugado de las mantas.

Tibby falleció esa misma noche, pacíficamente, mientras dormía.

No dejó otro testamento, fuera del que había redactado juntamente con su esposo, en beneficio de Annie y de Phillip. No había instrucciones acerca de su funeral. Annie estaba segura de que su madre habría preferido ser sepultada, pero no dijo nada cuando Jim y Phillip acordaron que fuera incinerada.

–Parece lo más sensato –dijo Phillip enérgicamente.

Annie era incapaz de aceptar que algo que tuviera que ver con la muerte de su madre pudiera ser descrito como sensato.

Se hicieron los arreglos, y Tibby fue incinerada después de un breve servicio religioso en una espantosa capilla moderna. Las cortinas que se abrieron para que pasara el ataúd recordaron a Annie el terciopelo grueso de una pantomima. Quería reír, y llorar, pero permaneció rígida al lado de Martin mientras el órgano ejecutaba música fúnebre sobre sus cabezas.

Después fueron saliendo a la poderosa luz del sol.

Annie había hecho arreglos con Jim y Phillip para que tras la ceremonia la familia y los amigos de Tibby volvieran a la vieja casa. Mirando atrás, Annie vio la pequeña hilera de coches que venían en procesión detrás del de Martin. El sol hacía brillar el cristal y los cromados furiosamente en sus ojos, hasta que tuvo que volver la mirada al frente. Jim iba sentado en el asiento delantero con Martin, y Phillip estaba al lado de Annie. Sentía el vacío que había dejado Tibby tan profundamente que quiso gritar: «¡Esperad! ¡La hemos dejado atrás! ¡Regresa, Martin!».

Cuando llegaron a casa Martin aparcó lejos de la puerta, para dejar lugar a los coches que venían atrás. En sombría hilera, los cuatro avanzaron hacia el portal. Cuando llegaron, Jim levantó la vista hacia la fachada de la casa.

–La pondré en venta –anunció.

El portal pintado de verde se abrió, con el mismo rechinar con que recibía a Annie a la vuelta de la escuela tiempo atrás.

–Probablemente sea lo mejor –opinó Phillip–. Es demasiado grande ahora.

Siguieron avanzando hacia la puerta del frente, pero Annie permaneció inmóvil. Atrás podía oír la llegada de los otros vehículos, y las voces apagadas y respetuosas. Miró la aldaba de la puerta, que Tibby solía lustrar, y las ventanas, veladas por el polvo estival, que solía insistir en limpiar por su propia cuenta.

Es sólo una casa, pensó.

Pero era más, también. Era el templo respetable y elaborado que Tibby había levantado en honor de una vida familiar que tiempo atrás se había ido retirando. Finalmente fue su razón de ser, y ahora sería vendida, y los nuevos dueños se reirían de la anticuada decoración. Como siempre supo que sucedería. Allí, de pie entre el sol y la fragancia de las rosas, Annie sintió la mortaja opaca de los compromisos y del desencanto: la suya y la de sus padres, pendiendo pesadamente de ella.

Martin había estado esperándola en el portal, y ahora venía hacia ella. La rodeó con el brazo.

–No es la misma casa sin Tibby –trató de consolarla.

–Lo sé –murmuró. Luego de un instante, Annie dijo–: Es una lástima, ¿verdad? Una terrible lástima...

Entraron.

Annie hizo lo que se esperaba de ella. Tal como habría hecho su madre. Saludó a las amistades de Tibby, e intercambió condolencias con ellos. Se aseguró de que se sirvieran algo de comer y les sirvió copas de vino blanco. Y luego, cuando se hizo un breve intervalo de silencio, subió la escalera hacia el viejo dormitorio de su madre.

Se sentó en su cama, y la suave y pálida superficie del cobertor se arrugó de inmediato bajo su peso. Annie se puso en pie otra vez y fue hasta el armario, abrió las puertas con espejos para contemplar las ropas de su madre, minuciosamente alineadas en sus perchas forradas. Se volvió otra vez y fue hasta el tocador, donde los anticuados frascos de vidrio llenos de colonia que Tibby solía usar, con sus tapones orlados de trencilla formaban exactos círculos brillantes sobre la película de polvo.

Mientras bajaba la vista para observar los anillos, comenzó a crecer dentro de Annie una voz insistente, cada vez más ensordecedora. De pronto, se apoderó de ella.

Steve... Steve...

Dejó en su sitio el frasco de colonia y fue hasta el teléfono que estaba sobre la mesita, al lado de la cama de Tibby. Marcó su número y escuchó una vez más el mensaje. La calidez que él suscitaba en ella volvió a derramarse sobre su interior. Esta vez, Annie dejó su mensaje.

Cuando Steve regresó a su casa era más temprano que de costumbre. Había soportado estoicamente la comida con un hombre de una agencia a quien detestaba, y para matar el tiempo había bebido el doble de lo que quería. Luego asistió a una reunión en una habitación con el aire enrarecido, mientras el sol lo perforaba a través de las persianas. El día lo había dejado con un feroz dolor de cabeza y un sabor metálico en la boca.

Al entrar, el apartamento le pareció desnudo y desordenado. Arrojó furiosamente la chaqueta sobre el sofá negro y fue hasta la cocina a servirse otra copa. Luego, con el vaso de whisky lleno en la mano, volvió a su escritorio y oprimió las teclas del contestador telefónico.

Allí estaba.

La primera vez que oyó su voz no estuvo seguro de no haberla imaginado. Lo había hecho más de una vez anteriormente, a lo largo del tiempo en que la había esperado. Ahora, últimamente, había dejado de tener esperanzas. Annie se había marchado, desde luego.

Oprimió los botones para escuchar otra vez. Pero no se había ido. Estaba allí, hablando con él, vívida e insoportablemente cerca, en el diminuto carrete de cinta.

«Soy Annie –sonó la voz. Se hizo una pausa y la vio claramente. Revivió las luces y las sombras sobre los planos de su rostro. Las palabras se oyeron con rapidez–. Quiero verte. No es demasiado tarde, ¿verdad? Dime que no es demasiado tarde...»

Eso fue todo.

Steve cerró los ojos. El whisky le supo frío y con regusto a malta. Por fin sonrió. Fue una sonrisa dolorosa y torcida, pero Steve no dudó. Extendió la mano hacia el teléfono y lentamente, cuidadosamente, marcó los números que le dictaba su memoria.

Y entonces la tuvo allí. Apenas oyó su voz, la amó tanto como siempre.

–Gracias por llamar –le dijo suavemente.

–¿Qué ha pasado, Annie?

–Mi madre falleció la semana pasada.

–Lo siento.

Annie volvió la espalda a la cocina e inclinó la frente contra la pared.

–No se trata de eso –le dijo–. Steve, no hemos terminado, ¿verdad? La forma en que nos despedimos...

–No –le respondió tiernamente–. No hemos terminado.

Steve vio los anillos pegajosos que los vasos de whisky habían dejado sobre la superficie de las mesas, y la cama desordenada, visible a través de la puerta abierta del dormitorio.

–Me voy de viaje por unos días. ¿Quieres venir conmigo?

Sintió la felicidad que saltaba dentro de ella: era igual a la de él, despreocupada.

Sin un segundo de vacilación, respondió:
–Sí. Oh, sí. Iré contigo.

Martin y los niños estaban en el jardín. Annie los vio a través de la ventana del cuarto de baño mientras tomaba sus frascos de crema y cosméticos de los estantes y los ponía en su maletín. Se detuvo al lado de la ventana, a observarlos. Las lamas de las persianas bajas eran como barras que la separaban de ellos. Sintió algo seco y duro debajo de la piel, y el corazón oprimido contra las costillas. Se volvió bruscamente, para no ver las cabecitas de los niños ni la línea de los hombros de Martin.

Se lo había dicho a Martin la misma noche que habló con Steve. Los niños estaban en la cama, y la casa en silencio, casi como a la espera de algo. Había dejado que salieran las palabras, sabiendo que no podría detenerlas. Martin permaneció un momento sentado con la cabeza gacha, y luego la miró a los ojos. Vio que no estaba sorprendido ni enojado, y de pronto quiso hundir la cabeza en sus brazos y arrojarse contra él. Pero se mantuvo rígida, endurecida por la idea de que era ella quien había causado todo este dolor.

–¿Volverás? –le preguntó por fin.

Annie comprendió que en su pavoroso flujo de deseo no había pensado en otra cosa más que en llegar hasta Steve. Era imposible pensar en irse, imposible pensar en regresar.

¿Qué estoy haciendo?

–No lo sé. Sí, no lo sé.

–¿Cuándo te marchas?

Se lo dijo, y él asintió, casi abstraído.

–Si vuelves, los niños y yo estaremos aquí.

Entonces Annie murmuró algo, contuvo los sollozos que le asfixiaban la garganta, se dio la vuelta y se alejó corriendo de la habitación.

Eso fue todo, hasta ese momento, en que recogía sus pertenencias de la maraña familiar y las ponía una por una en su maleta.

¿Qué estoy haciendo?

Apiló las últimas cosas de cualquier modo y cerró la maleta. Era hora de irse. Steve estaría esperándola. Annie bajó la escalera lentamente, arrastrando la maleta. Miró la hilera de cuadros en las paredes y levantó automáticamente la mano para enderezar uno que estaba torcido. Dejó la maleta a un lado, en la puerta de la calle, y fue hasta la cocina para salir al jardín. Los tres rostros se volvieron hacia ella mientras avanzaba por el césped. Estaban mudos, esperando.

Benjy fue el primero que se movió. Corrió hacia ella y se aferró a sus piernas.

–¡No quiero que te vayas!

Le apoyó la mano sobre la cabeza, estrechando su redondez contra ella. Tom no se movió de su asiento al lado de Martin, pero Annie advirtió que miraba intensamente para contener las lágrimas, que consideraba propias de un niño. Martin se puso de pie incómodo y se acercó a Annie. Sintió cuánto lo estaba lastimando, y el dolor fue peor que todo lo que le produjo la bomba.

Te quiero, pensó impotente. A todos. Os quiero mucho.

Martin se inclinó y tomó a Benjy entre sus brazos, dejándola libre. Sabía que su esposo la estaba dejando partir, con la mayor gentileza de la que era capaz. Hundió la cabeza, como una cobarde, alejándose de su generosidad. Corrió por el césped y abrazó a Tom, pero el niño apartó el rostro de ella. Las manos de Benjy intentaron retenerla mientras ella lo besaba, pero Martin lo sostuvo firmemente.

–Adiós –murmuró Annie.

Habría sido una mentira, o una burla o una promesa vacía decirles: «Volveré pronto».

Martin le tocó la mejilla, apenas, como si su piel se lastimara al contacto de sus ásperos dedos.

–Estamos aquí –le dijo suavemente, recordándoselo.

Ella asintió, incapaz de decir: «Lo sé». Entonces los dejó, y volvió a la casa silenciosa a recoger su maleta, que esperaba a un lado de la puerta principal.

Una vez que se marchó, y que Benjy dejó de mirar por la puerta trasera para ver si volvía a aparecer, Tom estalló con furia:

–¿Por qué tiene que irse? No es justo...

Con Benjy en brazos, Martin regresó y se sentó a su lado. Benjy apoyó la cabeza sobre el hombro de su padre, con el pulgar en la boca.

–Tom, escucha. –Tom miraba a otra parte, pero Martin estaba seguro de que lo estaba escuchando–. Mami no sólo es tu madre.

También es una persona. Todos nos debemos al otro, todos, pero también nos debemos a nosotros mismos. Si Annie necesita irse, pues creo que debemos dejarla partir, y hacer las cosas lo mejor que podamos. –El rostro de Thomas aún estaba vuelto a un lado pero Martin sabía que lloraba–. Ella volverá a ti, Tom. Siempre será tu madre.

El niño se frotó el rostro con la palma de la mano.

–¿Como siempre?

Los dos saben lo que está sucediendo, pensó Martin. De alguna manera, a pesar de todo, lo sienten y lo saben.

–Como siempre –les mintió, por ahora, hasta saberlo con certeza–. Como siempre.

Le creyeron, desde luego. Eso era suficiente, por ahora. Tom se sentó en silencio un instante, y luego abandonó la silla.

–¿Puedo llamar a Daniel?

–Buena idea. Pregúntale si quiere venir a jugar.

Thomas salió disparado por el césped, y Ben se liberó de los brazos de su padre y fue tras él.

En el jardín había un gran silencio. Una nube surcó el sol y sobre la hierba se extendió una línea de sombra, como si hubiesen corrido un telón.

Annie.

Martin dejó caer la cabeza entre las manos. Hacía tiempo que no lloraba, pero ahora sentía contra los dedos el calor y la humedad de las lágrimas. Había creído que no podía más que esperar, y albergar esperanzas hacia ella, pero esta vez sintió una indefensión, que lo aplastaba. La sensación de impotencia le hizo recordar vívidamente las horas que había pasado en los almacenes, detrás del cordón policial. Entonces había pensado: «Si yo pudiera estar allí abajo en tu lugar, Annie...». En ese momento había estado seguro de quererla lo suficiente para estar en su lugar, para afrontar cualquier cosa con tal de ahorrarle dolor.

Ahora el pensamiento volvió a él.

Si la amaba, ¿era su amor suficiente para dejarla partir? ¿Para dejarla irse, junto a Steve? Si eso era lo que quería, verdaderamente.

Dijo en voz alta, en el jardín vacío:

–Sí.

Entonces no estaba indefenso. Podía hacer eso por ella.

Martin levantó la cabeza. Miró el cielo a través de las hojas del peral. Había más nubes cercando el sol. Iba a llover. Esperó hasta que sus ojos se secaron, reclinado contra el banco del jardín y contemplando el cielo. Cuando estuvo seguro de que los niños no verían nada inusual en su rostro, se levantó y entró en casa a buscarlos.

Steve giró el volante con brusquedad y el coche salió de detrás de un autobús. Aceleró fuera del alcance de un taxi, pero el breve impulso sólo lo condujo contra el muro de tráfico que aguardaba en el semáforo siguiente. Miró el reloj del tablero. Iba retrasado. Ya llevaba cinco minutos de retraso. La impaciencia lo hizo empujar el BMW más de prisa aún, serpenteando por entre bicicletas y camionetas de correos. Debía encontrarse con Annie en la estación King's Cross.

–¿Por qué King's Cross? –le había preguntado, y ella se limitó a responder:

–¿Por qué no?

Steve hizo un cálculo rápido, mientras los dedos le tamborileaban sobre el volante. Cinco minutos más. Ocho a lo sumo. No lo abandonaría en ese tiempo, ¿verdad?

Pasó los pináculos amarillos y rojos de St. Pancras entre la marea de tráfico, y entonces la vio. Estaba de pie al borde de la acera, fuera de la estación, perfectamente quieta, con la maleta a su lado. Llevaba un sencillo vestido de algodón, y tenía el cabello cepillado hacia atrás. Se veía vulnerable como una colegiala fugada de la escuela. Steve detuvo el coche. Absurdamente, ella miraba en dirección opuesta, contra el flujo de tráfico, y tuvo que gritarle:

–¿Puedo llevarla a algún sitio?

Ella se volvió entonces, y la súbita luz le iluminó el rostro. Un segundo después estaba sentada a su lado, y la maleta chocaba contra los dos. Permanecieron sentados en medio de la corriente de tráfico, y se tocaron el rostro con las manos, bordeando los contornos, como ciegos. Annie se inclinó hacia adelante y lo besó en los labios.

Un taxi comenzó a hostigarlos con la bocina.

–¿Adónde vamos? –preguntó ella.

Steve se alejó del tráfico nuevamente. Las bocinas se acallaron y él la miró de lado.

–A la costa –le dijo.

CAPÍTULO 9

No fueron a Brighton, como Annie había imaginado sintiéndose culpable.

En cambio, fueron abriéndose paso a través de la maraña del East End, y Annie se concentró en la mirada y en la voz de Steve, pero no vio nada.

Finalmente, le preguntó aletargadamente:

–¿Adónde vamos?

–Ya te lo he dicho. –Se echó a reír–. A la costa. Y para un chico del East End como yo, la costa este es la única costa que hay.

Entonces Annie imaginó Clacton, o Southend, pero siguieron viajando más al norte aún, y se internaron en una zona rural amplia y llana, de campos extensos y amarillos, que desaparecían en el horizonte bajo el arco del cielo. Miró con curiosidad los nombres de los lugares, totalmente extraños.

–Jamás he estado aquí.

–Por eso nos pertenecerá a los dos, cuando lo recuerdes.

Después de esto, estuvieron un rato sin mirarse.

Por fin se alejaron de la carretera principal, por un camino lateral que parecía no conducir a ningún sitio. A cada lado tenían tierra abierta e inhóspita, salpicada por setos de brezo y negros cúmulos de pinos, esculpidos por el viento. Annie sabía que se acercaban al mar, y de pronto el camino se inclinó y lo vio. Había una masa confusa de casas, y luego el mar del Norte, gris azulado aun bajo la luz del sol, salpicado de corceles blancos que encabritaba el viento. El pueblecito se erigía al final del camino, y detrás de él no había nada. Sólo el mar. Steve avanzó hasta el murallón del mar, a cuyo abrigo dejaron el coche. En invierno, las olas azotarían el malecón y salpicarían la carretera, pero en pleno verano era tranquilo y destellante. Annie y Steve salieron del coche y se reclinaron contra el muro para contemplarlo.

La playa estaba formada por grandes pedruscos redondeados, de color azul petróleo y gris paloma, negros y brillantes allí donde el agua los había salpicado. La gente caminaba lentamente por la orilla, y sus sombras se fracturaban en el agua movediza. Los perros corrían hacia la espuma y escapaban de ella.

Annie se volvió, y vio que Steve la observaba. Inspiró el aire salobre y fresco.

La luz que se derramaba sobre ellos era clara y límpida.

–Es maravilloso.

–Yo siento lo mismo. Y parece tan remoto...

Eso está bien para nosotros, ¿no es así? Alejarnos del mundo. Al menos por ahora. Al menos por ahora.

–Mira.

Steve le hizo dar media vuelta para mirar hacia adentro. Había una pequeña hilera de casitas, pintadas de rosa, azul claro y verde nilo. Sus balcones de hierro forjado miraban al mar. Señaló una azul, muy bonita, con volutas pintadas de blanco en los extremos del frontón.

–Nos quedaremos en esa.

–¿De veras? ¿No son preciosas? Como si la hubieran pintado en el telón de fondo de algún teatro. Entremos a verla.

Steve sacó una llave del bolsillo de su chaqueta.

La casita tenía suelo de madera y sillas de mimbre que rechinaban, cortinas de algodón desteñido y una estufa de leña en la sala cuyo balcón daba al mar. Annie se acordó instantáneamente y con toda vividez de sus vacaciones de la infancia. Sentía la arena en los zapatos de lona, y el olor a sal, y las fogatas. Se sintió sobrecogida por la marea de sensaciones y recuerdos, y de pronto recuperó la conciencia, casi dolorosa, y todos sus sentidos se aguzaron como por primera vez. Caminó por la sala hasta la ventana, y con la punta de los dedos tocó la pintura, ampollada por el sol, y en el fondo de la garganta sintió el polvo de las cortinas aderezado de sal.

Estoy viva, pensó.

Se volvió hacia Steve. La observaba desde el vano de la puerta, mitad en sombras, mitad bañado por la luz del mar.

–¿De quién es esta casa?

–De un amigo mío.

–¿Habías estado antes aquí?

–No de este modo.

–Por eso nos pertenecerá a los dos, cuando lo recuerdes.

Repitió sus palabras, confirmándolas.

–Annie. Sí, Annie.

Se acercaron entonces, de pie en medio de la habitación donde el brillo del exterior titilaba sobre el cielo raso. Steve tomó su rostro entre las manos y lo besó.

–Mejor que un hotel –murmuró.

–Mejor.

Los hoteles son para adúlteros, pensó Annie. Para encuentros furtivos y robados, en tanto esta casita era limpia e inocente, con la arena metida en los rincones y las piedras de la playa dispuestas sobre la repisa de la chimenea. ¿No estaría adornando la realidad para su propio consuelo?, se preguntó Annie tal vez sí, pero por hoy, aquí y ahora, sabía que no importaba.

–¿Qué quieres que hagamos? –preguntó Steve.

Ella le sonrió. Se sentía como una chiquilla, excitada, en su primer día en un sitio nuevo.

–Salgamos a explorar.

–Estupendo.

Salieron al aire embriagador. Caminaron por la playa, tomados de la mano, y sus zapatos rechinaban alegremente sobre los guijarros. Annie dio un paso atrás para observar las casas del frente, y una ola inesperada le mojó los tobillos. Se quitó los zapatos y vació el agua de dentro, riendo, y Steve los llevó mientras caminaban. La marea revelaba surcos de arena húmeda y brillante, y Annie dejaba sus huellas marcadas hasta que regresaba la próxima ola y alisaba nuevamente la arena.

Pasado el pueblo había un largo banco de guijarros, y en el extremo se alzaba la forma alta, redonda y misteriosa de una torre circular. Annie se puso otra vez los zapatos húmedos y caminaron por la senda hasta ella. Al abrigo del banco de piedras había una pequeña dársena de botes, y los aparejos de los botes constituían un duro tatuaje en el viento contra los mástiles de acero. Cuando llegaron a la torre se quedaron un instante de pie, mirando las paredes compactas, y luego por detrás, la línea costera que alguna vez había protegido. Se curvaba en la distancia, hasta el punto donde se confundían mar y tierra.

Se sentían diminutos ante el tamaño de la torre y el vacío que había detrás de ella. Annie escuchaba las olas y los chillidos de las gaviotas, amplificados y sofocados por el viento. Se alejó apenas de Steve y miró tierra dentro. Se veía un terreno cenagoso moteado de hierba silvestre y surcado por fangosos canales que provenían del mar. Más adentro, bastante lejos del gran espacio plano, podía ver el dedo erguido de una torre de iglesia. El viento era frío en este promontorio expuesto, y Annie tembló. Pero a la vez la llenaban de alegría la enorme distancia y el sonido del mar y el viento, que casi ahogaban sus pensamientos. Bajo el vasto cielo, Annie tuvo cierta sensación de intrascendencia, una sensación tomada de la majestuosidad del entorno para reflejar las mínimas preocupaciones propias. Sabía que los dos eran incapaces de causar la menor huella duradera. Pero la torre era sólida, atravesaba los siglos, y el cielo y el mar son eternos.

Acaso ninguna otra cosa más importara tanto...

De pronto, la idea fue reconfortante, incluso consoladora. Estaban allí, y luego desaparecerían. Todos. Recuerda esto, se dijo Annie, cuando llegue el momento. Sonreía. Steve había estado observando la línea fundida del horizonte, pero en ese momento se volvió y la miró, y sus ojos se encontraron.

–Lo sé –le dijo.

Había leído sus pensamientos, como siempre.

Permanecieron de pie bajo la sombra de la torre, contemplándose el uno al otro ahora que les era posible.

Entonces Annie volvió a temblar, y sintió que el ruedo húmedo de sus pantalones se adhería a sus tobillos desnudos.

–Caminemos por el pueblo –dijo Steve.

Anduvieron de la mano, lentamente, mirando por las ventanas de las amables casas de té y los anticuados almacenes. En una cabaña rosada había una agencia inmobiliaria, pero la pasaron de largo, sin mirar mucho las ofertas imposibles y tentadoras. La avenida, con su espalda firmemente vuelta al mar, resultaba tan acogedora para Annie, que otra vez sintió correr el calor por su cuerpo.

Regresaron a la pequeña casita azul, y Annie preparó el té. Lo llevó en un bandeja hasta la habitación que daba al mar, para que pudieran observar los cambios de la luz sobre el mar mientras comían y bebían.

En la silenciosa quietud de la casa, de pronto se sintieron casi tímidos juntos. Annie tenía conciencia de los meses que habían transcurrido desde aquella vez que lo dejó en su apartamento gris. Estaban juntos, sentados muy cerca, pero no se tocaban, como si no estuviesen seguros de lo que el otro quería o esperaba. Durante un momento, Annie no estuvo segura de conocerlo. Steve le tomó la mano y ella saltó, golpeándose torpemente contra el brazo de mimbre del sofá. Se echaron a reír, quebrando la tensión, y Steve dijo:

–Vamos. Te llevaré a cenar.

Annie se bañó y se cambió en la pequeña habitación. Sacó sus ropas de la maleta y las dispuso minuciosamente a un lado sobre el cubrecama. Colocó su cepillo para el cabello y los potes de crema a un lado del tocador, y luego observó el bolso que había traído Steve, aún colocado a un lado de la cama. Desplegó sus ropas y las colgó en perchas, en un lado del armario, sintiendo lo extraño de ver sólo sus cosas.

Annie cogió su maleta vacía. Era normal, gastada, veterana a lo largo de tantas vacaciones y fines de semana familiares. El bolso de Steve, sin abrir, era suave, elegante, de lona y cuero negro, muy distinto de cualquier cosa que hubieran tenido Martin o ella. Lo tocó apenas con los dedos, y pensó con tristeza momentánea que desmentía la intimidad de la habitación. Se volvió con rapidez y guardó su maleta en el armario.

De pie ante el espejo en penumbra, se maquilló el rostro tan cuidadosamente como si fuera a la función más importante de su vida. Cuando volvió con Steve, éste estaba sentado en el balcón, mirando al mar, pero se volvió de inmediato a observarla con expresión sorprendida y admirada, como si acabaran de conocerse.

–Estás espléndida –le dijo. La besó en la comisura de la boca y ella sintió el súbito latido imperativo de su respuesta.

–A cenar –le dijo.

Los caminos que cruzaban los campos llanos y extensos estaban vacíos, y él condujo el coche a gran velocidad. El sol volvía a desaparecer, y los rayos de luz se refractaban desde el oeste, a sus espaldas, en largas barras oblicuas. Surcaron un denso bosque de negros pinos, de miles de negros pinos, y cuando salieron de él el sol ya se había puesto y la oscuridad estival se espesaba en el cielo.

Annie sintió que jamás había sido tan consciente del paisaje y de sus luces y sombras. Pensó que todos esos efectos lumínicos eran sólo para que ella y Steve los disfrutaran esa noche, y entonces recordó su insignificancia al lado de la torre circular, y se echó a reír suavemente. La mano tibia de Steve se cerró sobra la suya.

Llegaron a otro pueblecito, éste alto y seco sobre el estuario de su río, que se alejaba del mar. Había una plaza cercada por viejos edificios de ladrillo rojo que brillaban con la última luz del día, y en la esquina, un pequeño restaurante. Sobre las mesas había manteles de papel y brillantes luces en lo alto. La mesa de Annie y Steve estaba en un rincón, rodeada de otras mesas atestadas de marineros y pescadores, y un puñado de gente de vacaciones.

Los frutos de mar que Annie probó fueron los más frescos y sabrosos que había comido en toda su vida, y luego les sirvieron róbalo con una sencilla salsa de mantequilla.

Comieron como si hubiesen estado hambrientos y bebieron un vino de color pajizo que sabía a piedra y acero. Bajo su influjo, las mejillas de Annie se sonrosaron, y hablaron y rieron de las pequeñas cosas como si no existiera otro mundo fuera de las ventanas negro tercopielo del restaurante sin cortinas.

Mucho después, regresaron a la oscuridad crujiente de la casita que miraba al mar. Cuando Steve encendió las luces, ambos pestañearon, reacios de dejar que la valiosa oscuridad se les escurriera de las manos.

–Hace frío –dijo él–. ¿Enciendo el fuego?

Junto a la chimenea había una canasta con troncos, y el fuego no tardó en resplandecer. Los envolvió el aroma genuino de la madera al arder. Steve trajo una botella de brandy y dos copas. Dio una a Annie, y ella bebió, sintiendo en la garganta el calor del alcohol.

–Escucha el mar –murmuró Steve.

En la quietud de la habitación, las olas parecían romper casi sobre sus cabezas. Corrió las cortinas y vio el destello distante de un faro. El brazo de luz barría el mar, se retiraba, y volvía a asomar.

La timidez de la tarde se había desvanecido. Ahora se acercaron, naturalmente, sin impaciencia, pero con avidez, sabiendo que había llegado el momento. Annie sintió que el corazón de Steve latía contra su mejilla, mientras se reclinaba sobre él. Inclinó hacia atrás la cabeza para apoyar sus labios contra los de él, y él se acercó. Eclipsó el calor púrpura del fuego y el fulgor del faro. La cabeza de Annie cayó contra los almohadones y su boca se abrió debajo de la de él.

Steve le abrió la camisa, desabrochando los botones de uno en uno, y le acarició los pechos con la mano y luego con la boca.

–Te amo –dijo ella sencillamente.

Ambos tenían conciencia del tropel de palabras retenidas.

Steve le propuso:

–Ven a la cama. Ahora.

Subieron las estrechas escaleras hasta la habitación de arriba. Annie ya no tenía ninguna sensación de distancia, ninguna sensación de nada, salvo de la importancia del momento, pues ambos estaban allí.

Con manos torpes se liberaron de las ropas, y el aire frío se les adhirió a la piel. Extendieron sus manos y se tocaron las cicatrices de las heridas con la punta de los dedos.

–Casi curada –murmuró Steve.

Casi. No lo suficiente. No aún.

Doblaron el cobertor, como una pareja en su propio dormitorio. Entonces Steve la alzó y la apoyó sobre la cama. Annie sintió las sábanas frías, y luego a él, a su lado, rodeándola con los brazos. Se estrecharon, y sus cuerpos se infundieron calor, y dejaron que sus manos y bocas hablaran por ellos mientras aún pudieran.

Cuando el cuerpo de Annie clamó por él, Steve se inclinó sobre ella un segundo, y se miraron a los ojos. Steve sonrió, pero Annie vio el dolor detrás de sus párpados.

Oh, amor mío, no estés dolido...

Se levantó hacia él, atrayendo su boca hacia la de ella. Él la penetró y ella gimió, desarticulada.

Hicieron el amor muy lentamente, muy tiernamente, sin la urgencia y la desesperación que los había impelido en Londres. Cuando Annie abrió los ojos vio en los débiles cambios de luz sobre el techo brillante el zarandeo invisible del faro a través del mar. Y cuando Steve finalmente se dejó ir dentro de ella y pronunció su nombre, ella acunó su cabeza entre los brazos y le besó los párpados, y luego yacieron juntos, escuchando otra vez el susurro de las olas rompiendo cerca de ellos.

–Hoy, este día junto a ti, ha sido uno de los más felices de toda mi vida –dijo Annie, casi para sus adentros.

Su fuerza y su tristeza residían en que no pudiera repetirse y multiplicarse en otros días hasta que fueran ancianos. Al menos habían conocido ese día. A eso se había referido Tibby. De pronto, con certidumbre, Annie supo que ésa era la verdad.

–Recuérdalo –dijo Steve.

–Recuérdalo –repitió ella, sellando el pacto del día.

Quedó tendida en los brazos de Steve, con la boca rozando su piel tibia y suave, y se durmió escuchando el rumor del mar.

Annie volvió a tener el sueño.

La negrura no sólo era oscura, sino a la vez un terrible peso sobre ella. Estaba clavada por él, aplastada y sangrante, y en un minuto, en un segundo, el peso se derrumbaría y ella se desintegraría. Abrió los ojos más y más, hasta que le dolieron las cuencas, pero no vio más que la acre oscuridad. Estaba sola. Totalmente sola. Lo sabía, porque gritaba el nombre de alguien y él no le respondía, porque se había ido, o muerto. Estaba segura de que él había muerto. El terror la devoró, y comenzó a escuchar el retumbar que nacía sobre su cabeza y por debajo de ella. Ahora las rocas caerían con todo su peso, y el dolor la destruiría. Hizo un último esfuerzo imposible, y extendió la mano en la oscuridad vacía.

Pero no estaba vacía. Estaba gritando su nombre, y él le respondía. Sus brazos la estrecharon mientras se sentaba, sollozando.

–Annie. Annie. Estoy aquí. Todo está bien.

–¿Steve?

–Sí. Sí, estoy aquí.

Su voz era serena y grave, y sintió que el terror caía como vendas inútiles.

–La oscuridad.

–Lo sé. Todo está bien. Mira, allí está el faro.

Y a través de la ventana ella vio su resplandor, brillante, regular, y maravilloso. Steve la abrazó hasta que la respiración se hizo más firme. Le besó los párpados húmedos y apartó de sus ojos el cabello húmedo y enredado. Ella temblaba y se estrechaba contra él, dejando que la realidad cotidiana del tacto y de la vista y del olfato la rescataran del negro terror.

–¿Era el mismo sueño?

–Sí. Exactamente el mismo.

Mientras la abrazaba con una mano, Steve extendió la otra y encendió la lámpara que había al lado del lecho. Annie vio la realidad del acolchado, y de las vigas del techo, de sus ropas por el suelo y de sus propios cosméticos sobre el tocador. El color se abrió paso lentamente en la habitación.

–Mírame ahora –le dijo Steve.

Ella volvió la cabeza. Él tomó sus dedos y los oprimió contra su propio rostro. Para Annie fue como si otra vez estuvieran bajo los escombros, pero ahora pudiera verlo y tocarlo. Ya no tuvo miedo.

–Se acabó –murmuró. Ella escuchó atentamente los ecos de las palabras–. Ahora estás a salvo. –Con los dedos entrelazados, Steve recorrió las heridas casi borradas de su brazo y de su hombro, y la otra, más larga, sobre el abdomen–. Hemos sobrevivido. Nosotros nos hemos hecho subsistir. Ya todo acabó, Annie.

Ella asintió, súbitamente muda de fatiga.

–Duérmete otra vez.

Steve apagó la luz una vez más.

Ella obedeció y él cobijó ambos cuerpos con el cobertor. Sin saber que lo hacía, Steve la rodeó con sus brazos y la sostuvo exactamente como había hecho en el peor momento, cuando temió que se iba a morir. Pero ahora su respiración era regular y tibia contra su mejilla, y cuando le tocaba la mejilla la sentía limpia y suave.

–Se acabó –le dijo una vez más. Recordó el instante en que llegaron a rescatarlos. Había tenido que dejar que la llevaran, bajo las luces en el aire gélido. Ahora, el pálido girar de la luz del faro era como un débil eco de aquellas luces. Involuntariamente, innecesariamente, él la sostuvo con más fuerza–. ¿Aún estás despierta?

La mejilla de Annie se movió contra su hombro.

–Sí.

–¿Aún tienes miedo?

–No –respondió Annie–. Ya no.

Ahora estaba segura, tan segura como podía estar de cualquier otra cosa, de que el sueño atroz se había marchado para siempre.

–El sueño también se acabó –le dijo–. Ya nunca más volverá.

En la oscuridad, sin otro recordatorio que el pálido resplandor gris del faro, Steve sonrió con la boca apoyada contra su cabello.

Yacieron tendidos largo tiempo, abrazándose. Y luego, finalmente, se durmieron.

El sol se alzó por encima del mar, e inundó las habitaciones de la casita azul con penetrante luz. Cuando Annie salió a mirar, bostezando y envolviéndose con su bata, llegaba la flotilla de pescadores, trayendo consigo una doble estela de agua espumosa y plateada y de negras gaviotas volando en picado. Los motores de los barcos resoplaban en el silencio. Steve se acercó y se detuvo al lado de ella, y observaron la estela de los botes abriéndose y llegando hasta la costa en olitas que rodaban hasta las piedras sin salpicar siquiera.

Recuérdalo, se dijo Annie. Recuérdalo.

Permanecieron un instante en silencio, y luego Steve dijo, a la ligera, como si se tratara de cualquier día:

–Creo que debemos tomar un buen desayuno costero. Voy a hacer las compras.

Annie se sentó sobre la tarima del balcón, con las rodillas encogidas y el cálido sol sobre el rostro, y lo esperó. El primero de los botes fue remolcado lentamente hasta las piedras. El viejo motor rechinaba dolorosamente sobre la playa.

Oyó entrar a Steve y luego hurgar entre las cosas de la cocina. Bajó descalza la escalera, entrando y saliendo de los rayos de luz. Se detuvo en la puerta, sonriendo, pero Steve la miró seriamente y su sonrisa se desvaneció.

–¿Qué sucede? –preguntó Annie.

Su mirada se paseó por la cocina, sobre la caja de huevos y la bolsa de papel con las compras del almacén, el diario desplegado y la cafetera aguardando sobre la mesa.

Steve dudó, y ella sintió que el corazón le palpitaba helado. Entonces, él tomó el diario. Se acercó a ella, ofreciéndole la primera plana para que la viese. Annie pensó: *Martin, Tom y Benjy.* ¿Qué les ha sucedido, mientras yo estoy aquí, lejos de ellos? No, por favor. Por favor, no ahora y aquí...

Miró con asombro las fotografías borrosas de los rostros de dos hombres y una mujer. No significaban nada para ella y el miedo que le había atenazado la garganta comenzó a retirarse. Ellos siempre están aquí, dentro de mí, comprendió. Dondequiera que vaya.

Supo, de pronto y con inquebrantable convicción, que no había decisión alguna que tomar. Ya la había tomado, largo tiempo atrás, en las épocas que se habían convertido en recuerdos, agitándose en la oscuridad como pedacitos de papel picado.

–¿De qué se trata? –preguntó estúpidamente.

–Lee.

Annie forzó la vista para enfocar las letras y recorrer las palabras. Leyó: Arrestados al sur de Londres. Implicados en la bomba de Navidad. Había nombres, absurdamente comunes, y alias. Filiaciones políticas presuntas. Sigue en la última página. Sabía que en la última página habría un sucinto relato de lo que había sucedido ese día. Acaso una foto de la tienda bombardeada.

En vez de dar vuelta al diario lo dejó caer. No podían oír el mar, allí en la parte trasera de la casa. El único sonido que se oía, ahora que Annie escuchaba, era el silbido de alguien. Del lechero, tal vez. Cosas cotidianas, que sucedían a su alrededor. Pensó en la casa de sus padres, y en las botellas de leche bien enjuagadas, sobre el escalón de atrás.

–De modo que los atraparon –dijo finalmente.

Trataba de obligarse a comprender lo que sentía en ese momento, y se percató de que no sentía nada. Había descargado su ira tiempo atrás, por todos aquellos que habían muerto y sufrido heridas. Y para ella y para Steve, las fotos que el periódico traía de esos rostros de madera, impávidos, no tenían ninguna importancia. La violencia había desaparecido. Annie sintió la mansedumbre del alivio. Le suavizó los músculos agarrotados de la garganta y del rostro, y aflojó la tensión de sus hombros. Era afortunada, después de todo. Nada les había sucedido a Martin ni a los niños. No era demasiado tarde.

Estamos aquí, le había dicho Martin en el jardín. Las palabras hicieron brotar la dicha en su corazón. La añoranza y el amor tiraban de ella con frenesí. Volvió el rostro para mirar de frente a Steve.

–¿Qué sientes? –le preguntó.

La extrañeza de la pregunta sacudió a ambos. Jamás había necesitado preguntarle eso antes.

Sus ojos sostuvieron la mirada de Annie un instante, y luego bajó la vista para observar los rostros del diario.

–Nada –murmuró–. ¿Qué son ellos para nosotros ahora?

Eso fue todo, pero otras palabras mudas partieron el silencio.

La edición borrosa del diario había caído sobre ellos como un exorcismo. Acalló la violencia y el temor, y junto con ellos parecía haber muerto otra clase distinta de violencia.

Steve la tomó entre sus brazos y la besó, y la vio como la había visto al comienzo. Una mujer haciendo compras, con el cabello sobre el cuello de su abrigo. Annie estaba de pie, con la cabeza reclinada contra su hombro. Pensaba nuevamente en la vieja quietud de su vida junto a Martin y sus hijos. La bomba había arrojado todo eso a un lado. Pensó en el dolor que sobrevino después, y en la revelación de su faz opuesta, una dicha más vívida que cualquiera otra cosa que hubiese conocido. El dolor, y la alegría se desvanecieron juntos. Ahora lo comprendía. Sucedió, y terminó.

Lo que quedaba era Steve, y ella, y Martin y los chicos. En nada distintos de cualquier otra persona, y con los mismos lazos humanos.

Amor y afecto. ¡Qué hondo calaban esos lazos, una vez que había desaparecido la violenta necesidad! Martin era la mitad de su vida. No podía cortar de cuajo esa mitad de sí misma, pero supo con mayor certeza aún que no podía cortar en Martin esa mitad de él que constituía ella misma. Pensar en su dolor, mucho más difícil de soportar que el propio, le bañó los ojos en lágrimas.

Para ocultarlas se inclinó a recoger el diario con los dedos rígidos.

Los brazos de Steve envolvieron tibiamente sus hombros un instante más, y luego la dejaron ir.

–Desayunemos –propuso.

Steve echó las rodajas de tocino sobre la sartén ennegrecida.

Llevaron luego sus platos al balcón soleado, y comieron mirando el mar vacío.

Una vez que terminaron, Steve le preguntó con cuidado:

–¿Qué haremos hoy?

Annie recogió las tazas de café, que tintinearon en sus dedos.

Un solo día más, pensó. Podemos permitirnos eso entre tantos otros días, ¿no?

–¿Podemos caminar por el interior?

–Claro que podemos. Podemos ir adonde tú quieras.

Sólo por hoy.

Tomaron un mapa del estante de papeles destartalados y los desplegaron, planeando una ruta. Lo prosaico de la actividad les dio algo en qué centrarse, y se entregaron a ello deliberadamente.

–¿Podemos ir tan lejos? –preguntó Annie débilmente, y Steve le sonrió.

–Fácilmente.

Era un largo camino, pero Annie sabía que recordaría cada curva de esa caminata juntos. Veía cada senda y cada ruta con suma claridad, y cada cambio del cielo agreste del cenagal, a medida que el sol ascendía y comenzaba a hundirse de nuevo.

Cruzaban las ciénagas donde el pasto duro rozaba rítmicamente contra sus piernas, y bordeando los pequeños riachuelos que, secos, formaban fango quebradizo. Por encima de sus cabezas las alondras derramaban rizos y trinos mientras cercaban su invisible franja de territorio. Más allá del cenagal treparon hasta unas tierras arenosas, con grandes matas de brezo con aroma a coco, y el suelo socavado por madrigueras de conejos. Llegaron hasta un ominoso cinturón de coníferas, en cuyo extremo oscuro se alzaba una diminuta iglesia. Entraron por un instante a la fría penumbra de su interior, donde el sol, al surcar la única ventana de vitrales arrojaba rombos rosados y amatistas sobre los bancos de madera barnizada. La penumbra que había fuera, bajo los pinos, era curiosamente similar, y mientras caminaban por encima del suave manto de ocres agujas caídas se encontraron hablando en susurros. Al otro lado, el sol lanzó su luz directamente a pico, y los encandiló momentáneamente con su esplendor.

Almorzaron en el jardín de una taberna, que sus altos setos y sus paredes blancas ocultaban, y comieron pan con queso acompañado de la cerveza local y su fuerte olor a lúpulo. Eran los únicos clientes.

Siguieron andando, ahora por senderos sombríos que bordeaban enormes campos de maíz y cebada. El mundo parecía vacío, salvo por ellos mismos y por la ocasional mano de algún labriego, que saludaba por encima de las ruedas dentadas de su tractor. Y luego comenzaron a volver, con el sol a sus espaldas, rumbo al mar.

Durante todo el trayecto circular, iluminado por el sol, conversaron. Hablaron de las cosas simples, de las cosas pequeñas que se referían a ellos y al pasado, llenando los huecos que habían dejado otrora en blanco, congelados bajo los escombros.

Annie habló a Steve de Tibby, y de las palabras suplicantes que su madre había pronunciado, y que la habían llevado hasta esa casita azul sobre el mar. Él escuchaba, y a ambos lados de su boca se dejaban ver dos surcos.

Lo que estaban haciendo era como la misma caminata, pensó Annie. Era como si tuvieran que atar los cabos sueltos, que completar el círculo antes de poder alejarse para abrir otra nueva senda.

No hablaron del futuro. Contemplar el futuro habría sido desgarrar los cabos sueltos.

Por fin, ahora caminando muy lentamente, llegaron al punto

donde el sendero torcía hacia el este y el mar aparecía por delante, gris, y sin los destellos de esa mañana. Steve la tomó de la mano y recorrieron el último tramo del camino en silencio.

La casa que daba al mar estaba llena de sombras crepusculares. Pero ninguno de los dos encendió las luces. Annie se sentó en las escaleras, demasiado exhausta para dar un paso más.

–Vamos –le dijo él.

Y recordaron cómo, al comienzo, se habían alentado el uno al otro, largo tiempo atrás.

–Lo haré por ti –dijo Annie.

Sonrió, pero con el rostro sombrío. Subió pesadamente los peldaños.

Steve la siguió, y preparó un baño de inmersión entre las paredes diminutas, y entre los grifos que tintineaban. Halló un frasco de sales y las echó en el agua, que pronto se convirtió en una espuma verde y vaporosa.

–Me lees los pensamientos –dijo Annie, y él se volvió para mirarla a través del vapor.

–Y tú los míos.

Se desvistieron, el uno al otro, y se sumergieron en el ansiado calor. Annie enlazó sus piernas alrededor de las de él, estrechándolo. Tomaron el jabón y se lavaron, tiernamente, como si sus heridas pudieran volver a abrirse. Steve se inclinó y la besó en la boca, y luego en sus pechos, que la espuma dejaba ver a medida que las burbujas estallaban. Se puso de pie abruptamente, y derramó en el suelo una ola de agua perfumada. Alzó a Annie en sus brazos, la envolvió en una toalla y la llevó hasta el dormitorio. Se tendieron así como estaban, húmedos y resbalosos, e hicieron el amor con toda la urgencia, y el dolor, y la desesperación que habían luchado por no admitir a lo largo del día. Y luego quedaron en silencio, sin saber de pronto qué decirse.

Mucho más tarde, cuando cenaron juntos, se sintieron observados por los espectros de esa primera sobremesa en el restaurante. Annie recordó que se había sentido hermosa e invencible, gracias a Steve. Ahora miraba su rostro oscuro mientras la oprimía el peso de lo inevitable, y no quiso comer. Hizo a un lado el plato y bebió demasiadas copas de vino. Pero el vino, en vez de adormecer sus sentidos, los aguzó. Podía oír palabras mudas, y sentir el contacto de sus manos, aun cuando los separaba la mesa desvencijada. Sus manos seguían entrelazadas, como al comienzo, pero el mundo real los apartaba, y separaba sus dedos, uno por uno.

Annie y Steve permanecieron largo rato sentados después de la cena. No porque les diera placer, sino porque se extendieron esos silencios que ninguno de los dos quería llenar por pensar en el otro, sino porque eran como niños, que no querían dejar que el día acabara. Pero por fin Steve inclinó la botella vacía. No cayó ni una sola gota. La apoyó de lado y la hizo girar, y la botella se detuvo con el gollete apuntando a la oscuridad, lejos de ellos. Él se encogió de hombros, pero Annie vio más allá de sus defensas.

Se puso de pie, arrastrando su silla en el manso silencio, y rodeó la mesa hasta acercarse a él. Lo rodeó con los brazos y reclinó su cabeza contra la de él.

–No –le pidió.

Iba a decir: «No puedo soportarlo», pero se contuvo. Puedes, se dijo, porque debes.

–No quiero estar más aquí sentado –dijo Steve.

Se miraron en calma. Y luego subieron la escalera, muy lentamente, apagando las luces a su paso.

El viento iba cobrando fuerza, y la pequeña habitación estaba colmada del sonido del mar. Se acostaron juntos una vez más, y agradecieron la oscuridad, porque ocultaba sus rostros. En la sombra se entregaron ciegamente a las palabras susurradas y al contacto de sus manos, y luego, finalmente, a la insistente marea que los atrapó y los llevó lejos.

Cuando Annie despertó, por la mañana, extendió la mano hacia Steve. El hueco que había en la cama, a su lado, aún estaba tibio, pero él se había marchado. Permaneció un momento recostada, mientras la memoria se anudaba en torno a ella, y luego salió de la cama y fue hasta la ventana.

El cielo estaba velado con delgadas nubes grises, estivales. El mar era del mismo color, casi blanco en el punto distante donde se fundía con el cielo. Había gente en la playa. Algunos sentados sobre las piedras, otros caminando en grupos de dos o tres por el borde del agua. Los observó por un instante, y los más lejanos le parecieron diminutas figuras negras, hombrecillos en miniatura. Uno de ellos estaba de pie, inmóvil, mirando al mar.

Annie vio que era Steve. A su lado, pasó una pareja con un perro, y luego un niño corriendo, todo brazos y piernas.

Steve estaba muy lejos, empequeñecido por la curva de la playa y el mar. Era un desconocido entre tantos desconocidos. Annie cerró los ojos. Cuando los abrió, lo vio inclinarse para recoger un guijarro, y luego arrojarlo al mar en un amplio arco. Bruscamente, Annie se volvió y fue hasta el armario. Comenzó a quitar la ropa de las perchas, torpemente, a causa de las lágrimas que le nublaban los ojos.

Cuando Annie bajó, Steve estaba en la puerta de calle. Lo vio recortado detrás del cristal: un hombre alto y de cabello oscuro, cuyo rostro conocía tanto como el de sí misma.

Abrió la puerta y la miró. Se quedó atónito un instante y luego vio todo con claridad.

–Hoy debes volver a casa...

No fue una pregunta ni una aseveración, sino una confirmación. Por fin pronunció las palabras.

–Sí –admitió con suavidad–. Debo volver a casa.

Tomó su mano entre las suyas, incapaz de dejarla partir tan mansamente como se había prometido que haría. Fuera, en la playa amplia y límpida, lo había creído posible. Ahora ya no confiaba en sí mismo.

–Annie. –Buscó las palabras más sencillas–. Jamás había conocido a alguien como tú. –Steve sabía que decir más sería hiriente y desatinado, pero no pudo detenerse–. Quiero que te quedes conmigo. Te amo. Por favor, no te marches.

–Ay, amor mío.

El rostro de Annie estaba húmedo, y sintió el último dolor con más desgarramiento que nunca.

–No puedo quedarme. Si pudiera cambiar las cosas, si pudiera cambiar este pequeño mundo mío y de...

Entonces él la hizo callar, apoyando sus labios contra los de ella.

–No lo hagas. Sé que no puedes quedarte. Te amo por eso, también. Porque tú eres fuerte y yo no sé serlo.

Se estrecharon, impotentes, y el sol pareció haber abandonado el mar, y el horizonte fue una pesada línea gris, de pronto escrutable y finita.

Finalmente, fue Steve quien se movió. Le volvió la espalda, haciendo como que ponía cosas sobre la mesa, ordenando un espacio ordenado. Annie lo observó, y el corazón se le iba partiendo en dos.

Le dijo:

–Te llevaré hasta la estación. Hay buenos trenes hasta Londres.

Eso fue todo.

Annie asintió, y dejó perder su mirada.

Ahora que había llegado el momento, se aferraron a los preparativos mecánicos del viaje, como si manteniéndose ocupados pudieran posponer la partida. Steve bajó su maleta y la llevó hasta el coche. En menos de una hora cerraron la puerta de la casita azul y se alejaron del mar inexpresivo. Y mientras cruzaban los inmensos campos, Annie se decía: «Recuérdalo».

Recuerda la torre circular, y los cenagales, y las alondras, y la iglesia en el bosque de pinos. Recuerda la habitación, y el resplandor del faro deslizándose sobre el techo en penumbra.

Es todo lo que puedo hacer, Tibby. ¿Está bien? ¿Qué es lo que está bien para cualquiera de nosotros?

Los kilómetros que los separaban de la estación pasaron en una ráfaga, veloces como en un sueño.

Steve dejó el coche en las cercanías y la acompañó hasta la taquilla. En la ventanilla de cristal, Annie compró un billete de regreso a Londres, en segunda clase. Lo guardó en la cartera sin mirarlo, y los dos fueron hasta el andén. Estaba atestado de compradores que iban a Londres durante el día.

Steve movió el mentón con impaciencia.

–Caminemos hasta el otro extremo.

Echaron a andar, el uno al lado del otro, sin tocarse. En el extremo del andén estaba la cafetería de la estación. Annie miró a través de las puertas de cristal y vio las horribles sillas tapizadas en plástico rojo, y las mesas con patas de acero, y las vitrinas acristaladas del mostrador con los alimentos exhibidos sobre servilletas de bordes ajados, y el cromado grasiento de la máquina de agua caliente. El cartelito que pendía de la doble puerta decía rotundamente: CERRADO.

Cuando Annie se volvió, pudo a ver en la curva distante de las vías, el hocico amarillo de la locomotora.

Cuando llegue el momento. El momento había llegado.

Steve extendió su mano, e inclinó el mentón de Annie para poder verle el rostro. Sus ojos se movieron y capturaron la imagen del otro, y recordaron que eso les había sido negado en la oscuridad.

Annie escuchó el resoplar de los frenos del tren, y el rugido que se acercaba por detrás.

–¿Qué harás? –le preguntó ella.

No quiso decirle «sin mí». Sus propios días estaban trazados ya, con una línea atractiva lúcida y clara, en la cual aún no podía pensar, y sintió el marcado contraste con los de Steve.

Para su sorpresa, él sonrió, con una sonrisa genuina y cálida que la conmovió.

–No lo sé –le dijo–. Lo único que sé es que ya no será igual, nunca más, como fue antes. Todo ha cambiado, ¿verdad?

–Sí –respondió Annie.

La bomba lo había cambiado todo. La violencia que había detonado ya no estaba, y la pasión que había generado luego también desaparecería, como ocurre con toda pasión. La bomba ya era agua pasada, y los dejaba tal como los había encontrado: separados. Pero sin embargo, cada uno de ellos había cambiado la vida del otro. Sería imposible, pensó Annie alocadamente, que allí y entonces, con el tren asomándose a sus espaldas, no pudiera creer que al menos todo había cambiado para mejor.

Recuerda. Quiso decirle: «Te amo».

El tren irrumpió en la estación. Fue una mancha azul y gris que se definió en un conjunto de vagones atestados de gente. Steve cogió la maleta y caminó con Annie hasta una puerta abierta. Dejó que los demás pasajeros subieran antes que ella, con la mirada fija en los ojos de él. El último comprador con destino a Londres subió al vagón, y las puertas comenzaron a cerrarse.

–Lo siento –dijo estúpidamente.

Él tomó su rostro entre las manos y la besó. Para Annie, su boca fue tan cálida...

–No lo hagas –le dijo él–. No lo sientas.

A su lado se asomó un guarda, que impacientemente sostenía abierta la puerta. Steve alzó la maleta, la apoyó en el tren y se apartó para dejarla subir. Annie subió por los peldaños y la puerta se cerró con estruendo detrás de ella. El silbato se oyó de inmediato, y el tren se puso en marcha. Siguieron mirándose, hasta donde les fue posible, sin saludarse, como si toda la fuerza de la locomotora no bastara para separarlos.

Y entonces el tren cobró velocidad, más y más, hasta que ya no pudieron verse más.

Steve permaneció de pie, contemplando el tren, hasta que su cola oblonga se perdió de vista.

Recuérdalo, se dijo él. Y, como por esa vieja telepatía. Recuérdalo, recuérdalo todo, y atesóralo.

Y entonces se volvió y caminó muy lentamente hasta el sitio donde lo esperaba su coche.

Annie recorrió el tren, con los ojos heridos por las lágrimas contenidas. Finalmente encontró un asiento, frente a una inmensa familia provista de bocadillos y termos. Mientras pasaban los grandes campos amarillos, Annie escuchaba en su asiento la charla y los balbuceos de los niños, y luego sus risas, y la trama de familiaridad la fue envolviendo. Sintió su dulzura, su calor, como suaves dedos. Y entonces, con repentina gratitud, pensó: a casa. Estoy yendo a casa. El motor atronador parecía demasiado lento, y la distancia que la separaba de ellos parecía demasiado grande para que pudiera volver a surcarla.

Pero por fin, bajo el tórrido sol de la tarde, Annie dio vuelta a la esquina y caminó por la vieja calle. Le dolían los brazos por el peso de su maleta, pero anduvo de prisa, dejando atrás las casas rojas de ladrillo que parecían irradiar felicidad bajo la luz del sol. En la otra punta, un puñado de niños patinaba sobre el pavimento. Annie miraba las cercas de los jardines, e iba contando los números. El anciano que vivía a dos casas de la suya estaba apoyado en su cerca, observándola. Cuando ella pasó a su lado, él se quitó la pipa de la boca e hizo un gesto señalando su maleta.

–¿Qué has hecho? ¿Te escapaste de casa?

–Algo parecido –le sonrió Annie.

Subió por el sendero de su casa, y a su paso la cerca rechinó, tal como recordaba con toda exactitud. Halló sus llaves y las puso en la cerradura, y advirtió que el jardín delantero necesitaba que le quitaran la maleza. Era una labor que siempre le había gustado: ordenar el jardincito cuadrado y rastrillar el suelo en minuciosas líneas. Estoy en casa.

La puerta de la calle se abrió.

Annie permaneció de pie en el vestíbulo, mirando a su alrededor. Las mismas cosas. Las mismas cosas de siempre, infinitamente valiosas.

Luego el silencio se hizo más denso, y volvió la cabeza bruscamente. Dejó caer la maleta a sus pies y el ruido fue anormalmente intenso. La casa estaba vacía.

Annie corrió hacia la sala y abrió la puerta. No había nadie, si bien los almohadones estaban aplastados y sobre la mesa se veían dispersas las piezas de un rompecabezas. Dio vueltas y corrió hacia la cocina, y sobre la mesa vio un montón de cortezas de pan, y la botella de leche sobre el fregadero. En la irracionalidad de su temor, los indicios no significaban nada.

Se han ido, pensó. Había vuelto demasiado tarde, y se habían ido. La desesperación se apoderó de ella.

Gritó, rompiendo el silencio:

–¡Martin!

Entonces, a través de la ventana de la cocina, vio a los tres. Martin debía de haber estado sentado, trabajando en el jardín, y los niños jugando cerca de él. Pero ahora la habían oído. Estaban de pie, muy juntos, con la misma incertidumbre en los rostros. Annie vio que no sabían qué esperar de ella.

Manipuló torpemente el pomo de la puerta, girándolo hacia el lado opuesto en su prisa. La puerta se cerró furiosamente detrás de ella y echó a correr por el césped, casi tropezando. Escuchó el grito de Thomas:

–¡Mami está en casa! ¡Mirad, mami ha vuelto!

Pero ella no veía más que a Martin.

Déjame pedirte una cosa más. Después de tantas. Déjame volver.

Los ojos de Martin se posaron sobre el rostro de Annie. Las lágrimas le corrían por las mejillas, pero aun así detectó el brillo en su mirada, y supo que todo había terminado por fin. Le extendió los brazos.

–Annie.

Con la cabeza reclinada sobre sus hombros, ella le preguntó:

–¿Puedo volver a casa?

Él llevó las manos a las mejillas de Annie, y levantó su rostro.

–Estamos aquí. Hemos estado esperándote.

Le besó el extremo de la boca, y con el pulgar apartó las lágrimas de sus mejillas, tal como ella haría con Benjy o Tom. Annie entonces vio la expresión de su esposo, vio ese rostro tan familiar como siempre pero a la vez matizado de diferencias, y de pronto sintió lo que era la felicidad.

No merezco tanto. Lo sabía, y sabía que lo recordaría. Recuérdalo, dijo Annie para sus adentros, por última vez.

–Gracias –le dijo sencillamente–. Te amo.

Entonces él le sonrió.

–Yo también te amo.

Los alaridos de los niños irrumpieron entre ellos, y Annie se arrodilló sobre la hierba para mirarlos, arrastrando a Martin consigo. Los dedos de Benjy la cogían de las ropas, y ella lo estrechó mientras extendía el otro brazo para llegar hasta Thomas.

–No vuelvas a irte –le gritó Thomas–. Nunca más vuelvas a irte.

Ella los abrazó, para que no vieran sus lágrimas.

–No volveré a marcharme –les prometió–. Nunca. Nunca más.

Las palabras formaron una ronda alrededor de ellos, y sobre el césped los cuatro fueron un círculo invisible, imposible de romper.

Todo ha terminado, pensó Annie.

Aguzó los oídos para escuchar, pero no oyó nada. Los últimos ecos del rugido atroz de la bomba se habían desvanecido en la quietud del jardín.

Título de la edición original: *Strangers*
Traducción del inglés: Paula Hornos
Diseño: Emil Tröger
Ilustración: Ballestar

Círculo de Lectores, S.A.
Valencia 344, 08009 Barcelona
1 3 5 7 9 0 9 0 2 8 6 4 2

Licencia editorial para Círculo de Lectores
por cortesía de Javier Vergara Editor, S.A.

Depósito legal: B. 623-1990
Fotocomposición: gama, s.a., Barcelona
Impresión y encuadernación:
Gráficas Ramón Sopena, S.A.
Provenza, 95
Barcelona, 1990. Printed in Spain
ISBN 84-226-3090-7
N.º 33548